A L'OMBRE
DES JEUNES FILLES
EN FLEURS

Première partie

A la recherche du temps perdu
est publié intégralement dans la collection
GF Flammarion et comprend :

DU CÔTÉ DE CHEZ SWANN
À L'OMBRE DES JEUNES FILLES EN FLEURS (2 vol.)
LE CÔTÉ DE GUERMANTES (2 vol.)
SODOME ET GOMORRHE (2 vol.)
LA PRISONNIÈRE
LA FUGITIVE
LE TEMPS RETROUVÉ

MARCEL PROUST

A LA RECHERCHE
DU TEMPS PERDU

Édition réalisée sous la direction de
Jean MILLY

A L'OMBRE DES JEUNES FILLES EN FLEURS

PREMIÈRE PARTIE

Édition du texte,
introduction, notes et bibliographie
par
Danièle GASIGLIA-LASTER

GF Flammarion

On trouvera en fin de volume un résumé de À l'ombre des jeunes filles en fleurs *(Première partie)*

ISBN : 2-08-070468-0

SIGLES ET ABRÉVIATIONS

BIP *Bulletin d'Informations proustiennes.*

BSAMP *Bulletin de la Société des Amis de Marcel Proust.*

CSB *Contre Sainte-Beuve* (Gallimard, Bibliothèque de la Pléiade, Paris 1971).

Daria Galateria Édition annotée par Daria Galateria d'*All'ombra delle fanciulle in fiore*, dans le tome I de *Alla ricerca del tempo perduto*, traduction italienne de Giovanni Raboni, Arnoldo Mondadori éditeur, Milan, 1983.

Corr. *Correspondance de Marcel Proust*, texte établi par Philippe Kolb, Plon, 1970-1987. Le chiffre romain indique le volume.

Ep. BN ou Épreuves N.R.F. Épreuves d'*A l'ombre des jeunes filles en fleurs* imprimées par les éditions de la Nouvelle Revue française et conservées à la Bibliothèque nationale. L'abréviation ép. BN sera utilisée dans les notes, l'abréviation épreuves N.R.F. dans l'Introduction.

Ep. BN imp. Texte imprimé des épreuves N.R.F.

Ep. BN ms. Correction ou addition manuscrite de Proust sur les épreuves N.R.F.

Fug. *La Fugitive* (ou *Albertine disparue*), GF Flammarion, Paris, 1986.

GF Collection GF Flammarion.

Grasset A Placards imprimés par Grasset en 1913.

Grasset B Placards imprimés par Grasset en 1914.

GU. I *Le Côté de Guermantes* (Ier tome), GF Flammarion, Paris, 1987.

GU. II *Le Côté de Guermantes* (2e tome), GF Flammarion, Paris, 1987.

JFF Ire p. *A l'ombre des jeunes filles en fleurs* (1re partie), GF Flammarion, Paris, 1987.

JFF 2e p. *A l'ombre des jeunes filles en fleurs* (2e partie), GF Flammarion, Paris, 1987.

J.S. *Jean Santeuil* (Gallimard, Pléiade, 1971.)

La N.R.F. La Nouvelle Revue française (la revue).

N.a.fr. Nouvelles acquisisitons françaises (classement de la Bibliothèque nationale).

Jacques Nathan Jacques Nathan, *Citations, références et allusions de Marcel Proust dans « A la recherche du temps perdu »*, Nizet, Paris, 1969.

Placards Grasset (les) Les placards Grasset de 1913 et de 1914.

Pris. *La Prisonnière*, GF Flammarion, Paris, 1984.

RTP *A la recherche du temps perdu* (Gallimard, Pléiade, 1954, 3 volumes ; le chiffre romain, dans les références, indique le volume ; les chiffres arabes, les pages).

SG vol. 1 *Sodome et Gomorrhe* (1er tome), GF Flammarion, Paris, 1987.

SG vol. 2 *Sodome et Gomorrhe* (2e tome), GF Flammarion, Paris, 1987.

Sw. *Du côté de chez Swann*. GF Flammarion, Paris, 1987.

T.L.F. *Trésor de la langue française*. Dictionnaire du XIXe et du XXe siècle, Centre national de la recherche scientifique, puis Gallimard, 1971-1985.

TR *Le Temps retrouvé*, GF Flammarion, Paris, 1986.

Vogely Maxime Arnold Vogely, *A Proust dictionary*, The Whitston Publishing Company, Troy, New York, 1981.

INTRODUCTION

L'itinéraire que propose le roman proustien, du « temps perdu » au « temps retrouvé », est régressif et progressif à la fois. Relaté du point de vue de celui qui l'a accompli, mais suivant la démarche qui a été la sienne avant qu'il ne devienne écrivain et entreprenne, par l'art, de révéler sa découverte. Dans les premiers livres de la *Recherche*, cet itinéraire est en apparence plus géographique et social que temporel, menant du côté de chez Swann à celui de Guermantes, en attendant, plus tard, de traverser Sodome et Gomorrhe.

Entre le côté de chez Swann et celui de Guermantes, Proust évoque le séjour de son héros « à l'ombre des jeunes filles en fleurs ». Serait-ce donc une halte que la deuxième étape de ce voyage ? ou une digression au sens étymologique du mot, comme à première vue on peut en avoir l'impression ? ou bien encore un intermède, comme s'en excuse presque l'auteur dans une lettre à Gaston Gallimard ? À la réflexion, il ne me le semble pas. Dans la nécessaire prise de conscience du temps perdu comme sur la voie de la création, cette section marque des avancées décisives. Et c'est ce que je voudrais suggérer, avant même de commenter la genèse et la thématique du texte.

« Il n'est plus un enfant. Il sait bien maintenant ce qu'il aime, il est peu probable qu'il change, et il est capable de se rendre compte de ce qui le rendra heureux dans l'existence. » Lorsque son père prononce ces mots, le héros éprouve tout à coup la douleur de se sentir soumis aux lois du temps. Alors qu'il se croyait « sur le seuil de [sa] vie encore intacte et qui ne débuterait que le lendemain matin », il lui apparaît soudain que son existence a commencé et que ce qui va suivre risque de n'être pas très différent de ce qui a précédé. C'est donc à une sorte d'urgence tragique qu'il doit faire face : s'il ne se met pas à écrire, s'il ne trouve pas l'impulsion pour le faire, sa vie aura peut-être été gaspillée. Mais toute tentative de recueillement est stérile car seul avec lui-même, il se livre « à une vie de salon mentale », prolongeant par la pensée ses conversations avec Gilberte ou avec Mme Swann.

Dans les deux parties qui constituent *À l'ombre des jeunes filles en fleurs*, les passages du rêve à la réalité se présentent comme autant de mirages qui se défont. La réalisation de ses désirs correspondrait-elle chez le héros à une tendance au divertissement, qui l'éloignerait désastreusement de l'essentiel ? Il assiste à une représentation de la Berma, actrice qu'il souhaitait voir depuis longtemps et dont il ne connaissait que les reflets déformés dont se compose toute gloire : mais son jeu le déconcerte et le déçoit. Une rencontre physique avec un de ses écrivains préférés, Bergotte, est à l'origine d'une autre désillusion : il l'avait imaginé à la ressemblance de ses phrases, comme un doux chantre à cheveux blancs, alors qu'il est « jeune, rude, petit, râblé et myope, à nez rouge en forme de coquille de colimaçon et à barbiche noire ». Enfin, il pénètre dans la vie jusque-là mystérieuse de Gilberte mais n'en éprouve qu'une joie imparfaite car le charme de l'inaccessible est alors rompu.

Le titre de la deuxième partie : « Noms de pays : le pays » annonce explicitement un progrès dans la connaissance des réalités. Il fait évidemment référence à celui de la dernière partie de *Du côté de chez Swann :*

« Noms de pays : le nom », où le héros prêtait à Venise, Florence et Balbec des paysages engendrés par leurs noms. Du nom de Balbec que lui avait cité Legrandin avaient surgi une église de style persan battue par les flots et aussi des « côtes funèbres, fameuses par tant de naufrages, qu'enveloppent six mois de l'année le linceul des brumes et l'écume des vagues ». Et voilà que la ville attendue, fouettée par la tempête et perdue dans les brumes, l'accueille sous un soleil éclatant et que l'église se dresse au milieu d'une place, à l'intérieur des terres.

Mais alors que dans « Autour de Mme Swann » nous étions encore du côté de chez Swann — non plus par la géographie mais par le milieu social, celui de la bourgeoisie —, ici s'amorce le contact avec le côté de Guermantes qui, à Combray, semblait au héros comme « le terme plutôt idéal que réel de son propre " côté ", une sorte d'expression géographique abstraite comme la ligne de l'équateur, comme le pôle, comme l'orient ». C'est en passant par ce Balbec au nom de ville orientale, longtemps imaginé comme « le pays des Cimmériens », limite extrême du monde, qu'il va accéder à cet autre Orient de ses rêves, le royaume des Guermantes, sur lequel règne une duchesse aux yeux « perçants » dont le prénom est… Oriane. Ville de vacances où toutes les classes aisées de la société convergent, Balbec est une sorte de creuset où les êtres se mêlent, où les différences s'estompent parfois et où tout peut arriver. La grand-mère y rencontre une vieille amie de couvent, la marquise de Villeparisis, qui se révèle être une Guermantes et par laquelle le héros fait la connaissance de deux membres de la prestigieuse famille : le baron de Charlus et le marquis de Saint-Loup. Ce dernier, d'une exceptionnelle séduction physique, incarne mieux que personne le rêve d'une beauté qui serait inhérente à sa race. Mais c'est la marquise qui, bien que déclassée, permettra indirectement au héros d'être un jour admis chez la duchesse de Guermantes.

Pour le moment, seules peut-être les promenades avec les jeunes filles en fleurs lui procurent quelque plaisir car il n'en est encore avec aucune d'elles au stade douloureux de l'amour. Est-ce là intermède sans conséquence, pure diversion ? Non pas, car ces jeunes filles font naître en lui des sensations poétiques, un peu comme celles qu'il éprouvait à voir passer Mme Swann dans l'Allée des Acacias. Aussi préfère-t-il la présence d'Albertine et de ses amies à celle du peintre Elstir dont il vient de découvrir les œuvres. Et il n'a pas tout à fait tort : « ... les émotions qu'une jeune fille médiocre nous donne peuvent nous permettre de faire monter à notre conscience des parties plus intimes de nous-mêmes, plus personnelles, plus lointaines, plus essentielles, que ne ferait le plaisir que nous donne la conversation d'un homme supérieur ou même la contemplation admirative de ses œuvres ».

Cependant, même s'il n'en a pas encore clairement conscience, la contemplation des œuvres d'Elstir bouleverse complètement ses idées esthétiques. Dans l'atelier du peintre, il comprend que la poésie peut émaner des choses les plus usuelles : il regardera désormais sans dégoût les couteaux traînant sur les nappes défaites ou la chair visqueuse des huîtres, et ne cherchera plus à exclure des paysages les éléments de la vie moderne. Il remarque aussi que le peintre compose ses tableaux d'après ses sensations immédiates et que, dans ses marines, toute démarcation a été abolie : la terre s'amalgame à la mer, les voiles des bateaux se fondent avec le soleil, une église surgit incongrument des flots.

Bien qu'Elstir fusionne formes et couleurs, comme jamais auparavant aucun peintre ne l'avait fait, il manifeste, dans sa manière d'appréhender le monde, quelques ressemblances avec d'autres artistes. Comme Mme de Sévigné, par exemple, il « présente les choses, dans l'ordre de nos perceptions, au lieu de les expliquer d'abord par leur cause ». Mais surtout, les créateurs que rencontre le héros ont un point commun qui peu à peu se dégage : la « multiforme et puissante unité » qu'il reconnaît chez le peintre. Le temps viendra où il discernera ce qui apparente l'art de la Berma à celui d'Elstir : « Et comme le peintre dissout maison, charrette, personnages, dans quelque grand effet de lumière qui les fait homogènes, la Berma étendait de vastes nappes de terreur, de tendresse sur les mots fondus également, tous aplanis ou relevés, et qu'une artiste médiocre eût détachés l'un après l'autre » *(Le Côté de Guermantes).* Ce qu'il avait considéré comme une diction monotone et uniforme est une façon de montrer à la fois les cohérences et les discordances d'un rôle par des variations de ton quasi imperceptibles à une oreille non prévenue. La Berma fait entendre des groupes de vers par vagues continues qui sont comme autant d'ensembles complexes et harmonieux.

Si Bergotte admire l'art de cette grande actrice, c'est peut-être parce qu'il le sent en affinité avec le sien, lui qui écrit selon « un même flux mélodique ». Son goût pour les termes archaïques qu'il aime à employer « à certains moments où un flot caché d'harmonie, un prélude intérieur soulèv[e] son style » doit également le rendre sensible aux recherches de la Berma qui évoque dans sa gestuelle les chefs-d'œuvre de l'Antiquité. En mêlant des expressions rares ou archaïques à des expressions plus simples ou connues, Bergotte procède un peu comme Elstir lorsque celui-ci fait se côtoyer des éléments de la vie moderne et des monuments historiques ou des paysages intemporels. La Berma essaie, comme l'écrivain, de retrouver la beauté des œuvres du passé et de l'intégrer à sa création mais elle transforme également Phèdre en un être amphibie sorti des origines du monde, un peu comme Elstir fait émerger les églises de l'eau.

Berma sera aussi géniale dans une pièce médiocre qu'en jouant Racine parce qu'elle recompose le texte à sa manière. A la limite, le sujet choisi par l'artiste est sans importance et chaque instant d'expérience servira de matériau à l'écrivain, comme n'importe quel paysage, n'importe quel visage ou objet serviront de modèles à un grand peintre. L'essentiel est de brasser les différents éléments pour leur donner une unité et une continuité.

De cette préoccupation constante chez Proust témoigne une correction qui pourrait passer inaperçue mais qui me paraît significative. Si, dans la première édition de *Du côté de chez Swann* publiée par Grasset en 1913, il évoquait la vie « continue et sentimentale » que la mère de son héros insufflait par sa lecture à la prose de *François le Champi*, pour celle de 1917 à la Nouvelle Revue française il inverse les termes, mettant ainsi l'accent sur la continuité plus encore que sur le sentiment : « ... elle amortissait au passage toute crudité dans les temps des verbes, donnait à l'imparfait et au passé défini la douceur qu'il y a dans la tendresse, dirigeait la phrase qui finissait vers celle qui allait commencer, tantôt pressant tantôt ralentissant la marche des syllabes pour les faire entrer, quoique leurs quantités fussent différentes, dans un rythme uniforme, elle insufflait à cette prose si commune une sorte de vie sentimentale et continue ». L'interprétation de la mère annonce déjà celle de la Berma.

Jusque dans le détail de la présentation typographique, les corrections par Proust de ses épreuves d'*À l'ombre des jeunes filles en fleurs* visant à réduire le nombre déjà rare des alinéas et à intégrer de plus en plus les dialogues au texte, comme s'ils en étaient des éléments indissociables, semblent bien aller dans le même sens. Le roman devient ainsi plus compact — ou plus océanique — et tend à fondre son hétérogénéité dans un puissant mouvement créateur.

QUELQUES ASPECTS DE LA GENÈSE D'« A L'OMBRE DES JEUNES FILLES EN FLEURS »

Il n'est pas question ici de faire une étude génétique détaillée du roman à partir de tous les « avant-textes [1] » qui ont donné naissance au tome II d'*À la recherche du temps perdu*. Nous verrons cependant comment ce tome, jailli en partie de *Du côté de chez Swann*, a conquis son autonomie.

Ce que « Du côté de chez Swann » a donné aux « Jeunes filles en fleurs »

En mars 1913, Grasset fait imprimer les premiers placards de *Du côté de chez Swann*. Proust pense que son livre atteindra environ 700 pages, ce qui n'est pas pour l'effrayer : « *Travail*, de Zola, écrit-il à son éditeur, n'est pas moins long et s'est vendu sans difficulté [2] ». Mais, aussitôt, les amis de l'écrivain le mettent en garde face à l'ampleur du volume envisagé : « Louis de Robert [...] m'a dit qu'il avait fallu l'énorme célébrité de Zola pour imposer un livre des dimensions de *Travail*, et que si Romain Rolland avait

1. On appelle « avant-texte » tout ce qui est antérieur au texte publié, c'est-à-dire les brouillons, les manuscrits, les dactylographies, les placards et les épreuves. Voir la préface à *Du côté de chez Swann*, GF Flammarion, p. 25.
2. *Corr.*, t. XII, pp. 98-99, Plon, 1984.

donné son *Jean Christophe* en un bloc, aucun des lecteurs qui le lisent avec passion (paraît-il) n'auraient même feuilleté son œuvre.

Tout cela est fort décourageant [1]. »

Pour gagner de la place, Proust propose de réduire les marges [2], de supprimer les blancs dans tous les dialogues, ce qui fera entrer davantage les propos dans la continuité du texte [3], ainsi que les « alinéas excessifs [4] ». Mais malgré cela, le volume reste trop long et, dès juin 1913, l'écrivain commence à se résigner à arrêter son livre plus tôt que prévu.

Dans sa version primitive, *Du côté de chez Swann* comportait un premier état de ce qui, faute de place, a constitué ensuite le tome II d'*À la recherche du temps perdu*. Aux parties intitulées « Combray », « Un amour de Swann », et « Noms de pays, le nom », s'enchaînaient le dîner Norpois, les aventures du héros autour de la famille Swann, et un premier séjour à Balbec sans qu'y apparaissent encore « les jeunes filles en fleurs ».

En novembre 1913, date à laquelle est imprimé *Du côté de chez Swann*, « À l'ombre des jeunes filles en fleurs » est seulement annoncé comme un chapitre de la troisième partie d'*À la recherche du temps perdu :*

« Pour paraître en 1914 : LE CÔTÉ DE GUERMANTES (Chez Mme Swann. — Noms de pays : le pays. — Premiers crayons du baron de Charlus et de Robert de Saint-Loup. — Noms de personnes : la duchesse de Guermantes. — Le salon de Mme de Villeparisis). Un vol. in-18 jésus . . . . 3 fr 50.

LE TEMPS RETROUVÉ (A l'ombre des jeunes filles en fleurs. — La princesse de Guermantes. — M. de Charlus et les Verdurin. — Mort de ma grand-mère. — Les Intermittences du cœur. — Les « Vices et les Vertus » de Padoue et de Combray. —

1. *Corr.*, t. XII, p. 117, Plon, 1984.
2. *Corr.*, t. XII, p. 113, Plon, 1984.
3. *Corr.*, t. XII, p. 185, Plon, 1984.
4. *Corr.*, t. XII, p. 190, Plon, 1984.

Madame de Cambremer. — Mariage de Robert de Saint-Loup. — L'Adoration perpétuelle). Un vol. in-18 jésus .... 3 fr 50. »

C'est donc sous le titre *Le Côté de Guermantes* que sont imprimés par Grasset, en 1914, des placards destinés au deuxième tome du roman proustien et qui reprennent avec quelques modifications la partie non utilisée des placards de 1913. Mais le 1er août la guerre éclate. La publication du *Côté de Guermantes* ne peut se faire[1].

De 1914 à 1918, Proust recompose la suite de son roman en se servant des placards Grasset, de certains de ses brouillons, mais en écrivant aussi de nouveaux développements. La première partie du volume qui nous intéresse, maintenant appelée « Autour de Mme Swann », conserve ses bases mais bénéficie d'améliorations et d'additions ; la deuxième partie, « Noms de pays : le pays », s'enrichit en particulier de l'apport du chapitre qui devait être le premier du tome III *(Le Temps retrouvé)*. Ce chapitre, intitulé nous l'avons vu, « À l'ombre des jeunes filles en fleurs », donnera son titre à l'ensemble du tome II. Il devait raconter un deuxième séjour à Balbec mais il se fond avec le premier séjour et le prolonge. Le titre *Le Côté de Guermantes* est réservé au tome suivant qui utilisera le reliquat des épreuves Grasset de 1914.

Deux documents importants témoignent du travail effectué par l'écrivain après l'impression des placards de 1914 : un cahier d'additions (le Cahier 61[2]), et les épreuves imprimées par les éditions de la Nouvelle Revue française[3], abondamment corrigées par Proust, et qui, semble-t-il, sont les avant-dernières épreuves.

1. Proust en profitera pour se séparer de Grasset en 1915 et pour se faire éditer par la Nouvelle Revue française où, à partir de mars 1914, on le réclame.

2. Ffos 1 ro-46 ro.

3. Que nous appellerons, dans la suite de cette introduction, épreuves N.R.F., et en notes de l'édition, ép. BN, puisqu'elles sont désormais conservées à la Bibliothèque nationale.

Évolutions les plus importantes du roman après 1914.

Naissance du personnage d'Albertine et croissance de l'amour pour Gilberte

Albertine et ses amies ne figurent donc pas dans les placards Grasset de 1914 qui ont été établis d'après des matériaux mis au point en 1912 et au tout début de 1913 avant que Proust ne se décide à faire fusionner le premier séjour à Balbec (sans les jeunes filles) et le deuxième séjour (avec « la petite bande »). Le prénom d'Albertine apparaît pour la première fois au cours de l'année 1913. Cette année-là, Proust a retrouvé un jeune homme appelé Agostinelli, rencontré en 1907 et perdu de vue vers 1909. La mort accidentelle de celui-ci, survenue le 30 mai 1914, ayant éprouvé cruellement l'écrivain, il développe considérablement l'histoire d'amour de son héros avec Albertine, qui prendra place en particulier dans *La Prisonnière* et dans *La Fugitive*.

Proust a déjà esquissé dans de nombreux brouillons presque tous les épisodes qui constitueront les rencontres à Balbec avec les jeunes filles en fleurs. Les amies de la « petite bande » ont été générées par plusieurs esquisses de jeunes filles, et Albertine en particulier est née d'une certaine Mlle Floriot, relayée par une Simone puis surtout par une Maria, qui s'est un instant confondue avec « une brune Espagnole » avant de devenir Hollandaise. Aussi l'aventure avec Agostinelli est-elle sans grande conséquence sur le personnage de Mlle Simonet tel qu'il apparaît dans « Noms de pays : le pays ». C'est plutôt dans la perspective des épisodes futurs que Proust modifie à présent son deuxième volume, ce qui entraîne des additions dans la partie « Autour de Mme Swann ». Le prénom Albertine fait son apparition : elle est évoquée comme la nièce de Mme Bontemps et le héros ne sait pas quelle importance elle occupera dans sa vie.

A plusieurs reprises Proust ajoute des propos qui anticipent sur la suite du roman, annonçant déjà certains événements de *La Prisonnière* et de *La Fugitive*. Mais surtout, il donne au personnage de Gilberte une tout autre dimension. Il est probable que l'importance conférée après 1914 à l'amour douloureux pour celle-ci (qui hérite en partie d'un morceau écrit vers 1910-1911 : « Fin de la liaison avec Andrée »[1]) a été déterminée par l'apparition d'Albertine. Il fallait que les sentiments encore naïfs pour la petite fille des Champs-Élysées évoluent et marquent une première étape dans la connaissance de l'amour par le héros.

En dehors de ces deux jeunes filles, d'autres femmes ont été et seront objets de désir, mais seules Gilberte et Albertine occupent assez longtemps sa pensée pour que ce désir atteigne une certaine intensité et puisse être appelé amour. Après le déclin de ses sentiments pour Gilberte, c'est indistinctement d'abord sur toutes les jeunes filles rencontrées que le héros projette ses désirs, puis plus particulièrement sur Albertine. Or Albertine n'est peut-être qu'un double de Gilberte, qui fut d'ailleurs un certain temps dans les ébauches des brouillons, une jeune fille de Balbec.

Dès le début de « Noms de pays : le pays », le héros se dit que l'amour, « en tant qu'il est l'amour d'une certaine créature, n'est peut-être pas quelque chose de bien réel ». Ce n'est pas un hasard si les deux femmes aimées portent des noms très proches, à la fois par leurs sonorités et leurs lettres. Dans un de ses Carnets[2] Proust a écrit : « ... C'est ainsi que les lettres du nom de la femme que j'allais aimer m'avaient été fournies, comme dans ce jeu où on puise dans un alphabet en bois, par la femme que j'avais tant aimée.

1. Cahier 29. Certaines ébauches promettaient à Andrée un rôle plus important.

2. Carnet 3, ff^{os} 16 v° et 17 v°.

Une chaîne circule à travers notre vie, reliant ce qui est déjà mort à ce qui est en pleine vie. » Dans *Le Temps retrouvé*, le narrateur constatera : « ... mon amour pour Albertine était déjà inscrit dans mon amour pour Gilberte [1] ». Cette affirmation est à double sens : l'amour ne fait que changer d'objet, et dans Gil*berte*, il y a *berte*, contenue aussi dans Al*bert*ine. Curieusement, une jeune fille en fleurs nommée Berthe parcourt par moments le texte imprimé des épreuves N.R.F. Mais Proust rature ce prénom [2] et le remplace par celui de Gisèle. A travers Berthe ou *Gi*sèle, *Gi*lberte, la jeune fille des Champs-Elysées continue à laisser son empreinte. Une addition postérieure à 1914 permettra d'observer qu'inversement, bien avant l'apparition d'Albertine dans le récit, Gilberte s'efface derrière celle qui la remplacera, en fondant son prénom avec le sien : « Françoise se refusa à reconnaître le nom de Gilberte parce que le G historié, appuyé sur un *i* sans point avait l'air d'un A, tandis que la dernière syllabe était indéfiniment prolongée à l'aide d'un paraphe dentelé ». Albertine, même morte, continuera à voler son identité à la fille de Swann : l'employé du télégraphe, chargé de transmettre un mot de Gilberte, inscrira la signature « Albertine » au lieu de la sienne, faisant la même erreur de lecture que Françoise (voir *La Fugitive*).

Proust lui-même s'y trompe, l'espace d'un instant : dans le Cahier 61 où il porte des additions destinées aux épreuves N.R.F. il écrit à deux reprises « Albertine » pour « Gilberte » puis il rature le prénom de la première pour le remplacer par celui de la seconde. Sur son manuscrit de *La Fugitive* enfin, il constate qu'Albertine est par moments « trop Gilberte ». Mais n'était-ce pas inévitable ? Dans un développement qui n'apparaît pas encore sur les épreuves N.R.F. et qui a

1. *TR*, p. 299-300.

2. Nous retrouvons tout de même une Berthe dans *La Fugitive*, citée comme amie d'Albertine (*Fug*. p. 195).

donc été ajouté très tardivement, le narrateur constate : « ... une certaine ressemblance existe, tout en évoluant, entre les femmes que nous aimons successivement, ressemblance qui tient à la fixité de notre tempérament parce que c'est lui qui les choisit, éliminant toutes celles qui ne nous seraient pas à la fois opposées et complémentaires [...]. De sorte qu'un romancier pourrait au cours de la vie de son héros, peindre exactement semblables ses successives amours et donner par là l'impression non de s'imiter lui-même mais de créer, puisqu'il y a moins de force dans une innovation artificielle que dans une répétition destinée à suggérer une vérité neuve. » Gilberte est dévorée par Albertine mais bien moins que toutes les jeunes filles qui ressemblaient à Mlle Simonet dans les versions des brouillons et qui se sont définitivement fondues en elle. Albertine est un peu une autre Gilberte, c'est-à-dire une projection de l'imagination du héros-narrateur... et de Proust.

Aussi les femmes aimées ne sont-elles plus, peu à peu, que des photographies variées de la même femme, femme de rêve peut-être. Chacune de ces femmes est multiple, en partie parce qu'elle se superpose à d'autres objets d'amour : dans certains Cahiers de brouillon [1], Oriane de Guermantes s'appelait Rosemonde, prénom d'une des jeunes filles de Balbec, et dans *Le Temps retrouvé* Proust hésitera pour bien des traits entre la duchesse et Gilberte. Albertine est aussi un double de la mère : « Qui m'eût dit à Combray, quand j'attendais le bonsoir de ma mère avec tant de tristesse, que ces anxiétés guériraient, puis renaîtraient un jour non pour ma mère, mais pour une jeune fille [...] ? [2] »

A moins que l'unique objet du désir ne soit la mère, qui se réincarne dans toutes ces femmes et ces jeunes filles Mélusines.

1. Cahiers 41, 42, 43.
2. *Fug.*, p. 141.

Bergotte : l'antidote de l'effet Norpois

La personnalité de Bergotte, si elle bénéficie de quelques additions, ne change pas très sensiblement, et nous ne suivons pas Albert Feuillerat[1] lorsqu'il affirme que les considérations à l'égard du personnage passent « d'une admiration confiante [...] à un sentiment d'impatience, presque d'hostilité ». Proust laisse plus largement la place aux réflexions du narrateur, qui comprend, avec le recul du temps, l'importance de sa rencontre avec cet écrivain de talent, ce qui contrebalance la déception du héros. S'il est davantage question de l'aspect ordinaire de l'homme Bergotte et de ses défauts, c'est pour mieux nous faire comprendre que les artistes ne sont pas forcément des êtres exceptionnels dans la vie : « ...le génie, même le grand talent, vient moins d'éléments intellectuels et d'affinement social supérieurs à ceux d'autrui, que de la faculté de les transformer, de les transposer. » Et le narrateur insiste maintenant sur la supériorité de Bergotte par rapport à des amis de sa famille plus spirituels et plus distingués qu'il « survole » grâce à sa faculté de recréer le monde. La douceur des phrases de l'écrivain, qui séduisait le héros dans *Du côté de chez Swann*, demeure une caractéristique de son art. Mais une addition postérieure aux placards de 1914 indique que, pour le style, Bergotte n'était « pas tout à fait de son temps » et détestait les auteurs étrangers comme Tolstoï, George Eliot, Ibsen et Dostoïevski. Là, Proust en profite pour donner un petit coup de griffe à ceux de ses contemporains qui sont encore prisonniers d'un goût étroit et un peu réactionnaire. Mais ce trait ne rabaisse en rien la valeur de Bergotte en tant qu'écrivain. Une autre addition vient même préciser que la volonté de Bergotte de « n'écrire jamais

1. *Comment Marcel Proust a composé son roman*, New Haven, Yale University Press, 1934.

que des choses dont il pût dire : “ c’est doux ” » a fait sa force car elle lui a donné le goût de la difficulté et une certaine maîtrise de son écriture.

Le sentiment de confiance qu’éprouve peu à peu le héros en parlant avec l’écrivain affleure plus nettement dans la version définitive où le jeune homme « [se] laisse aller à raconter [ses] impressions ».

Enfin, Bergotte devient l’antidote de l’effet produit par Norpois. L’écrivain, entendant prononcer le nom de l’ambassadeur, se contentait, dans les placards Grasset, de dire « qu’il l’avait trouvé assommant ». Dans la version définitive, les remarques faites par Bergotte au sujet du diplomate sont plus féroces et le narrateur oppose le vide des arguments de M. de Norpois à la puissance de ceux de Bergotte qui donnait « un peu de sa force au contradicteur ».

Certes, les mesquineries de l’homme se manifestent plus vivement : le passage où Bergotte parle avec malveillance de Swann est une addition postérieure aux placards Grasset. Mais sa supériorité intellectuelle apparaît aussi plus clairement et le narrateur témoigne une évidente estime pour les écrits du petit homme à la barbiche noire.

Les leçons d’Elstir

Alors que Gilberte permettait au jeune homme de faire la connaissance de l’écrivain, par un schéma inverse, Elstir lui permettra de se lier avec Albertine. Cette rencontre conjointe d’un peintre et d’une jeune fille désirée avait été imaginée depuis longtemps déjà. Proust avait en effet esquissé vers 1909-1910 [1] le récit d’une visite du héros chez un peintre (pas encore nommé) qui lui présentait une « brune Espagnole ». Albertine se trouve elle aussi étroitement associée au peintre : les entrevues du héros avec Elstir se mêlent à ses rencontres avec Mlle Simonet et ses amies ou alternent avec elles.

1. Cahier 12.

Dans les placards Grasset de 1914, le héros et Saint-Loup (souvent appelé Montargis comme dans certains brouillons) faisaient déjà connaissance d'Elstir dans un restaurant de Rivebelle. Mais le héros ne reculait pas le jour de sa visite au peintre car les jeunes filles n'étaient pas encore là pour accaparer ses désirs. Cette visite advenait donc immédiatement après la soirée de Rivebelle. Elstir, comme dans la version définitive, décrivait l'église de Balbec et démontrait à son interlocuteur l'intérêt du monument. Ce passage est le seul, exception faite de détails, qui ait échappé aux corrections, aux reconstructions et aux développements concernant les textes où il est question d'Elstir après la rencontre à Rivebelle [1].

Elstir a si longuement mûri dans l'esprit de Proust (il était présent dès 1909 dans les brouillons [2]) que dans la version de 1914 il a déjà une stature considérable et exerce une influence très forte sur le héros [3] qui, grâce à lui, est-il précisé, devient un homme de goût, un historien et un érudit, et cherchera « à lier les relations [d'une] vieille église avec l'histoire de France ». Ces détails disparaîtront de la version définitive : l'important n'est pas pour le héros cette leçon d'érudition ou de goût [4].

Parmi les œuvres évoquées figuraient déjà la marine avec « la jeune femme en robe de barège » mais aussi des petits dessins à la plume représentant des « scènes

1. Nous reproduisons en annexe de la deuxième partie des extraits du texte des placards Grasset de 1914.

2. Cahiers 7 et 6.

3. Mais il n'apparaissait pas dans les placards de 1913. Vers la fin de 1911, Proust avait renoncé à présenter la rencontre de son héros avec Elstir au cours du premier séjour à Balbec, pour ne pas trop gonfler le premier tome de son roman (prévu alors en deux volumes). Ce n'est sans doute qu'entre l'été 1913 et l'été 1914, au moment où il a la confirmation par son éditeur que le texte paraîtra en trois volumes, qu'il replace la rencontre avec Elstir au cours du premier séjour à Balbec.

4. Jo Yoshida voit là une révolte de Proust contre le Ruskin professeur d'histoire de l'art (« La Genèse de l'atelier d'Elstir à la lumière de plusieurs versions inédites », *BIP*, n° 8, automne 1978).

pittoresques de la vie populaire », de grandes toiles aux « effets » proches de ceux des impressionnistes, avec notamment une « Ecole communale » et une « Abbaye de Verclay », des natures mortes comme une « huître entrouverte en son bénitier calcaire doublé d'émail », un « Effet de dégel à Briseville » — tableau qui sera évoqué dans *Le Côté de Guermantes*[1] —, deux « variations en opale » dont il faisait don à son visiteur.

La version définitive développe le portrait du peintre et montre à quel point son esthétique influencera le narrateur. Ainsi, l'huître n'est plus un tableau réel mais seulement tableau possible. Le narrateur souligne plus longuement la beauté de ces fruits de mer abandonnés sur la table après les repas, et qui ne le dégoûtent plus comme autrefois, parce qu'il a vu les œuvres du grand artiste. Maintenant, avant de donner la parole à Elstir, il explique l'art de ce créateur de génie qui ne reproduit pas les choses telles qu'elles sont mais selon les « illusions optiques dont notre vision première est faite ». L'écrivain prend donc, comme dans l'évocation de Bergotte, ses distances avec son héros. Les longues pages consacrées au port de Carquethuit se situent, non pas dans le temps du récit, mais dans le temps de l'écriture, au moment où le narrateur, arrivé au bout de sa quête, a pleinement profité des leçons données par le peintre.

Contrairement à Bergotte qui peut encore rebuter par certains travers, Elstir apparaît comme un « sage » dès la première rencontre. Cette sagesse est d'autant plus surprenante que Proust ajoute un coup de théâtre à la mise en scène de son personnage : celui-ci n'est autre que M. Biche, « le peintre ridicule et pervers adopté jadis par les Verdurin ». La décision de faire d'Elstir l'ancien M. Biche est l'occasion pour l'auteur d'*À la recherche du temps perdu* d'illustrer sa théorie de la psychologie dans l'espace (liée à l'évolution des êtres

1. *Gu. I*, p. 199.

dans le cours du temps) mais aussi de prouver une fois encore que l'œuvre d'un artiste ne ressemble pas forcément à ce qu'il est (ici, à ce qu'il a été) dans la vie de tous les jours [1]. De plus, il était nécessaire qu'Elstir fût d'abord M. Biche pour parvenir à la sagesse. Dans le cas contraire il aurait fait partie de ces « pauvres esprits, descendants sans force de doctrinaires, et de qui la sagesse est stérile. On ne reçoit pas la sagesse, il faut la découvrir soi-même après un trajet que personne ne peut faire pour nous, ne peut nous épargner, car elle est un point de vue sur les choses ». Le roman proustien est l'histoire de ce trajet, et l'apprentissage de la sagesse se fait aussi, le héros le tient maintenant d'Elstir, en allant au bout de ses rêves. Le rêve de Balbec et des jeunes filles en fleurs sera détruit, mais la déception elle aussi est une des conditions de l'apprentissage.

Le portrait de *Miss Sacripant,* pour lequel a posé Odette de Crécy, n'apparaissait pas non plus dans les placards Grasset [2]. Le héros, qui ne sait pas encore très bien faire la différence entre le sujet de l'œuvre et l'originalité de l'exécution, est surtout attiré par la séduction de la jeune femme qui a servi de modèle au peintre. Ce portrait a plusieurs fonctions dans *À l'ombre des jeunes filles en fleurs*. Il illustre une des « manières » d'Elstir mais aussi sa faculté de recomposer le monde et les êtres qu'il peint ; il a réinventé Odette d'après l' « idéal féminin et pictural qu'il porte en lui ». D'autre part, l'attrait qu'exerce le portrait sur le jeune homme témoigne de ses goûts pour des

1. C'est peut-être aussi pour Proust une façon de répondre à Gide qui, en 1914, expliquait ainsi son refus de *Du côté de chez Swann :* « Je vous croyais vous l'avouerai-je ? " du côté de chez Verdurin " ; un snob, un mondain amateur — quelque chose d'on ne peut plus fâcheux pour notre revue » (Corr., t. XIII, p. 50, Plon, 1985).

2. Mais « Miss Sacripant » n'a pas été inventée par Proust après 1914. Jo Yoshida (« La genèse d'Elstir à la lumière de plusieurs versions inédites », *op. cit.* p. 22) fait remarquer que cette œuvre d'Elstir existait déjà dans le Cahier 28, d'abord sous le titre de « Lola des îles 1866 », biffé et remplacé par « Miss Sacripant 1873 ».

femmes ambiguës : les deux jeunes filles qui auront le plus compté dans sa vie, Gilberte et Albertine, révéleront plus tard leur ambiguïté sexuelle. Enfin, cette œuvre renvoie à l'époque où Elstir n'était que M. Biche mais donne aussi à voir une Odette différente de Mme Swann, plus proche de celle qu'a connue Charles Swann avant de l'épouser. De son air dépravé et de ses traits tirés, Elstir s'est servi comme d'un « élément esthétique », donnant ainsi l'exemple au narrateur qui composera son œuvre avec des personnages venus de Sodome et de Gomorrhe.

Elstir ne se contente donc pas de réinventer le monde, il modèle les êtres selon son idéal. Seule Mme Elstir[1], qui est une recomposition de la femme du peintre Martial dans *Jean Santeuil* (Pléiade p. 456), échappe à cette transformation car elle représente la beauté qu'il tentait, dans ses tableaux, d'extraire de lui-même. Contrairement à Swann qui cherchait à retrouver en Odette un certain type botticellien, Elstir, en rencontrant sa « belle Gabrièle », a vu surgir devant lui une incarnation vivante de ses œuvres.

À son talent nouveau de portraitiste s'ajoutent une période mythologique et — résurgence d'une rédaction antérieure (vers 1909-1910) — une période japonaise. Il n'est plus question des « variations en opale » offertes dans les placards Grasset de 1914 au jeune visiteur mais Elstir lui promet son esquisse pour « le Port de Carquethuit »[2]. L'intérêt du peintre pour la vie et les décors modernes est encore illustré par le croquis d'une jolie « yachtwoman » déjà présent dans la version de 1914 mais aussi par « une esquisse prise sur un hippodrome voisin de Balbec » qu'il montre tous deux au héros et aux jeunes filles au cours d'une

1. Qui, elle non plus, n'apparaissait pas dans les placards Grasset.

2. Ce « Port de Carquethuit » vient du Cahier 28 (vers 1910) où Proust mentionnait parmi les œuvres du peintre une « Entrée du port de Viranville ». Les « Variations en opale » qui, elles, ont été abandonnées, furent plus tardivement imaginées (Cahier 34).

visite à son atelier. Le récit de cette visite a été ajouté après coup aux épreuves N.R.F., sur des pages dactylographiées abondamment corrigées par Proust. La mention « cahier violet » sur la deuxième de ces pages est troublante car cette indication figure en tête des fragments du manuscrit que j'ai pu consulter. Si le passage a été recopié d'après des pages du manuscrit au net, pourquoi n'a-t-il pas été imprimé en même temps que le reste ? Quoi qu'il en soit, Proust en profite pour introduire de nouveaux thèmes : celui de Fortuny et l'intérêt d'Elstir pour les toilettes féminines. En fait, il multiplie les références à des modèles précis : les œuvres de son peintre rappellent tour à tour celles de Monet, Manet, Whistler (dont le nom comporte toutes les lettres de celui d'Elstir), Gustave Moreau, Renoir, Degas, Helleu, et bien d'autres encore. Mais une fois de plus, les clés, que l'on peut évoquer par curiosité, n'ont qu'une importance secondaire. Certes, elles nous indiquent, comme le remarque justement Albert Feuillerat qu' « Elstir est devenu comme une synthèse de tous les peintres d'avant-garde qui vers 1890-1900 commençaient à atteindre la célébrité et en qui Proust voyait des esprits frères parlant dans le domaine des arts le langage nouveau dégagé de conventions, que lui-même rêvait d'introduire en littérature [1] ». Mais Elstir, parce qu'il n'est aucun de ces peintres en particulier, a son existence propre : il est l'artiste rêvé par Proust, celui qui posséderait toutes les qualités de ceux qui l'ont inspiré. Le héros apprendra surtout de lui à regarder le monde, à voir la nature telle qu'elle est « poétiquement », lorsque l'intelligence n'en a pas encore ordonné les éléments. Cependant le jeune homme ne comprend pas encore que les œuvres d'Elstir sont des visions subjectives du peintre. De même que le portrait de *Miss Sacripant* l'attirait à cause de la perversité du modèle, il s'imagine que la beauté des

1. *Op. cit.* p. 20.

paysages d'Elstir est née des décors qui ont inspiré ses œuvres. Aussi l'artiste ne se contente-t-il pas de lui montrer ses peintures : il tente encore de lui apprendre à métamorphoser l'univers et lui explique que l'église de Balbec peut devenir falaise, les rochers se faire cathédrale, la terre prendre la place de la mer. Pourquoi lui refuserait-il de le présenter à Albertine, motif possible pour une œuvre à venir et, sinon un tableau, peut-être un livre ? Car tout autant qu'Elstir, mais d'une autre façon, Albertine est nécessaire à l'élaboration de l'œuvre future. Le narrateur, enfin sûr de sa vocation, écrira dans *Le Temps retrouvé :* « ... même les êtres qui furent les plus chers à l'écrivain n'ont fait en fin de compte que poser pour lui comme chez les peintres [1]. »

Et c'est ainsi que la jeune fille, subissant le même genre de métamorphoses que les paysages d'Elstir, est devenue fleur, nymphe, ou oiseau...

Caractérisation des langages

En corrigeant ses épreuves N.R.F., Proust s'efforce de caractériser davantage les discours de ses personnages. Le Cahier 61 témoigne de cet effort : l'écrivain y inscrit en maints endroits des mots ou phrases typiques de telle ou telle de ses créatures. Ce sont Mme Swann et « le père Norpois » qui bénéficient le plus de cet apport linguistique. Dans les placards Grasset, l'Ambassadeur énonçait un grand nombre de lieux communs et de banalités, mais dans la version définitive des *Jeunes filles en fleurs*, il se surpassera. Dans le Cahier 61, Proust lui avait destiné des additions de ce genre :

« M. de Norpois.

Pour grands que soient les rois ils sont ce que nous sommes.

Je ne vous dirai pas que Théodose II trouve tous les

1. *TR*, p. 301.

jours de purs diamants comme celui-là. Mais il est bien rare que dans ses discours étudiés et mieux encore dans le primesaut il ne signale pas, j'allais dire n'appose pas sa signature à l'emporte-pièce. »

Ou bien encore :

« Expressions pour M. de Norpois
C'est la bouteille à l'encre
éloigner d'eux le calice
[gagner du temps (biffé)]
avoir sa place au tapis vert
qui trompe-t-on ?
[la soldatesque qui (biffé)]
dame justice... »

Finalement, Norpois n'ira pas jusqu'à prendre une citation de Corneille pour une trouvaille de Théodose II, mais si Proust abandonne certaines des banalités qu'il voulait lui faire dire, il en rajoute d'autres sur épreuves. En fin de compte, le discours de Norpois n'est plus qu'un collage de locutions toutes faites [1].

Pour mieux illustrer la volonté de Norpois de se rapprocher de la Russie et de l'Angleterre, l'écrivain lui fait prononcer désormais des mots anglais ou russes tels que « pudding à la Nesselrode » ou « bœuf Stroganoff ». Peu à peu Norpois est réduit à son langage dénué de toute substance, il n'est plus que paroles creuses et dérisoires. À la limite, Norpois n'existe pas : il est aussi vide que son style.

Il n'en est pas tout à fait de même pour Mme Swann qui conserve son élégance, qui se montre de plus en plus raffinée dans sa manière de s'habiller, de se mettre en scène, de créer ses décors, mais qui néanmoins use, comme Norpois, d'un langage stéréotypé et sans consistance : celui de la dernière mode.

Dans les placards Grasset, le narrateur parle déjà de son « accent anglais momentané » qu'elle « accompa-

1. Et par moments, selon Anne Henry, un pastiche de Francis Charmes, éditorialiste de la *Revue des Deux Mondes* (*Proust romancier, Le Tombeau égyptien*, Flammarion, 1983).

gnait d'un sourire fin et doux » mais il ne nous rapporte pas les mots anglais prononcés par Mme Swann. Le Cahier 61 et les corrections des épreuves N.R.F. abondent en additions destinées à fixer le langage d'Odette dans un moule bien particulier. Désormais celle-ci se promène en « handsome cab », invite des gens à déjeuner « to meet » un personnage important, ou à son « five o'clock tea », et demande au héros de ne pas la « droper [1] ».

Le langage de Gilberte en vient par moments à se calquer sur celui de sa mère. Le papier à lettres tapageur de la jeune fille était déjà, dans les épreuves Grasset, « orné parfois d'un caniche bleu en relief surmontant une légende humoristique écrite en anglais et suivie d'un point d'exclamation... ». Dans une addition où il est question d'Albertine, Proust donne un exemple supplémentaire de l'influence de l'anglomanie d'Odette sur sa fille : « Elle sera sûrement très " fast ", mais en attendant elle a une drôle de touche », dit Mlle Swann à propos de la nièce de Mme Bontemps. Sur les épreuves N.R.F., Gilberte se contentait de dire : « elle a un drôle de genre ».

Albertine, plus que Gilberte, voit son langage se teinter de vulgarités et cela même dans des additions très tardives. Les épreuves N.R.F. présentaient encore une Albertine moins effrontée, qui parlait dans un langage relativement châtié. Proust s'est efforcé de le gauchir le plus possible sur ces épreuves. « Comme vous devez vous ennuyer », disait-elle au héros en le rencontrant sur la digue de Briquebec [2]. L'écrivain rature le verbe « ennuyer », bien trop neutre pour sortir de la bouche de l'insolente, et le remplace par le verbe « raser ». Il multiplie les additions manuscrites qui tendent à mieux engager Albertine dans un

1. Ainsi Proust continue à faire parler Mme Swann comme l'Odette de Crécy d' « Un amour de Swann » qui abusait déjà des anglicismes.

2. Ce nom apparaît encore par intermittences à la place de Balbec sur les épreuves N.R.F.

langage à la fois calqué sur la mode — comme l'était, dans un genre plus snob, celui de Mme Swann — et lancé comme un défi, une manifestation de liberté. L'écrivain ajoute un passage où elle évoque « le tram » qu'elle qualifie de « tacot » tandis que sa bicyclette devient « bécane ». Dans une autre addition manuscrite des mêmes épreuves, elle parle des examens que doit passer Gisèle et du sujet sur *Le Misanthrope* proposé à une amie ; Gisèle est déjà qualifiée de « pauvre gosse » mais ce n'est que par une ultime correction qui ne se trouve pas sur ces épreuves qu'Albertine ajoute : « elle va potasser ».

Le héros, élevé sans doute plus rigoureusement que cette orpheline livrée à elle-même, est à la fois effaré et ébloui par ce langage qui l'intimide au plus haut point. Mlle Simonet fera des progrès dans *La Prisonnière* où, façonnée par son amant, elle utilisera de plus en plus son langage. Mais la vulgarité de son mode d'expression subsistera parfois, notamment dans les moments de colère.

Les additions dont bénéficie Bergotte permettent également de mieux cerner son langage oral. Le narrateur analyse davantage ce qui en fait l'originalité : au lieu, comme Norpois, de parler par poncifs, Bergotte, comme dans ses livres, renouvelle le langage et s'exprime par métaphores inattendues, ce qui rend difficile la conversation avec lui. Pourtant ses plaisanteries sont jugées « vulgaires » par des gens plus spirituels mais qui ne le valent pas. Paradoxalement, dès qu'il est complimenté sur ses œuvres, il substitue à son langage complexe des phrases courtes et peu significatives mais révélatrices de sa timidité : « Je crois que c'est assez vrai, c'est exact, cela peut être utile. » Mais le Bergotte mondain efface quelquefois le Bergotte créateur et tombe alors dans le rituel des phrases stéréotypées : « Tout ceci de vous à moi », dit-il au héros après avoir médit de Swann. La société fige le langage et lui fait perdre sa substance. Tout créateur doit se méfier des codes imposés.

Le langage d'Elstir est au contraire épuré. Ce sage ne peut plus parler comme le M. Biche qu'il était autrefois. Si sa description de l'église de Balbec était très proche, dans les placards Grasset de 1914, de celle de la version définitive, il commençait cette description dans un langage moins poétique et plus familier : « Comment, vous avez été déçu par ce porche [...] je vous assure en aucun temps on n'a jamais rien fait d'aussi chouette ! Cette vierge [...] c'est fou, c'est divin, c'est autrement chouette que tout ce que vous verrez en Italie... ». Elstir dira tout de même : « Est-ce aussi assez chouette, comme idée, assez trouvé », mais « chouette » ne revient plus comme un leitmotiv dans sa conversation. Plus loin, il s'écriait : « La Pointe du Raz, c'est épatant. » L'écrivain lui fait dire à présent : « La Pointe du Raz est admirable... » C'est qu'après avoir un temps truffé son langage d'expressions empruntées au peintre Vuillard [1], Proust préfère limiter les références possibles à un modèle précis.

D'une fin ouverte à une première fermeture du cercle

Les placards Grasset de 1913 et de 1914, les épreuves N.R.F. et l'édition d'*À l'ombre des jeunes filles en fleurs* offrent trois fins différentes du récit des vacances à Balbec [2].

Dans les placards Grasset où la petite bande des jeunes filles n'apparaît pas, les derniers jours du héros à Bricquebec-Balbec sont évoqués tout de suite après le départ de Montargis-Saint-Loup (voir deuxième partie). La grand-mère et son petit-fils restent enfermés par les jours de mauvais temps dans les pièces presque vides de l'hôtel et y font la connaissance d'individus avec lesquels ils ne s'étaient pas liés de

1. En particulier dans le Cahier 34.

2. Nous reproduisons en Annexe des extraits de la fin de la version des épreuves Grasset de 1914 et de celle des épreuves N.R.F.

tout l'été. Le héros regrette les jours enfuis et voudrait revoir les feux d'artifice ou les régates qu'il a pu admirer en plein été. Durant ces derniers moments passés à la morte-saison au bord de la mer, il essaie, comme s'il voulait rattraper le temps perdu, de profiter autant qu'il peut des merveilles de Bricquebec et de ses environs. Aussi s'expose-t-il aux rayons du soleil et fait-il de longues promenades au cours desquelles il éprouve à toucher la « délicate ceinture lilas » des méduses « autant de joie que si ç'avait été l'écharpe d'Iris ». Au lecteur qui s'étonnerait, le narrateur répond par avance : « De dégoût je n'en sentis aucun car le sentiment esthétique nous fait franchir les limites qu'impose à nos goûts les préférences du corps » et ajoute : « C'est ainsi qu'un grand artiste pourra comparer à de belles Muses, pourra s'enchanter à regarder des jeunes hommes que trouverait écœurant un homme de club, livré aux étroites répulsions de l'instinct sexuel[1]. »

Enfin, le héros quitte Bricquebec. À Paris il continue à songer à l'été trop vite enfui et dont il n'a pas su profiter. Il rêve de remonter à nouveau la plage avec Mme de Villeparisis « par un temps de soleil et de vent », d' « entrer à midi dans la salle à manger » pour voir « à travers le grand vitrage azuré [...] des ombres promenées du ciel sur la mer comme par un miroir », d' « être dans une barque arrêtée au fil de l'eau devant l'ancien moulin [...] pendant que la servante [...] se pencherait pour annoncer que les truites sont prêtes ».

Alors que la découverte réelle des pays imaginés l'avait déçu, que l'été lui avait procuré plus de désillusions que de joies, le héros cherche maintenant à revivre ces moments passés. Car il a le sentiment que même s'il retourne à Bricquebec plus rien ne sera

1. Cf. « Avant la nuit », *Revue blanche*, décembre 1893 : « ... si on affine la volupté jusqu'à la rendre esthétique, comme les corps féminins et masculins peuvent être aussi beaux les uns que les autres, on ne voit pas pourquoi une femme vraiment artiste ne serait pas amoureuse d'une femme... »

semblable et que le temps écoulé est à jamais perdu : « le souvenir d'une certaine image n'est au fond que le regret d'un certain instant, et les maisons, les routes, les plages, sont aussi fugitives que les années ». Mais avec l'arrivée de la Semaine-Sainte renaît en lui le désir de partir pour Florence[1]. Le nom de cette ville ainsi que ceux de Parme et Venise redeviennent magiques, même si l'expérience lui a appris que ses rêves le trompent certainement sur la réalité de ces villes. Au passé s'oppose maintenant l'avenir, à ce qui est vécu ce qui vaut la peine de vivre, et les vacances à Balbec sont terminées mais le héros part dans une envolée imaginaire vers l'Italie[2].

Dans les épreuves N.R.F., la situation est bien différente puisque les jeunes filles ont fait leur apparition à Bricquebec-Balbec. Le narrateur, avant même d'évoquer ses derniers jours de vacances, se souvient des matins délicieux où, plongé dans l'obscurité de sa chambre, il entendait le rire des jeunes filles et la musique des concerts mêlés au murmure des vagues. Mais tout cela s'achève : les concerts ne se donnent plus, Albertine s'en va. Cette fois, c'est son départ et non plus celui de Saint-Loup qui prélude au départ du héros. Proust insère une longue addition manuscrite dans laquelle il décrit l'ambiance de l'hôtel à la morte-saison ; Françoise est indignée que ses maîtres retiennent les employés en ne se décidant pas à partir, le directeur soigne davantage sa tenue pour pallier les économies de chauffage. Puis réapparaît le texte des placards Grasset (la grand-mère et le héros font de nouvelles connaissances, le héros de nombreuses promenades), enrichi de détails : le narrateur se rappelle qu'il aimait, en cette fin de saison, sortir par les jours

1. Ce désir se manifestait déjà dans « Noms de pays : le nom ». (Voir *Du côté de chez Swann*, p. 526, 527).

2. On reconnaît dans cette fin des placards Grasset la matière d'un article pour *Le Figaro* du 25 mars 1913 et la matrice d'un passage de *Gu. I.*, p. 219.

de tempête « pour s'aguerrir » et « se sentir du pays » et qu'il multipliait les actes destinés à rattraper le temps perdu de l'été enfui.

Les corrections de l'écrivain sur les épreuves N.R.F. ne nous donnent pas encore tout à fait la fin de la version définitive, bien qu'elles nous en rapprochent. Après l'invitation du héros par M. de Vaudémont, Proust biffe presque tout son texte et le récrit. Cette fois la narration s'accélère : pourquoi s'attarder sur des journées entièrement remplies du regret de celles qui les ont précédées ? Quelques lignes suffisent à énoncer ces regrets et l'envie de retourner à Balbec. Le narrateur revient à nouveau, mais très brièvement, sur son désir de goûter des huîtres et d'apprécier « toutes les choses dont [il aurait] pu si aisément jouir et qui [l'] avaient insupporté, quelques mois plus tôt, avant que la peinture d'Elstir en eût dégagé pour [lui] la valeur esthétique ». Mais aussitôt après il prend ses distances avec son récit. De l'album d'images de ce séjour estival se détache un souvenir qui dans son esprit a longtemps dominé les autres : celui du moment où chaque matin, Françoise venait ouvrir sa fenêtre, découvrant un immuable soleil. Cette évocation de Françoise, « désemmaillotant » le jour d'été de tous ses linges comme « une millénaire momie », a été empruntée aux placards Grasset où elle n'était pas destinée à conclure le séjour à Balbec[1]. Celui-ci s'achevait, nous l'avons vu, sur le retour à Paris, suivi de l'évasion imaginaire vers l'Italie, c'est-à-dire par une envolée vers d'autres horizons et d'autres rêves. À présent le récit du séjour à Balbec se termine par le souvenir d'un événement qui se répétait quotidiennement : le lever de rideau sur le monde extérieur.

Pourtant Proust n'est toujours pas satisfait de sa conclusion et elle se présentera différemment dans l'édition. Il accélère encore le récit qui précède

1. Pour lire ce paragraphe dans son contexte de la version de 1914, voir Annexes (à la fin de la deuxième partie).

l'évocation du souvenir privilégié : son attirance pour les huîtres et pour tout ce qui l'avait dégoûté avant qu'il en eût découvert la valeur esthétique n'est plus évoquée. Au passage final emprunté aux placards Grasset vient se mêler un autre passage qui le précédait seulement de quelques paragraphes dans les mêmes placards [1] : malgré le soin avec lequel Françoise attache le soir les rideaux, ils laissent « se répandre sur le tapis un écarlate effeuillement d'anémones » et le héros ne peut s'empêcher de venir y poser ses pieds nus. Puis il se recouche et goûte par l'imagination les joies de l'extérieur.

Mais il manquait un élément important de ce souvenir : la petite bande des jeunes filles. Proust déplace l'évocation des amies en fleurs, située dans les épreuves N.R.F. juste avant le départ du héros, et la fond avec les deux fragments empruntés aux placards Grasset. Maintenant, le rire des jeunes filles, mêlé aux bruits de la mer et à la musique des concerts, fait partie des indices qui serviront au héros à deviner ce qui se passe à l'extérieur, et à recréer le monde.

La section « Autour de Mme Swann » se terminait aussi sur un souvenir qui effaçait les autres : celui d'instants du mois de mai, non pas uniques mais plusieurs fois vécus, où le héros causait avec « Mme Swann, sous son ombrelle, comme sous le reflet d'un berceau de glycines ». Le séjour à Balbec se résume, lui, par une série de sensations : le bruit des vagues, le rire des jeunes filles, la vision d'un filet de soleil à travers d'épais rideaux. Alors que le texte des placards Grasset faisait écho à la troisième partie de *Du côté de chez Swann* [2], le lecteur est maintenant renvoyé au début de *la Recherche :* le narrateur se souvient de sa chambre de Balbec, comme au début de « Combray », quand il affirmait que le souvenir de

1. Voir en Annexes ces passages donnés dans leur ancien contexte.

2. Dans « Noms de pays : le nom », le héros rêve de printemps florentin, de Florence et de Venise.

toutes les chambres où il avait vécu donnait « le branle à son imagination ». L'univers clos et sombre, où l'écrivain en puissance, presque semblable à un aveugle, réinvente le monde, est peut-être le seul lieu possible de l'écriture : « L'ombre, le silence et la solitude, en abattant sur moi leurs chapes épaisses, m'ont obligé de recréer en moi toutes les lumières et les musiques et les frémissements de la nature et du monde. Mon être spirituel ne se heurte plus aux barrières du visible et rien n'entrave sa liberté [...]. Lorsque, par hasard, un mince rayon de soleil parvient à se glisser ici [...], tout mon être éclate de joie, et je me sens transporté dans des mondes resplendissants... », confiait Proust à un journaliste, le 19 novembre 1913.

Mais au terme du temps romanesque que constitue *À l'ombre des jeunes filles en fleurs*, le héros n'est pas encore narrateur. L'univers clos s'ouvre sur le monde extérieur par l'intermédiaire de Françoise qui, en écartant les rideaux permet au jour d'été, « aussi mort, aussi immémorial qu'une somptueuse et millénaire momie », de faire son apparition. La vie recommence, et c'est sous l'aspect de la mort qu'elle apparaît chaque jour au héros parce qu'elle n'est que la vie factice. Le « pan de soleil plié à l'angle du mur extérieur » reste d'une « couleur immuable » parce que le héros ne sait pas la transformer, ne sait pas en traduire la beauté comme a su le faire un Vermeer de Delft en peignant son petit pan de mur jaune.

Pourquoi « À l'ombre des jeunes filles en fleurs » ?

Marcel Plantevignes affirme qu'il a lui-même suggéré à Proust, en 1908, lors d'une rencontre à Cabourg, le titre *À l'ombre des jeunes filles en fleurs*. Comme l'écrivain l'avait interrogé sur son engouement pour les jeunes filles, Plantevignes aurait répondu : « elles nous enrôlent aisément *sous leur bannière d'enthousiasme, sous leur bannière de fraîche allégresse*... Près d'elles, voyez-vous, nous sommes aussi émus par ce *seuil des espoirs*, [...] nous sommes rassurés, et nous nous sentons comme à l'abri... à l'abri de leurs confidences fleuries, et comme à l'ombre d'elles... »

Proust se serait alors exclamé : « quelle jolie et subite série de titres :

Au seuil des espoirs

Sous la bannière d'enthousiasme

Sous la bannière d'allégresse

À l'abri des jeunes filles et de leurs confidences fleuries

À l'ombre des jeunes filles et de leurs confidences fleuries

[...] En tout cas, [...] je retiens maintenant : *Sous la bannière d'allégresse*, qui serait charmant pour des aperçus de la jeunesse, et *À l'ombre des jeunes filles et de leurs confidences fleuries*, pour des propos sur les jeunes filles de Cabourg ».

« Et comme ce sont des jeunes filles d'été, aurait

rétorqué Plantevignes, vous pourriez même mettre " en fleurs " au lieu de " leurs confidences fleuries ", et vous auriez : " À l'ombre des jeunes filles en fleurs " [...]. Il ne fut plus jamais question de tout cela entre nous, et comme je le dis ailleurs, ce ne fut que plusieurs années plus tard, vers 1911, que Proust me demanda soudain un soir si je ne verrais pas d'inconvénients à ce qu'il donnât ce titre à un petit chapitre sur Balbec[1]. »

Que Marcel Plantevignes ait reproduit fidèlement ou non son dialogue avec Proust, ce qui nous semble le plus intéressant, c'est la diversité des relations que le titre choisi entretient avec tout un réseau culturel et avec la substance même du roman.

Des Vierges en fleurs aux Filles du feu, en passant par les Filles-fleurs

En juin 1921, Proust publiera dans *La Nouvelle Revue française* une lettre adressée à Jacques Rivière dans laquelle il cite trois vers de Baudelaire extraits de « Lesbos » (pièce condamnée des *Fleurs du Mal*) :

> Car Lesbos entre tous m'a choisi sur la terre
> Pour chanter le secret de ses vierges en fleurs
> Et je fus dès l'enfance admis au noir mystère.

« Cette " liaison " entre Sodome et Gomorrhe, ajoute-t-il, que dans les dernières parties de mon ouvrage (et non dans la première *Sodome* qui vient de paraître) j'ai confiée à une brute, Charles Morel (ce sont du reste les brutes à qui ce rôle est d'habitude départi), il semble que Baudelaire s'y soit de lui-même " affecté " d'une façon toute privilégiée[2]... »

Proust établit donc un lien entre le poème de Baudelaire et *Sodome et Gomorrhe* mais ses « jeunes

1. *Avec Marcel Proust*, Paris, A. G. Nizet, 1966, p. 300-305.
2. *CSB*, p. 633.

filles en fleurs », avec leur étrange floraison plurielle, ont pu germer dans son esprit au contact des « vierges en fleurs » de Lesbos. Albertine et Andrée se révéleront en tout cas des filles du côté de Gomorrhe…

Mais, en fait, nombreuses sont les femmes chantées par Baudelaire dans *Les Fleurs du Mal* auxquelles font penser les « vierges impitoyables et sensuelles » de la plage de Balbec, filles mystérieuses aux regards inquiétants et séduisants. À au moins deux d'entre elles le héros pourrait citer ce vers du poète (que Proust aimait particulièrement) :

J'aime de vos longs yeux la lumière verdâtre.

Andrée a « des yeux extraordinairement clairs, comme est dans un appartement à l'ombre l'entrée, par la porte ouverte, d'une chambre où donnent le soleil et le reflet verdâtre de la mer illuminée » et Rosemonde se trouve à un moment du récit « inondée d'un rose soufré sur lequel réagissait encore la lumière verdâtre des yeux ». Chez Baudelaire comme chez Proust, cette « lumière verdâtre » des yeux de la femme admirée est associée à la mer ;

Et rien, ni votre amour, ni le boudoir, ni l'âtre
Ne me vaut le soleil rayonnant sur la mer

écrivait le poète, tandis que le narrateur d'*À l'ombre des jeunes filles en fleurs* avoue que son amour pour les jeunes filles est en fait un substitut de son amour pour la mer : « C'était la mer que j'espérais retrouver si j'allais dans quelques villes où elles seraient. L'amour le plus exclusif pour une personne est toujours l'amour d'autre chose. »

Saint-Loup lui-même, dont la beauté efféminée fait penser à celle d'une jeune fille en fleurs, a des yeux couleur de la mer et le narrateur se souviendra après la mort de son ami de « ses yeux verdâtres et bougeants comme la mer [1] ».

1. *TR*, p. 233.

Des « fleurs du mal » tout aussi voluptueuses que celles de Baudelaire ont pu également participer à la création des Nymphes de Balbec. On a souvent vu, à juste titre, un lien entre « les jeunes filles en fleurs » de Proust et les filles-fleurs du *Parsifal* de Wagner. Ces « filles-fleurs » apparaissent au deuxième acte de l'opéra, envoyées par Klingsor pour séduire Parsifal et l'empêcher de récupérer la lance sacrée qui tua le Christ. « Trésor du jardin », « essence des arômes », elles forment des groupes rieurs et se pressent autour du naïf jeune homme pour le charmer. Comme Albertine et ses amies, elles se le disputent (Albertine ne supporte pas que le héros convoite les autres jeunes filles). Mais Parsifal repousse les tentatrices, ce qui n'est pas le cas du héros proustien. Celui-ci est bien décidé à posséder les jeunes filles convoitées, et si ses amours l'éloignent un moment de la création artistique, elles s'avéreront pourtant nécessaires. L'œuvre d'art ne peut être imitation : elle jaillira des expériences personnelles. Contrairement à Parsifal, le héros de la *Recherche* n'arrivera au bout de sa quête (la création littéraire) qu'après être passé par les chemins tortueux de l'amour, de la vie mondaine, des plaisirs des sens.

Plus que les jeunes filles de Balbec, Gilberte semble jouer le rôle d'une des filles-fleurs qui tentent de débaucher Parsifal. Lorsque le héros la rencontre pour la première fois, elle l'invite, par un geste cru, à des jeux troubles, mais trop naïf, il ne comprend pas (il ne le saura que plus tard, quand devenue Mme de Saint-Loup, elle le lui avouera). La fille des Swann lui est apparue derrière une haie d'aubépines, un peu comme Kundry apparaît à Parsifal derrière la « haie de fleurs » qui s'ouvre pour montrer sa « merveilleuse beauté ».

Kundry prend la relève des filles-fleurs qui n'ont pas réussi à séduire Parsifal. De la même façon que Kundry, Mme Swann prend la relève de Gilberte. En pénétrant dans le petit salon d'attente de l'appartement des Swann, le héros a l'impression que le feu semble y « procéder à des transmutations comme dans le laboratoire de Klingsor ». Douée des mêmes pouvoirs que Klingsor (maître de Kundry), Odette transforme sa chambre en un jardin qui rappelle au héros l'Enchantement du Vendredi Saint, mais qui n'est pas authentique, contrairement à celui de Combray. Au lieu d'écrire comme il s'est promis maintes fois de le faire, il va admirer cette femme-fleur qui, il faut le reconnaître, n'est pas dépourvue d'intérêt esthétique. C'est à l'ombre de « la plus belle fleur » de l'avenue du Bois que s'achève le récit des souvenirs « Autour de Mme Swann ». Celle-ci « hissait et déployait sur un long pédoncule, au moment de sa plus complète irradiation, le pavillon de soie d'une large ombrelle de la même nuance que l'effeuillaison des pétales de sa robe ». Aux chagrins que le héros éprouva à cause de son amour pour Gilberte a survécu le plaisir qu'il avait à causer « avec Mme Swann, sous son ombrelle, comme sous le reflet d'un berceau de glycines », à l'ombre de Mme Swann en fleurs.

On a établi aussi maints parallèles entre la *Sylvie* de Nerval et *À la recherche du temps perdu.* Il est évident qu'Albertine et ses amies doivent beaucoup aux « Filles du feu ». « Chez Gérard de Nerval la folie naissante et pas encore déclarée n'est qu'une sorte de subjectivisme excessif, d'importance plus grande pour ainsi dire, attachée à un rêve, à un souvenir, à la qualité personnelle de la sensation, qu'à ce que cette sensation signifie de commun à tous, de perceptible pour tous, la réalité », écrit Proust dans un développement de ses brouillons consacrés à Nerval [1]. Alors Elstir aussi est fou, le narrateur de la *Recherche* est fou, tout créateur qui recompose les êtres, les choses, le monde, d'après l'idéal qu'il porte en lui, est fou. Albertine et ses amies sont nées de la même folie que Sylvie et Adrienne, « filles du feu » à qui elles

1. *CSB*, p. 234.

ressemblent tant. Dans son lit, le narrateur de *Sylvie* revoit sa jeunesse et, en particulier, un groupe de jeunes filles avec lequel il jouait. Comme le héros de la *Recherche*, il est « le seul garçon dans cette ronde » où il a amené une petite fille qui « avec ses yeux noirs, son profil régulier et sa peau légèrement hâlée » peut être rapprochée d'Albertine avec « son nez droit, sa peau brune ». Sylvie est éclipsée un moment par Adrienne, comme Albertine le sera tour à tour par telle ou telle de ses amies, et notamment par Andrée dont le prénom est inscrit dans celui de la rivale de Sylvie et qui, comme elle, est belle et élancée. Comme Sylvie encore, Albertine n'est pas mariable parce que trop pauvre. Leurs couleurs, enfin, sont les mêmes : « La couleur de Sylvie, c'est une couleur pourpre, d'une rose pourpre en velours pourpre ou violacée [...]. À tout moment, ce rappel de rouge revient, tirs, foulards rouges, etc. Et ce nom lui-même pourpré de ses deux *i* : Sylvie, la vraie fille du Feu [1]. » Albertine n'a qu'un *i* dans son prénom mais se rattrape avec le *i* de Simonet ; ses joues sont « d'un rose uni, violacé » et quelquefois atteignent « le rose violacé du cyclamen » ou encore « la sombre pourpre de certaines roses d'un rouge presque noir ». Andrée, qui ressemble à « un camélia dans la nuit » fait encore penser à Adrienne, « fleur de la nuit à peine éclose à la pâle clarté de la lune ».

Mais bien sûr, vierges baudelairiennes de Lesbos, filles-fleurs provocantes de Parsifal ou filles du feu de l'autre fol, Nerval, sont devenues des rêves de Proust, des fantômes de sa mémoire qui se sont associés à la même ronde.

Les ombres *d'un rêve, à la manière d'Elstir*

Proust écarta *Les Intermittences du cœur* et *Les Colombes poignardées* comme titres possibles pour ses

1. *CSB*, p. 239.

volumes (il conserva le premier pour un chapitre), parce qu'ils étaient trop « allégoriques[1] ». Comme ces titres et le titre général aussi jouaient « un peu sur les mots », il craignait de se faire accuser de préciosité, sans toutefois, expliquait-il, partager « à l'égard d'une certaine préciosité les préventions de la *N.R.F.* ». Pourtant, en choisissant d'intituler le deuxième tome de son roman *À l'ombre des jeunes filles en fleurs*, il décide cette fois d'assumer pleinement un titre qui, nous l'avons vu, est riche en connotations culturelles, mais qui de plus se prête à de nombreuses interprétations et joue bel et bien sur les mots.

Si Proust choisit le pluriel pour « fleurs » ce n'est certes pas par hasard, ni pour le plaisir de heurter le bon usage[2]. Ce pluriel renvoie à des fleurs composées, à des arbres fleuris, ou encore à des haies, à des bosquets, à des jardins. Or c'est précisément à ces végétations groupées que sont souvent comparées les jeunes filles de Balbec. Mais surtout, ce pluriel est le signe de la complexité et de la multiplicité de chacune des jeunes filles qui parcourt le roman, différente à chaque rencontre, se métamorphosant à chaque entrevue. Proust, me semble-t-il, joue aussi sur le sens du mot ombre : l'ombre, c'est l'interception de la lumière par un corps opaque, c'est l'invisible, c'est aussi l'âme séparée du corps, c'est également un terme technique utilisé en peinture pour parler des couleurs obscures, des hachures d'un dessin.

Les amies de la petite bande sont à tel point liées les unes aux autres qu'elles constituent une forme homogène qui projette une seule et même ombre : « cette conscience [...] de se connaître entre elles assez intimement pour se promener toujours ensemble, en faisant " bande à part ", mettai[t] entre leurs corps indépendants et séparés tandis qu'ils s'avançaient

1. *Corr.*, t. XII, p. 246, Plon, 1984.

2. Le pluriel pour « en fleur » ne sera officiellement accepté par le ministère de l'Éducation qu'en décembre 1976.

lentement, une liaison invisible, mais harmonieuse comme une même ombre chaude, une même atmosphère, faisant d'eux un tout aussi homogène en ses parties qu'il était différent de la foule au milieu de laquelle se déroulait lentement leur cortège ».

Être à l'ombre de ces jeunes filles, c'est donc être sous la protection de leur groupe. Cette ombre enveloppante procurera au héros le bien-être espéré mais lui cachera un moment la lumière qui conduit vers la création artistique et que lui désignait Elstir. D'ailleurs, n'est-il pas vain de courir après une ombre, c'est-à-dire après l'impalpable ? Des jeunes filles de Nerval, Proust écrivait qu'elles étaient « les ombres d'un rêve [1] ». Les jeunes filles de son roman ne sont pas des apparitions oniriques, comme chez Nerval, mais elles sont les éléments de reconstruction d'un songe qui s'appelle la vie. Chacune de ces jeunes filles n'est qu'une silhouette fugitive, recomposée à chaque vision, toujours différente et donc impossible à posséder, à la fois ombre chinoise et fantôme.

Gilberte aussi est une ombre que le héros tente désespérément de saisir. Lorsque le petit garçon se demandait si le temps lui permettrait ou non d'aller aux Champs-Élysées, il guettait sur son balcon « les reflets de la ferronnerie de son treillage » provoqués par le soleil : « Lierre instantané, flore pariétaire et fugitive ! La plus incolore, la plus triste au gré de beaucoup, de celles qui peuvent ramper sur le mur ou décorer la croisée ; pour moi, de toutes la plus chère depuis le jour où elle était apparue sur notre balcon, comme l'ombre même de la présence de Gilberte [2]... »

« L'ombre de la présence de Gilberte » est peut-être plus proche de la Gilberte aimée que la véritable Gilberte qui, après plusieurs rencontres, demeure encore une inconnue : « ... comme le philosophe idéaliste dont le corps tient compte du monde exté-

1. *CSB*, p. 238.
2. *Sw.* (« Noms de pays : le nom », p. 538).

rieur à la réalité duquel son intelligence ne croit pas, le même moi qui m'avait fait la saluer avant que je l'eusse identifiée, s'empressait de me faire saisir la balle qu'elle me tendait [...], me faisait lui tenir par bienséance jusqu'à l'heure où elle s'en allait, mille propos aimables et insignifiants[1]... »

Le désir du héros, comme celui qu'il éprouve pour la laitière entrevue d'un train ou pour les amies de la petite bande, n'est peut-être « qu'un mirage du désir », puisque les beautés convoitées ne sont que des créations de son esprit et n'ont pas grand-chose à voir avec la personne réelle sur laquelle il superpose un être de rêve. Aussi, dans *Le Temps retrouvé,* ces femmes ne projetteront plus leurs ombres que sur des lieux auxquels elles ont été associées dans l'esprit du héros : « ... l'ombre de Gilberte s'allongeait non seulement devant une église de l'Île-de-France où je l'avais imaginée, mais aussi sur l'allée d'un parc du côté de Méséglise, celle de Mme de Guermantes dans un chemin humide où montaient en quenouilles des grappes violettes et rougeâtres, ou sur l'or matinal d'un trottoir parisien[2] ».

Le long corridor du restaurant de Rivebelle où le héros va dîner avec Saint-Loup, « côtoyé par les arbres qui se penchaient au-dehors de l'autre côté du vitrage, [...] avait l'air d'une allée dans un jardin boisé et ténébreux. Parfois, dans l'ombre, une dîneuse s'y attardait ». L'ombre dans laquelle baigne cette silhouette est un peu l'ombre qui enveloppe toute réalité extérieure au moi. Les êtres ne donnent d'eux que des reflets, comme ceux que l'on voit dans leurs yeux : « ... Mais nous sentons que ce qui luit dans ce disque réfléchissant n'est pas dû uniquement à sa composition matérielle ; que ce sont, inconnues de nous, les noires ombres des idées que cet être se fait, relativement aux gens et aux lieux qu'il connaît [...] les

1. *Sw.* (« Noms de pays : le nom », p. 544).
2. *TR*, p. 396.

ombres aussi de la maison où elle va rentrer, des projets qu'elle forme ou qu'on a formés pour elle... »

Paradoxalement, s'il arrive pour quelques instants à saisir l'autre dans sa réalité, le héros est déçu, et il vaut mieux que l'ombre reste inconnue car tout élément d'information sur elle lui ôte de son mystère, seul propice à la création de l'idéal : « [...] sans doute, même avant de venir à cette matinée, Albertine n'était plus tout à fait pour moi ce seul fantôme digne de hanter notre vie que reste une passante dont nous ne savons rien, que nous avons à peine discernée [1] ». Mais la réalité d'Albertine se dissoudra, car il existe une quantité innombrable d'Albertines surgies de chaque vision nouvelle, de chaque point de vue du héros.

L'écrivain, nous l'avons remarqué, a multiplié, au cours des différentes étapes de la rédaction de son roman, les ressemblances entre les femmes aimées. Pour son héros, les jeunes filles ne sont peut-être d'ailleurs que les ombres les unes des autres. Gilberte a le même regard perçant qu'Albertine — regard particulièrement séduisant lorsqu'il jaillit de dessous un chapeau enfoncé —, les mêmes grosses joues roses, le même caractère à la fois généreux et sournois. Si les amies de la petite bande, pourtant différentes, se ressemblent à première vue, c'est en partie parce qu'elles imitent toutes Albertine. Et cette première vision des êtres est probablement la plus importante car elle reste à jamais dans la mémoire du héros : toujours Gilberte surgira de derrière une haie d'épines roses, et Albertine, même à Paris, demeurera l'étoile du théâtre de Balbec, se profilant devant le décor de la mer.

Le narrateur, retiré du monde, développe dans sa chambre obscure les négatifs de ses clichés. Pour

1. Proust pense sans doute à la « passante » entrevue par Baudelaire, « Fugitive beauté » dont le poète ne saura jamais rien (voir *Les Fleurs du Mal*, « Tableaux parisiens », poème 111).

recréer le songe de sa vie il lui faut repasser par tous les états sensitifs qu'il a vécus et nous livrer d'abord ses jeunes filles telles qu'il les a initialement vues : en ombres floues et fantomatiques se détachant sur un fond bleu et or. Il nous les peint à la manière d'Elstir : « Selon ces illusions optiques dont notre vision première est faite », « en mettant en lumière certaines [...] lois de perspective », en les décrivant sous un certain angle, en montrant comment elles interceptent la lumière.

Le visage de la jeune laitière, « empourpré des reflets du matin [...] était plus rose que le ciel » à tel point « qu'elle avait l'air d'être vue à travers un vitrail illuminé » ; les joues d'Albertine sont quelquefois « arrosées d'un sang clair qui les illuminait, leur donnait ce brillant qu'ont certaines matinées d'hiver où les pierres partiellement ensoleillées semblent être du granit rose et dégagent de la joie ».

Si Elstir supprime toute démarcation entre la terre et la mer, c'est que terre et mer se confondent dans les mêmes lumières, échangent et mêlent leurs couleurs : « ... des visages, peut-être construits de façon peu dissemblables, selon qu'ils étaient éclairés par les feux d'une rousse chevelure, d'un teint rose, par la lumière d'une mate pâleur s'étiraient ou s'élargissaient, devenaient une autre chose [...]. Ainsi en prenant connaissance des visages, nous les mesurons bien, mais en peintres, non en arpenteurs ».

Par moments le narrateur fait un tel amalgame des traits des jeunes filles de Balbec que le lecteur a l'impression de se trouver devant un puzzle auquel il manque des morceaux : « ... je voyais émerger un ovale blanc, des yeux noirs, des yeux verts, je ne savais pas si c'étaient les mêmes qui m'avaient déjà apporté du charme tout à l'heure... »

Les jeunes filles, diluées dans le même éclairage, se volatilisent comme les falaises des Creuniers peintes par Elstir et s'apparentent aux ombres bleues de certains de ses tableaux : « Dans ce jour où la lumière avait comme détruit la réalité, celle-ci était concentrée dans des créatures sombres et transparentes qui par contraste donnaient une impression de vie plus saisissante, plus proche : les ombres. »

Parce qu'elles sont plus réelles pour lui que les véritables jeunes filles, le narrateur dédie peut-être son livre à l'ombre mêlée de ces êtres qui ont croisé sa vie, à « l'ombre des jeunes filles en fleurs ».

Pourquoi les jeunes filles sont-elles des fleurs ?

La fleur de l'âge

La vieillesse des autres est le reflet de notre propre vieillesse, qu'elle soit à venir ou commencée. Aussi, au cours de la matinée chez la princesse de Guermantes, le héros découvrira-t-il avec tristesse les traces du temps sur le visage des invités : « Les parties de blancheur de barbes jusque-là entièrement noires rendaient mélancolique le paysage humain de cette matinée, comme les premières feuilles jaunes des arbres, alors qu'on croyait encore pouvoir compter sur un long été, et qu'avant d'avoir commencé d'en profiter on voit que c'est déjà l'automne[1]. »

Cette précipitation du temps, le héros la constate à la fin de son premier séjour à Balbec. L'été s'est enfui et il se retrouve à l'automne, sans avoir su profiter pleinement du temps écoulé. Il aimerait alors revivre les jours passés, mais avec le départ des jeunes filles tout a changé. En quittant le bord de mer, Albertine et ses amies semblent avoir accéléré la fuite du temps. Le paysage de Balbec est vide de leur présence, livré au froid et à la pluie. Or, de même que les fleurs sont le printemps et l'été, les jeunes filles sont la chaleur et la jeunesse. Empourprées par le soleil, c'est-à-dire par la beauté, elles laissent traîner une ombre à laquelle le

1. *TR*, p. 326.

héros a essayé de se mêler, pour profiter lui aussi de leur tout jeune âge. Car, curieusement, il ne se sent plus lui-même très jeune : « l'aurore de jeunesse dont s'empourprait encore le visage de ces jeunes filles et hors de laquelle je me trouvais déjà, illuminait tout devant elles... » À l'ombre des jeunes filles en fleurs, c'est aussi à l'ombre de la jeunesse. Les jeunes filles ont donc le pouvoir de rajeunir le héros. En se promenant avec Elstir, il avait vu tout d'un coup apparaître la petite bande « tel Méphistophélès surgissant devant Faust [...] — comme une simple objectivation irréelle et diabolique du tempérament opposé au mien, de la vitalité quasi barbare et cruelle dont était si dépourvue ma faiblesse, mon excès de sensibilité douloureuse et d'intellectualité ».

Le jeune homme se sent hors de la jeunesse parce qu'il n'en possède pas le caractère. Mais en jouant avec la petite bande de la plage à des jeux enfantins et naïfs, il retrouve un peu de cette jeunesse trop vite envolée. Il ne pourra pas aimer Andrée parce qu'elle est son double : aussi sérieuse, aussi intellectuelle, aussi maladive que lui, aussi peu puérile. Lorsqu'il aura atteint l'âge mûr, il continuera à désirer la compagnie des toutes jeunes filles, pour profiter encore de leur « aurore de jeunesse » et demandera à Gilberte, devenue matrone, de lui organiser des rendez-vous. Cette fréquentation des jeunes filles lui semblera même la seule distraction possible à sa vocation : « ... quand des intervalles de repos et de société me seraient nécessaires, je sentais que, plutôt que les conversations intellectuelles que les gens du monde croient utiles aux écrivains, de légères amours avec des jeunes filles en fleurs seraient un aliment choisi que je pourrais à la rigueur permettre à mon imagination semblable au cheval fameux qu'on ne nourrissait que de roses [1] ». Que le héros s'éloigne de toute floraison, et le temps s'écoule plus vite. Il en est

1. *TR*, p. 394.

ainsi lorsqu'il quitte la jeune laitière de la gare : « … le train se mit en marche ; je la vis quitter la gare et reprendre le sentier, il faisait grand jour maintenant : je m'éloignais de l'aurore ». L'aurore n'est pas encore le jour : c'est un moment de transformation. Il en est ainsi des jeunes filles dont les traits physiques sont encore incertains et qui réservent des surprises : elles sont ces êtres changeants que le héros ne parvient pas à saisir.

Des fleurs-femmes, des femmes-fleurs

Le narrateur se conduit comme les poètes évoqués par Platon qui « nous disent que c'est à des sources de miel, dans certains jardins et vallons des Muses, qu'ils butinent les vers qu'ils nous apportent, semblables aux abeilles, voltigeant eux-mêmes comme elles » *(Ion)*.

À la vue des fleurs, qu'elles soient végétaux ou femmes, le héros se fait tour à tour pollen, bourdon ou papillon : il lui faut extraire le suc qui lui permettra plus tard de faire son miel, c'est-à-dire de composer son roman. Elstir aussi utilisait des fleurs. Mais les fleurs peintes par Elstir au premier jour de sa rencontre avec le héros ne ressemblaient pas aux fleurs des jardins puisqu'elles étaient des créations d'Elstir. À son tour, le narrateur se met à peindre des fleurs qui ne ressemblent à aucune autre : des fleurs-femmes, des femmes-fleurs.

Dans *Du côté de chez Swann*, les fleurs apparaissaient séduisantes comme des jeunes filles, et les aubépines avaient pour le petit garçon des attraits tout féminins : « plus haut s'ouvraient leurs corolles çà et là avec une grâce insouciante, retenant si négligeamment, comme un dernier et vaporeux atour, le bouquet d'étamines, fines comme des fils de la Vierge, qui les embrumait tout entières, qu'en suivant, qu'en essayant de mimer au fond de moi le geste de leur efflorescence, je l'imaginais comme si ç'avait été le mouvement de tête étourdi et rapide, au regard coquet, aux pupilles diminuées, d'une blanche jeune fille, distraite et vive[1] ». En quittant Combray il va dire adieu à ses aubépines bien-aimées et entoure de ses bras leurs « branches piquantes ». Il les retrouve à Balbec, ces chères aubépines, mais défleuries : le temps a passé, elles ne sont plus les jeunes filles en fleurs qu'il a connues. Mais elles refleuriront au printemps prochain... comme refleurissent de nouvelles jeunes filles au cours du temps. Gilberte deviendra une grosse dame mais donnera naissance à Mlle de Saint-Loup.

La vue des jeunes filles provoque en lui les mêmes passions que les fleurs et elles l'attirent comme le pistil attire le pollen. Gilberte est comparée à « un arbuste après lequel [il] aur[ait] voulu grimper » et les nattes de celle-ci, en effleurant sa joue, l'émeuvent à tel point qu'il fera des « bassesses » pour posséder une photographie de ce « fin gramen ». De même, chaque détail physique d'Albertine et de ses amies provoque par le seul intermédiaire de la « perception visuelle » un délire de tous ses sens, donnant à « ces filles la même consistance mielleuse qu'ils font quand ils butinent dans une roseraie, ou dans une vigne dont ils mangent des yeux les grappes ».

La fleur est donc intimement liée à la sensualité et à la sexualité dans l'imaginaire du narrateur de la *Recherche*. Il n'est pas étonnant que les fleurs accompagnent tout au long du roman les rapports amoureux des personnages : le catleya qui a préludé à l'acte d'amour d'Odette et de Swann en devient le symbole, Charlus et Jupien surpris dans leurs ébats seront comparés à un bourdon et à une orchidée[2], Albertine fera semblant de détester l'odeur des seringas apportés par le héros, pour éloigner celui-ci, et lui cacher le lit

1. *Sw.*, p. 218.
2. *SG. vol. I*, p. 69. Dans certains brouillons, Charlus s'est appelé Fleurus.

où elle s'est livrée avec Andrée à des plaisirs coupables[1].

Symphonie en rose

Dans la riche variété florale, le héros fait ses choix. Il regrette qu'Elstir ne peigne pas des aubépines, des épines roses, des bleuets, des fleurs de pommier. Ces fleurs particulièrement aimées sont des fleurs de Combray, et deux d'entre elles : les aubépines et les épines roses, sont étroitement liées à Gilberte. C'est derrière une haie d'aubépines (ou épines) roses que Gilberte lui est apparue pour la première fois, au milieu des jasmins, des pensées, des verveines, des giroflées[2]. À côté de sa mère elle semblera au héros « comme un lilas blanc près d'un lilas violet ». Quant aux jeunes filles de Balbec, elles sont surtout les roses d'un même rosier, tour à tour « roses de Pennsylvanie », « variétés de roses », « une roseraie », « bosquet de roses », « jeunes roses », « tiges de roses »...

Le rose domine, et non pas seulement la fleur mais la couleur rose, à un point presque obsessionnel. Pour connaître l'origine de cette fascination du rose, il faut, une fois encore, retourner à Combray. Dans sa petite enfance le héros aimait particulièrement les biscuits roses de chez Camus et mangeait plus volontiers les fromages à crème rose que les autres. Aussi, les épines roses lui semblaient-elles plus séduisantes que les blanches, parce qu'elles avaient « choisi une de ces teintes de choses mangeables ». Le narrateur explique alors que ces teintes gardent pour les enfants « quelque chose de plus vif et de plus naturel que les autres teintes, même lorsqu'ils ont compris qu'elles ne promettaient rien à leur gourmandise[3]... »

1. *Pris.*, p. 147, et *Fug.*, GF, p. 254.
2. *Sw.* (« Combray », p. 249).
3. *Sw.* (« Combray », p. 248).

Adolescent, le héros associera encore le rose à la sensualité : le rose qui s'épanouit par moments sur les joues pâles de Mlle de Stermaria est « sensuel et vif ». Puisque les fleurs troublent les sens, quoi de plus attirant alors pour l'adolescent que des fleurs roses ?

Les jeunes filles en fleurs sont agréables à regarder, certes, mais elles sont vues aussi comme des fleurs comestibles qui se transforment facilement en fruits. Bien vite, la simple « perception visuelle » ne suffit plus à remplacer les autres sens : « ... l'amour tendant à l'assimilation complète d'un être, comme aucun n'est comestible par la seule conversation, Albertine eut beau être aussi gentille que possible [...], quand je l'eus déposé chez elle, elle me laissa heureux, mais plus affamé d'elle encore que je n'étais au départ... » Albertine est particulièrement visée par la gourmandise du héros qui trouve que sa figure ressemble à un « gâteau » ou à « un fruit rose inconnu » dont il aimerait connaître le goût. Les pommettes de Gilberte, « enflammées par l'effort étaient rouges et rondes comme des cerises ».

Le rouge apparaît par moments, mais comme une variété de rose dont il serait le paroxysme. Rosemonde est caractérisée par « des joues où le rose avait cette teinte cuivrée qui évoque l'idée de géranium », et n'est associée à cette fleur rouge que par le biais de la couleur rose, inscrite d'ailleurs dans son prénom. S'il arrive que la couleur des joues d'Albertine atteigne le « rose violacé du cyclamen », c'est lorsqu'elle a « la sombre pourpre de certaines roses, d'un rouge presque noir », que son regard a quelque chose de plus pervers et malsain et que le désir du héros se fait plus aigu.

Le rose n'est pas seulement l'attribut des jeunes filles : Mme de Guermantes, dont la couleur est surtout le bleu pervenche, s'avançait dans la petite église de Combray, sur des tapis rouges auxquels le soleil donnait « une carnation de géranium » et au lainage desquels il ajoutait « un velouté rose[1] ». La dame aperçue par le héros chez son oncle et qui se révélera être Mme Swann demeurera longtemps pour lui « la dame en rose », et Odette vieillissante mais encore belle sera comparée à une « rose stérilisée[2] ». La vieille fleuriste enfin, chez qui se fournissait la mère du héros, lui tendait « une rose en roulant des yeux doux ».

Le narrateur, insistant à nouveau sur la multiplicité des êtres, explique que « la mémoire a choisi telle particularité qui nous a frappé, l'a isolée, l'a exagérée, faisant d'une femme qui nous a paru grande une étude où la longueur de sa taille est démesurée, ou d'une femme qui nous a semblé rose et blonde, une pure " Harmonie en rose et or " : au moment où de nouveau cette femme est près de nous, toutes les autres qualités oubliées qui font équilibre à celle-là nous assaillent, dans leur complexité confuse, diminuant la hauteur, noyant le rose... » Pourtant le rose est rarement noyé. Le narrateur n'en aurait-il pas conscience ? « Harmonie en rose et or », ainsi pourraient s'intituler bon nombre des portraits de ces jeunes filles car il est vrai que l'or vient souvent s'y harmoniser au rose : Gilberte a la peau dorée, le teint de la jeune laitière est « doré et rose », les yeux bleus de Gisèle ressemblent à « un ciel encore empourpré du matin où partout pointe et brille l'or », les détails les plus insignifiants des jeunes filles se détachent « sur un fond d'or ». Cet or, c'est encore la lumière, le soleil qui éclaire ces jeunes fleurs et qui les empêche de flétrir. Lorsqu'il ne les éclairera presque plus, elles tendront alors « vers la beauté qui s'éloign[era] comme un soleil couchant et dont elles vou[dront] passionnément conserver les derniers rayons, le miroir de leur visage[3] ».

1. *Sw.* (« Combray », p. 291).
2. *TR*, p. 352.
3. *TR*, p. 348.

APPARENCES, MASQUES ET MENSONGES

Si les visages des autres sont difficiles à saisir, plus difficile encore sera la connaissance intime des êtres. Le héros se heurte sans cesse aux apparences et les autres personnages sont aussi peu clairvoyants que lui : les bourgeois du grand hôtel de Balbec qui prennent Mme de Villeparisis et la princesse de Luxembourg pour des demi-mondaines font le même genre d'erreur que le petit Marcel des Champs-Élysées qui voyait en la veuve d'un huissier une ambassadrice ou une altesse. En fait, si certains aristocrates (dont Saint-Loup) ont le physique de leur noblesse, il n'en est pas de même pour tous. Inversement, Françoise, avec son fin profil, pourrait bien être prise pour une dame noble « réduite par les circonstances ou poussée par l'attachement à servir de dame de compagnie » à la grand-mère du héros.

Les visages des individus ne reflètent donc ni leur rang social ni leur réalité intérieure, mais de plus, pour brouiller encore les pistes, chacun se met à se faire passer pour ce qu'il n'est pas, à jouer un rôle qui varie selon le public auquel il s'adresse. Rares sont les personnages d'*À la recherche du temps perdu* qui ne cherchent pas à se cacher aux autres, qui osent se montrer tels qu'ils sont. Seule la grand-mère me semble échapper à ces rôles imposés par la vie en société et demeurer elle-même. Le héros, en avançant dans le temps, apprend à aller au-delà des apparences et à démasquer les autres. De plus, certains personnages, las de feindre, finissent eux-mêmes par se découvrir. Mais le narrateur fait passer le lecteur par toutes ses expériences. Dans *À l'ombre des jeunes filles en fleurs* certains personnages, déjà connus, se révèlent différents de ce que l'on croyait : Swann peut se conduire comme un bourgeois arriviste pour s'intégrer à la classe sociale fréquentée par sa femme, Cottard aller à l'encontre de son tempérament timide et aimable et afficher un air hautain et froid davantage en harmonie avec l'importance de sa situation. Le héros lui-même porte des masques pour obtenir ce qu'il souhaite ou se faire valoir. Enfin, de nouveaux individus apparaissent et, comme le héros, nous n'en avons qu'une vision sommaire et fragmentée, une première impression, qui n'est pas forcément la bonne.

Un rôle imposé par l'amour : l'indifférence

À la fin de *Du côté de chez Swann* (Noms de pays : le nom), Gilberte annonce au héros qu'elle ne reviendra pas aux Champs-Élysées avant longtemps car les vacances du jour de l'An approchent et elle doit faire des courses pour s'y préparer. Dans *À l'ombre des jeunes filles en fleurs* la jeune fille revient jouer aux Champs-Élysées quelques jours après le 1er janvier. Leur séparation n'a peut-être même pas duré un mois et le héros n'a pas eu le temps de beaucoup évoluer. Il ne semble pas avoir avoué son amour à Gilberte comme il le désirait, mais seule la timidité a dû l'en empêcher. Durant quelques mois, jusqu'à la fin de l'hiver et peut-être un peu au-delà, il a la satisfaction de voir régulièrement celle qu'il aime, d'être admis dans la vie des Swann, jusqu'au moment où tout se gâte. Gilberte manifeste le besoin d'espacer les visites du jeune homme et montre des signes d'impatience à son égard. Ce moment-là marque une étape décisive dans la conception de l'amour que se fait le héros. L'être aimé se dérobe s'il se sent trop aimé et l'amour ne puise sa substance que dans l'indifférence de l'autre. Dès lors la vérité ne lui apparaît plus comme une valeur suprême et il apprend à se dérober, à mentir. Gilberte ne pourra recommencer à l'aimer que si elle est persuadée de son indifférence. De l'indifférence il adoptera donc toutes les attitudes. Ce rôle exige de ne plus voir Gilberte, de feindre d'accepter ses rendez-vous et de les refuser au dernier moment, d'entendre le prénom de celle-ci sans émotion apparente lorsque Mme Swann le prononce. Il suffit d'un petit retour en arrière dans le texte et de remonter à la fin de *Du côté de chez Swann* pour constater que le héros, en très peu de temps, a fait un grand pas vers l'âge adulte : « Le plus pressé était que nous nous vissions, Gilberte et moi, et que nous puissions nous faire l'aveu réciproque de notre amour, qui jusque-là n'aurait pour ainsi dire pas commencé. Sans doute les diverses raisons qui me rendaient si impatient de la voir auraient été moins impérieuses pour un homme mûr. Plus tard, il arrive que, devenus habiles dans la culture de nos plaisirs, nous nous contentions de celui que nous avons à penser à une femme comme je pensais à Gilberte, sans être inquiets de savoir si cette image correspond à la réalité, et aussi de l'aimer sans avoir besoin d'être certains qu'elle nous aime ; ou encore que nous renoncions au plaisir de lui avouer notre inclination pour elle, afin d'entretenir plus vivace l'inclination qu'elle a pour nous [1]... »

Le héros est donc devenu plus habile dans la culture de ses plaisirs et par contrecoup dans celle de la dissimulation. Mais à jouer au jeu des masques on peut se prendre à son propre piège : le jeune homme interprète si bien son rôle qu'il finit par éprouver l'indifférence qu'il avait feinte.

1. *Sw.* (« Noms de pays : le nom », p. 542, 543).

Le rôle, moyennant une volonté tenace, était facile à jouer puisqu'il était joué à distance, loin de celle à qui se donnait la réplique. Il n'en est pas toujours ainsi et le narrateur pense que l'art de la dissimulation n'est pas souvent aisé : « Chacun est un mauvais acteur, ou le prochain, un bon physionomiste. » Lorsqu'il a mal joué, il en a conscience. Ainsi, en rencontrant avec Elstir la petite bande des jeunes filles, il se met à interpréter une petite comédie bien peu efficace. Au lieu de s'avancer à leur rencontre avec le peintre, il reste en arrière, et fait semblant de s'intéresser à la vitrine d'un marchand d'antiquités. Chaque regard, chaque geste est soigneusement prémédité : « ... j'irais même jusqu'à indiquer ma poitrine avec mon doigt pour demander : " C'est bien moi que vous appelez ? " et accourir vite, la tête courbée par l'obéissance et la docilité, le visage dissimulant froidement l'ennui d'être arraché à la contemplation de vieilles faïences pour être présenté à des personnages que je ne souhaitais pas de connaître ». Or la pièce ne se termine pas selon le schéma prévu, et les répliques envisagées ne pourront pas être prononcées. La difficulté du théâtre de la vie, c'est qu'il est souvent improvisé. Pour qu'une semblable mésaventure ne se reproduise pas, le héros prépare soigneusement une autre rencontre avec Albertine : Elstir les invitera à une matinée et les présentera l'un à l'autre. Dès lors, jouer le même scénario ne présente plus les mêmes dangers et le jeune homme recommence sa scène de l'indifférent : « Au moment où Elstir me demanda de venir pour qu'il me présentât à Albertine, assise un peu plus loin, je finis d'abord de manger un éclair au café et demandai avec intérêt à un vieux monsieur dont je venais de faire la connaissance et auquel je crus pouvoir offrir la rose qu'il admirait à ma boutonnière, de me donner des détails sur certaines foires normandes. »

Bien entendu, à la volonté de la dissimulation s'ajoute le besoin de retarder l'instant espéré, pour jouir plus longtemps de l'attente. Avec la certitude d'aimer Albertine, la nécessité de ne pas le lui laisser deviner se fait plus aiguë : « D'une part, l'aveu, la déclaration de ma tendresse à celle que j'aimais ne me semblait plus une des scènes capitales et nécessaires de l'amour ; ni celui-ci, une réalité extérieure mais seulement un plaisir subjectif. Et ce plaisir, je sentais qu'Albertine ferait d'autant plus ce qu'il fallait pour l'entretenir qu'elle ignorerait que je l'éprouvais. » Le stratagème paraît efficace : si Albertine, encore très enfant par certains côtés, ne sait pas, contrairement à Andrée, sacrifier les plaisirs du jeu au héros, elle a toutefois des attitudes d'amoureuse : elle refuse d'aller rejoindre ses amies lorsqu'elle est avec lui, éprouve de la jalousie lorsqu'il regarde d'autres jeunes filles, se coiffe comme il le souhaite, afin de lui plaire...

Pour bien jouer son rôle, c'est là le paradoxe du comédien, il faut savoir se maîtriser. Lorsque Albertine invite le héros dans sa chambre et le reçoit en chemise de nuit dans son lit, il n'est pas en état de feindre la froideur et se jette sur elle pour l'embrasser. Une sonnerie brutale l'arrête dans son élan : la scène ne peut se poursuivre, le rideau tombe. Il aurait peut-être suffi que les acteurs fussent placés autrement pour que tout s'accomplît. À Paris, Albertine se laissera faire, mais cette fois c'est le héros qui la recevra dans son lit : « Était-ce parce que nous jouions [...] la scène inverse de celle de Balbec, que j'étais, moi, couché, et elle levée, capable d'esquiver une attaque brutale et de diriger le plaisir à sa guise, qu'elle me laissa prendre avec tant de facilité maintenant ce qu'elle avait refusé jadis avec une mine sévère [1] ? »

Les comédies imposées par la société

Dans le monde et les salons, tout n'est plus qu'apparence. Le héros, au moment d'*À l'ombre des*

1. *Gu. II*, p. 112.

jeunes filles en fleurs, n'a pas encore pénétré dans ces lieux de comédie. Mais il assiste à des dîners dans sa famille et chez les Swann, rencontre au Grand-Hôtel de Balbec des individus de classes sociales assez différentes, et il s'instruit, en regardant et en écoutant, en apprenant son rôle d'homme social. Il s'aperçoit bien vite que la franchise ne paie pas plus en société que dans les rapports amoureux. Lorsque le marquis de Norpois lui demande comment il a trouvé la Berma, il balbutie et déclare qu'il a été déçu, ce qui inquiète vivement son père « ennuyé de l'impression fâcheuse » qu'il peut produire sur Norpois. Aussi, quand la même situation se représente, face à Bergotte cette fois, le jeune homme se contente-t-il de dire ce qui l'a séduit dans le spectacle, et tait sa déception. À Norpois encore, emporté par son enthousiasme, il avoue être très admirateur de Mlle Swann et de sa mère, et demande à l'ambassadeur de leur glisser un mot sur lui. Bien entendu, Norpois s'en gardera.

En société le mensonge est donc de mise : bien plus, il est souvent de règle, et à certaines phrases toutes faites, il est recommandé de répondre par d'autres, qui ne reflètent pas la pensée de celui qui les prononce mais qui sont attendues. Lorsque Bergotte vient de calomnier Swann et prononce le rituel : « Tout ceci de vous à moi », le héros devrait répondre : « Je ne répète jamais rien », mais peu initié encore aux usages du monde, il s'incline en silence. Sa grand-tante, elle, qu'il qualifie d' « insociable », se serait écriée : « Si vous ne voulez pas que ce soit répété, pourquoi le dites-vous ? »

Bloch non plus ne respecte pas les conventions, mais par manque de tact. Lorsque le héros le rencontre à Balbec, il s'entend demander : « Est-ce par goût de t'élever vers la noblesse — une noblesse très à côté du reste, mais tu es demeuré très naïf — que tu fréquentes de Saint-Loup-en-Bray ? Tu dois être en train de traverser une jolie crise de snobisme. Dis-moi, es-tu snob ? Oui, n'est-ce pas ? » Le héros, qui a appris à être sociable, répond à son ami qu'il est peu aimable, au lieu de lui dire : « Si je l'étais, je ne te fréquenterais pas. » Mais le narrateur se venge de Bloch en le lui disant tout de même, a posteriori !

Mme de Villeparisis, très rompue aux usages du monde, feint de ne pas apercevoir la grand-mère du héros lorsqu'elle devine que celle-ci ne souhaite pas la reconnaître. Mais toutes les deux vont être forcées, en se retrouvant face à face, d'adopter une attitude qu'elles savent pourtant être de pure comédie (la grand-mère elle-même, par délicatesse, est bien obligée de s'y prêter) : « ... elle et Mme de Villeparisis tombèrent un matin l'une sur l'autre dans une porte et furent obligées de s'aborder non sans échanger au préalable des gestes de surprise, d'hésitation, exécuter des mouvements de recul, de doute et enfin des protestations de politesse et de joie comme dans certaines scènes de Molière où deux acteurs monologuant depuis longtemps chacun de son côté à quelques pas l'un de l'autre, sont censés ne pas s'être vus encore, et tout à coup s'aperçoivent, n'en peuvent croire leurs yeux, entrecoupent leurs propos, finalement parlent ensemble, le chœur ayant suivi le dialogue, et se jettent dans les bras l'un de l'autre ».

Quelquefois, le mot ou le geste font partie du répertoire d'un milieu social ou d'une famille : la sécheresse du salut de Saint-Loup, qui masque au premier abord l'amabilité du jeune homme, lui vient des Guermantes, certaines expressions utilisées par Andrée ne lui sont pas personnelles mais imitées de sa mère ou de sa sœur.

Ondines et Mélusines

Soumises aux influences de leurs aînées, les jeunes filles n'ont pas tout à fait acquis leur personnalité définitive et sont encore à la recherche de leur identité. De plus, elles sont déjà sensibles au regard d'autrui et soumises à certaines contraintes sociales qui leur imposent des attitudes. Elles seront peut-être encore plus difficiles à cerner que les adultes.

Gilberte

Gilberte est « glissante comme une ondine » et se métamorphose comme « Mélusine ». Elle est d'autant plus insaisissable que les deux natures de son père et de sa mère se combattent mutuellement pour s'emparer à la fois de son corps et de son esprit. Quelquefois, un air sournois inquiète le héros mais ne correspond à rien car il est simplement hérité de sa mère. Son aspect extérieur n'est donc pas toujours révélateur de ses sentiments : le geste et la parole perdant leurs propriétés signifiantes, il ne reste plus beaucoup de moyens au héros pour savoir ce qui se cache derrière les différents masques de Gilberte. De plus, la fille de Swann s'exerce à cacher ses émotions, ses troubles et ses colères : la plupart du temps, son visage est impénétrable.

Lorsque ses gestes ou ses sourires se veulent révélateurs, ils sont trop indécents pour son âge et le héros ne comprend pas ce qu'ils demandent. Son rire est incompréhensible : « en désaccord avec ses paroles [il] semblait, comme fait la musique, décrire dans un autre plan une surface invisible ». Son regard, surtout lorsqu'il est mis en relief par une toque qui lui descend sur les yeux, est « en dessous », « rêveur et fourbe », comme la première fois où il l'a vue à Combray. Les paroles de Gilberte ne s'accordent pas toujours à ses gestes : elle invite par exemple le héros à reprendre une lettre, mais ne la lui tend pas et se renverse sur sa chaise. Le jeune garçon comprend que la non-coïncidence entre mots et actes est en soi révélatrice et lutte avec elle pour récupérer sa lettre. Son écriture elle-même n'est pas claire : son G a l'air d'un A, tandis que la dernière syllabe est « indéfiniment prolongée à l'aide d'un paraphe dentelé ». Cette écriture-masque lui jouera des tours puisque sa signature sera prise pour celle d'une autre [1].

Le système de défense le plus couramment adopté par Gilberte est l'impassibilité, mais derrière celle-ci transparaissent quelquefois ses sentiments véritables : ainsi lorsque son père souhaite qu'elle renonce à une sortie à l'Opéra, son visage s'efforce de ne manifester aucune émotion mais devient pâle « d'une colère qu'elle ne put cacher ». À la Gilberte « si soumise, si tendre, si sage » que connaît le héros s'oppose une Gilberte butée, coléreuse et désobéissante. Laquelle est la véritable Gilberte ? En tout cas l'impassibilité de la jeune fille finit par rendre le jeune homme méfiant. L'expérience lui apprend qu'il ne s'agit là que d'un rôle de composition : « ... je me demandais si le caractère de Gilberte n'était pas autre que ce que j'avais cru, si cette indifférence à ce qu'on ferait, cette sagesse, ce calme, cette douce soumission constante, ne cachaient pas au contraire des désirs très passionnés que par amour-propre elle ne voulait pas laisser voir et qu'elle ne révélait que par sa soudaine résistance quand ils étaient par hasard contrariés ».

En fait Gilberte se livre très peu et le héros doit tout deviner d'elle. Lorsque Mme Swann lui impose de rester auprès de son camarade au lieu d'aller danser, son visage « dépouillé de toute joie, nu, saccagé, sembla tout l'après-midi vouer un regret mélancolique au pas-de-quatre que ma présence l'empêchait d'aller danser, et défier toutes les créatures, à commencer par moi, de comprendre les raisons subtiles qui avaient déterminé chez elle une inclination sentimentale pour le boston ». Pour deviner ce qui cause réellement la déception de Gilberte, le héros n'a même pas la ressource du dialogue : Gilberte se compose un visage illisible et refuse toute communication véritable en adoptant un langage insignifiant. Si le héros tente de rétablir le contact, l'ondine lui glisse entre les mains

1. Voir *supra*, p. 18.

en se dérobant à ses questions et en se cachant derrière son rire indéchiffrable ; « ... je ne peux pas vous expliquer » est la seule réponse qu'il obtient, c'est-à-dire un refus total de donner une cause à son attitude. Quand le héros se décide enfin à revoir Gilberte après une longue séparation forcée, elle lui échappe définitivement, dans la confusion du crépuscule où il l'aperçoit, descendant la rue des Champs-Élysées à côté d'un jeune homme. Illusion encore : le jeune homme, nous sera-t-il révélé dans *La Fugitive*, était une femme [1].

Plus tard, le narrateur comprendra que « la vraie Gilberte, la vraie Albertine, c'étaient peut-être celles qui s'étaient au premier instant livrées dans leur regard, l'une devant la haie d'épines roses, l'autre sur la plage ».

Albertine, Andrée, Gisèle et Rosemonde

Albertine, ondine de la mer, est tout aussi ondoyante et glissante que Gilberte. La jeune cycliste au « polo » enfoncé sur les yeux se métamorphosera en différentes jeunes filles. Mais Albertine est orpheline et l'on ne sait pas quelle est la part de l'hérédité dans ses contradictions et dans ses variations. Son visage bouge et se transforme au gré des décors et des publics. Albertine a tour à tour le genre voyou, le genre jeune fille bien élevée, le genre pincé, le genre vertueux. Toutes ces Albertines ont des langages différents mais aussi des gestes et des vêtements différents.

C'est l'Albertine mauvais genre qui séduit le héros. Elle a des « yeux brillants, rieurs », de « grosses joues mates, sous un " polo " noir, enfoncé sur sa tête » et pousse « une bicyclette, avec un dandinement de hanches si dégingandé, en employant des termes d'argot si voyous et criés si fort » que le héros, en

1. *Fug.*, p. 357, note 186.

passant près d'elle, en conclut que toutes ces filles doivent être « les très jeunes maîtresses de coureurs cyclistes ».

Lorsqu'elle lui est présentée, Albertine est méconnaissable, le voyou a laissé la place à une jeune fille bien élevée : « Il y avait bien une jeune fille assise, en robe de soie, nu-tête, mais de laquelle je ne connaissais pas la magnifique chevelure, ni le nez, ni ce teint et où je ne retrouvais pas l'entité que j'avais extraite d'une jeune cycliste se promenant coiffée d'un polo, le long de la mer. » La robe de soie confère à Albertine une autre personnalité et la pose socialement. Sa tenue vestimentaire suffit à elle seule à métamorphoser la fille voyou de la plage. Pourtant, cette élégance n'est pas un simple besoin d'apparence. On apprendra plus loin que la jeune fille aime particulièrement les toilettes raffinées. Mais en l'occurrence Albertine ne fait qu'adopter pour une réunion mondaine la tenue qui lui paraît le mieux adaptée à la circonstance. Elle se moquera des petites d'Ambresac qui « vont jouer au golf en robes de soie ».

Malgré cela, Albertine n'est pas elle-même : elle joue le rôle de la jeune fille bien élevée. Le héros a la surprise de constater qu'elle n'utilise pas le langage vulgaire entendu quelques jours auparavant : « Je fus étonné de l'entendre se servir de l'adverbe " parfaitement " au lieu de " tout à fait ", en parlant de deux personnes, disant de l'une " elle est parfaitement folle, mais très gentille tout de même " et de l'autre " c'est un monsieur parfaitement commun et parfaitement ennuyeux ". Si peu plaisant que soit cet emploi de " parfaitement ", il indique un degré de civilisation et de culture auquel je n'aurais pu imaginer qu'atteignait la bacchante à bicyclette, la muse orgiaque du golf. »

Les jeunes filles dont lui parle le héros ont, d'après elle, « mauvais genre » ou « un drôle de genre », ce qui est une manière de s'en dissocier et de dénoncer le style voyou qu'elle affichait sur la plage. Pour qui Albertine jouait-elle ce rôle ? Quelque temps après, le héros la retrouve sur la plage, ayant abandonné ses « bonnes façons » et repris « son ton rude » et ses manières « petite bande ». Elle montre une maîtrise du langage argotique qui prouve qu'elle en use assez habituellement. Pourtant elle n'est pas naturelle et se compose un visage et une voix : « En parlant, Albertine gardait la tête immobile, les narines serrées, ne faisait remuer que le bout des lèvres. Il en résultait ainsi un son traînard et nasal... » Cette élocution disparaît bien vite lorsque Albertine connaît mieux les gens et que sa voix redevient « naturellement enfantine ». Mais que penser alors de cette jeune fille ? Les allures de voyou vont alterner avec un langage plus châtié, la voix d'enfant remplace la voix nasale, mais Albertine demeure une énigme. Ses regards et ses sourires, comme ceux de Gilberte autrefois, embarrassent le jeune homme car il ne peut les déchiffrer : « Ils pouvaient signifier mœurs faciles mais aussi gaieté un peu bête d'une jeune fille sémillante mais ayant un fond d'honnêteté. » Comme Gilberte elle a d'ailleurs des élans de spontanéité : la première prouvait son affection au héros en lui offrant une bille d'agate, la seconde lui écrit sur un papier « je vous aime bien ». Est-ce aussi par spontanéité, par naïveté, qu'elle invite le héros dans sa chambre ? Est-ce par naïveté qu'elle le reçoit en chemise de nuit dans son lit ? Le narrateur émettra une hypothèse sur l'attitude d'Albertine ce soir-là : Andrée lui a expliqué que les jeunes filles sont très soucieuses de l'opinion qu'elles peuvent inspirer aux autres ; il a peut-être été imprudent d'apprendre à Andrée que son amie allait coucher au Grand-Hôtel, ce qui a pu provoquer le revirement d'Albertine. De la vertu de la jeune fille à cette époque-là, ni le lecteur ni même le narrateur ne seront jamais très sûrs. Les révélations sur l'homosexualité d'Albertine sont convaincantes mais rien ne prouve qu'au cours du premier séjour à Balbec la jeune fille avait déjà des relations de cette sorte (ce qui serait pourtant une autre explication du mouvement de recul qu'elle manifeste face au désir du héros). L'amie qui lui a servi de mère se révélera être aussi l'amie de Mlle Vinteuil mais Andrée jurera au héros, après lui avoir pourtant fait de graves aveux, qu'Albertine n'a eu de relations homosexuelles ni avec l'amie de Mlle Vinteuil ni avec Mlle Vinteuil elle-même. Enfin, quand Andrée avouera avoir eu des relations homosexuelles avec Albertine, elle ne précisera pas à partir de quelle date [1]. Le narrateur, lui, aura l'impression que « la muse orgiaque » du golf était bien, déjà, la véritable Albertine. Mais le doute subsiste.

La glissante Albertine possède en tout cas une qualité certaine, elle est profondément bonne. Là encore les apparences ont d'abord été trompeuses : Albertine semble préférer le jeu à l'amitié du héros qu'elle abandonne au besoin lorsqu'il ne peut participer à ses divertissements. Andrée se montre « plus délicate, plus affectueuse, plus fine qu'Albertine » et sait se priver d'un plaisir pour tenir compagnie au jeune garçon. Pourtant, Albertine se révèle en fin de compte meilleure que son amie : « De mille raffinements de bonté qu'avait Andrée, Albertine eût été incapable, et cependant je n'étais pas certain de la bonté profonde de la première comme je le fus plus tard de la seconde. »

Andrée joue donc la comédie de la bonté, pour lutter contre des tendances contraires, et parce qu'elle est particulièrement sensible, comme le héros, à l'opinion des autres. C'est elle qui a sauté par-dessus un vieux monsieur, ce qui l'a longtemps auréolée de gloire aux yeux du jeune homme. Mais l'acte n'était pas en accord avec la nature réelle d'Andrée : c'était un acte forcé, accompli pour donner aux autres une preuve de sauvagerie. La créature qui est d'abord apparue « dionysiaque » est « au contraire frêle, intellectuelle, et cette même année-là, fort souffrante ». Comme le héros, auquel elle ressemble comme une

1. Voir *Fug.* p. 252.

sœur, elle est donc malade, s'intéresse à la littérature (elle traduit un roman de George Eliot) et essaie sans doute de retrouver auprès de ses amies un peu de son enfance trop vite enfuie. Cependant, elle n'est pas toujours mécontente de sa supériorité intellectuelle et de sa maturité, et en assume par moments parfaitement le rôle en prenant un « ton un peu persifleur », « un sentiment de bienveillante supériorité », ou le « flegme souriant d'un dandy femelle ». En fait, la conduite d'Andrée est dictée par son besoin de considération. Elle ment au héros qui souhaite la rencontrer le lendemain, en prétendant sa mère malade, alors qu'elle doit se rendre en réalité à un pique-nique dont elle ne peut se décommander. Mais le mensonge lui permet de se maintenir dans son rôle de jeune fille généreuse et délicate. Son tact même révélerait, selon le narrateur, « une forte dose de dissimulation ».

À son tour, le héros est vu par cette jeune fille comme par un miroir et ne peut, malgré ses efforts, lui dissimuler son amour pour Albertine. Il se rend bien compte, d'ailleurs, que malgré ses promesses, Andrée ne fait rien pour le rapprocher de son amie.

Gisèle et Rosemonde semblent moins intéresser le narrateur, peut-être parce qu'elles n'ont pas eu d'importance dans la suite de son existence. Aussi n'ont-elles presque pas d'individualité. Dans *Le Côté de Guermantes*, le héros demandera à Albertine ce qu'elle avait pensé au moment où Gisèle, qu'il confond alors avec Andrée, avait sauté par-dessus la chaise du vieux monsieur : « Gisèle était celle que nous fréquentions le moins, elle était de la bande[...], mais pas tout à fait [1] » répondra Albertine. La confusion s'explique peut-être par la méchanceté que le héros a prêtée ce jour-là à Andrée aussi bien qu'à Gisèle, cette dernière s'étant écriée en ricanant, après l'acte de sa camarade : « Il me fait de la peine, ce pauvre vieux. » N'était-ce

1. *Gu. II*, p. 109.

qu'un rôle joué par une petite fille craintive et timide ? C'est en tout cas ainsi qu'elle apparaîtra un peu plus tard au jeune garçon qu'elle regardera avec un « sourire cordial, aimant ». Mais elle repart pour Paris « potasser » ses examens et nous ne saurons plus grand-chose de cette jeune fille sinon qu'elle est menteuse [1].

Rosemonde, dont la principale caractéristique est d'avoir « un teint de géranium », demeurera plus floue encore et nous n'aurons jamais d'elle qu'une apparence : celle d'une jeune fille puérile et ne songeant qu'à jouer.

Le baron de Charlus : d'une période classique à une période romantique

Le héros a entrevu Charlus autrefois, à Combray, dans le jardin des Swann. Celui qui passait alors pour l'amant d'Odette avait fixé sur le petit garçon « des yeux qui lui sortaient de la tête [2] ». De lui, nous n'apprenions pas grand-chose de plus en lisant « Un amour de Swann », sinon que le baron ne suscitait pas la jalousie de Charles Swann. Mais dans *À l'ombre des jeunes filles en fleurs*, Charlus fait sa véritable entrée en scène. Son apparition est judicieusement préparée et annoncée par le narrateur qui nous donne un portrait détaillé du personnage par l'intermédiaire de son neveu Saint-Loup. Le premier point de vue sur Charlus est donc le point de vue Guermantes, même si Saint-Loup est un Guermantes plutôt marginal. Le baron est présenté comme « insolent, particulièrement difficile d'accès, dédaigneux, entiché de sa noblesse ». Il a mené autrefois une vie très donjuanesque et déteste les jeunes hommes efféminés et les homosexuels. Ce séducteur a certainement beaucoup

1. *Pris.*, p. 275.
2. *Sw.* (« Combray », p. 251).

trompé sa femme mais il l'a adorée et l'a beaucoup pleurée lorsqu'elle est morte. C'est lui qui, dans la haute société, a longtemps donné le ton et fait la loi. Cet homme autoritaire a des qualités, « un côté assez gentil » : il protège les gens du peuple. Sa sensibilité à la musique laisse deviner un individu peut-être moins froid qu'il ne paraît : il a fait venir chez lui pendant plusieurs semaines des artistes pour qu'ils lui jouent certains quatuors de Beethoven.

Ce portrait est aussitôt suivi d'un autre, plus objectif celui-là. Le héros rencontre par hasard l'oncle de Saint-Loup mais ne sait pas de qui il s'agit. Il en a donc une vision distanciée, dépouillée de toute influence extérieure. Physiquement, l'homme aperçu est âgé d'une quarantaine d'années, il est « très grand et assez gros, avec des moustaches noires ». Il montre une certaine nervosité « en frappant son pantalon avec une badine ». Comme l'individu entrevu autrefois à Combray — mais le héros n'a pas encore fait le rapprochement —, il fixe sur le jeune homme « des yeux dilatés par l'attention » et celui-ci lui trouve un air de fou, d'espion ou d'escroc. Cette attitude est d'autant plus étrange qu'après « une suprême œillade à la fois hardie, prudente, rapide et profonde, comme un dernier coup que l'on tire au moment de prendre la fuite », l'homme fait semblant de s'absorber dans la lecture d'une affiche. Ce revirement soudain, mal joué, montre au héros que l'inconnu se conduit comme un homme pris en faute et qui a quelque chose à cacher. Le coup d'œil inquisiteur initial est mal assumé et toute la mise en scène qui suit tend vainement à prouver au jeune homme que les regards fixés sur lui ne l'étaient que par hasard. Pour cela, l'homme accumule les signes d'indifférence envers l'être qu'il a dévisagé, en faisant semblant d'éprouver beaucoup d'intérêt pour cette affiche qui lui sert d'alibi : il sort un calepin de sa poche, afin de prendre en note le titre du spectacle annoncé, regarde l'heure, abaisse son canotier sur ses yeux (ce qui lui permet de cacher le regard qui a failli le trahir), fait « le geste de mécontentement par lequel on croit faire voir qu'on en a assez d'attendre, mais qu'on ne fait jamais quand on attend réellement » et exhale « le souffle bruyant des personnes qui ont non pas trop chaud mais le désir de montrer qu'elles ont trop chaud ». Chaque acte, chaque mouvement est donc accompli en fonction d'un public, en l'occurrence le héros, pour le persuader qu'il n'a aucun intérêt. La coiffure de l'inconnu est elle-même révélatrice de son ambiguïté : la « brosse coupée ras » est une preuve d'austérité et de rigueur, mais compensée par les « longues ailes de pigeon ondulées » qui s'étalent de chaque côté de sa figure. D'ailleurs, tout dans son apparence est contradictoire : « il cambr[e] sa taille d'un air de bravade, pinc[e] les lèvres, relèv[e] ses moustaches et dans son regard ajust[e] quelque chose d'indifférent, de dur, de presque insultant » pour contrebalancer les regards intéressés qui ont précédé. Mais sa tenue est « beaucoup plus grave et beaucoup plus simple que celle de tous les baigneurs » de Balbec.

Enfin, le héros fait la connaissance de l'inconnu, qui se trouve être le baron de Charlus. Celui-ci rejoue à peu près sa même scène de regard perçant suivie de la même fuite, du même faux air d'indifférence. Cette fois, le costume révèle davantage encore l'ambiguïté du personnage : il est plus sombre mais « d'un peu près on sentait que si la couleur était presque entièrement absente de ces vêtements, ce n'était pas parce que celui qui l'en avait bannie y était indifférent, mais plutôt parce que pour une raison quelconque il se l'interdisait ». Là aussi, ce costume pourrait bien être un camouflage et l'élégance sobre et classique de l'oncle de Saint-Loup laisse échapper une tendance moins sévère : « Un filet de vert sombre s'harmonisait, dans le tissu du pantalon, à la rayure des chaussettes avec un raffinement qui décelait la vivacité d'un goût maté partout ailleurs et à qui cette seule concession avait été faite par tolérance, tandis qu'une tache rouge sur la cravate était imperceptible comme une liberté qu'on ose prendre. » Cette imperceptible tache rouge semble avoir remplacé la rose mousseuse aperçue quelques heures avant, sans doute trop voluptueuse et sensuelle pour être arborée trop longtemps en public.

Dès cette première rencontre avec Charlus, le héros s'aperçoit que chez cet homme, les regards comme les absences de regard, les paroles comme les silences, sont signifiants. Charlus apparaît immédiatement comme un individu traqué qui cherche à fuir quelqu'un, et l'on apprendra plus tard que c'est à lui-même qu'il veut échapper, mais aussi au jugement des autres. Sa parade consiste à éviter les coups en se camouflant. La grand-mère, enfin, donne son point de vue sur le personnage : elle excuse l'orgueil qu'il tire de sa naissance et le trouve intelligent et sensible.

Chaque nouvelle rencontre avec le baron accroît la complexité et l'opacité du personnage. Charlus invite le héros et sa grand-mère à venir prendre le thé chez Mme de Villeparisis puis feint la surprise comme si cette invitation n'avait jamais eu lieu. L'effet souhaité obtenu : la venue du jeune homme, il efface la cause, comme un criminel qui efface les preuves de son crime. Au héros surpris il répond par un sourire hautain car sa naissance lui sert également de parade : il lui est commode d'insinuer à ceux qui ne comprennent pas ses réactions qu'ils manquent d'éducation et de noblesse. Une fois de plus, le point de vue du héros sur le baron varie : il sait maintenant qu'il s'agit d'un parent des Guermantes et que, par conséquent, il ne peut être un voleur. De plus, sa conversation n'est pas celle d'un fou. Pourtant, la fausse note de la première rencontre se reproduit : le regard scrutateur, automatique, inévitable, resurgit. De ce regard, le héros ne comprend toujours pas la signification mais il sent qu'il est révélateur d'une « faille ».

Si habile que soit le baron dans l'art du déguisement, sa véritable nature combat sans cesse sa personnalité factice et finira par en triompher. Dans *À l'ombre des jeunes filles en fleurs,* Charlus en est encore à sa période classique. Il tend à la sobriété, à la contrainte de son maintien, à la maîtrise de soi. Mais cette esthétique n'est pas en accord avec sa personnalité : il s'y soumet. Il fait penser à Corneille qui s'efforçait de se plier aux règles des trois unités mais qui y étouffait. Les cheveux en brosse de Charlus, sa tentative de refréner ses tendances romantiques sont bien à l'unisson de son goût pour Racine : « Il y a plus de vérité dans une tragédie de Racine que dans tous les drames de M. Victor Hugo », dit-il à Saint-Loup. Mais déjà au cours de cet été à Balbec, le héros est témoin d'un laisser-aller dans le langage et dans le maintien du baron : « ... le lendemain qui était le jour de son départ, sur la plage, dans la matinée, au moment où j'allais prendre mon bain, comme M. de Charlus s'était approché de moi pour m'avertir que ma grand-mère m'attendait aussitôt que je serais sorti de l'eau, je fus bien étonné de l'entendre me dire, en me pinçant le cou, avec une familiarité et un rire vulgaire : — Mais on s'en fiche bien de sa vieille grand-mère, hein ? petite fripouille ! » Aux protestations du jeune homme, le baron répond avec arrogance et il l'accuse de « parler à tort et à travers comme un sourd ». Il s'agit bel et bien d'un dialogue de sourds. Charlus tente une approche de séduction sur le héros, mais celui-ci, sans comprendre la réelle signification des mots prononcés et de la brusque métamorphose du baron, prend ses paroles au pied de la lettre.

Peu à peu, il ne sera nullement besoin aux interlocuteurs de Charlus de deviner la signification de ses paroles ou de ses regards. La déchéance du baron, déjà légèrement perceptible par « un cerne descendu très bas », s'inscrira progressivement sur son visage qu'il cachera de plus en plus par un masque de poudre et de cosmétiques, et débordera de ses propos [1]. Alors,

1. *Pris.*, p. 306.

le baron commencera à assumer son romantisme. Quelques instants avant que Morel lui soit arraché, il évoquera la triste héroïne d'*Hernani*, doña Sol, immolée par le jaloux don Ruy Gomez qui la sépare de son époux, comme s'il avait le pressentiment de la scène cruelle qui doit se jouer contre lui [1].

Regards

Les ombres des idées

De Charlus, de Gilberte ou d'Albertine, le héros n'a peut-être saisi la personnalité réelle que par la perception première qu'il a eue d'eux. Comme les paysages que le regard peut découvrir dans toute leur poésie avant que l'intelligence ne soit venue en délimiter les formes et les contours, les personnages proustiens ne se donnent vraiment que dans un premier regard.

Le regard, c'est la tentative immédiate de toucher l'autre, de s'en emparer, et même d'en jouir. En apercevant Gilberte pour la première fois, le petit garçon de Combray, encore peu initié à l'amour, comprenait que le désir et même le plaisir peuvent naître d'un regard : « Je la regardais, d'abord de ce regard qui n'est pas le porte-parole des yeux, mais à la fenêtre duquel se penchent tous les sens, anxieux et pétrifiés, le regard qui voudrait toucher, capturer, emmener le corps qu'il regarde et l'âme avec lui ; puis [...] d'un second regard, inconsciemment supplicateur, qui tâchait de la forcer à faire attention à moi, à me connaître [2] ! »

Ce moment où l'individu projette son regard sur l'autre pour s'efforcer d'en prendre possession est un des rares moments où le mensonge et la comédie ne sont pas de mise. Au regard du héros, Gilberte

1. *Pris.*, p. 415-423.
2. *Sw.* (« Combray », p. 250).

répondait par un regard fixe, accompagné d'un sourire dissimulé, puis d'un geste qui précisait la signification du regard. Cet échange de regards, ce double appel du désir n'était pourtant compris par aucun des protagonistes.

Le regard insistant d'Albertine laisse à penser au héros que cette fille « aux joues mates », n'est, comme ses camarades, certainement pas vertueuse. En essayant de se saisir de lui, Gilberte et Albertine livraient au héros la partie la plus cachée d'elles-mêmes et, inversement, il leur renvoyait peut-être la sienne. Avec Charlus, l'échange des regards se fait en contrebande : les yeux du baron lui sortent de la tête mais il les détourne, dès qu'il se sent à son tour regardé ; le héros est attiré comme par un aimant vers ce regard, dont il ne devine pas le sens.

L'absence d'intérêt pour l'autre peut également se révéler par le regard. Le regard de Norpois, froid et sans émotion au moment où il parle au héros, atteste le manque d'intérêt pour le petit garçon auquel il s'adresse par politesse, sans volonté réelle de communiquer avec lui ou de le comprendre. Charlus n'est donc pas le seul personnage à être trahi par son regard : les masques arborés par les personnages qui se jouent la comédie les uns aux autres laissent tous apparaître la même faille.

Pourtant le narrateur sait bien que cette connaissance de l'autre sera toujours incomplète et que les yeux d'autrui ne sont que « les ombres de leurs idées ».

La lumière des idées

Il est pourtant des êtres qui se livrent tout entiers mais dans un monde plus vrai que celui de la vie. Le héros est déçu en voyant Bergotte parce que le véritable Bergotte, il le connaît par ses livres. L'écrivain est myope et c'est là un détail qui n'est pas insignifiant. Peu importe au fond que sa vision du monde extérieur soit un peu floue, puisque seule sa vision intérieure est créatrice. De la même façon, la rencontre physique du héros avec Elstir est moins déterminante pour sa vocation que sa rencontre avec les œuvres de ce génie. Les tableaux du peintre sont l'émanation de ses regards et apprennent au jeune homme à réinventer l'espace. Si la Berma, elle aussi, déçoit le héros, c'est parce qu'il attend d'elle qu'elle reproduise la réalité, qu'elle ait un ton naturel. Or, ce qui fait l'intérêt du jeu de la Berma, c'est qu'elle recompose le texte qu'elle interprète, d'après sa propre vision.

Même s'il n'a pas totalement décrypté les regards qu'ils lui proposent du monde, le héros avance dans sa traversée des apparences grâce à ces artistes qui lui apprennent à aller au-delà du pâle reflet de la vie. L'œuvre de Vinteuil, en demi-teinte dans *À l'ombre des jeunes filles en fleurs*, lui apportera plus tard ses « levers de soleil intérieurs [1] ».

Danièle GASIGLIA-LASTER.

1. *Pris.*, p. 358.

L'ÉTABLISSEMENT DU TEXTE

L'édition originale d'*À l'ombre des jeunes filles en fleurs* semble, malgré ses coquilles et quelques incohérences, la plus proche des intentions de Proust. Un exemplaire corrigé de cette édition se trouve au département des manuscrits de la Bibliothèque nationale mais les corrections qui y ont été portées et dont ont tenu compte les éditions postérieures ne sont pas, pour la plupart, de la main de Proust. L'édition de décembre 1919 ne paraît pas avoir satisfait l'auteur qui a écrit, dans une dédicace à Paul Gaus : « la subdivision, faite malgré moi, est à mon avis une faute ». Voulant fractionner le texte en deux parties à peu près égales, les éditeurs avaient tranché de façon tout à fait arbitraire, au lieu d'opérer le seul sectionnement défendable pour une édition en deux volumes, qui est de les faire correspondre aux deux parties marquées par Proust (ce qui est la solution adoptée par la présente édition). Dans une lettre à M. et Mme Sydney Schiff enfin, l'écrivain assure que l'édition in-folio de 1920 a été faite « sans le consulter ».

J'ai donc suivi, autant que possible, le texte de l'édition imprimée en 1918. La ponctuation, que j'ai comparée avec celle des corrections manuscrites de Proust sur ses épreuves pour les éditions de la Nouvelle Revue française, et avec celle des fragments manuscrits que j'ai pu consulter[1], y est très fidèle à celle de Proust. Je n'ai donc pas jugé souhaitable de toucher à cette ponctuation[2] sauf dans les cas où elle était si aberrante qu'elle entravait la lisibilité du texte. Proust ne voulait pas que son texte fût aéré par des alinéas trop nombreux : sur les épreuves de la Nouvelle Revue française il a demandé la suppression de presque tous ceux qui avaient été ajoutés par les correcteurs et les imprimeurs. De plus, il a réclamé sur ces mêmes épreuves (et dans ses lettres à son éditeur) l'élimination des blancs dans les dialogues, ce qui les ferait rentrer davantage, pensait-il, dans la continuité du texte. J'ai respecté ce dernier vœu alors que l'édition originale, qui fait quelquefois entrer les dialogues dans le texte et qui quelquefois les isole, n'adopte pas un parti précis.

Proust a l'habitude de mettre une majuscule à tous les titres nobiliaires. Là encore l'édition originale n'a pas fait de choix et donne ces titres tantôt avec une minuscule, tantôt avec une majuscule. Nous avons choisi l'usage de Proust.

Quelques-unes des corrections indiquées par l'écrivain sur les épreuves de la Nouvelle Revue française conservées à la Bibliothèque nationale n'ont pas été prises en compte : je n'ai pas choisi de les reporter sur le texte, ces épreuves n'étant pas les dernières qui aient été revues par Proust. Je n'ai pas non plus intégré au texte les variantes que présentent par rapport à l'édition originale les fragments publiés en

1. Rappelons que le manuscrit des *Jeunes Filles* a été morcelé. Certains des fragments ont été répartis entre les exemplaires de l'édition de 1920 sur papier bible (voir la Bibliographie).

2. Proust se conforme plutôt à l'usage du débit oral pour sa ponctuation. Voir ce que dit Jean Milly de cette ponctuation dans sa note sur l'établissement du texte de *La Prisonnière* (*Pris.*, pp. 81-82) et dans le chapitre 6 de son ouvrage *Proust dans le texte et l'avant-texte*, Flammarion, 1985, Paris, pp. 169-184. André Ferré avait également posé le problème de la ponctuation de Proust dans un article du *Bulletin de la Société des Amis de Marcel Proust* (« La ponctuation de Marcel Proust », n° 7, 1957).

revue (en 1914 et en 1919 dans *La N.R.F.*). Il m'a toutefois paru superflu de pousser mon souci de fidélité à l'édition originale jusqu'à en reproduire les fautes d'orthographe, les coquilles ou les incohérences. Dans les cas d'incohérence, j'ai eu recours, chaque fois que c'était possible, à un document antérieur à l'édition. Lorsque aucun document ne donnait une version correcte, j'ai pris le parti de corriger le texte, le plus discrètement possible, et en prenant soin d'en avertir le lecteur en note.

Rappels sur « Du côté de chez Swann »

Le narrateur explique comment naissent ses souvenirs, à partir du sommeil et du réveil. Il se rappelle son enfance à Combray, les visites de Monsieur Swann, qu'il appréhendait particulièrement, car sa mère, en présence d'étrangers, ne montait pas l'embrasser. Mais Combray ressuscite tout entier lorsqu'un jour d'hiver, il mange une petite madeleine trempée dans une tasse de thé. Ce gâteau, sa tante Léonie le lui offrait, trempé dans du thé ou du tilleul, lorsqu'il allait la voir autrefois, le dimanche matin.

Autour de Combray, deux promenades étaient possibles : celle du côté de chez Swann et celle du côté de Guermantes. Du côté de chez Swann, le jeune garçon s'était enthousiasmé pour des haies d'aubépines et d'épines roses puis avait aperçu la fille de Swann, Gilberte, qu'il avait trouvée très jolie ; du côté de Guermantes, il avait entrevu la duchesse de Guermantes et en était tombé amoureux.

Le récit à la première personne s'interrompt avec « Un amour de Swann » où est raconté l'amour jaloux de Charles Swann pour une cocotte, Odette de Crécy, dont nous apprendrons qu'elle est devenue Mme Swann. Cet amour entraîne Swann à fréquenter un salon d'intellectuels bourgeois, le salon des Verdurin, moins élégant que ceux dont il est l'habitué. Il y rencontre un peintre, M. Biche, qui, pour se faire admirer en public, tient des propos superficiels. Ses tableaux, hors des normes en vigueur, ne sont pas compris de certains « fidèles » du salon, notamment du docteur Cottard et de sa femme.

Puis le narrateur recommence à évoquer son passé. Il a longtemps rêvé à partir du nom des pays où il avait souhaité se rendre : Balbec, Florence, Venise. Aux Champs-Élysées il avait enfin fait la connaissance de la jolie fillette aux cheveux roux entrevue à Combray : Gilberte Swann, et s'en était épris. Mais elle était partie au moment des vacances de Noël, en lui annonçant avec cruauté qu'elle ne reviendrait pas avant le 1er janvier, sans se soucier de la douleur que cette séparation causerait à son jeune ami.

Le narrateur retourne au bois de Boulogne, où la mère de Gilberte, Odette, avait autrefois l'habitude de se promener. Les femmes d'aujourd'hui et les automobiles lui paraissent bien fades et il regrette l'élégance des toilettes de Mme Swann et des anciens attelages.

D. G.-L.

A L'OMBRE DES JEUNES FILLES EN FLEURS

Première partie

PREMIÈRE PARTIE

AUTOUR DE Mme SWANN

Ma mère, quand il fut question d'avoir pour la première fois M. de Norpois à dîner [1], ayant exprimé le regret que le professeur Cottard fût en voyage et qu'elle-même eût entièrement cessé de fréquenter Swann, car l'un et l'autre eussent sans doute intéressé l'ancien ambassadeur, mon père répondit qu'un convive éminent, un savant illustre, comme Cottard, ne pouvait jamais mal faire dans un dîner, mais que Swann, avec son ostentation, avec sa manière de crier sur les toits ses moindres relations, était un vulgaire esbroufeur que le Marquis de Norpois eût sans doute trouvé, selon son expression, « puant ». Or cette réponse de mon père demande quelques mots d'explication, certaines personnes se souvenant peut-être d'un Cottard bien médiocre et d'un Swann poussant jusqu'à la plus extrême délicatesse, en matière mondaine, la modestie et la discrétion. Mais pour ce qui regarde celui-ci, il était arrivé qu'au « fils Swann [2] » et aussi au Swann du Jockey [3], l'ancien ami de mes parents avait ajouté une personnalité nouvelle (et qui ne devait pas être la dernière), celle de mari d'Odette. Adaptant aux humbles ambitions de cette femme l'instinct, le désir, l'industrie, qu'il avait toujours eus, il s'était ingénié à se bâtir, fort au-dessous de l'ancienne, une position nouvelle et appropriée à la compagne qui l'occuperait avec lui. Or il s'y montrait un autre homme. Puisque (tout en continuant à fréquenter seul ses amis personnels, à qui il ne voulait pas imposer Odette quand ils ne lui demandaient pas spontanément à la connaître) c'était une seconde vie qu'il commençait, en commun avec sa femme, au milieu d'êtres nouveaux, on eût encore compris que pour mesurer le rang de ceux-ci, et par conséquent le plaisir d'amour-propre qu'il pouvait éprouver à les recevoir, il se fût servi, comme point de comparaison, non pas des gens les plus brillants qui formaient sa société avant son mariage, mais des relations antérieures d'Odette. Mais, même quand on savait que c'était avec d'inélégants fonctionnaires, avec des femmes tarées, parure des bals de ministères, qu'il désirait de se lier, on était étonné de l'entendre, lui qui autrefois et même encore aujourd'hui dissimulait si gracieusement une invitation de Twickenham [4] ou de Buckingham Palace, faire sonner bien haut que la femme d'un sous-chef de cabinet était venue rendre sa visite à Mme Swann. On dira peut-être que cela tenait à ce que la simplicité du Swann élégant n'avait été chez lui qu'une forme plus raffinée de la vanité et que, comme certains israélites, l'ancien ami de mes parents avait pu présenter tour à tour les états successifs par où avaient passé ceux de sa race, depuis le snobisme le plus naïf et la plus grossière goujaterie jusqu'à la plus fine politesse. Mais la principale raison, et celle-là applicable à l'humanité en général, était que nos vertus elles-mêmes ne sont pas quelque chose de libre, de flottant, de quoi nous gardions la disponibilité permanente ; elles finissent par s'associer si étroitement dans notre esprit avec les actions à l'occasion desquelles nous nous sommes fait un devoir de les exercer, que si surgit pour nous une activité d'un autre ordre, elle nous prend au dépourvu et sans que nous ayons seulement l'idée qu'elle pourrait comporter la mise en œuvre de ces mêmes vertus. Swann empressé avec ces nouvelles relations et les citant avec fierté, était comme ces grands artistes modestes ou généreux qui, s'ils se mettent à la fin de leur vie à se mêler de cuisine ou de jardinage, étalent une satisfaction naïve des louanges qu'on donne à leurs plats ou à leurs plates-bandes pour lesquels ils n'admettent pas la critique qu'ils acceptent aisément s'il s'agit de leurs chefs-d'œuvre ; ou bien qui, donnant une de leurs toiles pour rien, ne peuvent en revanche sans mauvaise humeur perdre quarante sous aux dominos[5].

Quant au professeur Cottard, on le reverra, longuement, beaucoup plus loin, chez la Patronne[6], au château de la Raspelière. Qu'il suffise actuellement, à son égard, de faire observer, d'abord ceci : pour Swann, à la rigueur le changement peut surprendre puisqu'il était accompli et non soupçonné de moi quand je voyais le père de Gilberte aux Champs-Élysées, où d'ailleurs ne m'adressant pas la parole il ne pouvait faire étalage devant moi de ses relations politiques (il est vrai que s'il l'eût fait, je ne me fusse peut-être pas aperçu tout de suite de sa vanité car l'idée qu'on s'est faite longtemps d'une personne bouche les yeux et les oreilles ; ma mère pendant trois ans ne distingua pas plus le fard qu'une de ses nièces se mettait aux lèvres que s'il eût été invisiblement dissous dans un liquide[7] ; jusqu'au jour où une parcelle supplémentaire, ou bien quelque autre cause amena le phénomène appelé sursaturation ; tout le fard non aperçu cristallisa et ma mère devant cette débauche soudaine de couleurs déclara comme on eût fait à Combray que c'était une honte, et cessa presque toute relation avec sa nièce). Mais pour Cottard au contraire, l'époque où on l'a vu assister aux débuts de Swann chez les Verdurin était déjà assez lointaine ; or les honneurs, les titres officiels viennent avec les années ; deuxièmement, on peut être illettré, faire des calembours stupides, et posséder un don particulier, qu'aucune culture générale ne remplace, comme le don du grand stratège ou du grand clinicien. Ce n'est pas seulement en effet comme un praticien obscur, devenu, à la longue, notoriété européenne, que ses confrères considéraient Cottard. Les plus intelligents d'entre les jeunes médecins déclarèrent — au moins pendant quelques années, car les modes changent étant nées elles-mêmes du besoin de changement — que si jamais ils tombaient malades, Cottard était le seul maître auquel ils confieraient leur peau. Sans doute ils préféraient le commerce de certains chefs plus lettrés, plus artistes, avec lesquels ils pouvaient parler de Nietzsche, de Wagner. Quand on faisait de la musique chez Mme Cottard, aux soirées où elle recevait, avec l'espoir qu'il devînt un jour doyen de la Faculté, les collègues et les élèves de son mari, celui-ci, au lieu d'écouter, préférait jouer aux cartes dans un salon voisin. Mais on vantait la promptitude, la profondeur, la sûreté de son coup d'œil, de son diagnostic. En troisième lieu, en ce qui concerne l'ensemble de façons que le professeur Cottard montrait à un homme comme mon père, remarquons que la nature que nous faisons paraître dans la seconde partie de notre vie, n'est pas toujours, si elle l'est souvent, notre nature première développée ou flétrie, grossie ou atténuée ; elle est quelquefois une nature inverse, un véritable vêtement retourné. Sauf chez les Verdurin qui s'étaient engoués de lui, l'air hésitant de Cottard, sa timidité, son amabilité excessives, lui avaient, dans sa jeunesse, valu de perpétuels brocards. Quel ami charitable lui conseilla l'air glacial ? L'importance de sa situation lui rendit plus aisé de le prendre. Partout, sinon chez les Verdurin où il redevenait instinctivement lui-même, il se rendit froid, volontiers silencieux, péremptoire quand il fallait parler, n'oubliant pas de dire des choses désagréables. Il put faire l'essai de cette nouvelle attitude devant des clients qui ne l'ayant pas encore vu, n'étaient pas à même de faire des comparaisons, et eussent été bien étonnés d'apprendre qu'il n'était pas un homme d'une rudesse naturelle. C'est surtout à l'impassibilité qu'il s'efforçait et même dans son service d'hôpital, quand il débitait quelques-uns de ces calembours qui faisaient rire tout le monde, du chef de clinique au plus récent externe, il le faisait toujours sans qu'un muscle bougeât dans sa figure d'ailleurs méconnaissable depuis qu'il avait rasé barbe et moustaches.

Disons pour finir qui était le Marquis de Norpois. Il avait été ministre plénipotentiaire avant la guerre et ambassadeur au Seize Mai [8], et, malgré cela, au grand étonnement de beaucoup, chargé plusieurs fois depuis, de représenter la France dans des missions extraordinaires — et même comme contrôleur de la Dette [9], en Égypte, où grâce à ses grandes capacités financières il avait rendu d'importants services — par des cabinets radicaux qu'un simple bourgeois réactionnaire se fût refusé à servir, et auxquels le passé de M. de Norpois, ses attaches, ses opinions eussent dû le rendre suspect. Mais ces ministres avancés semblaient se rendre compte qu'ils montraient par une telle désignation quelle largeur d'esprit était la leur dès qu'il s'agissait des intérêts supérieurs de la France, se mettaient hors de pair des hommes politiques en méritant que le *Journal des Débats* [10] lui-même les qualifiât d'hommes d'État et bénéficiaient enfin du prestige qui s'attache à un nom aristocratique et de l'intérêt qu'éveille comme un coup de théâtre un choix inattendu. Et ils savaient aussi que ces avantages ils pouvaient, en faisant appel à M. de Norpois, les recueillir sans avoir à craindre de celui-ci un manque de loyalisme politique contre lequel la naissance du Marquis devait non pas les mettre en garde, mais les garantir. Et en cela le gouvernement de la République ne se trompait pas. C'est d'abord parce qu'une certaine aristocratie, élevée dès l'enfance à considérer son nom comme un avantage intérieur que rien ne peut lui enlever (et dont ses pairs, ou ceux qui sont de naissance plus haute encore, connaissent assez exactement la valeur), sait qu'elle peut s'éviter, car ils ne lui ajouteraient rien, les efforts que sans résultat ultérieur appréciable, font tant de bourgeois, pour ne professer que des opinions bien portées et ne fréquenter que des gens bien pensants. En revanche, soucieuse de se grandir aux yeux des familles princières ou ducales au-dessous desquelles elle est immédiatement située, cette aristocratie sait qu'elle ne le peut qu'en augmentant son nom de ce qu'il ne contenait pas, de ce qui fait qu'à nom égal, elle prévaudra : une influence politique, une réputation littéraire ou artistique, une grande fortune. Et les frais dont elle se dispense à l'égard de l'inutile hobereau recherché des bourgeois et de la stérile amitié duquel un prince ne lui saurait aucun gré, elle les prodiguera aux hommes politiques, fussent-ils francs-maçons, qui peuvent faire arriver dans les ambassades ou patronner dans les élections, aux artistes ou aux savants dont l'appui aide à « percer » dans la branche où ils priment, à tous ceux enfin qui sont en mesure de conférer une illustration nouvelle ou de faire réussir un riche mariage.

Mais en ce qui concernait M. de Norpois, il y avait surtout que, dans une longue pratique de la diplomatie, il s'était imbu de cet esprit négatif, routinier, conservateur, dit « esprit de gouvernement » et qui est, en effet, celui de tous les gouvernements et, en particulier, sous tous les gouvernements, l'esprit des chancelleries. Il avait puisé dans la Carrière l'aversion, la crainte et le mépris de ces procédés plus ou moins révolutionnaires, et à tout le moins incorrects, que sont les procédés des oppositions. Sauf chez quelques illettrés du peuple et du monde, pour qui la différence des genres est lettre morte, ce qui rapproche, ce n'est pas la communauté des opinions, c'est la consanguinité des esprits. Un académicien du genre de Legouvé [11] et qui serait partisan des classiques, eût applaudi plus volontiers à l'éloge de Victor Hugo par Maxime Du Camp [12] ou Mézières [13], qu'à celui de Boileau par Claudel [14]. Un même nationalisme suffit à rapprocher Barrès [15] de ses électeurs qui ne doivent pas faire grande différence entre lui et M. Georges Berry [16], mais non de ceux de ses collègues de l'Académie qui ayant ses opinions politiques mais un autre genre d'esprit, lui préféreront même des adversaires comme MM. Ribot[17] et Deschanel[18], dont à leur tour de fidèles monarchistes se sentent beaucoup plus près que de Maurras[19] et de Léon Daudet[20] qui souhaitent cependant aussi le retour du Roi. Avare de ses mots[21] non seulement par pli professionnel de prudence et de réserve, mais aussi parce qu'ils ont plus de prix, offrent plus de nuances aux yeux d'hommes dont les efforts de dix années pour rapprocher deux pays se résument, se traduisent — dans un discours, dans un protocole — par un simple adjectif, banal en apparence, mais où ils voient tout un monde, M. de Norpois passait pour très froid à la Commission, où il siégeait à côté de mon père et où chacun félicitait celui-ci de l'amitié que lui témoignait l'ancien ambassadeur. Elle étonnait mon père tout le premier. Car étant généralement peu aimable, il avait l'habitude de n'être pas recherché en dehors du cercle de ses intimes et l'avouait avec simplicité. Il avait conscience qu'il y avait dans les avances du diplomate, un effet de ce point de vue tout individuel où chacun se place pour décider de ses sympathies, et d'où toutes les qualités intellectuelles ou la sensibilité d'une personne ne seront pas auprès de l'un de nous qu'elle ennuie ou agace une aussi bonne recommandation que la rondeur et la gaieté d'une autre qui passerait, aux yeux de beaucoup pour vide, frivole et nulle. « De Norpois m'a invité de nouveau à dîner ; c'est extraordinaire ; tout le monde en est stupéfait à la Commission où il n'a de relations privées avec personne. Je suis sûr qu'il va encore me raconter des choses palpitantes sur la guerre de 70. » Mon père savait que seul peut-être, M. de Norpois avait averti l'Empereur de la puissance grandissante et des intentions belliqueuses de la Prusse, et que Bismarck avait pour son intelligence une estime particulière. Dernièrement encore, à l'Opéra, pendant le gala offert au roi Théodose[22], les journaux avaient remarqué l'entretien prolongé que le souverain avait accordé à M. de Norpois. « Il faudra que je sache si cette visite du roi a vraiment de l'importance, nous dit mon père qui s'intéressait beaucoup à la politique étrangère. Je sais bien que le père Norpois est très boutonné, mais avec moi il s'ouvre si gentiment. »

Quant à ma mère, peut-être l'ambassadeur n'avait-il pas par lui-même le genre d'intelligence vers lequel elle se sentait le plus attirée. Et je dois dire que la conversation de M. de Norpois était un répertoire si complet des formes surannées du langage particulières à une carrière, à une classe, et à un temps — un temps qui, pour cette carrière et cette classe-là, pourrait bien ne pas être tout à fait aboli — que je regrette parfois de n'avoir pas retenu purement et simplement les propos que je lui ai entendu tenir. J'aurais ainsi obtenu un effet de démodé, à aussi bon compte et de la même façon que cet acteur du Palais-Royal à qui on demandait où il pouvait trouver ses surprenants chapeaux et qui répondait : « Je ne trouve pas mes chapeaux. Je les garde. » En un mot, je crois que ma mère jugeait M. de Norpois un peu « vieux jeu », ce qui était loin de lui sembler déplaisant au point de vue des manières, mais la charmait moins dans le domaine, sinon des idées — car celles de M. de Norpois étaient fort modernes — mais des expressions. Seulement, elle sentait que c'était flatter délicatement son mari que de lui parler avec admiration du diplomate qui lui marquait une prédilection si rare. En fortifiant dans l'esprit de mon père la bonne opinion qu'il avait de M. de Norpois, et par là en le conduisant à en prendre une bonne aussi de lui-même, elle avait conscience de remplir celui de ses devoirs qui consistait à rendre la vie agréable à son époux, comme elle faisait quand elle veillait à ce que la cuisine fût soignée et le service silencieux. Et comme elle était incapable de mentir à mon père, elle s'entraînait elle-même à admirer l'ambassadeur pour pouvoir le louer avec sincérité. D'ailleurs, elle goûtait naturellement son air de bonté, sa politesse un peu désuète (et si cérémonieuse que quand, marchant en redressant sa haute taille, il apercevait ma mère qui passait en voiture, avant de lui envoyer un coup de chapeau, il jetait au loin un cigare à peine commencé), sa conversation si mesurée, où il parlait de lui-même le moins possible et tenait toujours compte de ce qui pouvait être agréable à l'interlocuteur, sa ponctualité tellement surprenante à répondre à une lettre que quand venant de lui en envoyer une, mon père reconnaissait l'écriture de M. de Norpois sur une enveloppe, son premier mouvement était de croire que par mauvaise chance leur correspondance s'était croisée : on eût dit qu'il existait, pour lui, à la poste, des levées supplémentaires et de luxe. Ma mère s'émerveillait qu'il fût si exact quoique si occupé, si aimable quoique si répandu, sans songer que les « quoique » sont toujours des « parce que » méconnus, et que (de même que les vieillards sont étonnants pour leur âge, les rois pleins de simplicité, et les provinciaux au courant de tout) c'était les mêmes habitudes qui permettaient à M. de Norpois de satisfaire à tant d'occupations et d'être si ordonné dans ses réponses, de plaire dans le monde et d'être aimable avec nous. De plus, l'erreur de ma mère comme celle de toutes les personnes qui ont trop de modestie, venait de ce qu'elle mettait les choses qui la concernaient au-dessous, et par conséquent en dehors des autres. La réponse qu'elle trouvait que l'ami de mon père avait eu tant de mérite à nous adresser rapidement parce qu'il écrivait par jour beaucoup de lettres, elle l'exceptait de ce grand nombre de lettres dont ce n'était que l'une ; de même elle ne considérait pas qu'un dîner chez nous fût pour M. de Norpois un des actes innombrables de sa vie sociale : elle ne songeait pas que l'ambassadeur avait été habitué autrefois dans la diplomatie à considérer les dîners en ville comme faisant partie de ses fonctions et à y déployer une grâce invétérée dont c'eût été trop lui demander que de se départir par extraordinaire quand il venait chez nous.

Le premier dîner que M. de Norpois fit à la maison, une année où je jouais encore aux Champs-Élysées, est resté dans ma mémoire, parce que l'après-midi de ce même jour fut celui où j'allai enfin entendre la Berma, en « matinée », dans *Phèdre*, et aussi parce qu'en causant avec M. de Norpois je me rendis compte tout d'un coup, et d'une façon nouvelle, combien les sentiments éveillés en moi par tout ce qui concernait Gilberte Swann et ses parents différaient de ceux que cette même famille faisait éprouver à n'importe quelle autre personne.

Ce fut sans doute en remarquant l'abattement où me plongeait l'approche des vacances du jour de l'an pendant lesquelles, comme elle me l'avait annoncé elle-même, je ne devais pas voir Gilberte, qu'un jour, pour me distraire, ma mère me dit : « Si tu as encore le même grand désir d'entendre la Berma, je crois que ton père permettrait peut-être que tu y ailles : ta grand-mère pourrait t'y emmener. »

Mais c'était parce que M. de Norpois lui avait dit qu'il devrait me laisser entendre la Berma, que c'était, pour un jeune homme, un souvenir à garder, que mon père, jusque-là si hostile à ce que j'allasse perdre mon temps et risquer de prendre du mal pour ce qu'il appelait, au grand scandale de ma grand-mère, des inutilités, n'était plus loin de considérer cette soirée préconisée par l'ambassadeur comme faisant vaguement partie d'un ensemble de recettes précieuses pour la réussite d'une brillante carrière. Ma grand-mère qui, en renonçant pour moi au profit que, selon elle, j'aurais trouvé à entendre la Berma, avait fait un gros sacrifice à l'intérêt de ma santé, s'étonnait que celui-ci devînt négligeable sur une seule parole de M. de Norpois. Mettant ses espérances invincibles de rationaliste dans le régime de grand air et de coucher de bonne heure qui m'avait été prescrit, elle déplorait comme un désastre cette infraction que j'allais y faire et, sur un ton navré, disait : « Comme vous êtes léger » à mon père qui, furieux, répondait : « Comment, c'est vous maintenant qui ne voulez pas qu'il y aille ! c'est un peu fort, vous qui nous répétiez tout le temps que cela pouvait lui être utile. »

Mais M. de Norpois avait changé sur un point bien plus important pour moi, les intentions de mon père. Celui-ci avait toujours désiré que je fusse diplomate, et je ne pouvais supporter l'idée que même si je devais rester quelque temps attaché au ministère, je risquasse d'être envoyé un jour comme ambassadeur dans des capitales que Gilberte n'habiterait pas. J'aurais préféré revenir aux projets littéraires que j'avais autrefois formés et abandonnés au cours de mes promenades du côté de Guermantes. Mais mon père avait fait une constante opposition à ce que je me destinasse à la carrière des lettres qu'il estimait fort inférieure à la diplomatie, lui refusant même le nom de carrière, jusqu'au jour où M. de Norpois, qui n'aimait pas beaucoup les agents diplomatiques des nouvelles couches lui avait assuré qu'on pouvait, comme écrivain, s'attirer autant de considération, exercer autant d'action et garder plus d'indépendance que dans les ambassades.

« Hé bien ! je ne l'aurais pas cru, le père Norpois n'est pas du tout opposé à l'idée que tu fasses de la littérature », m'avait dit mon père. Et comme, assez influent lui-même, il croyait qu'il n'y avait rien qui ne s'arrangeât, ne trouvât sa solution favorable dans la conversation des gens importants : « Je le ramènerai dîner un de ces soirs en sortant de la Commission. Tu causeras un peu avec lui, pour qu'il puisse t'apprécier. Écris quelque chose de bien que tu puisses lui montrer ; il est très lié avec le directeur de la *Revue des Deux Mondes*[23], il t'y fera entrer, il réglera cela, c'est un vieux malin ; et, ma foi, il a l'air de trouver que la diplomatie, aujourd'hui !... »

Le bonheur que j'aurais à ne pas être séparé de Gilberte me rendait désireux mais non capable d'écrire une belle chose qui pût être montrée à M. de Norpois. Après quelques pages préliminaires, l'ennui me faisant tomber la plume des mains, je pleurais de rage en pensant que je n'aurais jamais de talent, que je n'étais pas doué et ne pourrais même pas profiter de la chance que la prochaine venue de M. de Norpois m'offrait de rester toujours à Paris. Seule, l'idée qu'on allait me laisser entendre la Berma me distrayait de mon chagrin. Mais de même que je ne souhaitais voir des tempêtes que sur les côtes où elles étaient le plus violentes, de même je n'aurais voulu entendre la grande actrice que dans un de ces rôles classiques où Swann m'avait dit qu'elle touchait au sublime. Car quand c'est dans l'espoir d'une découverte précieuse que nous désirons recevoir certaines impressions de nature ou d'art, nous avons quelque scrupule à laisser notre âme accueillir à leur place des impressions moindres qui pourraient nous tromper sur la valeur exacte du Beau. La Berma dans *Andromaque*, dans *Les Caprices de Marianne*, dans *Phèdre*, c'était de ces choses fameuses que mon imagination avait tant désirées. J'aurais le même ravissement que le jour où une gondole m'emmènerait au pied du Titien des Frari[24] ou des Carpaccio de San Giorgio dei Schiavoni[25], si jamais j'entendais réciter par la Berma les vers :

> On dit qu'un prompt départ vous éloigne de nous,
> Seigneur, etc.[26]

Je les connaissais par la simple reproduction en noir et blanc qu'en donnent les éditions imprimées ; mais mon cœur battait quand je pensais, comme à la réalisation d'un voyage, que je les verrais enfin baigner effectivement dans l'atmosphère et l'ensoleillement de la voix dorée. Un Carpaccio à Venise, la Berma dans *Phèdre*, chefs-d'œuvre d'art pictural ou dramatique que le prestige qui s'attachait à eux rendait en moi si vivants, c'est-à-dire si indivisibles, que, si j'avais été voir des Carpaccio dans une salle du Louvre ou la Berma dans quelque pièce dont je n'aurais jamais entendu parler, je n'aurais plus éprouvé le même étonnement délicieux d'avoir enfin les yeux ouverts devant l'objet inconcevable et unique de tant de milliers de mes rêves. Puis, attendant du jeu de la Berma des révélations sur certains aspects de la noblesse, de la douleur, il me semblait que ce qu'il y avait de grand, de réel dans ce jeu, devait l'être davantage si l'actrice le superposait à une œuvre d'une valeur véritable au lieu de broder en somme du vrai et du beau sur une trame médiocre et vulgaire.

Enfin, si j'allais entendre la Berma dans une pièce nouvelle, il ne me serait pas facile de juger de son art, de sa diction, puisque je ne pourrais pas faire le départ entre un texte que je ne connaîtrais pas d'avance et ce que lui ajouteraient des intonations et des gestes qui me sembleraient faire corps avec lui ; tandis que les œuvres anciennes que je savais par cœur m'apparaissaient comme de vastes espaces réservés et tout prêts où je pourrais apprécier en pleine liberté les inventions dont la Berma les couvrirait, comme à fresque, des perpétuelles trouvailles de son inspiration. Malheureusement, depuis des années qu'elle avait quitté les grandes scènes et faisait la fortune d'un théâtre de boulevard dont elle était l'étoile, elle ne jouait plus de classique, et j'avais beau consulter les affiches, elles n'annonçaient jamais que des pièces toutes récentes, fabriquées exprès pour elle par des auteurs en vogue ; quand un matin, cherchant sur la colonne des théâtres les matinées de la semaine du jour de l'an, j'y vis pour la première fois — en fin de spectacle, après un lever de rideau probablement insignifiant dont le titre me sembla opaque parce qu'il contenait tout le particulier d'une action que j'ignorais — deux actes de *Phèdre* avec Mme Berma, et aux matinées suivantes *Le Demi-Monde*, *Les Caprices de Marianne*, noms qui, comme celui de *Phèdre*, étaient pour moi transparents, remplis seulement de clarté, tant l'œuvre m'était connue, illuminés jusqu'au fond d'un sourire d'art. Ils me parurent ajouter de la noblesse à Mme Berma elle-même quand je lus dans les journaux, après le programme de ces spectacles que c'était elle qui avait résolu de se montrer de nouveau au public dans quelques-unes de ses anciennes créations. Donc, l'artiste savait que certains rôles ont un intérêt qui survit à la nouveauté de leur apparition ou au succès de leur reprise, elle les considérait, interprétés par elle, comme des chefs-d'œuvre de musée qu'il pouvait être instructif de remettre sous les yeux de la génération qui l'y avait admirée, ou de celle qui ne l'y avait pas vue. En faisant afficher ainsi, au milieu de pièces qui n'étaient destinées qu'à faire passer le temps d'une soirée, *Phèdre*, dont le titre n'était pas plus long que les leurs et n'était pas imprimé en caractères différents, elle y ajoutait comme le sous-entendu d'une maîtresse de maison qui, en vous présentant à ses convives au moment d'aller à table, vous dit au milieu des noms d'invités qui ne sont que des invités, et sur le même ton qu'elle a cité les autres : M. Anatole France[27].

Le médecin qui me soignait — celui qui m'avait défendu tout voyage — déconseilla à mes parents de me laisser aller au théâtre ; j'en reviendrais malade, pour longtemps peut-être, et j'aurais en fin de compte plus de souffrance que de plaisir. Cette crainte eût pu m'arrêter, si ce que j'avais attendu d'une telle représentation eût été seulement un plaisir qu'en somme une souffrance ultérieure peut annuler, par compensation. Mais — de même qu'au voyage à Balbec, au voyage à Venise que j'avais tant désirés — ce que je demandais à cette matinée, c'était tout autre chose qu'un plaisir : des vérités appartenant à un monde plus réel que celui où je vivais, et desquelles l'acquisition une fois faite ne pourrait pas m'être enlevée par des incidents insignifiants, fussent-ils douloureux à mon corps, de mon oiseuse existence. Tout au plus, le plaisir que j'aurais pendant le spectacle m'apparaissait-il comme la forme peut-être nécessaire de la perception de ces vérités ; et c'était assez pour que je souhaitasse que les malaises prédits ne commençassent qu'une fois la représentation finie, afin qu'il ne fût pas par eux compromis et faussé. J'implorais mes parents, qui, depuis la visite du médecin, ne voulaient plus me permettre d'aller à *Phèdre*. Je me récitais sans cesse la tirade :

On dit qu'un prompt départ vous éloigne de nous[28]...

cherchant toutes les intonations qu'on pouvait y mettre, afin de mieux mesurer l'inattendu de celle que la Berma trouverait. Cachée comme le Saint des Saints sous le rideau qui me la dérobait et derrière lequel je lui prêtais à chaque instant un aspect nouveau, selon ceux des mots de Bergotte — dans la plaquette retrouvée par Gilberte — qui me revenaient à l'esprit : « noblesse plastique, cilice chrétien, pâleur janséniste, princesse de Trézène et de Clèves, drame mycénien, symbole delphique, mythe solaire », la divine Beauté que devait me révéler le jeu de la Berma, nuit et jour, sur un autel perpétuellement allumé, trônait au fond de mon esprit, de mon esprit dont mes parents sévères et légers allaient décider s'il enfermerait ou non, et pour jamais, les perfections de la Déesse dévoilée à cette même place où se dressait sa forme invisible. Et les yeux fixés sur l'image inconcevable, je luttais du matin au soir contre les obstacles que ma famille m'opposait. Mais quand ils furent tombés, quand ma mère — bien que cette matinée eût lieu précisément le jour de la séance de la Commission après laquelle mon père devait ramener dîner M. de Norpois — m'eût dit : « Hé bien, nous ne voulons pas te chagriner, si tu crois que tu auras tant de plaisir, il faut y aller », quand cette journée de théâtre, jusque-là défendue, ne dépendit plus que de moi, alors, pour la première fois, n'ayant plus à m'occuper qu'elle cessât d'être impossible, je me demandai si elle était souhaitable, si d'autres raisons que la défense de mes parents n'auraient pas dû m'y faire renoncer. D'abord, après avoir détesté leur cruauté, leur consentement me les rendait si chers que l'idée de leur faire de la peine m'en causait à moi-même une, à travers laquelle la vie ne m'apparaissait plus comme ayant pour but la vérité, mais la tendresse, et ne me semblait plus bonne ou mauvaise que selon que mes parents seraient heureux ou malheureux. « J'aimerais mieux ne pas y aller, si cela doit vous affliger », dis-je à ma mère qui, au contraire, s'efforçait de m'ôter cette arrière-pensée qu'elle pût en être triste, laquelle, disait-elle, gâterait ce plaisir que j'aurais à *Phèdre* et en considération duquel elle et mon père étaient revenus sur leur défense. Mais alors cette sorte d'obligation d'avoir du plaisir me semblait bien lourde. Puis si je rentrais malade, serais-je guéri assez vite pour pouvoir aller aux Champs-Élysées, les vacances finies, aussitôt qu'y retournerait Gilberte. À toutes ces raisons, je confrontais, pour décider ce qui devait l'emporter, l'idée, invisible derrière son voile, de la perfection de la Berma. Je mettais dans un des plateaux de la balance[29] « sentir maman triste, risquer de ne pas pouvoir aller aux Champs-Élysées », dans l'autre « pâleur janséniste, mythe solaire », mais ces mots eux-mêmes finissaient par s'obscurcir devant mon esprit, ne me disaient plus rien, perdaient tout poids ; peu à peu mes hésitations devenaient si douloureuses que si j'avais maintenant opté pour le théâtre, ce n'eût plus été que pour les faire cesser et en être délivré une fois pour toutes. C'eût été pour abréger ma souffrance et non plus dans l'espoir d'un bénéfice intellectuel et en cédant à l'attrait de la perfection, que je me serais laissé conduire non vers la Sage Déesse, mais vers l'implacable Divinité sans visage et sans nom qui lui avait été subrepticement substituée sous son voile. Mais brusquement tout fut changé, mon désir d'aller entendre la Berma reçut un coup de fouet nouveau qui me permit d'attendre dans l'impatience et dans la joie cette « matinée » : étant allé faire devant la colonne des théâtres ma station quotidienne, depuis peu si cruelle, de stylite, j'avais vu, tout humide encore, l'affiche détaillée de *Phèdre* qu'on venait de coller pour la première fois (et où à vrai dire, le reste de la distribution ne m'apportait aucun attrait nouveau qui pût me décider). Mais elle donnait à l'un des buts entre lesquels oscillait mon indécision, une forme plus concrète et — comme l'affiche était datée non du jour où je la lisais, mais de celui où la représentation aurait lieu, et de l'heure même du lever du rideau — presque imminente, déjà en voie de réalisation, si bien que je sautai de joie devant la colonne en pensant que ce jour-là, exactement à cette heure, je serais prêt à entendre la Berma, assis à ma place ; et de peur que mes parents n'eussent plus le temps d'en trouver deux bonnes pour ma grand-mère et pour moi, je ne fis qu'un bond jusqu'à la maison, cinglé que j'étais par ces mots magiques qui avaient remplacé dans ma pensée « pâleur janséniste » et « mythe solaire » : « les dames ne seront pas reçues à l'orchestre en chapeau, les portes seront fermées à deux heures ».

Hélas ! cette première matinée fut une grande déception. Mon père nous proposa de nous déposer ma grand-mère et moi au théâtre, en se rendant à sa Commission. Avant de quitter la maison, il dit à ma mère : « Tâche d'avoir un bon dîner ; tu te rappelles que je dois ramener de Norpois ? » Ma mère ne l'avait pas oublié. Et depuis la veille, Françoise, heureuse de s'adonner à cet art de la cuisine pour lequel elle avait certainement un don, stimulée, d'ailleurs, par l'annonce d'un convive nouveau, et sachant qu'elle aurait à composer, selon des méthodes sues d'elle seule, du bœuf à la gelée, vivait dans l'effervescence de la création ; comme elle attachait une importance extrême à la qualité intrinsèque des matériaux qui devaient entrer dans la fabrication de son œuvre, elle allait elle-même aux Halles se faire donner les plus beaux carrés de romsteck, de jarret de bœuf, de pied de veau, comme Michel-Ange passant huit mois dans les montagnes de Carrare[30] à choisir les blocs de marbre les plus parfaits pour le monument de Jules II. Françoise dépensait dans ces allées et venues une telle ardeur que maman voyant sa figure enflammée craignait que notre vieille servante ne tombât malade de surmenage comme l'auteur du Tombeau des Médicis dans les carrières de Pietrasanta. Et dès la veille Françoise avait envoyé cuire dans le four du boulanger, protégé de mie de pain, comme du marbre rose, ce qu'elle appelait du jambon de Nev-York. Croyant la langue moins riche qu'elle n'est et ses propres oreilles peu sûres, sans doute la première fois qu'elle avait entendu parler de jambon d'York avait-elle cru — trouvant d'une prodigalité invraisemblable dans le vocabulaire qu'il pût exister à la fois York et New-York — qu'elle avait mal entendu et qu'on avait voulu dire le nom qu'elle connaissait déjà. Aussi, depuis, le mot d'York se faisait précéder dans ses oreilles ou devant ses yeux, si elle lisait une annonce, de : New qu'elle prononçait Nev'. Et c'est de la meilleure foi du monde qu'elle disait à sa fille de cuisine : « Allez me chercher du jambon chez Olida. Madame m'a bien recommandé que ce soit du Nev-York. » Ce jour-là, si Françoise avait la brûlante certitude des grands créateurs, mon lot était la cruelle inquiétude du chercheur. Sans doute, tant que je n'eus pas entendu la Berma, j'éprouvai du plaisir. J'en éprouvai dans le petit square qui précédait le théâtre et dont, deux heures plus tard, les marronniers dénudés allaient luire avec des reflets métalliques dès que les becs de gaz allumés éclaireraient le détail de leurs ramures ; devant les employés du contrôle, desquels le choix, l'avancement, le sort, dépendaient de la grande artiste — qui seule détenait le pouvoir dans cette administration à la tête de laquelle des directeurs éphémères et purement nominaux se succédaient obscurément — et qui prirent nos billets sans nous regarder, agités qu'ils étaient de savoir si toutes les prescriptions de Mme Berma avaient bien été transmises au personnel nouveau, s'il était bien entendu que la claque ne devait jamais applaudir pour elle, que les fenêtres devaient être ouvertes tant qu'elle ne serait pas en scène et la moindre porte fermée après, un pot d'eau chaude dissimulé près d'elle pour faire tomber la poussière du plateau : et, en effet, dans un moment sa voiture attelée de deux chevaux à longue crinière allait s'arrêter devant le théâtre, elle en descendrait enveloppée dans des fourrures, et, répondant d'un geste maussade aux saluts, elle enverrait une de ses suivantes s'informer de l'avant-scène qu'on avait réservée pour ses amis, de la température de la salle, de la composition des loges, de la tenue des ouvreuses, théâtre et public n'étant pour elle qu'un second vêtement plus extérieur dans lequel elle entrerait et le milieu plus ou moins bon conducteur que son talent aurait à traverser. Je fus heureux aussi dans la salle même ; depuis que je savais que — contrairement à ce que m'avaient si longtemps représenté mes imaginations enfantines — il n'y avait qu'une scène pour tout le monde, je pensais qu'on devait être empêché de bien voir par les autres spectateurs comme on l'est au milieu d'une foule ; or je me rendis compte qu'au contraire, grâce à une disposition qui est comme le symbole de toute perception, chacun se sent le centre du théâtre ; ce qui m'expliqua qu'une fois qu'on avait envoyé Françoise voir un mélodrame aux troisièmes galeries, elle avait assuré en rentrant que sa place était la meilleure qu'on pût avoir, et au lieu de se trouver trop loin, s'était sentie intimidée par la proximité mystérieuse et vivante du rideau. Mon plaisir s'accrut encore quand je commençai à distinguer derrière ce rideau baissé des bruits confus comme on en entend sous la coquille d'un œuf quand le poussin va sortir, qui bientôt grandirent, et tout à coup, de ce monde impénétrable à notre regard, mais qui nous voyait du sien, s'adressèrent indubitablement à nous sous la forme impérieuse de trois coups aussi émouvants que des signaux venus de la planète Mars. Et — ce rideau une fois levé — quand sur la scène une table à écrire et une cheminée assez ordinaires, d'ailleurs, signifièrent que les personnages qui allaient entrer seraient, non pas des acteurs venus pour réciter comme j'en avais vu une fois en soirée, mais des hommes en train de vivre chez eux un jour de leur vie dans laquelle je pénétrais par effraction sans qu'ils pussent me voir, mon plaisir continua de durer ; il fut interrompu par une courte inquiétude : juste comme je dressais l'oreille avant que commençât la pièce, deux hommes entrèrent par la scène, bien en colère, puisqu'ils parlaient assez fort pour que dans cette salle où il y avait plus de mille personnes on distinguât toutes leurs paroles, tandis que dans un petit café on est obligé de demander au garçon ce que disent deux individus qui se collettent ; mais dans le même instant, étonné de voir que le public les entendait sans protester, submergé qu'il était par un unanime silence sur lequel vint bientôt clapoter un rire ici, un autre là, je compris que ces insolents étaient les acteurs et que la petite pièce, dite lever de rideau, venait de commencer. Elle fut suivie d'un entracte si long que les spectateurs revenus à leurs places s'impatientaient, tapaient des pieds. J'en étais effrayé ; car de même que dans le compte rendu d'un procès, quand je lisais qu'un homme d'un noble cœur allait venir, au mépris de ses intérêts, témoigner en faveur d'un innocent, je craignais toujours qu'on ne fût pas assez gentil pour lui, qu'on ne lui marquât pas assez de reconnaissance, qu'on ne le récompensât pas richement, et, qu'écœuré, il se mît du côté de l'injustice ; de même, assimilant en cela le génie à la vertu, j'avais peur que la Berma dépitée par les mauvaises façons d'un public aussi mal élevé — dans lequel j'aurais voulu au contraire qu'elle pût reconnaître avec satisfaction quelques célébrités au jugement de qui elle eût attaché de l'importance — ne lui exprimât son mécontentement et son dédain en jouant mal. Et je regardais d'un air suppliant ces brutes trépignantes qui allaient briser dans leur fureur l'impression fragile et précieuse que j'étais venu chercher. Enfin, les derniers moments de mon plaisir furent pendant les premières scènes de *Phèdre*. Le personnage de Phèdre ne paraît pas dans ce commencement du second acte : et pourtant, dès que le rideau fut levé et qu'un second rideau, en velours rouge celui-là, se fut écarté, qui dédoublait la profondeur de la scène dans toutes les pièces où jouait l'étoile, une actrice entra par le fond, qui avait la figure et la voix qu'on m'avait dit être celles de la Berma. On avait dû changer la distribution, tout le soin que j'avais mis à étudier le rôle de la femme de Thésée devenait inutile. Mais une autre actrice donna la réplique à la première. J'avais dû me tromper en prenant celle-là pour la Berma, car la seconde lui ressemblait davantage encore et, plus que l'autre, avait sa diction. Toutes deux d'ailleurs ajoutaient à leur rôle de nobles gestes — que je distinguais clairement et dont je comprenais la relation avec le texte, tandis qu'elles soulevaient leurs beaux péplums — et aussi des intonations ingénieuses, tantôt passionnées, tantôt ironiques, qui me faisaient comprendre la signification d'un vers que j'avais lu chez moi sans apporter assez d'attention à ce qu'il voulait dire. Mais tout d'un coup, dans l'écartement du rideau rouge du sanctuaire, comme dans un cadre, une femme parut et, aussitôt, à la peur que j'eus, bien plus anxieuse que pouvait être celle de la Berma, qu'on la gênât en ouvrant une fenêtre, qu'on altérât le son d'une de ses paroles en froissant un programme, qu'on l'indisposât en applaudissant ses camarades, en ne l'applaudissant pas, elle, assez ; — à ma façon, plus absolue encore que celle de la Berma, de ne considérer dès cet instant, salle, public, acteurs, pièce, et mon propre corps que comme un milieu acoustique n'ayant d'importance que dans la mesure où il était favorable aux inflexions de cette voix, je compris que les deux actrices que j'admirais depuis quelques minutes n'avaient aucune ressemblance avec celle que j'étais venu entendre. Mais en même temps tout mon plaisir avait cessé ; j'avais beau tendre vers la Berma mes yeux, mes oreilles, mon esprit, pour ne pas laisser échapper une miette des raisons qu'elle me donnerait de l'admirer, je ne parvenais pas à en recueillir une seule. Je ne pouvais même pas, comme pour ses camarades, distinguer dans sa diction et dans son jeu des intonations intelligentes, de beaux gestes. Je l'écoutais comme j'aurais lu *Phèdre*, ou comme si Phèdre elle-même avait dit en ce moment les choses que j'entendais, sans que le talent de la Berma semblât leur avoir rien ajouté. J'aurais voulu — pour pouvoir l'approfondir, pour tâcher d'y découvrir ce qu'elle avait de beau — arrêter, immobiliser longtemps devant moi chaque intonation de l'artiste, chaque expression de sa physionomie ; du moins, je tâchais, à force d'agilité mentale, en ayant avant un vers mon attention tout installée et mise au point, de ne pas distraire en préparatifs une parcelle de la durée de chaque mot, de chaque geste, et, grâce à l'intensité de mon attention, d'arriver à descendre en eux aussi profondément que j'aurais fait si j'avais eu de longues heures à moi. Mais que cette durée était brève ! A peine un son était-il reçu dans mon oreille qu'il était remplacé par un autre. Dans une scène où la Berma reste immobile un instant, le bras levé à la hauteur du visage, baigné grâce à un artifice d'éclairage dans une lumière verdâtre, devant le décor qui représente la mer, la salle éclata en applaudissements, mais déjà l'actrice avait changé de place et le tableau que j'aurais voulu étudier n'existait plus. Je dis à ma grand-mère que je ne voyais pas bien, elle me passa sa lorgnette. Seulement, quand on croit à la réalité des choses, user d'un moyen artificiel pour se les faire montrer n'équivaut pas tout à fait à se sentir près d'elles. Je pensais que ce n'était plus la Berma que je voyais, mais son image dans le verre grossissant. Je reposai la lorgnette ; mais peut-être l'image que recevait mon œil, diminuée par l'éloignement, n'était pas plus exacte ; laquelle des deux Berma était la vraie ? Quant à la déclaration à Hippolyte j'avais beaucoup compté sur ce morceau où, à en juger par la signification ingénieuse que ses camarades me découvraient à tout moment dans des parties moins belles, elle aurait certainement des intonations plus surprenantes que celles que chez moi, en lisant j'avais tâché d'imaginer ; mais elle n'atteignit même pas jusqu'à celles qu'Œnone ou Aricie eussent trouvées, elle passa au rabot d'une mélopée uniforme toute la tirade où se trouvèrent confondues ensemble des oppositions pourtant si tranchées, qu'une tragédienne à peine intelligente, même des élèves de lycée, n'en eussent pas négligé l'effet ; d'ailleurs, elle la débita tellement vite que ce fut seulement quand elle fut arrivée au dernier vers que mon esprit prit conscience de la monotonie voulue qu'elle avait imposée aux premiers.

Enfin éclata mon premier sentiment d'admiration : il fut provoqué par les applaudissements frénétiques des spectateurs. J'y mêlai les miens en tâchant de les prolonger, afin que par reconnaissance, la Berma se surpassant, je fusse certain de l'avoir entendue dans un de ses meilleurs jours. Ce qui est du reste curieux, c'est que le moment où se déchaîna cet enthousiasme du public, fut, je l'ai su depuis, celui où la Berma a une de ses plus belles trouvailles. Il semble que certaines réalités transcendantes émettent autour d'elles des rayons auxquels la foule est sensible. C'est ainsi que, par exemple, quand un événement se produit, quand à la frontière une armée est en danger, ou battue, ou victorieuse, les nouvelles assez obscures qu'on reçoit et d'où l'homme cultivé ne sait pas tirer grand-chose, excitent dans la foule une émotion qui le surprend et dans laquelle, une fois que les experts l'ont mis au courant de la véritable situation militaire, il reconnaît la perception par le peuple de cette « aura » qui entoure les grands événements et qui peut être visible à des centaines de kilomètres. On apprend la victoire, ou après coup quand la guerre est finie, ou tout de suite par la joie du concierge. On découvre un trait génial du jeu de la Berma huit jours après l'avoir entendue, par la critique, ou sur le coup par les acclamations du parterre. Mais cette connaissance immédiate de la foule étant mêlée à cent autres toutes erronées, les applaudissements tombaient le plus souvent à faux, sans compter qu'ils étaient mécaniquement soulevés par la force des applaudissements antérieurs comme dans une tempête une fois que la mer a été suffisamment remuée elle continue à grossir, même si le vent ne s'accroît plus. N'importe, au fur et à mesure que j'applaudissais, il me semblait que la Berma avait mieux joué. « Au moins, disait à côté de moi une femme assez commune, elle se dépense celle-là, elle se frappe à se faire mal, elle court, parlez-moi de ça, c'est jouer. » Et heureux de trouver ces raisons de la supériorité de la Berma, tout en me doutant qu'elles ne l'expliquaient pas plus que celle de la Joconde, ou du Persée [31] de Benvenuto, l'exclamation d'un paysan : « C'est bien fait tout de même ! c'est tout en or, et du beau ! quel travail ! », je partageai avec ivresse le vin grossier de cet enthousiasme populaire. Je n'en sentis pas moins, le rideau tombé, un désappointement que ce plaisir que j'avais tant désiré n'eût pas été plus grand, mais en même temps le besoin de le prolonger, de ne pas quitter pour jamais, en sortant de la salle, cette vie du théâtre qui pendant quelques heures avait été la mienne, et dont je me serais arraché comme en un départ pour l'exil, en rentrant directement à la maison, si je n'avais espéré d'y apprendre beaucoup sur la Berma par son admirateur auquel je devais qu'on m'eût permis d'aller à *Phèdre*, M. de Norpois. Je lui fus présenté avant le dîner par mon père qui m'appela pour cela dans son cabinet. A mon entrée, l'ambassadeur se leva, me tendit la main, inclina sa haute taille et fixa attentivement sur moi ses yeux bleus. Comme les étrangers de passage qui lui étaient présentés au temps où il représentait la France étaient plus ou moins — jusqu'aux chanteurs connus — des personnes de marque et dont il savait alors qu'il pourrait dire plus tard quand on prononcerait leur nom à Paris ou à Pétersbourg qu'il se rappelait parfaitement la soirée qu'il avait passée avec eux à Munich ou à Sofia, il avait pris l'habitude de leur marquer par son affabilité la satisfaction qu'il avait de les connaître : mais de plus, persuadé que dans la vie des capitales, au contact à la fois des individualités intéressantes qui les traversent et des usages du peuple qui les habite, on acquiert une connaissance approfondie, et que les livres ne donnent pas, de l'histoire, de la géographie, des mœurs des différentes nations, du mouvement intellectuel de l'Europe, il exerçait sur chaque nouveau venu ses facultés aiguës d'observateur afin de savoir de suite à quelle espèce d'homme il avait à faire. Le gouvernement ne lui avait plus depuis longtemps confié de poste à l'étranger, mais dès qu'on lui présentait quelqu'un, ses yeux, comme s'ils n'avaient pas reçu notification de sa mise en disponibilité, commençaient à observer avec fruit, cependant que par toute son attitude il cherchait à montrer que le nom de l'étranger ne lui était pas inconnu. Aussi, tout en me parlant avec bonté et de l'air d'importance d'un homme qui sait sa vaste expérience, il ne cessait de m'examiner avec une curiosité sagace et pour son profit, comme si j'eusse été quelque usage exotique, quelque monument instructif, ou quelque étoile en tournée. Et de la sorte il faisait preuve à la fois, à mon endroit, de la majestueuse amabilité du sage Mentor et de la curiosité studieuse du jeune Anacharsis[32].

Il ne m'offrit absolument rien pour la *Revue des Deux Mondes,* mais me posa un certain nombre de questions sur ce qu'avaient été ma vie et mes études, sur mes goûts dont j'entendis parler pour la première fois comme s'il pouvait être raisonnable de les suivre, tandis que j'avais cru jusqu'ici que c'était un devoir de les contrarier. Puisqu'ils me portaient du côté de la littérature, il ne me détourna pas d'elle ; il m'en parla au contraire avec déférence comme d'une personne vénérable et charmante du cercle choisi de laquelle, à Rome ou à Dresde, on a gardé le meilleur souvenir et qu'on regrette par suite des nécessités de la vie de retrouver si rarement. Il semblait m'envier en souriant d'un air presque grivois les bons moments que, plus heureux que lui et plus libre, elle me ferait passer. Mais les termes mêmes dont il se servait me montraient la Littérature comme trop différente de l'image que je m'en étais faite à Combray ; et je compris que j'avais eu doublement raison de renoncer à elle. Jusqu'ici je m'étais seulement rendu compte que je n'avais pas le don d'écrire ; maintenant M. de Norpois m'en ôtait même le désir. Je voulus lui expliquer ce que j'avais rêvé ; tremblant d'émotion, je me serais fait un scrupule que toutes mes paroles ne fussent pas l'équivalent le plus sincère possible de ce que j'avais senti et que je n'avais jamais essayé de me formuler ; c'est dire que mes paroles n'eurent aucune netteté. Peut-être par habitude professionnelle, peut-être en vertu du calme qu'acquiert tout homme important dont on sollicite le conseil et qui sachant qu'il gardera en mains la maîtrise de la conversation, laisse l'interlocuteur s'agiter, s'efforcer, peiner à son aise ; peut-être aussi pour faire valoir le caractère de sa tête (selon lui grecque, malgré les grands favoris), M. de Norpois, pendant qu'on lui exposait quelque chose, gardait une immobilité de visage aussi absolue que si vous aviez parlé devant quelque buste antique — et sourd — dans une glyptothèque. Tout à coup, tombant comme le marteau du commissaire-priseur, ou comme un oracle de Delphes, la voix de l'ambassadeur qui vous répondait vous impressionnait d'autant plus que rien dans sa face ne vous avait laissé soupçonner le genre d'impression que vous aviez produit sur lui, ni l'avis qu'il allait émettre.

« Précisément, me dit-il tout à coup comme si la cause était jugée et après m'avoir laissé bafouiller en face des yeux immobiles qui ne me quittaient pas un instant, j'ai le fils d'un de mes amis qui, *mutatis mutandis*, est comme vous (et il prit pour parler de nos dispositions communes le même ton rassurant que si elles avaient été des dispositions non pas à la littérature mais au rhumatisme et s'il avait voulu me montrer qu'on n'en mourait pas). Aussi a-t-il préféré quitter le quai d'Orsay où la voie lui était pourtant toute tracée par son père et sans se soucier du qu'en-dira-t-on, il s'est mis à produire. Il n'a certes pas lieu de s'en repentir. Il a publié il y a deux ans — il est d'ailleurs beaucoup plus âgé que vous, naturellement — un ouvrage relatif au sentiment de l'Infini sur la rive occidentale du lac Victoria-Nyanza et cette année un opuscule moins important, mais conduit d'une plume alerte, parfois même acérée, sur le fusil à répétition dans l'armée bulgare, qui l'ont mis tout à fait hors de pair. Il a déjà fait un joli chemin, il n'est pas homme à s'arrêter en route, et je sais que, sans que l'idée d'une candidature ait été envisagée, on a laissé tomber son nom deux ou trois fois dans la conversation et d'une façon qui n'avait rien de défavorable, à l'Académie des Sciences morales [33]. En somme, sans pouvoir dire encore qu'il soit au pinacle, il a conquis de haute lutte une fort jolie position et le succès qui ne va pas toujours qu'aux agités et aux brouillons, aux faiseurs d'embarras qui sont presque toujours des faiseurs, le succès a récompensé son effort. »

Mon père, me voyant déjà académicien dans quelques années, respirait une satisfaction que M. de Norpois porta à son comble quand, après un instant d'hésitation pendant lequel il sembla calculer les conséquences de son acte, il me dit, en me tendant sa carte : « Allez donc le voir de ma part, il pourra vous donner d'utiles conseils », me causant par ces mots une agitation aussi pénible que s'il m'avait annoncé qu'on m'embarquerait le lendemain comme mousse à bord d'un voilier.

Ma tante Léonie m'avait fait héritier en même temps que de beaucoup d'objets et de meubles fort embarrassants, de presque toute sa fortune liquide —

révélant ainsi après sa mort une affection pour moi que je n'avais guère soupçonnée pendant sa vie. Mon père, qui devait gérer cette fortune jusqu'à ma majorité, consulta M. de Norpois sur un certain nombre de placements. Il conseilla des titres à faible rendement qu'il jugeait particulièrement solides, notamment les Consolidés Anglais et le 4 % Russe[34]. « Avec ces valeurs de tout premier ordre, dit M. de Norpois, si le revenu n'est pas très élevé, vous êtes du moins assuré de ne jamais voir fléchir le capital. » Pour le reste, mon père lui dit en gros ce qu'il avait acheté. M. de Norpois eut un imperceptible sourire de félicitations : comme tous les capitalistes, il estimait la fortune une chose enviable, mais trouvait plus délicat de ne complimenter que par un signe d'intelligence à peine avoué, au sujet de celle qu'on possédait ; d'autre part comme il était lui-même colossalement riche, il trouvait de bon goût d'avoir l'air de juger considérables les revenus moindres d'autrui, avec pourtant un retour joyeux et confortable sur la supériorité des siens. En revanche il n'hésita pas à féliciter mon père de la « composition » de son portefeuille « d'un goût très sûr, très délicat, très fin ». On aurait dit qu'il attribuait aux relations des valeurs de bourse entre elles, et même aux valeurs de bourse en elles-mêmes, quelque chose comme un mérite esthétique. D'une, assez nouvelle et ignorée dont mon père lui parla, M. de Norpois, pareil à ces gens qui ont lu des livres que vous vous croyiez seul à connaître, lui dit : « Mais si, je me suis amusé pendant quelque temps à la suivre dans la Cote, elle était intéressante », avec le sourire rétrospectivement captivé d'un abonné qui a lu le dernier roman d'une revue, par tranches, en feuilleton. « Je ne vous déconseillerais pas de souscrire à l'émission qui va être lancée prochainement. Elle est attrayante, car on vous offre les titres à des prix tentants. » Pour certaines valeurs anciennes au contraire mon père, ne se rappelant plus exactement les noms, faciles à confondre avec ceux d'actions similaires, ouvrit un tiroir et montra les titres eux-mêmes à l'ambassadeur. Leur vue me charma ; ils étaient enjolivés de flèches de cathédrales et de figures allégoriques comme certaines vieilles publications romantiques que j'avais feuilletées autrefois. Tout ce qui est d'un même temps se ressemble ; les artistes qui illustrent les poèmes d'une époque sont les mêmes que font travailler pour elles les Sociétés financières. Et rien ne fait mieux penser à certaines livraisons de *Notre-Dame de Paris* et d'œuvres de Gérard de Nerval, telles qu'elles étaient accrochées à la devanture de l'épicerie de Combray, que, dans son encadrement rectangulaire et fleuri que supportaient des divinités fluviales, une action nominative de la Compagnie des Eaux.

Mon père avait pour mon genre d'intelligence un mépris suffisamment corrigé par la tendresse pour qu'au total, son sentiment sur tout ce que je faisais fût une indulgence aveugle. Aussi n'hésita-t-il pas à m'envoyer chercher un petit poème en prose que j'avais fait autrefois à Combray en revenant d'une promenade. Je l'avais écrit avec une exaltation qu'il me semblait devoir communiquer à ceux qui le liraient. Mais elle ne dut pas gagner M. de Norpois, car ce fut sans me dire une parole qu'il me le rendit.

Ma mère, pleine de respect pour les occupations de mon père, vint demander, timidement, si elle pouvait faire servir. Elle avait peur d'interrompre une conversation où elle n'aurait pas eu à être mêlée. Et, en effet, à tout moment mon père rappelait au Marquis quelque mesure utile qu'ils avaient décidé de soutenir à la prochaine séance de la Commission, et il le faisait sur le ton particulier qu'ont ensemble dans un milieu différent — pareils en cela à deux collégiens — deux collègues à qui leurs habitudes professionnelles créent des souvenirs communs où n'ont pas accès les autres et auxquels ils s'excusent de se reporter devant eux.

Mais la parfaite indépendance des muscles du visage à laquelle M. de Norpois était arrivé, lui permettait d'écouter sans avoir l'air d'entendre. Mon père finissait par se troubler : « J'avais pensé à demander l'avis de la Commission... », disait-il à M. de Norpois après de longs préambules. Alors du visage de l'aristocratique virtuose qui avait gardé l'inertie d'un instrumentiste dont le moment n'est pas venu d'exécuter sa partie, sortait avec un débit égal, sur un ton aigu et comme ne faisant que finir, mais confiée cette fois à un autre timbre, la phrase commencée : « Que bien entendu vous n'hésiterez pas à réunir, d'autant plus que les membres vous sont individuellement connus et peuvent facilement se déplacer. » Ce n'était pas évidemment en elle-même une terminaison bien extraordinaire. Mais l'immobilité qui l'avait précédée la faisait se détacher avec la netteté cristalline, l'imprévu quasi malicieux de ces phrases par lesquelles le piano, silencieux jusque-là, réplique, au moment voulu, au violoncelle qu'on vient d'entendre, dans un concerto de Mozart. « Hé bien, as-tu été content de ta matinée ? » me dit mon père tandis qu'on passait à table, pour me faire briller et pensant que mon enthousiasme me ferait bien juger par M. de Norpois. « Il est allé entendre la Berma tantôt, vous vous rappelez que nous en avions parlé ensemble », dit-il en se tournant vers le diplomate, du même ton d'allusion rétrospective, technique et mystérieuse que s'il se fût agi d'une séance de la Commission. « Vous avez dû être enchanté, surtout si c'était la première fois que vous l'entendiez. Monsieur votre père s'alarmait du contrecoup que cette petite escapade pouvait avoir sur votre état de santé, car vous êtes un peu délicat, un peu frêle, je crois. Mais je l'ai rassuré. Les théâtres ne sont plus aujourd'hui ce qu'ils étaient il y a seulement vingt ans. Vous avez des sièges à peu près confortables, une atmosphère renouvelée, quoique nous ayons fort à faire encore pour rejoindre l'Allemagne et l'Angleterre, qui à cet égard comme à bien d'autres ont une formidable avance sur nous. Je n'ai pas vu Mme Berma dans *Phèdre*, mais j'ai entendu dire qu'elle y était admirable. Et vous avez été ravi, naturellement ? »

M. de Norpois, mille fois plus intelligent que moi, devait détenir cette vérité que je n'avais pas su extraire du jeu de la Berma, il allait me la découvrir ; en répondant à sa question, j'allais le prier de me dire en quoi cette vérité consistait ; et il justifierait ainsi ce désir que j'avais eu de voir l'actrice. Je n'avais qu'un moment, il fallait en profiter et faire porter mon interrogatoire sur les points essentiels. Mais quels étaient-ils ? Fixant mon attention tout entière sur mes impressions si confuses, et ne songeant nullement à me faire admirer de M. de Norpois, mais à obtenir de lui la vérité souhaitée, je ne cherchais pas à remplacer les mots qui me manquaient par des expressions toutes faites, je balbutiai, et finalement, pour tâcher de le provoquer à déclarer ce que la Berma avait d'admirable, je lui avouai que j'avais été déçu. « Mais comment, s'écria mon père, ennuyé de l'impression fâcheuse que l'aveu de mon incompréhension pouvait produire sur M. de Norpois, comment peux-tu dire que tu n'as pas eu de plaisir, ta grand-mère nous a raconté que tu ne perdais pas un mot de ce que la Berma disait, que tu avais les yeux hors de la tête, qu'il n'y avait que toi dans la salle comme cela. » — « Mais oui, j'écoutais de mon mieux pour savoir ce qu'elle avait de si remarquable. Sans doute, elle est très bien... » — « Si elle est très bien, qu'est-ce qu'il te faut de plus ? » — « Une des choses qui contribuent certainement au succès de Mme Berma, dit M. de Norpois en se tournant avec application vers ma mère pour ne pas la laisser en dehors de la conversation et afin de remplir consciencieusement son devoir de politesse envers une maîtresse de maison, c'est le goût parfait qu'elle apporte dans le choix de ses rôles et qui lui vaut toujours un franc succès, et de bon aloi. Elle joue rarement des médiocrités. Voyez, elle s'est attaquée au rôle de Phèdre. D'ailleurs, ce goût elle l'apporte dans ses toilettes, dans son jeu. Bien qu'elle ait fait de fréquentes et fructueuses tournées en Angleterre et en Amérique, la vulgarité je ne dirai pas de John Bull, ce qui serait injuste, au moins pour l'Angleterre de l'ère Victorienne, mais de l'oncle Sam n'a pas déteint sur elle. Jamais de couleurs trop voyantes, de cris exagérés. Et puis cette voix admirable qui la sert si bien et dont elle joue à ravir, je serais presque tenté de dire en musicienne ! »

Mon intérêt pour le jeu de la Berma n'avait cessé de grandir depuis que la représentation était finie parce qu'il ne subissait plus la compression et les limites de la réalité : mais j'éprouvais le besoin de lui trouver des explications ; de plus, il s'était porté avec une intensité égale, pendant que la Berma jouait, sur tout ce qu'elle offrait, dans l'indivisibilité de la vie, à mes yeux, à mes oreilles ; il n'avait rien séparé et distingué ; aussi fut-il heureux de se découvrir une cause raisonnable dans ces éloges donnés à la simplicité, au bon goût de l'artiste, il les attirait à lui par son pouvoir d'absorption, s'emparait d'eux comme l'optimisme d'un homme ivre des actions de son voisin dans lesquelles il trouve une raison d'attendrissement. « C'est vrai, me disais-je, quelle belle voix, quelle absence de cris, quels costumes simples, quelle intelligence d'avoir été choisir *Phèdre*. Non, je n'ai pas été déçu ! »

Le bœuf froid aux carottes fit son apparition, couché par le Michel-Ange de notre cuisine sur d'énormes cristaux de gelée pareils à des blocs de quartz transparent. « Vous avez un chef de tout premier ordre, madame, dit M. de Norpois. Et ce n'est pas peu de chose. Moi qui ai eu à l'étranger à tenir un certain train de maison, je sais combien il est souvent difficile de trouver un parfait maître queux. Ce sont de véritables agapes auxquelles vous nous avez conviés là. » Et, en effet, Françoise, surexcitée par l'ambition de réussir pour un invité de marque un dîner enfin semé de difficultés dignes d'elle, s'était donné une peine qu'elle ne prenait plus quand nous étions seuls et avait retrouvé sa manière incomparable de Combray. « Voilà ce qu'on ne peut obtenir au cabaret, je dis dans les meilleurs : une daube de bœuf où la gelée ne sente pas la colle, et où le bœuf ait pris parfum des carottes, c'est admirable ! Permettez-moi d'y revenir, ajouta-t-il en faisant signe qu'il voulait encore de la gelée. Je serais curieux de juger votre Vatel maintenant sur un mets tout différent, je voudrais, par exemple, le trouver aux prises avec le bœuf Stroganof[35]. »

M. de Norpois, pour contribuer lui aussi à l'agrément du repas nous servit diverses histoires dont il régalait fréquemment ses collègues de carrière, tantôt en citant une période ridicule dite par un homme politique coutumier du fait et qui les faisait longues et pleines d'images incohérentes, tantôt telle formule lapidaire d'un diplomate plein d'atticisme. Mais, à vrai dire, le critérium qui distinguait pour lui ces deux ordres de phrases ne ressemblait en rien à celui que j'appliquais à la littérature. Bien des nuances m'échappaient ; les mots qu'il récitait en s'esclaffant ne me paraissaient pas très différents de ceux qu'il trouvait remarquables. Il appartenait au genre d'hommes qui pour les œuvres que j'aimais eût dit : « Alors, vous comprenez ? Moi, j'avoue que je ne comprends pas, je ne suis pas initié », mais j'aurais pu lui rendre la pareille, je ne saisissais pas l'esprit ou la sottise, l'éloquence ou l'enflure qu'il trouvait dans une réplique, ou dans un discours, et l'absence de toute raison perceptible pour quoi ceci était mal et ceci bien faisait que cette sorte de littérature m'était plus mystérieuse, me semblait plus obscure qu'aucune. Je démêlai seulement que répéter ce que tout le monde pensait n'était pas en politique une marque d'infériorité mais de supériorité. Quand M. de Norpois se servait de certaines expressions qui traînaient dans les journaux et les prononçait avec force, on sentait qu'elles devenaient un acte par le seul fait qu'il les avait employées et un acte qui susciterait des commentaires.

Ma mère comptait beaucoup sur la salade d'ananas

et de truffes. Mais l'ambassadeur après avoir exercé un instant sur le mets la pénétration de son regard d'observateur la mangea en restant entouré de discrétion diplomatique et ne nous livra pas sa pensée. Ma mère insista pour qu'il en reprît, ce que fit M. de Norpois, mais en disant seulement au lieu du compliment qu'on espérait : « J'obéis, madame, puisque je vois que c'est là de votre part un véritable oukase. » — « Nous avons lu dans les " feuilles " que vous vous étiez entretenu longuement avec le roi Théodose », lui dit mon père. — « En effet, le roi, qui a une rare mémoire des physionomies, a eu la bonté de se souvenir en m'apercevant à l'orchestre que j'avais eu l'honneur de le voir pendant plusieurs jours à la cour de Bavière, quand il ne songeait pas à son trône oriental (vous savez qu'il y a été appelé par un congrès européen, et il a même fort hésité à l'accepter, jugeant cette souveraineté un peu inégale à sa race, la plus noble, héraldiquement parlant, de toute l'Europe). Un aide de camp est venu me dire d'aller saluer Sa Majesté, à l'ordre de qui je me suis naturellement empressé de déférer. » — « Avez-vous été content des résultats de son séjour ? » — « Enchanté ! Il était permis de concevoir quelque appréhension sur la façon dont un monarque encore si jeune, se tirerait de ce pas difficile, surtout dans des conjonctures aussi délicates. Pour ma part je faisais pleine confiance au sens politique du souverain. Mais j'avoue que mes espérances ont été dépassées. Le toast qu'il a prononcé à l'Élysée, et qui, d'après des renseignements qui me viennent de source tout à fait autorisée, avait été composé par lui du premier mot jusqu'au dernier, était entièrement digne de l'intérêt qu'il a excité partout. C'est tout simplement un coup de maître ; un peu hardi je le veux bien, mais d'une audace qu'en somme l'événement a pleinement justifiée. Les traditions diplomatiques ont certainement du bon, mais dans l'espèce elles avaient fini par faire vivre son pays et le nôtre dans une atmosphère de renfermé qui n'était plus respirable. Eh bien ! une des manières de renouveler l'air, évidemment une de celles qu'on ne peut pas recommander mais que le roi Théodose pouvait se permettre, c'est de casser les vitres. Et il l'a fait avec une belle humeur qui a ravi tout le monde et aussi une justesse dans les termes où on a reconnu tout de suite la race de princes lettrés à laquelle il appartient par sa mère. Il est certain que quand il a parlé des " affinités[36] " qui unissent son pays à la France, l'expression pour peu usitée qu'elle puisse être dans le vocabulaire des chancelleries, était singulièrement heureuse. Vous voyez que la littérature ne nuit pas, même dans la diplomatie, même sur un trône, ajouta-t-il en s'adressant à moi. La chose était constatée depuis longtemps, je le veux bien, et les rapports entre les deux puissances étaient devenus excellents. Encore fallait-il qu'elle fût dite. Le mot était attendu, il a été choisi à merveille, vous avez vu comme il a porté. Pour ma part j'y applaudis des deux mains. » — « Votre ami, M. de Vaugoubert[37], qui préparait le rapprochement depuis des années, a dû être content. » — « D'autant plus que Sa Majesté, qui est assez coutumière du fait, avait tenu à lui en faire la surprise. Cette surprise a été complète du reste pour tout le monde, à commencer par le ministre des Affaires étrangères, qui, à ce qu'on m'a dit, ne l'a pas trouvée à son goût. À quelqu'un qui lui en parlait, il aurait répondu très nettement, assez haut pour être entendu des personnes voisines : " Je n'ai été ni consulté, ni prévenu ", indiquant clairement par là qu'il déclinait toute responsabilité dans l'événement. Il faut avouer que celui-ci a fait un beau tapage et je n'oserais pas affirmer, ajouta-t-il avec un sourire malicieux, que tels de mes collègues pour qui la loi suprême semble être celle du moindre effort, n'en ont pas été troublés dans leur quiétude. Quant à Vaugoubert, vous savez qu'il avait été fort attaqué pour sa politique de rapprochement avec la France, et il avait dû d'autant plus en souffrir que c'est un sensible, un cœur exquis. J'en puis d'autant mieux témoigner que bien qu'il soit mon cadet et de beaucoup, je l'ai fort pratiqué, nous sommes amis de longue date, et je le connais bien. D'ailleurs qui ne le connaîtrait ? c'est une âme de cristal. C'est même le seul défaut qu'on pourrait lui reprocher, il n'est pas nécessaire que le cœur d'un diplomate soit aussi transparent que le sien. Cela n'empêche pas qu'on parle de l'envoyer à Rome, ce qui est un bel avancement, mais un bien gros morceau. Entre nous, je crois que Vaugoubert, si dénué qu'il soit d'ambition en serait fort content et ne demande nullement qu'on éloigne de lui ce calice. Il fera peut-être merveille là-bas ; il est le candidat de la Consulta, et pour ma part, je le vois très bien, lui si artiste, dans le cadre du palais Farnèse et la galerie des Carraches [38]. Il semble qu'au moins personne ne devrait pouvoir le haïr ; mais il y a autour du roi Théodose toute une camarilla [39] plus ou moins inféodée à la Wilhelmstrasse [40] dont elle suit docilement les inspirations et qui a cherché de toute façon à lui tailler des croupières. Vaugoubert n'a pas eu à faire face seulement aux intrigues de couloirs mais aux injures de folliculaires à gages qui plus tard, lâches comme l'est tout journaliste stipendié, ont été des premiers à demander l'*aman* [41], mais qui en attendant n'ont pas reculé à faire état, contre notre représentant, des ineptes accusations de gens sans aveu. Pendant plus d'un mois les ennemis de Vaugoubert ont dansé autour de lui la danse du scalp, dit M. de Norpois, en détachant avec force ce dernier mot. Mais un bon averti en vaut deux ; ces injures il les a repoussées du pied, ajouta-t-il plus énergiquement encore, et avec un regard si farouche que nous cessâmes un instant de manger. Comme dit un beau proverbe arabe : « Les chiens aboient, la caravane passe. » Après avoir jeté cette citation M. de Norpois s'arrêta pour nous regarder et juger de l'effet qu'elle avait produit sur nous. Il fut grand, le proverbe nous était connu. Il avait remplacé cette année-là chez les hommes de haute valeur cet autre : « Qui sème le vent récolte la tempête », lequel avait besoin de repos, n'étant pas infatigable et vivace comme : « Travailler pour le roi de Prusse ». Car la culture de ces gens éminents était une culture alternée, et généralement triennale. Certes les citations de ce genre, et desquelles M. de Norpois excellait à émailler ses articles de la *Revue*, n'étaient point nécessaires pour que ceux-ci parussent solides et bien informés. Même dépourvus de l'ornement qu'elles leur apportaient, il suffisait que M. de Norpois écrivît à point nommé — ce qu'il ne manquait pas de faire — : « Le Cabinet de Saint-James ne fut pas le dernier à sentir le péril » ou bien « L'émotion fut grande au Pont-aux-Chantres où l'on suivait d'un œil inquiet la politique égoïste mais habile de la monarchie bicéphale », ou « Un cri d'alarme partit de Montecitorio », ou encore « Cet éternel double jeu qui est bien dans la manière du Ballplatz[42]. » À ces expressions le lecteur profane avait aussitôt reconnu et salué le diplomate de carrière. Mais ce qui avait fait dire qu'il était plus que cela, qu'il possédait une culture supérieure, cela avait été l'emploi raisonné de citations dont le modèle achevé restait alors : « Faites-moi de bonne politique et je vous ferai de bonnes finances, comme avait coutume de dire le baron Louis[43]. » (On n'avait pas encore importé d'Orient : « La Victoire est à celui des deux adversaires qui sait souffrir un quart d'heure de plus que l'autre, comme disent les Japonais. ») Cette réputation de grand lettré, jointe à un véritable génie d'intrigue caché sous le masque de l'indifférence avait fait entrer M. de Norpois à l'Académie des Sciences morales. Et quelques personnes pensèrent même qu'il ne serait pas déplacé à l'Académie française, le jour où, voulant indiquer que c'est en resserrant l'alliance russe que nous pourrions arriver à une entente avec l'Angleterre, il n'hésita pas à écrire : « Qu'on le sache bien au quai d'Orsay, qu'on l'enseigne désormais dans tous les manuels de géographie qui se montrent incomplets à cet égard, qu'on refuse impitoyablement au baccalauréat tout candidat qui ne saura pas le dire : Si tous les chemins mènent à Rome, en revanche la route qui va de Paris à Londres passe nécessairement par Pétersbourg. »

« Somme toute, continua M. de Norpois en s'adressant à mon père, Vaugoubert s'est taillé là un beau succès et qui dépasse même celui qu'il avait escompté. Il s'attendait en effet à un toast correct (ce qui après les nuages des dernières années était déjà fort beau) mais à rien de plus. Plusieurs personnes qui étaient au nombre des assistants m'ont assuré qu'on ne peut pas en lisant ce toast se rendre compte de l'effet qu'il a produit, prononcé et détaillé à merveille par le roi qui est maître en l'art de dire et qui soulignait au passage toutes les intentions, toutes les finesses. Je me suis laissé raconter à ce propos un fait assez piquant et qui met en relief une fois de plus chez le roi Théodose cette bonne grâce juvénile qui lui gagne si bien les cœurs. On m'a affirmé que précisément à ce mot d'" affinités " qui était en somme la grosse innovation du discours, et qui défraiera, encore longtemps vous verrez, les commentaires des chancelleries, Sa Majesté, prévoyant la joie de notre ambassadeur, qui allait trouver là le juste couronnement de ses efforts, de son rêve pourrait-on dire et, somme toute, son bâton de maréchal, se tourna à demi vers Vaugoubert et fixant sur lui ce regard si prenant des Oettingen[44], détacha ce mot si bien choisi d' " affinités ", ce mot qui était une véritable trouvaille, sur un ton qui faisait savoir à tous qu'il était employé à bon escient et en pleine connaissance de cause. Il paraît que Vaugoubert avait peine à maîtriser son émotion et dans une certaine mesure, j'avoue que je le comprends. Une personne digne de toute créance m'a même confié que le roi se serait approché de Vaugoubert après le dîner, quand Sa Majesté a tenu cercle, et lui aurait dit à mi-voix : " Etes-vous content de votre élève, mon cher Marquis ? "

« Il est certain, conclut M. de Norpois, qu'un pareil toast a plus fait que vingt ans de négociations pour resserrer entre les deux pays leurs " affinités ", selon la pittoresque expression de Théodose II. Ce n'est qu'un mot si vous voulez, mais voyez quelle fortune il a fait, comme toute la presse européenne le répète, quel intérêt il éveille, quel son nouveau il a rendu. Il est d'ailleurs bien dans la manière du souverain. Je n'irai pas jusqu'à vous dire qu'il trouve tous les jours de purs diamants comme celui-là. Mais il est bien rare que dans ses discours étudiés, mieux encore, dans le primesaut de la conversation il ne donne pas son signalement — j'allais dire il n'appose pas sa signature — par quelque mot à l'emporte-pièce. Je suis d'autant moins suspect de partialité en la matière que je suis ennemi de toute innovation en ce genre. Dix-neuf fois sur vingt elles sont dangereuses. » — « Oui, j'ai pensé que le récent télégramme de l'empereur d'Allemagne n'a pas dû être de votre goût », dit mon père.

M. de Norpois leva les yeux au ciel d'un air de dire : Ah ! celui-là ! « D'abord, c'est un acte d'ingratitude. C'est plus qu'un crime, c'est une faute[45], et d'une sottise que je qualifierai de pyramidale ! Au reste si personne n'y met le holà, l'homme qui a chassé Bismarck[46] est bien capable de répudier peu à peu toute la politique bismarckienne, alors c'est le saut dans l'inconnu. » — « Et mon mari m'a dit, monsieur, que vous l'entraîneriez peut-être un de ces étés en Espagne, j'en suis ravie pour lui. » — « Mais oui, c'est un projet tout à fait attrayant dont je me réjouis. J'aimerais beaucoup faire avec vous ce voyage, mon cher. Et vous, madame, avez-vous déjà songé à l'emploi des vacances ? » — « J'irai peut-être avec mon fils à Balbec, je ne sais. » — « Ah ! Balbec est agréable, j'ai passé par là il y a quelques années. On commence à y construire des villas fort coquettes : je crois que l'endroit vous plaira. Mais puis-je vous demander ce qui vous a fait choisir Balbec ? » — « Mon fils a le grand désir de voir certaines églises du pays, surtout celle de Balbec. Je craignais un peu pour sa santé les fatigues du voyage et surtout du séjour. Mais j'ai appris qu'on vient de construire un excellent hôtel qui lui permettra de vivre dans les conditions de confort requises par son état. » — « Ah ! il faudra que je donne ce renseignement à certaine personne qui n'est pas femme à en faire fi. » — « L'église de Balbec est admirable, n'est-ce pas, monsieur ? » demandai-je, surmontant la tristesse d'avoir appris qu'un des attraits de Balbec résidait dans ses coquettes villas. « Non, elle n'est pas mal, mais enfin elle ne peut soutenir la comparaison avec ces véritables bijoux ciselés que sont les cathédrales de Reims, de Chartres, et à mon goût, la perle de toutes, la Sainte-Chapelle de Paris. » — « Mais l'église dc Balbec est en partie romane ? » — « En effet, elle est du style roman, qui est déjà par lui-même extrêmement froid et ne laisse en rien présager l'élégance, la fantaisie des architectes gothiques qui fouillent la pierre comme de la dentelle. L'église de Balbec mérite une visite si on est dans le pays, elle est assez curieuse ; si un jour de pluie vous ne savez que faire, vous pourrez entrer là, vous verrez le tombeau de Tourville[47]. » — « Est-ce que vous étiez hier au banquet des Affaires étrangères ? je n'ai pas pu y aller », dit mon père. « Non, répondit M. de Norpois avec un sourire, j'avoue que je l'ai délaissé pour une soirée assez différente. J'ai dîné chez une femme dont vous avez peut-être entendu parler, la belle Mme Swann[48]. » Ma mère réprima un frémissement, car d'une sensibilité plus prompte que mon père, elle s'alarmait pour lui de ce qui ne devait le contrarier qu'un instant après. Lcs désagréments qui lui arrivaient étaient perçus d'abord par elle comme ces mauvaises nouvelles de France qui sont connues plus tôt à l'étranger que chez nous. Mais curieuse de savoir quel genre de personnes les Swann pouvaient recevoir, elle s'enquit auprès de M. de Norpois de celles qu'il y avait rencontrées. « Mon Dieu... c'est une maison où il me semble que vont surtout... des messieurs. Il y avait quelques hommes mariés, mais leurs femmes étaient souffrantes ce soir-là et n'étaient pas venues », répondit l'ambassadeur avec une finesse voilée de bonhomie et en jetant autour de lui des regards dont la douceur et la discrétion faisaient mine de tempérer et exagéraient habilement la malice.

« Je dois dire, ajouta-t-il, pour être tout à fait juste, qu'il y va cependant des femmes, mais... appartenant plutôt..., comment dirais-je, au monde républicain, qu'à la société de Swann (il prononçait Svann). Qui sait ? Ce sera peut-être un jour un salon politique ou littéraire. Du reste, il semble qu'ils soient contents comme cela. Je trouve que Swann le montre même un peu trop. Il nommait les gens chez qui lui et sa femme étaient invités pour la semaine suivante et de l'intimité desquels il n'y a pourtant pas lieu de s'enorgueillir, avec un manque de réserve et de goût, presque de tact, qui m'a étonné chez un homme aussi fin. Il répétait : " Nous n'avons pas un soir de libre ", comme si ç'avait été une gloire, et en véritable parvenu, qu'il n'est pas cependant. Car Swann avait beaucoup d'amis et même d'amies, et sans trop m'avancer, ni vouloir commettre d'indiscrétion, je crois pouvoir dire que non pas toutes, ni même le plus grand nombre, mais l'une au moins et qui est une fort grande dame, ne se serait peut-être pas montrée entièrement réfractaire à l'idée d'entrer en relations avec Mme Swann, auquel cas, vraisemblablement, plus d'un mouton de Panurge aurait suivi. Mais il semble qu'il n'y ait eu de la part de Swann aucune démarche esquissée en ce sens. Comment ? encore un pudding à la Nesselrode [49] ! Ce ne sera pas de trop de la cure de Carlsbad pour me remettre d'un pareil festin de Lucullus. Peut-être Swann a-t-il senti qu'il y aurait trop de résistances à vaincre. Le mariage, cela est certain, n'a pas plu. On a parlé de la fortune de la femme, ce qui est une grosse bourde. Mais, enfin, tout cela n'a pas paru agréable. Et puis Swann a une tante excessivement riche et admirablement posée, femme d'un homme qui, financièrement parlant, est une puissance. Et non seulement elle a refusé de recevoir Mme Swann, mais elle a mené une campagne en règle pour que ses amies et connaissances en fissent autant. Je n'entends pas par là qu'aucun Parisien de bonne compagnie ait manqué de respect à Mme Swann... Non ! cent fois non ! le mari étant d'ailleurs homme à relever le gant. En tout cas, il y a une chose curieuse, c'est de voir combien Swann, qui connaît tant de monde et du plus choisi, montre d'empressement auprès d'une société dont le moins qu'on puisse dire est qu'elle est fort mêlée. Moi qui l'ai connu jadis, j'avoue que j'éprouvais autant de surprise que d'amusement à voir un homme aussi bien élevé, aussi à la mode dans les coteries les plus triées, remercier avec effusion le directeur du Cabinet du ministre des Postes d'être venu chez eux et lui demander si Mme Swann pourrait *se permettre* d'aller voir sa femme. Il doit pourtant se trouver dépaysé ; évidemment ce n'est plus le même monde. Mais je ne crois pas cependant que Swann soit malheureux. Il y a eu, il est vrai, dans les années qui précédèrent le mariage d'assez vilaines manœuvres de chantage de la part de la femme ; elle privait Swann de sa fille chaque fois qu'il lui refusait quelque chose. Le pauvre Swann, aussi naïf qu'il est pourtant raffiné, croyait chaque fois que l'enlèvement de sa fille était une coïncidence et ne voulait pas voir la réalité. Elle lui faisait d'ailleurs des scènes si continuelles qu'on pensait que le jour où elle serait arrivée à ses fins et se serait fait épouser, rien ne la retiendrait plus et que leur vie serait un enfer. Hé bien ! c'est le contraire qui est arrivé. On plaisante beaucoup la manière dont Swann parle de sa femme, on en fait même des gorges chaudes. On ne demandait certes pas que plus ou moins conscient d'être... (vous savez le mot de Molière [50]), il allât le proclamer *urbi et orbi ;* n'empêche qu'on le trouve exagéré quand il dit que sa femme est une excellente épouse. Or, ce n'est pas aussi faux qu'on le croit. A sa manière qui n'est pas celle que tous les maris préféreraient, — mais enfin, entre nous, il me semble difficile que Swann, qui la connaissait depuis longtemps et est loin d'être un maître sot, ne sût pas à quoi s'en tenir, — il est indéniable qu'elle semble avoir de l'affection pour lui. Je ne dis pas qu'elle ne soit pas volage, et Swann lui-même ne se fait pas faute de l'être, à en croire les bonnes langues qui, vous pouvez le penser, vont leur train. Mais elle lui est reconnaissante de ce qu'il a fait pour elle, et, contrairement aux craintes éprouvées par tout le monde, elle paraît devenue d'une douceur d'ange. » Ce changement n'était peut-être pas aussi extraordinaire que le trouvait M. de Norpois. Odette n'avait pas cru que Swann finirait par l'épouser ; chaque fois qu'elle lui annonçait tendancieusement qu'un homme comme il faut venait de se marier avec sa maîtresse, elle lui avait vu garder un silence glacial et tout au plus, si elle l'interpellait directement en lui demandant : « Alors, tu ne trouves pas que c'est très bien, que c'est bien beau ce qu'il a fait là, pour une femme qui lui a consacré sa jeunesse ? », répondre sèchement : « Mais je ne te dis pas que ce soit mal, chacun agit à sa guise. » Elle n'était même pas loin de croire que, comme il le lui disait dans des moments de colère, il l'abandonnerait tout à fait, car elle avait depuis peu entendu dire par une femme sculpteur : « On peut s'attendre à tout de la part des hommes, ils sont si mufles », et frappée par la profondeur de cette maxime pessimiste, elle se l'était appropriée, elle la répétait à tout bout de champ d'un air découragé qui semblait dire : « Après tout, il n'y aurait rien d'impossible, c'est bien ma chance. » Et, par suite, toute vertu avait été enlevée à la maxime optimiste qui avait jusque-là guidé Odette dans la vie : « On peut tout faire aux hommes qui vous aiment, ils sont si idiots », et qui s'exprimait dans son visage par le même clignement d'yeux qui eût pu accompagner des mots tels que : « Ayez pas peur, il ne cassera rien. » En attendant, Odette souffrait de ce que telle de ses amies, épousée par un homme qui était resté moins longtemps avec elle, qu'elle-même avec Swann, et n'avait pas, elle, d'enfant, relativement considérée maintenant, invitée aux bals de l'Elysée, devait penser de la conduite de Swann. Un consultant plus profond que ne l'était M. de Norpois eût sans doute pu diagnostiquer que c'était ce sentiment d'humiliation et de honte qui avait aigri Odette, que le caractère infernal qu'elle montrait ne lui était pas essentiel, n'était pas un mal sans remède, et eût aisément prédit ce qui était arrivé, à savoir qu'un régime nouveau, le régime matrimonial, ferait cesser avec une rapidité presque magique ces accidents pénibles, quotidiens, mais nullement organiques. Presque tout le monde s'étonna de ce mariage, et cela même est étonnant. Sans doute peu de personnes comprennent le caractère purement subjectif du phénomène qu'est l'amour, et la sorte de création que c'est d'une personne supplémentaire, distincte de celle qui porte le même nom dans le monde, et dont la plupart des éléments sont tirés de nous-mêmes. Aussi y a-t-il peu de gens qui puissent trouver naturelles les proportions énormes que finit par prendre pour nous un être qui n'est pas le même que celui qu'ils voient. Pourtant il semble qu'en ce qui concerne Odette on aurait pu se rendre compte que si, certes elle n'avait jamais entièrement compris l'intelligence de Swann, du moins savait-elle les titres, tout le détail de ses travaux, au point que le nom de Ver Meer lui était aussi familier que celui de son couturier ; de Swann, elle connaissait à fond ces traits du caractère, que le reste du monde ignore ou ridiculise et dont seule une maîtresse, une sœur, possèdent l'image ressemblante et aimée ; et nous tenons tellement à eux, même à ceux que nous voudrions le plus corriger, que c'est parce qu'une femme finit par en prendre une habitude indulgente et amicalement railleuse, pareille à l'habitude que nous en avons nous-mêmes, et qu'en ont nos parents, que les vieilles liaisons ont quelque chose de la douceur et de la force des affections de famille. Les liens qui nous unissent à un être se trouvent sanctifiés quand il se place au même point de vue que nous pour juger une de nos tares. Et parmi ces traits particuliers, il y en avait aussi qui appartenaient autant à l'intelligence de Swann qu'à son caractère, et que pourtant, en raison de la racine qu'ils avaient malgré tout en celui-ci, Odette avait plus facilement discernés. Elle se plaignait que quand Swann faisait métier d'écrivain, quand il publiait des études, on ne reconnût pas ces traits-là autant que dans ses lettres ou dans sa conversation où ils abondaient. Elle lui conseillait de leur faire la part plus grande. Elle l'aurait voulu parce que c'était ceux qu'elle préférait en lui, mais comme elle les préférait parce qu'ils étaient plus à lui, elle n'avait peut-être pas tort de souhaiter qu'on les retrouvât dans ce qu'il écrivait. Peut-être aussi pensait-elle que des ouvrages plus vivants, en lui procurant enfin à lui le succès, lui eussent permis à elle de se faire ce que chez les Verdurin elle avait appris à mettre au-dessus de tout : un salon.

Parmi les gens qui trouvaient ce genre de mariage ridicule, gens qui pour eux-mêmes se demandaient : « Que pensera M. de Guermantes, que dira Bréauté, quand j'épouserai Mlle de Montmorency ? », parmi les gens ayant cette sorte d'idéal social, aurait figuré, vingt ans plus tôt, Swann lui-même, Swann qui s'était donné du mal pour être reçu au Jockey et avait compté dans ce temps-là faire un éclatant mariage qui eût achevé, en consolidant sa situation, de faire de lui un des hommes les plus en vue de Paris. Seulement, les images que représente un tel mariage à l'intéressé ont, comme toutes les images, pour ne pas dépérir et s'effacer complètement, besoin d'être alimentées du dehors. Votre rêve le plus ardent est d'humilier l'homme qui vous a offensé. Mais si vous n'entendez plus jamais parler de lui, ayant changé de pays, votre ennemi finira par ne plus avoir pour vous aucune importance. Si on a perdu de vue pendant vingt ans toutes les personnes à cause desquelles on aurait aimé entrer au Jockey ou à l'Institut, la perspective d'être membre de l'un ou de l'autre de ces groupements ne tentera nullement. Or, tout autant qu'une retraite, qu'une maladie, qu'une conversion religieuse, une liaison prolongée substitue d'autres images aux anciennes. Il n'y eut pas de la part de Swann, quand il épousa Odette, renoncement aux ambitions mondaines car de ces ambitions-là depuis longtemps Odette l'avait, au sens spirituel du mot, détaché. D'ailleurs ne l'eût-il pas été qu'il n'en aurait eu que plus de mérite. C'est parce qu'ils impliquent le sacrifice d'une situation plus ou moins flatteuse à une douceur purement intime, que généralement les mariages infamants sont les plus estimables de tous (on ne peut en effet entendre par mariage infamant un mariage d'argent, n'y ayant point d'exemple d'un ménage où la femme ou bien le mari se soient vendus et qu'on n'ait fini par recevoir, ne fût-ce que par tradition et sur la foi de tant d'exemples et pour ne pas avoir deux poids et deux mesures). Peut-être, d'autre part, en artiste, sinon en corrompu, Swann eût-il en tous cas éprouvé une certaine volupté à accoupler à lui, dans un de ces croisements d'espèces comme en pratiquent les *mendelistes*[51] ou comme en raconte la mythologie, un être de race différente, archiduchesse ou cocotte, à contracter une alliance royale ou à faire une mésalliance. Il n'y avait eu dans le monde qu'une seule personne dont il se fût préoccupé, chaque fois qu'il avait pensé à son mariage possible avec Odette, c'était, et non par snobisme, la Duchesse de Guermantes. De celle-là au contraire, Odette se souciait peu, pensant seulement aux personnes situées immédiatement au-dessus d'elle-même plutôt que dans un aussi vague empyrée. Mais quand Swann dans ses heures de rêverie voyait Odette devenue sa femme, il se représentait invariablement le moment où il l'amènerait, elle et surtout sa fille, chez la Princesse des Laumes, devenue bientôt Duchesse de Guermantes par la mort de son beau-père. Il ne désirait pas les présenter ailleurs, mais il s'attendrissait quand il inventait, en énonçant les mots eux-mêmes, tout ce que la Duchesse dirait de lui à Odette, et Odette à Mme de Guermantes, la tendresse que celle-ci témoignerait à Gilberte, la gâtant, le rendant fier de sa fille. Il se jouait à lui-même la scène de la présentation avec la même précision dans le détail imaginaire qu'ont les gens qui examinent comment ils emploieraient, s'ils le gagnaient, un lot dont ils fixent arbitrairement le chiffre. Dans la mesure où une image qui accompagne une de nos résolutions la motive, on peut dire que si Swann épousa Odette, ce fut pour la présenter, elle et Gilberte, sans qu'il y eût personne là, au besoin sans que personne le sût jamais, à la Duchesse de Guermantes. On verra comment cette seule ambition mondaine qu'il avait souhaitée pour sa femme et sa fille, fut justement celle dont la réalisation se trouva lui être interdite et par un veto si absolu que Swann mourut sans supposer que la Duchesse pourrait jamais les connaître. On verra aussi qu'au contraire la Duchesse de Guermantes se lia avec Odette et Gilberte après la mort de Swann. Et peut-être eût-il été sage — pour autant qu'il pouvait attacher de l'importance à si peu de chose — en ne se faisant pas une idée trop sombre de l'avenir, à cet égard, et en réservant que la réunion souhaitée pourrait bien avoir lieu quand il ne serait plus là pour en jouir. Le travail de causalité qui finit par produire à peu près tous les effets possibles, et par conséquent aussi ceux qu'on avait cru l'être le moins, ce travail est parfois lent, rendu un peu plus lent encore par notre désir — qui, en cherchant à l'accélérer, l'entrave — par notre existence même, et n'aboutit que quand nous avons cessé de désirer, et quelquefois de vivre. Swann ne le savait-il pas par sa propre expérience, et n'était-ce pas déjà, dans sa vie — comme une préfiguration de ce qui devait arriver après sa mort — un bonheur après décès que ce mariage avec cette Odette qu'il avait passionnément aimée — si elle ne lui avait pas plu au premier abord

— et qu'il avait épousée quand il ne l'aimait plus, quand l'être qui, en Swann, avait tant souhaité et tant désespéré de vivre toute sa vie avec Odette, quand cet être-là était mort ?

Je me mis à parler du Comte de Paris, à demander s'il n'était pas ami de Swann, car je craignais que la conversation se détournât de celui-ci. « Oui, en effet, répondit M. de Norpois en se tournant vers moi et en fixant sur ma modeste personne le regard bleu où flottaient, comme dans leur élément vital, ses grandes facultés de travail et son esprit d'assimilation. Et, mon Dieu, ajouta-t-il en s'adressant de nouveau à mon père, je ne crois pas franchir les bornes du respect dont je fais profession pour le Prince (sans cependant entretenir avec lui des relations personnelles quc rendrait difficiles ma situation, si peu officielle qu'elle soit), en vous citant ce fait assez piquant que, pas plus tard qu'il y a quatre ans, dans une petite gare de chemins de fer d'un des pays de l'Europe Centrale, le Prince eut l'occasion d'apercevoir Mme Swann. Certes, aucun de ses familiers ne s'est permis de demander à Monseigneur comment il l'avait trouvée. Cela n'eût pas été séant. Mais quand par hasard la conversation amenait son nom, à de certains signes imperceptibles si l'on veut, mais qui ne trompent pas, le Prince semblait donner assez volontiers à entendre que son impression était en somme loin d'avoir été défavorable. » — « Mais il n'y aurait pas eu possibilité de la présenter au Comte de Paris ? » demanda mon père. « Eh bien ! on ne sait pas ; avec les princes on ne sait jamais, répondit M. de Norpois ; les plus glorieux, ceux qui savent le plus se faire rendre cc qu'on leur doit, sont aussi quelquefois ceux qui s'embarrassent le moins des décrets de l'opinion publique, même les plus justifiés, pour peu qu'il s'agisse de récompenser certains attachements. Or, il est certain que le Comte de Paris a toujours agréé avec beaucoup de bienveillance le dévouement de Swann qui est, d'ailleurs, un garçon d'esprit, s'il en fut. » —

« Et votre impression à vous, quelle a-t-elle été, monsieur l'ambassadeur ? » demanda ma mère par politesse et par curiosité. Avec une énergie de vieux connaisseur qui tranchait sur la modération habituelle de ses propos : « Tout à fait excellente ! » répondit M. de Norpois. Et sachant que l'aveu d'une forte sensation produite par une femme rentre, à condition qu'on le fasse avec enjouement, dans une certaine forme particulièrement appréciée de l'esprit de conversation, il éclata d'un petit rire qui se prolongea pendant quelques instants, humectant les yeux bleus du vieux diplomate et faisant vibrer les ailes de son nez nervurées de fibrilles rouges. « Elle est tout à fait charmante ! » — « Est-ce qu'un écrivain du nom de Bergotte était à ce dîner, monsieur ? » demandai-je timidement pour tâcher de retenir la conversation sur le sujet des Swann. « Oui, Bergotte était là », répondit M. de Norpois, inclinant la tête de mon côté avec courtoisie, comme si dans son désir d'être aimable avec mon père, il attachait à tout ce qui tenait à lui une véritable importance et même aux questions d'un garçon de mon âge qui n'était pas habitué à se voir montrer tant de politesse par des personnes du sien. « Est-ce que vous le connaissez ? » ajouta-t-il en fixant sur moi ce regard clair dont Bismarck admirait la pénétration. « Mon fils ne le connaît pas mais l'admire beaucoup », dit ma mère. « Mon Dieu, dit M. de Norpois (qui m'inspira sur ma propre intelligence des doutes plus graves que ceux qui me déchiraient d'habitude, quand je vis que ce que je mettais mille et mille fois au-dessus de moi-même, ce que je trouvais de plus élevé au monde, était pour lui tout en bas de l'échelle de ses admirations), je ne partage pas cette manière de voir. Bergotte est ce que j'appelle un joueur de flûte ; il faut reconnaître du reste qu'il en joue agréablement quoique avec bien du maniérisme, de l'afféterie. Mais enfin ce n'est que cela, et cela n'est pas grand-chose. Jamais on ne trouve dans ses ouvrages sans muscles ce qu'on pourrait nommer la charpente. Pas d'action — ou si peu — mais surtout pas de portée. Ses livres pèchent par la base ou plutôt il n'y a pas de base du tout. Dans un temps comme le nôtre où la complexité croissante de la vie laisse à peine le temps de lire, où la carte de l'Europe a subi des remaniements profonds et est à la veille d'en subir de plus grands encore peut-être, où tant de problèmes menaçants et nouveaux se posent partout, vous m'accorderez qu'on a le droit de demander à un écrivain d'être autre chose qu'un bel esprit qui nous fait oublier dans des discussions oiseuses et byzantines sur des mérites de pure forme, que nous pouvons être envahis d'un instant à l'autre par un double flot de Barbares, ceux du dehors et ceux du dedans. Je sais que c'est blasphémer contre la Sacro-Sainte École de ce que ces Messieurs appellent l'Art pour l'Art, mais à notre époque il y a des tâches plus urgentes que d'agencer des mots d'une façon harmonieuse [52]. Celle de Bergotte est parfois assez séduisante, je n'en disconviens pas, mais au total tout cela est bien mièvre, bien mince, et bien peu viril. Je comprends mieux maintenant, en me reportant à votre admiration tout à fait exagérée pour Bergotte, les quelques lignes que vous m'avez montrées tout à l'heure et sur lesquelles j'aurais mauvaise grâce à ne pas passer l'éponge, puisque vous avez dit vous-même en toute simplicité, que ce n'était qu'un griffonnage d'enfant (je l'avais dit, en effet, mais je n'en pensais pas un mot). À tout péché miséricorde et surtout aux péchés de jeunesse. Après tout, d'autres que vous en ont de pareils sur la conscience, et vous n'êtes pas le seul qui se soit cru poète à son heure. Mais on voit dans ce que vous m'avez montré, la mauvaise influence de Bergotte. Évidemment, je ne vous étonnerai pas en vous disant qu'il n'y avait là aucune de ses qualités, puisqu'il est passé maître dans l'art tout superficiel du reste, d'un certain style dont à votre âge vous ne pouvez posséder même le rudiment. Mais c'est déjà le même défaut, ce contresens d'aligner des mots bien sonores en ne se souciant qu'ensuite du fond. C'est mettre la charrue avant les bœufs, même dans les livres de Bergotte. Toutes ces chinoiseries de forme, toutes ces subtilités de mandarin déliquescent me semblent bien vaines[53]. Pour quelques feux d'artifice agréablement tirés par un écrivain, on crie tout de suite au chef-d'œuvre. Les chefs-d'œuvre ne sont pas si fréquents que cela ! Bergotte n'a pas à son actif, dans son bagage si je puis dire, un roman d'une envolée un peu haute, un de ces livres qu'on place dans le bon coin de sa bibliothèque. Je n'en vois pas un seul dans son œuvre. Il n'empêche que chez lui, l'œuvre est infiniment supérieure à l'auteur. Ah ! voilà quelqu'un qui donne raison à l'homme d'esprit qui prétendait qu'on ne doit connaître les écrivains que par leurs livres. Impossible de voir un individu qui réponde moins aux siens, plus prétentieux, plus solennel, moins homme de bonne compagnie. Vulgaire par moments, parlant à d'autres comme un livre, et même pas comme un livre de lui, mais comme un livre ennuyeux, ce qu'au moins ne sont pas les siens, tel est ce Bergotte. C'est un esprit des plus confus, alambiqué, ce que nos pères appelaient un diseur de phébus et qui rend encore plus déplaisantes par sa façon de les énoncer, les choses qu'il dit. Je ne sais si c'est Loménie ou Sainte-Beuve qui raconte que Vigny rebutait par le même travers[54]. Mais Bergotte n'a jamais écrit *Cinq-Mars*, ni le *Cachet rouge*, où certaines pages sont de véritables morceaux d'anthologie[55] ».

Atterré par ce que M. de Norpois venait de me dire du fragment que je lui avais soumis, songeant d'autre part aux difficultés que j'éprouvais quand je voulais écrire un essai ou seulement me livrer à des réflexions sérieuses, je sentis une fois de plus ma nullité intellectuelle et que je n'étais pas né pour la littérature. Sans doute autrefois à Combray, certaines impressions fort humbles, ou une lecture de Bergotte, m'avaient mis dans un état de rêverie qui m'avait paru avoir une grande valeur. Mais cet état, mon poème en prose le reflétait ; nul doute que M. de Norpois n'en eût saisi et percé à jour tout de suite ce que j'y trouvais de beau seulement par un mirage entièrement trompeur, puisque l'ambassadeur n'en était pas dupe. Il venait de m'apprendre au contraire quelle place infime était la mienne (quand j'étais jugé du dehors, objectivement, par le connaisseur le mieux disposé et le plus intelligent). Je me sentais consterné, réduit ; et mon esprit comme un fluide qui n'a de dimensions que celles du vase qu'on lui fournit, de même qu'il s'était dilaté jadis à remplir les capacités immenses du génie, contracté maintenant tenait tout entier dans la médiocrité étroite où M. de Norpois l'avait soudain enfermé et restreint. « Notre mise en présence, à Bergotte et à moi, ajouta-t-il en se tournant vers mon père, ne laissait pas que d'être assez épineuse (ce qui après tout est aussi une manière d'être piquante). Bergotte, voilà quelques années de cela, fit un voyage à Vienne, pendant que j'y étais ambassadeur, il me fut présenté par la Princesse de Metternich[56], vint s'inscrire et désirait être invité. Or, étant à l'étranger représentant de la France, à qui en somme il fait honneur par ses écrits, dans une certaine mesure, disons, pour être exacts, dans une mesure bien faible, j'aurais passé sur la triste opinion que j'ai de sa vie privée. Mais il ne voyageait pas seul et bien plus il prétendait ne pas être invité sans sa compagne. Je crois ne pas être plus pudibond qu'un autre et étant célibataire, je pouvais peut-être ouvrir un peu plus largement les portes de l'Ambassade que si j'eusse été marié et père de famille. Néanmoins, j'avoue qu'il y a un degré d'ignominie dont je ne saurais m'accommoder, et qui est rendu plus écœurant encore par le ton plus que moral, tranchons le mot, moralisateur, que prend Bergotte dans ses livres où on ne voit qu'analyses perpétuelles et d'ailleurs entre nous, un peu languissantes, de scrupules douloureux, de remords maladifs[57], et pour de simples peccadilles, de véritables prêchi-prêcha (on sait ce qu'en vaut l'aune) alors qu'il montre tant d'inconscience et de cynisme dans sa vie privée. Bref, j'éludai la réponse, la Princesse revint à la charge, mais sans plus de succès. De sorte que je ne suppose pas que je doive être très en odeur de sainteté auprès du personnage, et je ne sais pas jusqu'à quel point il a apprécié l'attention de Swann de l'inviter en même temps que moi. A moins que ce ne soit lui qui l'ait demandé. On ne peut pas savoir, car au fond c'est un malade. C'est même sa seule excuse. » — « Et est-ce que la fille de Mme Swann était à ce dîner ? » demandai-je à M. de Norpois, profitant pour faire cette question d'un moment où, comme on passait au salon, je pouvais dissimuler plus facilement mon émotion que je n'aurais fait à table, immobile et en pleine lumière.

M. de Norpois parut chercher un instant à se souvenir : « Oui, une jeune personne de quatorze à quinze ans ? En effet, je me souviens qu'elle m'a été présentée avant le dîner comme la fille de notre amphitryon. Je vous dirai que je l'ai peu vue, elle est allée se coucher de bonne heure. Ou elle allait chez des amies, je ne me rappelle pas bien. Mais je vois que vous êtes fort au courant de la maison Swann. » — « Je joue avec Mlle Swann aux Champs-Elysées, elle est délicieuse. » — « Ah ! voilà ! voilà ! Mais à moi, en effet, elle m'a paru charmante. Je vous avoue pourtant que je ne crois pas qu'elle approchera jamais de sa mère, si je peux dire cela sans blesser en vous un sentiment trop vif. » — « Je préfère la figure de Mlle Swann, mais j'admire aussi énormément sa mère, je vais me promener au Bois rien que dans l'espoir de la voir passer. » — « Ah ! mais je vais leur dire cela, elles seront très flattées. »

Pendant qu'il disait ces mots, M. de Norpois était, pour quelques secondes encore, dans la situation de toutes les personnes qui, m'entendant parler de Swann comme d'un homme intelligent, de ses parents comme d'agents de change honorables, de sa maison comme d'une belle maison, croyaient que je parlerais aussi volontiers d'un autre homme aussi intelligent, d'autres agents de change aussi honorables, d'une autre maison aussi belle ; c'est le moment où un homme sain d'esprit qui cause avec un fou ne s'est pas encore aperçu que c'est un fou. M. de Norpois savait qu'il n'y a rien que de naturel dans le plaisir de regarder les jolies femmes, qu'il est de bonne compagnie dès que quelqu'un nous parle avec chaleur de l'une d'elles, de faire semblant de croire qu'il en est amoureux, de l'en plaisanter et de lui promettre de seconder ses desseins. Mais en disant qu'il parlerait de moi à Gilberte et à sa mère (ce qui me permettrait, comme une divinité de l'Olympe qui a pris la fluidité d'un souffle ou plutôt l'aspect du vieillard dont Minerve emprunte les traits[58], de pénétrer moi-même, invisible, dans le salon de Mme Swann, d'attirer son attention, d'occuper sa pensée, d'exciter sa reconnaissance pour mon admiration, de lui apparaître comme l'ami d'un homme important, de lui sembler à l'avenir digne d'être invité par elle et d'entrer dans l'intimité de sa famille), cet homme important qui allait user en ma faveur du grand prestige qu'il devait avoir aux yeux de Mme Swann, m'inspira subitement une tendresse si grande que j'eus peine à me retenir de ne pas embrasser ses douces mains blanches et fripées, qui avaient l'air d'être restées trop longtemps dans l'eau. J'en ébauchai presque le geste que je me crus seul à avoir remarqué. Il est difficile en effet à chacun de nous de calculer exactement à quelle échelle ses paroles ou ses mouvements apparaissent à autrui ; par peur de nous exagérer notre importance et en grandissant dans des proportions énormes le champ sur lequel sont obligés de s'étendre les souvenirs des autres au cours de leur vie, nous nous imaginons que les parties accessoires de notre discours, de nos attitudes, pénètrent à peine dans la conscience, à plus forte raison ne demeurent pas dans la mémoire de ceux avec qui nous causons. C'est d'ailleurs à une supposition de ce genre qu'obéissent les criminels quand ils retouchent après coup un mot qu'ils ont dit et duquel ils pensent qu'on ne pourra confronter cette variante à aucune autre version. Mais il est bien possible que, même en ce qui concerne la vie millénaire de l'humanité, la philosophie du feuilletoniste selon laquelle tout est promis à l'oubli soit moins vraie qu'une philosophie contraire qui prédirait la conservation de toutes choses. Dans le même journal où le moraliste du « Premier Paris » nous dit d'un événement, d'un chef-d'œuvre, à plus forte raison d'une chanteuse qui eut « son heure de célébrité » : « Qui se souviendra de tout cela dans dix ans ? », à la troisième page, le compte rendu de l'Académie des Inscriptions[59] ne parle-t-il pas souvent d'un fait par lui-même moins important, d'un poème de peu de valeur, qui date de l'époque des Pharaons et qu'on connaît encore intégralement ? Peut-être n'en est-il pas tout à fait de même pour la courte vie humaine. Pourtant quelques années plus tard, dans une maison où M. de Norpois, qui s'y trouvait en visite, me semblait le plus solide appui que j'y pusse rencontrer, parce qu'il était ami de mon père, indulgent, porté à nous vouloir du bien à tous, d'ailleurs habitué par sa profession et ses origines à la discrétion, quand, une fois l'ambassadeur parti, on me raconta qu'il avait fait allusion à une soirée d'autrefois dans laquelle il avait « vu le moment où j'allais lui baiser les mains », je ne rougis pas seulement jusqu'aux oreilles, je fus stupéfait d'apprendre qu'étaient si différentes de ce que j'aurais cru, non seulement la façon dont M. de Norpois parlait de moi, mais encore la composition de ses souvenirs ; ce « potin » m'éclaira sur les proportions inattendues de distraction et de présence d'esprit, de mémoire et d'oubli dont est fait l'esprit humain ; et je fus aussi merveilleusement surpris que le jour où je lus pour la première fois, dans un livre de Maspéro, qu'on savait exactement la liste des chasseurs qu'Assourbanipal invitait à ses battues[60], dix siècles avant Jésus-Christ. « Oh ! Monsieur, dis-je à

M. de Norpois quand il m'annonça qu'il ferait part à Gilberte et à sa mère de l'admiration que j'avais pour elles, si vous faisiez cela, si vous parliez de moi à Mme Swann, ce ne serait pas assez de toute ma vie pour vous témoigner ma gratitude, et cette vie vous appartiendrait ! Mais je tiens à vous faire remarquer que je ne connais pas Mme Swann et que je ne lui ai jamais été présenté. »

J'avais ajouté ces derniers mots par scrupule et pour ne pas avoir l'air de m'être vanté d'une relation que je n'avais pas. Mais en les prononçant, je sentais qu'ils étaient déjà devenus inutiles, car dès le début de mon remerciement, d'une ardeur réfrigérante, j'avais vu passer sur le visage de l'ambassadeur une expression d'hésitation et de mécontentement et dans ses yeux, ce regard vertical, étroit et oblique (comme, dans le dessin en perspective d'un solide, la ligne fuyante d'une de ses faces), regard qui s'adresse à cet interlocuteur invisible qu'on a en soi-même, au moment où on lui dit quelque chose que l'autre interlocuteur, le monsieur avec qui on parlait jusqu'ici — moi dans la circonstance — ne doit pas entendre. Je me rendis compte aussitôt que ces phrases que j'avais prononcées et qui, faibles encore auprès de l'effusion reconnaissante dont j'étais envahi, m'avaient paru devoir toucher M. de Norpois et achever de le décider à une intervention qui lui eût donné si peu de peine, et à moi tant de joie, étaient peut-être (entre toutes celles qu'eussent pu chercher diaboliquement des personnes qui m'eussent voulu du mal), les seules qui pussent avoir pour résultat de l'y faire renoncer. En les entendant en effet, de même qu'au moment où un inconnu, avec qui nous venions d'échanger agréablement des impressions que nous avions pu croire semblables sur des passants que nous nous accordions à trouver vulgaires, nous montre tout à coup l'abîme pathologique qui le sépare de nous en ajoutant négligemment tout en tâtant sa poche : « C'est malheureux que je n'aie pas mon revolver, il n'en serait pas resté un seul », M. de Norpois qui savait que rien n'était moins précieux ni plus aisé que d'être recommandé à Mme Swann et introduit chez elle, et qui vit que pour moi, au contraire, cela présentait un tel prix, par conséquent, sans doute, une grande difficulté, pensa que le désir, normal en apparence, que j'avais exprimé, devait dissimuler quelque pensée différente, quelque visée suspecte, quelque faute antérieure, à cause de quoi, dans la certitude de déplaire à Mme Swann, personne n'avait jusqu'ici voulu se charger de lui transmettre une commission de ma part. Et je compris que cette commission, il ne la ferait jamais, qu'il pourrait voir Mme Swann quotidiennement pendant des années, sans pour cela lui parler une seule fois de moi. Il lui demanda cependant quelques jours plus tard un renseignement que je désirais et chargea mon père de me le transmettre. Mais il n'avait pas cru devoir dire pour qui il le demandait. Elle n'apprendrait donc pas que je connaissais M. de Norpois et que je souhaitais tant d'aller chez elle ; et ce fut peut-être un malheur moins grand que je ne croyais. Car la seconde de ces nouvelles n'eût probablement pas beaucoup ajouté à l'efficacité, d'ailleurs incertaine, de la première. Pour Odette, l'idée de sa propre vie et de sa demeure n'éveillant aucun trouble mystérieux, une personne qui la connaissait, qui allait chez elle, ne lui semblait pas un être fabuleux comme il le paraissait à moi qui aurais jeté dans les fenêtres des Swann une pierre si j'avais pu écrire sur elle que je connaissais M. de Norpois : j'étais persuadé qu'un tel message, même transmis d'une façon aussi brutale, m'eût donné beaucoup plus de prestige aux yeux de la maîtresse de la maison qu'il ne l'eût indisposée contre moi. Mais, même si j'avais pu me rendre compte que la mission dont ne s'acquitta pas M. de Norpois fût restée sans utilité, bien plus, qu'elle eût pu me nuire auprès des Swann, je n'aurais pas eu le courage, s'il s'était montré consentant, d'en décharger l'ambassadeur et de renoncer à la volupté, si funestes qu'en pussent être les suites, que mon nom et ma personne se trouvassent ainsi un moment auprès de Gilberte, dans sa maison et sa vie inconnues.

Quand M. de Norpois fut parti, mon père jeta un coup d'œil sur le journal du soir ; je songeais de nouveau à la Berma. Le plaisir que j'avais eu à l'entendre exigeait d'autant plus d'être complété qu'il était loin d'égaler celui que je m'étais promis ; aussi s'assimilait-il immédiatement tout ce qui était susceptible de le nourrir, par exemple ces mérites que M. de Norpois avait reconnus à la Berma et que mon esprit avait bus d'un seul trait comme un pré trop sec sur qui on verse de l'eau. Or mon père me passa le journal en me désignant un entrefilet conçu en ces termes : « La représentation de *Phèdre* qui a été donnée devant une salle enthousiaste où on remarquait les principales notabilités du monde des arts et de la critique a été pour Mme Berma, qui jouait le rôle de Phèdre, l'occasion d'un triomphe comme elle en a rarement connu de plus éclatant au cours de sa prestigieuse carrière. Nous reviendrons plus longuement sur cette représentation qui constitue un véritable événement théâtral ; disons seulement que les juges les plus autorisés s'accordaient à déclarer qu'une telle interprétation renouvelait entièrement le rôle de Phèdre, qui est un des plus beaux et des plus fouillés de Racine, et constituait la plus pure et la plus haute manifestation d'art à laquelle de notre temps il ait été donné d'assister. » Dès que mon esprit eut conçu cette idée nouvelle de « la plus pure et haute manifestation d'art », celle-ci se rapprocha du plaisir imparfait que j'avais éprouvé au théâtre, lui ajouta un peu de ce qui lui manquait et leur réunion forma quelque chose de si exaltant que je m'écriai : « Quelle grande artiste ! » Sans doute on peut trouver que je n'étais pas absolument sincère. Mais qu'on songe plutôt à tant d'écrivains qui, mécontents du morceau qu'ils viennent d'écrire, s'ils lisent un éloge du génie de Chateaubriand ou évoquent tel grand artiste dont ils ont souhaité d'être l'égal, fredonnant par exemple en eux-mêmes telle phrase de Beethoven de laquelle ils comparent la tristesse à celle qu'ils ont voulu mettre dans leur prose, se remplissent tellement de cette idée de génie qu'ils l'ajoutent à leurs propres productions en repensant à elles, ne les voient plus telles qu'elles leur étaient apparues d'abord, et risquant un acte de foi dans la valeur de leur œuvre se disent : « Après tout ! » sans se rendre compte que, dans le total qui détermine leur satisfaction finale, ils font entrer le souvenir de merveilleuses pages de Chateaubriand qu'ils assimilent aux leurs, mais enfin qu'ils n'ont point écrites ; qu'on se rappelle tant d'hommes qui croient en l'amour d'une maîtresse de qui ils ne connaissent que les trahisons ; tous ceux aussi qui espèrent alternativement soit une survie incompréhensible dès qu'ils pensent, maris inconsolables, à une femme qu'ils ont perdue et qu'ils aiment encore, artistes, à la gloire future de laquelle ils pourront jouir, soit un néant rassurant quand leur intelligence se reporte au contraire aux fautes que sans lui ils auraient à expier après leur mort ; qu'on pense encore aux touristes qu'exalte la beauté d'ensemble d'un voyage dont jour par jour ils n'ont éprouvé que de l'ennui, et qu'on dise, si dans la vie en commun que mènent les idées au sein de notre esprit, il est une seule de celles qui nous rendent le plus heureux qui n'ait été d'abord, en véritable parasite demander à une idée étrangère et voisine le meilleur de la force qui lui manquait.

Ma mère ne parut pas très satisfaite que mon père ne songeât plus pour moi à la « carrière ». Je crois que soucieuse avant tout qu'une règle d'existence disciplinât les caprices de mes nerfs, ce qu'elle regrettait, c'était moins de me voir renoncer à la diplomatie que m'adonner à la littérature. « Mais laisse donc, s'écria mon père, il faut avant tout prendre du plaisir à ce qu'on fait. Or, il n'est plus un enfant. Il sait bien maintenant ce qu'il aime, il est peu probable qu'il change, et il est capable de se rendre compte de ce qui le rendra heureux dans l'existence. » En attendant que grâce à la liberté qu'elles m'octroyaient, je fusse, ou non, heureux dans l'existence, les paroles de mon père me firent ce soir-là bien de la peine. De tout temps ses gentillesses imprévues m'avaient quand elles se produisaient donné une telle envie d'embrasser au-dessus de sa barbe ses joues colorées que si je n'y cédais pas, c'était seulement par peur de lui déplaire. Aujourd'hui, comme un auteur s'effraye de voir ses propres rêveries qui lui paraissent sans grande valeur parce qu'il ne les sépare pas de lui-même, obliger un éditeur à choisir un papier, à employer des caractères peut-être trop beaux pour elles, je me demandais si mon désir d'écrire était quelque chose d'assez important pour que mon père dépensât à cause de cela tant de bonté. Mais surtout en parlant de mes goûts qui ne changeraient plus, de ce qui était destiné à rendre mon existence heureuse, il insinuait en moi deux terribles soupçons. Le premier c'était que (alors que chaque jour je me considérais comme sur le seuil de ma vie encore intacte et qui ne débuterait que le lendemain matin) mon existence était déjà commencée, bien plus, que ce qui en allait suivre ne serait pas très différent de ce qui avait précédé. Le second soupçon, qui n'était à vrai dire qu'une autre forme du premier, c'est que je n'étais pas situé en dehors du Temps, mais soumis à ses lois, tout comme ces personnages de roman qui à cause de cela me jetaient dans une telle tristesse, quand je lisais leur vie, à Combray, au fond de ma guérite d'osier. Théoriquement on sait que la terre tourne, mais en fait on ne s'en aperçoit pas, le sol sur lequel on marche semble ne pas bouger et on vit tranquille. Il en est ainsi du Temps dans la vie. Et pour rendre sa fuite sensible, les romanciers sont obligés, en accélérant follement les battements de l'aiguille, de faire franchir au lecteur dix, vingt, trente ans, en deux minutes. Au haut d'une page on a quitté un amant plein d'espoir, au bas de la suivante on le retrouve octogénaire, accomplissant péniblement dans le préau d'un hospice sa promenade quotidienne, répondant à peine aux paroles qu'on lui adresse, ayant oublié le passé. En disant de moi : « Ce n'est plus un enfant, ses goûts ne changeront plus, etc. », mon père venait tout d'un coup de me faire apparaître à moi-même dans le Temps, et me causait le même genre de tristesse que si j'avais été non pas encore l'hospitalisé ramolli, mais ces héros dont l'auteur, sur un ton indifférent qui est particulièrement cruel, nous dit à la fin d'un livre : « Il quitte de moins en moins la campagne. Il a fini par s'y fixer définitivement, etc. »

Cependant, mon père, pour aller au-devant des critiques que nous aurions pu faire sur notre invité, dit à maman : « J'avoue que le père Norpois a été un peu " poncif " comme vous dites. Quand il a dit qu'il aurait été " peu séant " de poser une question au Comte de Paris, j'ai eu peur que vous ne vous mettiez à rire. » — « Mais pas du tout, répondit ma mère, j'aime beaucoup qu'un homme de cette valeur et de cet âge ait gardé cette sorte de naïveté qui ne prouve qu'un fond d'honnêteté et de bonne éducation. » — « Je crois bien ! Cela ne l'empêche pas d'être fin et intelligent, je le sais moi qui le vois à la Commission tout autre qu'il n'est ici, s'écria mon père, heureux de voir que maman appréciait M. de Norpois, et voulant lui persuader qu'il était encore supérieur à ce qu'elle croyait, parce que la cordialité surfait avec autant de plaisir qu'en prend la taquinerie à déprécier. Comment a-t-il donc dit... " avec les princes on ne sait jamais... " » — « Mais oui, comme tu dis là. J'avais remarqué, c'est très fin. On voit qu'il a une profonde expérience de la vie. » — « C'est extraordinaire qu'il ait dîné chez les Swann et qu'il y ait trouvé en somme des gens réguliers, des fonctionnaires. Où est-ce que Mme Swann a pu aller pêcher tout ce monde-là ? » — « As-tu remarqué avec quelle malice il a fait cette réflexion : " C'est une maison où il va surtout des hommes ! " »

Et tous deux cherchaient à reproduire la manière dont M. de Norpois avait dit cette phrase, comme ils auraient fait pour quelque intonation de Bressant ou de Thiron dans *L'Aventurière* ou dans *Le Gendre de M. Poirier*[61]. Mais de tous ces mots, le plus goûté le fut par Françoise qui, encore plusieurs années après, ne pouvait pas « tenir son sérieux » si on lui rappelait qu'elle avait été traitée par l'ambassadeur de « chef de premier ordre », ce que ma mère était allée lui transmettre comme un ministre de la Guerre, les félicitations d'un souverain de passage après « la Revue ». Je l'avais d'ailleurs précédée à la cuisine. Car j'avais fait promettre à Françoise, pacifiste mais cruelle, qu'elle ne ferait pas trop souffrir le lapin qu'elle avait à tuer et je n'avais pas eu de nouvelles de cette mort ; Françoise m'assura qu'elle s'était passée le mieux du monde et très rapidement : « J'ai jamais vu une bête comme ça ; elle est morte sans dire seulement une parole, vous auriez dit qu'elle était muette. » Peu au courant du langage des bêtes, j'alléguai que le lapin ne criait peut-être pas comme le poulet. « Attendez un peu voir, me dit Françoise indignée de mon ignorance, si les lapins ne crient pas autant comme les poulets. Ils ont même la voix bien plus forte. » Françoise accepta les compliments de M. de Norpois avec la fière simplicité, le regard joyeux et — fût-ce momentanément — intelligent, d'un artiste à qui on parle de son art. Ma mère l'avait envoyée autrefois dans certains grands restaurants voir comment on y faisait la cuisine. J'eus ce soir-là, à l'entendre traiter les plus célèbres de gargotes le même plaisir qu'autrefois à apprendre, pour les artistes dramatiques, que la hiérarchie de leurs mérites n'était pas la même que celle de leurs réputations. « L'ambassadeur, lui dit ma mère, assure que nulle part on ne mange de bœuf froid et de soufflés comme les vôtres. » Françoise, avec un air de modestie et de rendre hommage à la vérité, l'accorda, sans être, d'ailleurs, impressionnée par le titre d'ambassadeur ; elle disait de M. de Norpois, avec l'amabilité due à quelqu'un qui l'avait prise pour un « chef » : « C'est un bon vieux comme moi. » Elle avait bien cherché à l'apercevoir quand il était arrivé, mais sachant que maman détestait qu'on fût derrière les portes ou aux fenêtres et pensant qu'elle saurait par les autres domestiques ou par les concierges qu'elle avait fait le guet (car Françoise ne voyait partout que « jalousies » et « racontages » qui jouaient dans son imagination le même rôle permanent et funeste que, pour telles autres personnes, les intrigues des jésuites ou des juifs), elle s'était contentée de regarder par la croisée de la cuisine « pour ne pas avoir des raisons avec Madame » et sous l'aspect sommaire de M. de Norpois, elle avait « cru Monsieur Legrandin » à cause de son *agileté*, et bien qu'il n'y eût pas un trait commun entre eux. « Mais enfin, lui demanda ma mère, comment expliquez-vous que personne ne fasse la gelée aussi bien que vous (quand vous le voulez) ? » — « Je ne sais pas d'où ce que ça devient », répondit Françoise (qui n'établissait pas une démarcation bien nette entre le verbe venir, au moins pris dans certaines acceptions, et le verbe devenir). Elle disait vrai du reste, en partie, et n'était pas beaucoup plus capable — ou désireuse — de dévoiler le mystère qui faisait la supériorité de ses gelées ou de ses crèmes, qu'une grande élégante pour ses toilettes, ou une grande cantatrice pour son chant. Leurs explications ne nous disent pas grand-chose ; il en était de même des recettes de notre cuisinière. « Ils font cuire trop à la va vite, répondit-elle en parlant des grands restaurateurs, et puis pas tout ensemble. Il faut que le bœuf, il devienne comme une éponge, alors il boit tout le jus jusqu'au fond. Pourtant il y avait un de ces Cafés où il me semble qu'on savait bien un peu faire la cuisine. Je ne dis pas que c'était tout à fait ma gelée, mais c'était fait bien doucement et les soufflés ils avaient bien de la crème. » — « Est-ce Henry ? » demanda mon père qui nous avait rejoints et appréciait beaucoup le restaurant de la place Gaillon où il avait à dates fixes des repas de corps. « Oh non ! dit Françoise avec une douceur qui cachait un profond dédain, je parlais d'un petit restaurant. Chez cet Henry c'est très bon bien sûr, mais c'est pas un restaurant, c'est plutôt... un bouillon [62] ! » — « Weber ? » — « Ah ! non, monsieur, je voulais dire un bon restaurant. Weber c'est dans la rue Royale, ce n'est pas un restaurant, c'est une brasserie. Je ne sais pas si ce qu'ils vous donnent est servi. Je crois qu'ils n'ont même pas de nappe, ils posent cela comme cela sur la table, va comme je te pousse. » — « Cirro [63] ? » Françoise sourit : « Oh ! là, je crois qu'en fait de cuisine il y a surtout des dames du monde. (Monde signifiait pour Françoise demi-monde.) Dame, il faut ça pour la jeunesse. » Nous nous apercevions qu'avec son air de simplicité Françoise était pour les cuisiniers célèbres une plus terrible « camarade » que ne peut l'être l'actrice la plus envieuse et la plus infatuée. Nous sentîmes pourtant qu'elle avait un sentiment juste de son art et le respect des traditions, car elle ajouta : « Non, je veux dire un restaurant où c'est qu'il y avait l'air d'avoir une bien bonne petite cuisine bourgeoise. C'est une maison encore assez conséquente. Ça travaillait beaucoup. Ah ! on en ramassait des sous là-dedans (Françoise, économe, comptait par sou, non par louis comme les décavés [64]). Madame connaît bien là-bas à droite sur les grands boulevards, un peu en arrière... » Le restaurant dont elle parlait avec cette équité mêlée d'orgueil et de bonhomie, c'était... le Café Anglais [65].

Quand vint le 1er janvier, je fis d'abord des visites de famille, avec maman, qui, pour ne pas me fatiguer, les avait d'avance (à l'aide d'un itinéraire tracé par mon père) classées par quartier plutôt que selon le degré exact de la parenté. Mais à peine entrés dans le salon d'une cousine assez éloignée qui avait comme raison de passer d'abord que sa demeure ne le fût pas de la nôtre, ma mère était épouvantée en voyant, ses marrons glacés ou déguisés à la main, le meilleur ami du plus susceptible de mes oncles auquel il allait rapporter que nous n'avions pas commencé notre tournée par lui. Cet oncle serait sûrement blessé ; il n'eût trouvé que naturel que nous allassions de la Madeleine au Jardin des Plantes où il habitait avant de nous arrêter à Saint-Augustin, pour repartir rue de l'École-de-Médecine.

Les visites finies (ma grand-mère dispensait que nous en fissions une chez elle, comme nous y dînions ce jour-là) je courus jusqu'aux Champs-Élysées porter à notre marchande pour qu'elle la remît à la personne qui venait plusieurs fois par semaine de chez les Swann y chercher du pain d'épice, la lettre que dès le jour où mon amie m'avait fait tant de peine, j'avais décidé de lui envoyer au nouvel an, et dans laquelle je lui disais que notre amitié ancienne disparaissait avec l'année finie, que j'oubliais mes griefs et mes déceptions et qu'à partir du 1er janvier, c'était une amitié neuve que nous allions bâtir, si solide que rien ne la détruirait, si merveilleuse que j'espérais que Gilberte mettrait quelque coquetterie à lui garder toute sa beauté et à m'avertir à temps comme je promettais de le faire moi-même, aussitôt que surviendrait le moindre péril qui pourrait l'endommager. En rentrant, Françoise me fit arrêter, au coin de la rue Royale, devant un étalage en plein vent où elle choisit, pour ses propres étrennes, des photographies de Pie IX et de Raspail [66], et où, pour ma part, j'en achetai une de la Berma. Les innombrables admirations qu'excitait l'artiste donnaient quelque chose d'un peu pauvre à ce visage unique qu'elle avait pour y répondre, immuable et précaire comme ce vêtement des personnes qui n'en ont pas de rechange, et où elle ne pouvait exhiber toujours que le petit pli au-dessus de la lèvre supérieure, le relèvement des sourcils, quelques autres particularités physiques, toujours les mêmes qui, en somme, étaient à la merci d'une brûlure ou d'un choc. Ce visage, d'ailleurs, ne m'eût pas à lui seul semblé beau, mais il me donnait l'idée, et par conséquent, l'envie de l'embrasser à cause de tous les baisers qu'il avait dû supporter et que du fond de la « carte-album », il semblait appeler encore par ce regard coquettement tendre et ce sourire artificieusement ingénu. Car la Berma devait ressentir effectivement pour bien des jeunes hommes ces désirs qu'elle avouait sous le couvert du personnage de Phèdre, et dont tout, même le prestige de son nom qui ajoutait à sa beauté et prorogeait sa jeunesse, devait lui rendre l'assouvissement si facile. Le soir tombait, je m'arrêtai devant une colonne de théâtre où était affichée la représentation que la Berma donnait pour le 1er janvier. Il soufflait un vent humide et doux. C'était un temps que je connaissais ; j'eus la sensation et le pressentiment que le jour de l'an n'était pas un jour différent des autres, qu'il n'était pas le premier d'un monde nouveau où j'aurais pu, avec une chance encore intacte, refaire la connaissance de Gilberte comme au temps de la Création, comme s'il n'existait pas encore de passé, comme si eussent été anéanties, avec les indices qu'on aurait pu en tirer pour l'avenir, les déceptions qu'elle m'avait parfois causées : un nouveau monde où rien ne subsistât de l'ancien... rien qu'une chose : mon désir que Gilberte m'aimât. Je compris que si mon cœur souhaitait ce renouvellement autour de lui d'un univers qui ne l'avait pas satisfait, c'est que lui, mon cœur, n'avait pas changé, et je me dis qu'il n'y avait pas de raison pour que celui de Gilberte eût changé davantage ; je sentis que cette nouvelle amitié c'était la même, comme ne sont pas séparées des autres par un fossé les années nouvelles que notre désir, sans pouvoir les atteindre et les modifier, recouvre à leur insu d'un nom différent. J'avais beau dédier celle-ci à Gilberte, et comme on superpose une religion aux lois aveugles de la nature, essayer d'imprimer au jour de l'an l'idée particulière que je m'étais faite de lui, c'était en vain ; je sentais qu'il ne savait pas qu'on l'appelât le jour de l'an, qu'il finissait dans le crépuscule d'une façon qui ne m'était pas nouvelle : dans le vent doux qui soufflait autour de la colonne d'affiches, j'avais reconnu, j'avais senti reparaître la matière éternelle et commune, l'humidité familière, l'ignorante fluidité des anciens jours.

Je revins à la maison. Je venais de vivre le 1er janvier des hommes vieux qui diffèrent ce jour-là des jeunes, non parce qu'on ne leur donne plus d'étrennes, mais parce qu'ils ne croient plus au nouvel an. Des étrennes j'en avais reçu, mais non pas les seules qui m'eussent fait plaisir et qui eussent été un mot de Gilberte. J'étais pourtant jeune encore tout de même puisque j'avais pu lui en écrire un par lequel j'espérais, en lui disant les rêves solitaires de ma tendresse, en éveiller de pareils en elle. La tristesse des hommes qui ont vieilli c'est de ne pas même songer à écrire de telles lettres dont ils ont appris l'inefficacité.

Quand je fus couché, les bruits de la rue, qui se prolongeaient plus tard ce soir de fête, me tinrent éveillé. Je pensais à tous les gens qui finiraient leur nuit dans les plaisirs, à l'amant, à la troupe de débauchés peut-être, qui avaient dû aller chercher la Berma à la fin de cette représentation que j'avais vue annoncée pour le soir. Je ne pouvais même pas, pour calmer l'agitation que cette idée faisait naître en moi dans cette nuit d'insomnie, me dire que la Berma ne pensait peut-être pas à l'amour, puisque les vers qu'elle récitait, qu'elle avait longuement étudiés, lui rappelaient à tous moments qu'il est délicieux, comme elle le savait d'ailleurs si bien qu'elle en faisait apparaître les troubles bien connus — mais doués d'une violence nouvelle et d'une douceur insoupçonnée — à des spectateurs émerveillés dont chacun pourtant les avait ressentis par soi-même. Je rallumai ma bougie éteinte pour regarder encore une fois son visage. A la pensée qu'il était sans doute en ce moment caressé par ces hommes que je ne pouvais empêcher de donner à la Berma, et de recevoir d'elle, des joies surhumaines et vagues, j'éprouvais un émoi plus cruel qu'il n'était voluptueux, une nostalgie que vint aggraver le son du cor, comme on l'entend la nuit de la Mi-

Carême[67] et souvent des autres fêtes, et qui, parce qu'il est alors sans poésie, est plus triste, sortant d'un mastroquet, que « le soir au fond des bois[68] ». À ce moment-là un mot de Gilberte n'eût peut-être pas été ce qu'il m'eût fallu. Nos désirs vont s'interférant, et dans la confusion de l'existence, il est rare qu'un bonheur vienne justement se poser sur le désir qui l'avait réclamé.

Je continuai à aller aux Champs-Élysées les jours de beau temps, par des rues dont les maisons élégantes et roses baignaient, parce que c'était le moment de la grande vogue des Expositions d'Aquarellistes[69], dans un ciel mobile et léger. Je mentirais en disant que dans ce temps-là les palais de Gabriel[70] m'aient paru d'une plus grande beauté ni même d'une autre époque que les hôtels avoisinants. Je trouvais plus de style et aurais cru plus d'ancienneté sinon au Palais de l'Industrie[71], du moins à celui du Trocadéro[72]. Plongée dans un sommeil agité, mon adolescence enveloppait d'un même rêve tout le quartier où elle le promenait, et je n'avais jamais songé qu'il pût y avoir un édifice du XVIIIe siècle dans la rue Royale, de même que j'aurais été étonné si j'avais appris que la Porte Saint-Martin et la Porte Saint-Denis, chefs-d'œuvre du temps de Louis XIV, n'étaient pas contemporains des immeubles les plus récents de ces arrondissements sordides. Une seule fois un des palais de Gabriel me fit arrêter longuement ; c'est que la nuit étant venue, ses colonnes dématérialisées par le clair de lune avaient l'air découpées dans du carton et me rappelant un décor de l'opérette *Orphée aux Enfers*[73], me donnaient pour la première fois une impression de beauté.

Gilberte cependant ne revenait toujours pas aux Champs-Élysées. Et pourtant j'aurais eu besoin de la voir, car je ne me rappelais même pas sa figure. La manière chercheuse, anxieuse, exigeante que nous avons de regarder la personne que nous aimons, notre attente de la parole qui nous donnera ou nous ôtera l'espoir d'un rendez-vous pour le lendemain, et, jusqu'à ce que cette parole soit dite, notre imagination alternative, sinon simultanée, de la joie et du désespoir, tout cela rend notre attention en face de l'être aimé, trop tremblante pour qu'elle puisse obtenir de lui une image bien nette. Peut-être aussi cette activité de tous les sens à la fois et qui essaye de connaître avec les regards seuls ce qui est au-delà d'eux, est-elle trop indulgente aux mille formes, à toutes les saveurs, aux mouvements de la personne vivante que d'habitude, quand nous n'aimons pas, nous immobilisons. Le modèle chéri, au contraire, bouge ; on n'en a jamais que des photographies manquées. Je ne savais vraiment plus comment étaient faits les traits de Gilberte sauf dans les moments divins où elle les dépliait pour moi : je ne me rappelais que son sourire. Et ne pouvant revoir ce visage bien-aimé, quelque effort que je fisse pour m'en souvenir, je m'irritais de trouver, dessinés dans ma mémoire avec une exactitude définitive, les visages inutiles et frappants de l'homme des chevaux de bois et de la marchande de sucre d'orge : ainsi ceux qui ont perdu un être aimé qu'ils ne revoient jamais en dormant, s'exaspèrent de rencontrer sans cesse dans leurs rêves tant de gens insupportables et que c'est déjà trop d'avoir connus dans l'état de veille. Dans leur impuissance à se représenter l'objet de leur douleur, ils s'accusent presque de n'avoir pas de douleur. Et moi je n'étais pas loin de croire que ne pouvant me rappeler les traits de Gilberte, je l'avais oubliée elle-même, je ne l'aimais plus.

Enfin elle revint jouer presque tous les jours, mettant devant moi de nouvelles choses à désirer, à lui demander, pour le lendemain, faisant bien chaque jour en ce sens-là, de ma tendresse une tendresse nouvelle. Mais une chose changea une fois de plus et brusquement la façon dont tous les après-midi vers deux heures se posait le problème de mon amour. M. Swann avait-il surpris la lettre que j'avais écrite à sa fille, ou Gilberte ne faisait-elle que m'avouer longtemps après, et afin que je fusse plus prudent, un état de choses déjà ancien ? Comme je lui disais combien j'admirais son père et sa mère, elle prit cet air vague, plein de réticences et de secret qu'elle avait quand on lui parlait de ce qu'elle avait à faire, de ses courses et de ses visites, et tout d'un coup finit par me dire : « Vous savez, ils ne vous gobent pas ! » et glissante comme une ondine — elle était ainsi — elle éclata de rire. Souvent son rire en désaccord avec ses paroles semblait, comme fait la musique, décrire dans un autre plan une surface invisible. M. et Mme Swann ne demandaient pas à Gilberte de cesser de jouer avec moi, mais eussent autant aimé, pensait-elle, que cela n'eût pas commencé. Ils ne voyaient pas mes relations avec elle d'un œil favorable, ne me croyaient pas d'une grande moralité et s'imaginaient que je ne pouvais exercer sur leur fille qu'une mauvaise influence. Ce genre de jeunes gens peu scrupuleux auxquels Swann me croyait ressembler, je me les représentais comme détestant les parents de la jeune fille qu'ils aiment, les flattant quand ils sont là, mais se moquant d'eux avec elle, la poussant à leur désobéir, et quand ils ont une fois conquis leur fille, les privant même de la voir. À ces traits (qui ne sont jamais ceux sous lesquels le plus grand misérable se voit lui-même), avec quelle violence mon cœur opposait ces sentiments dont il était animé à l'égard de Swann, si passionnés au contraire que je ne doutais pas que, s'il les eût soupçonnés, il ne se fût repenti de son jugement à mon égard comme d'une erreur judiciaire. Tout ce que je ressentais pour lui, j'osai le lui écrire dans une longue lettre que je confiai à Gilberte en la priant de la lui remettre. Elle y consentit. Hélas ! il voyait donc en moi un plus grand imposteur encore que je ne pensais ; ces sentiments que j'avais cru peindre, en seize pages, avec tant de vérité, il en avait donc douté : la lettre que je lui écrivis, aussi ardente et aussi sincère que les paroles que j'avais dites à M. de Norpois n'eut pas plus de succès. Gilberte me raconta le lendemain, après m'avoir emmené à l'écart derrière un massif de lauriers, dans une petite allée où nous nous assîmes chacun sur une chaise, qu'en lisant la lettre, qu'elle me rapportait, son père avait haussé les épaules en disant : « Tout cela ne signifie rien, cela ne fait que prouver combien j'ai raison. » Moi qui savais la pureté de mes intentions, la bonté de mon âme, j'étais indigné que mes paroles n'eussent même pas effleuré l'absurde erreur de Swann. Car que ce fût une erreur, je n'en doutais pas alors. Je sentais que j'avais décrit avec tant d'exactitude certaines caractéristiques irrécusables de mes sentiments généreux que, pour que d'après elles Swann ne les eût pas aussitôt reconstituées, ne fût pas venu me demander pardon et avouer qu'il s'était trompé, il fallait que ces nobles sentiments, il ne les eût lui-même jamais ressentis, ce qui devait le rendre incapable de les comprendre chez les autres.

Or, peut-être simplement Swann savait-il que la générosité n'est souvent que l'aspect intérieur que prennent nos sentiments égoïstes quand nous ne les avons pas encore nommés et classés. Peut-être avait-il reconnu dans la sympathie que je lui exprimais, un simple effet — et une confirmation enthousiaste — de mon amour pour Gilberte, par lequel — et non par ma vénération secondaire pour lui — seraient fatalement dans la suite dirigés mes actes. Je ne pouvais partager ses prévisions, car je n'avais pas réussi à abstraire de moi-même mon amour, à le faire rentrer dans la généralité des autres et à en supputer expérimentalement les conséquences ; j'étais désespéré. Je dus quitter un instant Gilberte, Françoise m'ayant appelé. Il me fallut l'accompagner dans un petit pavillon treillissé de vert, assez semblable aux bureaux d'octroi désaffectés du vieux Paris, et dans lequel étaient depuis peu installés ce qu'on appelle en Angleterre un lavabo et en France, par une anglomanie mal informée, des water-closets. Les murs humides et anciens de l'entrée où je restai à attendre Françoise dégageaient une fraîche odeur de renfermé qui, m'allégeant aussitôt des soucis que venaient de faire naître en moi les paroles de Swann rapportées par Gilberte, me pénétra d'un plaisir non pas de la même espèce que les autres, lesquels nous laissent plus instables, incapables de les retenir, de les posséder, mais au contraire d'un plaisir consistant auquel je pouvais m'étayer, délicieux, paisible, riche d'une vérité durable, inexpliquée et certaine. J'aurais voulu, comme autrefois dans mes promenades du côté de Guermantes, essayer de pénétrer le charme de cette impression qui m'avait saisi et rester immobile à interroger cette émanation vieillotte qui me proposait non de jouir du plaisir qu'elle ne me donnait que par surcroît, mais de descendre dans la réalité qu'elle ne m'avait pas dévoilée. Mais la tenancière de l'établissement, vieille dame à joues plâtrées et à perruque rousse, se mit à me parler [74]. Françoise la croyait « tout à fait bien de chez elle ». Sa demoiselle avait épousé ce que Françoise appelait « un jeune homme de famille », par conséquent quelqu'un qu'elle trouvait plus différent d'un ouvrier que Saint-Simon un duc d'un homme « sorti de la lie du peuple [75] ». Sans doute la tenancière, avant de l'être, avait eu des revers. Mais Françoise assurait qu'elle était Marquise et appartenait à la famille de Saint-Ferréol. Cette Marquise me conseilla de ne pas rester au frais et m'ouvrit même un cabinet en me disant : « Vous ne voulez pas entrer ? en voici un tout propre, pour vous ce sera gratis. » Elle le faisait peut-être seulement comme les demoiselles de chez Gouache [76], quand nous venions faire une commande, m'offraient un des bonbons qu'elles avaient sur le comptoir sous des cloches de verre et que maman me défendait, hélas ! d'accepter ; peut-être aussi, moins innocemment, comme telle vieille fleuriste par qui maman faisait remplir ses « jardinières » et qui me donnait une rose en roulant des yeux doux. En tout cas, si la « Marquise » avait du goût pour les jeunes garçons, en leur ouvrant la porte hypogéenne de ces cubes de pierre où les hommes sont accroupis comme des sphinx, elle devait chercher dans ses générosités moins l'espérance de les corrompre que le plaisir qu'on éprouve à se montrer vainement prodigue envers ce qu'on aime, car je n'ai jamais vu auprès d'elle d'autre visiteur qu'un vieux garde forestier du jardin.

Un instant après je prenais congé de la « Marquise », accompagné de Françoise, et je quittai cette dernière pour retourner auprès de Gilberte. Je l'aperçus tout de suite, sur une chaise, derrière le massif de lauriers. C'était pour ne pas être vue de ses amies : on jouait à cache-cache. J'allai m'asseoir à côté d'elle. Elle avait une toque plate qui descendait assez bas sur ses yeux leur donnant ce même regard « en dessous », rêveur et fourbe que je lui avais vu la première fois à Combray. Je lui demandai s'il n'y avait pas moyen que j'eusse une explication verbale avec son père. Gilberte me dit qu'elle la lui avait proposée, mais qu'il la jugeait inutile. « Tenez, ajouta-t-elle, ne me laissez pas votre lettre, il faut rejoindre les autres puisqu'ils ne m'ont pas trouvée. »

Si Swann était arrivé alors avant même que je l'eusse reprise, cette lettre de la sincérité de laquelle je trouvais qu'il avait été si insensé de ne pas s'être laissé persuader, peut-être aurait-il vu que c'était lui qui avait raison. Car m'approchant de Gilberte qui, renversée sur sa chaise, me disait de prendre la lettre et ne me la tendait pas, je me sentis si attiré par son corps que je lui dis : « Voyons, empêchez-moi de l'attraper, nous allons voir qui sera le plus fort. » Elle la mit dans son dos, je passai mes mains derrière son cou, en soulevant les nattes de cheveux qu'elle portait sur les épaules, soit que ce fût encore de son âge, soit que sa mère voulût la faire paraître plus longtemps enfant, afin de se rajeunir elle-même ; nous luttions, arcboutés. Je tâchais de l'attirer, elle résistait ; ses pommettes enflammées par l'effort étaient rouges et rondes comme des cerises ; elle riait comme si je l'eusse chatouillée ; je la tenais serrée entre mes jambes comme un arbuste après lequel j'aurais voulu grimper ; et, au milieu de la gymnastique que je faisais, sans qu'en fût à peine augmenté l'essoufflement que me donnaient l'exercice musculaire et l'ardeur du jeu, je répandis, comme quelques gouttes de sueur arrachées par l'effort, mon plaisir auquel je ne pus pas même m'attarder le temps d'en connaître le goût ; aussitôt je pris la lettre. Alors, Gilberte me dit avec bonté : « Vous savez, si vous voulez, nous pouvons lutter encore un peu. » Peut-être avait-elle obscurément senti que mon jeu avait un autre objet que celui que j'avais avoué, mais n'avait-elle pas su remarquer que je l'avais atteint. Et moi qui craignais qu'elle s'en fût aperçue (et un certain mouvement rétractile et contenu de pudeur offensée qu'elle eut un instant après, me donna à penser que je n'avais pas eu tort de le craindre), j'acceptai de lutter encore, de peur qu'elle pût croire que je ne m'étais pas proposé d'autre but que celui après quoi je n'avais plus envie que de rester tranquille auprès d'elle.

En rentrant, j'aperçus, je me rappelai brusquement l'image, cachée jusque-là, dont m'avait approché sans me la laisser voir ni reconnaître, le frais, sentant presque la suie, du pavillon treillagé. Cette image était celle de la petite pièce de mon oncle Adolphe, à Combray, laquelle exhalait en effet le même parfum d'humidité. Mais je ne pus comprendre, et je remis à plus tard de chercher pourquoi le rappel d'une image si insignifiante m'avait donné une telle félicité. En attendant, il me sembla que je méritais vraiment le dédain de M. de Norpois : j'avais préféré jusqu'ici à tous les écrivains celui qu'il appelait un simple « joueur de flûte » et une véritable exaltation m'avait été communiquée, non par quelque idée importante, mais par une odeur de moisi.

Depuis quelque temps, dans certaines familles, le nom des Champs-Élysées, si quelque visiteur le prononçait, était accueilli par les mères avec l'air malveillant qu'elles réservent à un médecin réputé auquel elles prétendent avoir vu faire trop de diagnostics erronés pour avoir encore confiance en lui ; on assurait que ce jardin ne réussissait pas aux enfants, qu'on pouvait citer plus d'un mal de gorge, plus d'une rougeole et nombre de fièvres dont il était responsable. Sans mettre ouvertement en doute la tendresse de maman qui continuait à m'y envoyer, certaines de ses amies déploraient du moins son aveuglement.

Les névropathes sont peut-être, malgré l'expression consacrée, ceux qui « s'écoutent » le moins : ils entendent en eux tant de choses dont ils se rendent compte ensuite qu'ils avaient eu tort de s'alarmer, qu'ils finissent par ne plus faire attention à aucune. Leur système nerveux leur a si souvent crié : « Au secours ! » comme pour une grave maladie, quand tout simplement il allait tomber de la neige ou qu'on allait changer d'appartement, qu'ils prennent l'habitude de ne pas plus tenir compte de ces avertissements qu'un soldat, lequel dans l'ardeur de l'action, les perçoit si peu, qu'il est capable, étant mourant, de continuer encore quelques jours à mener la vie d'un homme en bonne santé. Un matin, portant coordonnés en moi mes malaises habituels, de la circulation constante et intestine desquels je tenais toujours mon esprit détourné aussi bien que de celle de mon sang, je courais allégrement vers la salle à manger où mes parents étaient déjà à table, et — m'étant dit comme d'ordinaire qu'avoir froid peut signifier non qu'il faut se chauffer, mais par exemple qu'on a été grondé, et ne pas avoir faim, qu'il va pleuvoir et non qu'il ne faut pas manger — je me mettais à table, quand, au moment d'avaler la première bouchée d'une côtelette appétissante, une nausée, un étourdissement m'arrêtèrent, réponse fébrile d'une maladie commencée, dont la glace de mon indifférence avait masqué, retardé les symptômes, mais qui refusait obstinément la nourriture que je n'étais pas en état d'absorber. Alors, dans la même seconde, la pensée que l'on m'empêcherait de sortir si l'on s'apercevait que j'étais malade me donna, comme l'instinct de conservation à un blessé, la force de me traîner jusqu'à ma chambre où je vis que j'avais 40° de fièvre, et ensuite de me préparer pour aller aux Champs-Élysées. A travers le corps languissant et perméable dont elle était enveloppée, ma pensée souriante rejoignait, exigeait le plaisir si doux d'une partie de barres avec Gilberte, et une heure plus tard, me soutenant à peine, mais heureux à côté d'elle, j'avais la force de le goûter encore.

Françoise, au retour, déclara que je m'étais « trouvé indisposé », que j'avais dû prendre un « chaud et froid », et le docteur, aussitôt appelé, déclara « préférer » la « sévérité », la « virulence » de la poussée fébrile qui accompagnait ma congestion pulmonaire et ne serait « qu'un feu de paille » à des formes plus « insidieuses » et « larvées ». Depuis longtemps déjà j'étais sujet à des étouffements et notre médecin, malgré la désapprobation de ma grand-mère, qui me voyait déjà mourant alcoolique, m'avait conseillé outre la caféine qui m'était prescrite pour m'aider à respirer, de prendre de la bière, du champagne ou du cognac quand je sentais venir une crise. Celles-ci avorteraient, disait-il, dans l' « euphorie » causée par l'alcool. J'étais souvent obligé pour que ma grand-mère permît qu'on m'en donnât, de ne pas dissimuler, de faire presque montre de mon état de suffocation. D'ailleurs, dès que je le sentais s'approcher, toujours incertain des proportions qu'il prendrait, j'en étais inquiet à cause de la tristesse de ma grand-mère que je craignais beaucoup plus que ma souffrance. Mais en même temps mon corps, soit qu'il fût trop faible pour garder seul le secret de celle-ci, soit qu'il redoutât que dans l'ignorance du mal imminent on exigeât de moi quelque effort qui lui eût été impossible ou dangereux, me donnait le besoin d'avertir ma grand-mère de mes malaises avec une exactitude où je finissais par mettre une sorte de scrupule physiologique. Apercevais-je en moi un symptôme fâcheux que je n'avais pas encore discerné, mon corps était en détresse tant que je ne l'avais pas communiqué à ma grand-mère. Feignait-elle de n'y prêter aucune attention, il me demandait d'insister. Parfois j'allais trop loin ; et le visage aimé qui n'était plus toujours aussi maître de ses émotions qu'autrefois, laissait paraître une expression de pitié, une contraction douloureuse. Alors mon cœur était torturé par la vue de la peine qu'elle avait : comme si mes baisers eussent dû effacer cette peine, comme si ma tendresse eût pu donner à ma grand-mère autant de joie que mon bonheur, je me jetais dans ses bras. Et les scrupules étant d'autre part apaisés par la certitude qu'elle connaissait le malaise ressenti, mon corps ne faisait pas opposition à ce que je la rassurasse. Je protestais que ce malaise n'avait rien de pénible, que je n'étais nullement à plaindre, qu'elle pouvait être certaine que j'étais heureux ; mon corps avait voulu obtenir exactement ce qu'il méritait de pitié et pourvu qu'on sût qu'il avait une douleur en son côté droit, il ne voyait pas d'inconvénient à ce que je déclarasse que cette douleur n'était pas un mal et n'était pas pour moi un obstacle au bonheur, mon corps ne se piquant pas de philosophie ; elle n'était pas de son ressort. J'eus presque chaque jour de ces crises d'étouffement pendant ma convalescence. Un soir que ma grand-mère m'avait laissé assez bien, elle rentra dans ma chambre très tard dans la soirée, et s'apercevant que la respiration me manquait : « Oh ! mon Dieu, comme tu souffres », s'écria-t-elle, les traits bouleversés. Elle me quitta aussitôt, j'entendis la porte cochère, et elle rentra un peu plus tard avec du cognac qu'elle était allée acheter parce qu'il n'y en avait pas à la maison. Bientôt je commençai à me sentir heureux. Ma grand-mère, un peu rouge, avait l'air gêné, et ses yeux, une expression de lassitude et de découragement. « J'aime mieux te laisser et que tu profites un peu de ce mieux », me dit-elle, en me quittant brusquement. Je l'embrassai pourtant et je sentis sur ses joues fraîches quelque chose de mouillé dont je ne sus pas si c'était l'humidité de l'air nocturne qu'elle venait de traverser. Le lendemain, elle ne vint que le soir dans ma chambre parce qu'elle avait eu, me dit-on, à sortir. Je trouvai que c'était montrer bien de l'indifférence pour moi, et je me retins pour ne pas la lui reprocher.

Mes suffocations ayant persisté alors que ma congestion depuis longtemps finie ne les expliquait plus, mes parents firent venir en consultation le professeur Cottard[77]. Il ne suffit pas à un médecin appelé dans des cas de ce genre d'être instruit. Mis en présence de symptômes qui peuvent être ceux de trois ou quatre maladies différentes, c'est en fin de compte son flair, son coup d'œil qui décident à laquelle, malgré les apparences à peu près semblables il y a chance qu'il ait à faire. Ce don mystérieux n'implique pas de supériorité dans les autres parties de l'intelligence, et un être d'une grande vulgarité, aimant la plus mauvaise peinture, la plus mauvaise musique, n'ayant aucune curiosité d'esprit, peut parfaitement le posséder. Dans mon cas ce qui était matériellement observable, pouvait aussi bien être causé par des spasmes nerveux, par un commencement de tuberculose, par de l'asthme, par une dyspnée toxi-alimentaire avec insuffisance rénale, par de la bronchite chronique, par un état complexe dans lequel seraient entrés plusieurs de ces facteurs. Or les spasmes nerveux demandaient à être traités par le mépris, la tuberculose par de grands soins et par un genre de suralimentation qui eût été mauvais pour un état arthritique comme l'asthme et eût pu devenir dangereux en cas de dyspnée toxi-alimentaire laquelle exige un régime qui en revanche serait néfaste pour un tuberculeux. Mais les hésitations de Cottard furent courtes et ses prescriptions impérieuses : « Purgatifs violents et drastiques, lait pendant plusieurs jours, rien que du lait. Pas de viande, pas d'alcool. » Ma mère murmura que j'avais pourtant bien besoin d'être reconstitué, que j'étais déjà assez nerveux, que cette purge de cheval et ce régime me mettraient à bas. Je vis aux yeux de Cottard, aussi inquiets que s'il avait peur de manquer le train, qu'il se demandait s'il ne s'était pas laissé aller à sa douceur naturelle. Il tâchait de se rappeler s'il avait pensé à prendre un masque froid, comme on cherche une glace pour regarder si on n'a pas oublié de nouer sa cravate. Dans le doute et pour faire, à tout hasard, compensation, il répondit grossièrement : « Je n'ai pas l'habitude de répéter deux fois mes ordonnances. Donnez-moi une plume. Et surtout au lait. Plus tard, quand nous aurons jugulé les crises et l'agrypnie [78], je veux bien que vous preniez quelques potages, puis des purées, mais toujours au lait, au lait. Cela vous plaira, puisque l'Espagne est à la mode, ollé ! ollé ! (Ses élèves connaissaient bien ce calembour qu'il faisait à l'hôpital chaque fois qu'il mettait un cardiaque ou un hépatique au régime lacté.) Ensuite vous reviendrez progressivement à la vie commune. Mais chaque fois que la toux et les étouffements recommenceront, purgatifs, lavages intestinaux, lit, lait. » Il écouta d'un air glacial, sans y répondre, les dernières objections de ma mère, et comme il nous quitta sans avoir daigné expliquer les raisons de ce régime, mes parents le jugèrent sans rapport avec mon cas, inutilement affaiblissant et ne me le firent pas essayer. Ils cherchèrent naturellement à cacher au professeur leur désobéissance, et pour y réussir plus sûrement, évitèrent toutes les maisons où ils auraient pu le rencontrer. Puis mon état s'aggravant on se décida à me faire suivre à la lettre les prescriptions de Cottard ; au bout de trois jours je n'avais plus de râles, plus de toux et je respirais bien. Alors nous comprîmes que Cottard, tout en me trouvant, comme il le dit dans la suite assez asthmatique et surtout « toqué », avait discerné que ce qui prédominait à ce moment-là en moi, c'était l'intoxication, et qu'en faisant couler mon foie et en lavant mes reins, il décongestionnerait mes bronches, me rendrait le souffle, le sommeil, les forces. Et nous comprîmes que cet imbécile était un grand clinicien. Je pus enfin me lever. Mais on parlait de ne plus m'envoyer aux Champs-Élysées. On disait que c'était à cause du mauvais air ; je pensais bien qu'on profitait du prétexte pour que je ne pusse plus voir Mlle Swann et je me contraignais à redire tout le temps le nom de Gilberte, comme ce langage natal que les vaincus s'efforcent de maintenir pour ne pas oublier la patrie qu'ils ne reverront pas. Quelquefois ma mère passait sa main sur mon front en me disant : « Alors, les petits garçons ne racontent plus à leur maman les chagrins qu'ils ont ? »

Françoise s'approchait tous les jours de moi en me disant : « Monsieur a une mine ! Vous ne vous êtes pas regardé, on dirait un mort ! » Il est vrai que si j'avais eu un simple rhume, Françoise eût pris le même air funèbre. Ces déplorations tenaient plus à sa « classe » qu'à mon état de santé. Je ne démêlais pas alors si ce pessimisme était chez Françoise douloureux ou satisfait. Je conclus provisoirement qu'il était social et professionnel.

Un jour, à l'heure du courrier, ma mère posa sur mon lit une lettre. Je l'ouvris distraitement puisqu'elle ne pouvait pas porter la seule signature qui m'eût rendu heureux, celle de Gilberte avec qui je n'avais pas de relations en dehors des Champs-Élysées. Or, au bas du papier, timbré d'un sceau d'argent représentant un chevalier casqué sous lequel se contournait cette devise : *Per viam rectam*[79], au-dessous d'une lettre, d'une grande écriture, et où presque toutes les phrases semblaient soulignées, simplement parce que la barre des *t* étant tracée non au travers d'eux, mais au-dessus, mettait un trait sous le mot correspondant de la ligne supérieure, ce fut justement la signature de Gilberte que je vis. Mais parce que je la savais impossible dans une lettre adressée à moi, cette vue, non accompagnée de croyance, ne me causa pas de joie. Pendant un instant elle ne fit que frapper d'irréalité tout ce qui m'entourait. Avec une vitesse vertigineuse, cette signature sans vraisemblance jouait aux quatre coins avec mon lit, ma cheminée, mon mur. Je voyais tout vaciller comme quelqu'un qui tombe de cheval et je me demandais s'il n'y avait pas une existence toute différente de celle que je connaissais, en contradiction avec elle, mais qui serait la vraie, et qui m'étant montrée tout d'un coup me remplissait de cette hésitation que les sculpteurs dépeignant le Jugement dernier ont donnée aux morts réveillés qui se trouvent au seuil de l'autre Monde. « Mon cher ami, disait la lettre, j'ai appris que vous aviez été très souffrant et que vous ne veniez plus aux Champs-Élysées. Moi je n'y vais guère non plus parce qu'il y a énormément de malades. Mais mes amies viennent goûter tous les lundis et vendredis à la maison. Maman me charge de vous dire que vous nous feriez très grand plaisir en venant aussi dès que vous serez rétabli, et nous pourrions reprendre à la maison nos bonnes causeries des Champs-Élysées. Adieu, mon cher ami, j'espère que vos parents vous permettront de venir très souvent goûter, et je vous envoie toutes mes amitiés. Gilberte. »

Tandis que je lisais ces mots, mon système nerveux recevait avec une diligence admirable la nouvelle qu'il m'arrivait un grand bonheur. Mais mon âme, c'est-à-dire moi-même, et en somme le principal intéressé, l'ignorait encore. Le bonheur, le bonheur par Gilberte, c'était une chose à laquelle j'avais constamment songé, une chose toute en pensées, c'était, comme disait Léonard de la peinture, *cosa mentale*[80]. Une feuille de papier couverte de caractères, la pensée ne s'assimile pas cela tout de suite. Mais dès que j'eus terminé la lettre, je pensai à elle, elle devint un objet de rêverie, elle devint, elle aussi, *cosa mentale* et je l'aimais déjà tant que toutes les cinq minutes il me fallait la relire, l'embrasser. Alors, je connus mon bonheur.

La vie est semée de ces miracles que peuvent toujours espérer les personnes qui aiment. Il est possible que celui-ci eût été provoqué artificiellement par ma mère qui voyant que depuis quelque temps j'avais perdu tout cœur à vivre, avait peut-être fait demander à Gilberte de m'écrire, comme, au temps de mes premiers bains de mer, pour me donner du plaisir à plonger, ce que je détestais parce que cela me coupait la respiration, elle remettait en cachette à mon guide baigneur de merveilleuses boîtes en coquillages et des branches de corail que je croyais trouver moi-même au fond des eaux. D'ailleurs, pour tous les événements qui dans la vie et ses situations contrastées, se rapportent à l'amour, le mieux est de ne pas essayer de comprendre, puisque, dans ce qu'ils ont d'inexorable comme d'inespéré, ils semblent régis par des lois plutôt magiques que rationnelles. Quand un multimillionnaire, homme malgré cela charmant, reçoit son congé d'une femme pauvre et sans agrément avec qui il vit, appelle à lui, dans son désespoir, toutes les puissances de l'or et fait jouer toutes les influences de la terre, sans réussir à se faire reprendre, mieux vaut, devant l'invincible entêtement de sa maîtresse, supposer que le Destin veut l'accabler et le faire mourir d'une maladie de cœur plutôt que de chercher une explication logique. Ces obstacles contre lesquels les amants ont à lutter et que leur imagination surexcitée par la souffrance cherche en vain à deviner, résident parfois dans quelque singularité de caractère de la femme qu'ils ne peuvent ramener à eux, dans sa bêtise, dans l'influence qu'ont prise sur elle et les craintes que lui ont suggérées des êtres que l'amant ne connaît pas, dans le genre de plaisirs qu'elle demande momentanément à la vie, plaisirs que son amant, ni la fortune de son amant ne peuvent lui offrir. En tout cas l'amant est mal placé pour connaître la nature des obstacles que la ruse de la femme lui cache et que son propre jugement faussé par l'amour l'empêche d'apprécier exactement. Ils ressemblent à ces tumeurs que le médecin finit par réduire mais sans en avoir connu l'origine. Comme elles ces obstacles restent mystérieux mais sont temporaires. Seulement ils durent généralement plus que l'amour. Et comme celui-ci n'est pas une passion désintéressée, l'amoureux qui n'aime plus ne cherche pas à savoir pourquoi la femme pauvre et légère qu'il aimait, s'est obstinément refusée pendant des années à ce qu'il continuât à l'entretenir.

Or, le même mystère qui dérobe souvent aux yeux la cause des catastrophes, quand il s'agit de l'amour, entoure tout aussi fréquemment la soudaineté de certaines solutions heureuses (telle que celle qui m'était apportée par la lettre de Gilberte). Solutions heureuses ou du moins qui paraissent l'être, car il n'y en a guère qui le soient réellement quand il s'agit d'un sentiment d'une telle sorte que toute satisfaction qu'on lui donne ne fait généralement que déplacer la douleur. Parfois pourtant une trêve est accordée et l'on a pendant quelque temps l'illusion d'être guéri.

En ce qui concerne cette lettre au bas de laquelle Françoise se refusa à reconnaître le nom de Gilberte parce que le G historié, appuyé sur un *i* sans point avait l'air d'un A, tandis que la dernière syllabe était indéfiniment prolongée à l'aide d'un paraphe dentelé, si l'on tient à chercher une explication rationnelle du revirement qu'elle traduisait et qui me rendait si joyeux, peut-être pourra-t-on penser que j'en fus, pour une part, redevable à un incident que j'avais cru au contraire de nature à me perdre à jamais dans l'esprit des Swann. Peu de temps auparavant, Bloch était venu pour me voir, pendant que le professeur Cottard, que depuis que je suivais son régime, on avait fait revenir, se trouvait dans ma chambre. La consultation étant finie et Cottard restant seulement en visiteur parce que mes parents l'avaient retenu à dîner, on laissa entrer Bloch. Comme nous étions tous en train de causer, Bloch ayant raconté qu'il avait entendu dire que Mme Swann m'aimait beaucoup, par une personne avec qui il avait dîné la veille et qui elle-même était très liée avec Mme Swann, j'aurais voulu lui répondre qu'il se trompait certainement, et bien établir, par le même scrupule qui me l'avait fait déclarer à M. de Norpois et de peur que Mme Swann me prît pour un menteur, que je ne la connaissais pas et ne lui avais jamais parlé. Mais je n'eus pas le courage de rectifier l'erreur de Bloch, parce que je compris bien qu'elle était volontaire, et que s'il inventait quelque chose que Mme Swann n'avait pas pu dire en effet, c'était pour faire savoir, ce qu'il jugeait flatteur, et ce qui n'était pas vrai, qu'il avait dîné à côté d'une des amies de cette dame. Or il arriva que tandis que M. de Norpois apprenant que je ne connaissais pas et aurais aimé connaître Mme Swann, s'était bien gardé de lui parler de moi, Cottard, qu'elle avait pour médecin, ayant induit de ce qu'il avait entendu dire à Bloch qu'elle me connaissait beaucoup et m'appréciait, pensa que, quand il la verrait, dire que j'étais un charmant garçon avec lequel il était lié, ne pourrait en rien être utile pour moi et serait flatteur pour lui, deux raisons qui le décidèrent à parler de moi à Odette dès qu'il en trouva l'occasion.

Alors je connus cet appartement d'où dépassait jusque dans l'escalier le parfum dont se servait Mme Swann, mais qu'embaumait bien plus encore le charme particulier et douloureux qui émanait de la vie de Gilberte. L'implacable concierge, changé en une bienveillante Euménide[81], prit l'habitude, quand je lui demandais si je pouvais monter de m'indiquer en soulevant sa casquette d'une main propice, qu'il exauçait ma prière. Les fenêtres qui du dehors interposaient entre moi et les trésors qui ne m'étaient pas destinés un regard brillant, distant et superficiel qui me semblait le regard même des Swann, il m'arriva, quand à la belle saison j'avais passé tout un après-midi avec Gilberte dans sa chambre, de les ouvrir moi-même pour laisser entrer un peu d'air et même de m'y pencher à côté d'elle, si c'était le jour de réception de sa mère, pour voir arriver les visites qui souvent, levant la tête en descendant de voiture, me faisaient bonjour de la main, me prenant pour quelque neveu de la maîtresse de maison. Les nattes de Gilberte dans ces moments-là touchaient ma joue. Elles me semblaient, en la finesse de leur gramen, à la fois naturel et surnaturel, et la puissance de leurs rinceaux d'art, un ouvrage unique pour lequel on avait utilisé le gazon même du Paradis. À une section même infime d'elles, quel herbier céleste n'eussé-je pas donné comme châsse ? Mais n'espérant point obtenir un morceau vrai de ces nattes, si au moins j'avais pu en posséder la photographie, combien plus précieuse que celle de fleurettes dessinées par le Vinci [82] ! Pour en avoir une, je fis auprès d'amis des Swann et même de photographes, des bassesses qui ne me procurèrent pas ce que je voulais, mais me lièrent pour toujours avec des gens très ennuyeux.

Les parents de Gilberte, qui si longtemps m'avaient empêché de la voir, maintenant — quand j'entrais dans la sombre antichambre où planait perpétuellement, plus formidable et plus désirée que jadis à Versailles l'apparition du Roi, la possibilité de les rencontrer, et où habituellement, après avoir buté contre un énorme porte-manteaux à sept branches comme le Chandelier de l'Écriture [83], je me confondais en salutations devant un valet de pied assis, dans sa longue jupe grise, sur le coffre à bois et que dans l'obscurité j'avais pris pour Mme Swann — les parents de Gilberte, si l'un d'eux se trouvait passer au moment de mon arrivée, loin d'avoir l'air irrité, me serraient la main en souriant et me disaient : « Comment allez-vous ? (qu'ils prononçaient tous deux « commen allez-vous » sans faire la liaison du *t*, liaison, qu'on pense bien qu'une fois rentré à la maison je me faisais un incessant et voluptueux exercice de supprimer). Gilberte sait-elle que vous êtes là ? alors je vous quitte. » Bien plus, les goûters eux-mêmes que Gilberte offrait à ses amies et qui si longtemps m'avaient paru la plus infranchissable des séparations accumulées entre elle et moi devenaient maintenant une occasion de nous réunir dont elle m'avertissait par un mot, écrit (parce que j'étais une relation encore assez nouvelle), sur un papier à lettres toujours différent. Une fois il était orné d'un caniche bleu en relief surmontant une légende humoristique écrite en anglais et suivie d'un point d'exclamation, une autre fois timbré d'une ancre marine, ou du chiffre G. S., démesurément allongé en un rectangle qui tenait toute la hauteur de la feuille, ou encore du nom « Gilberte » tantôt tracé en travers dans un coin en caractères dorés qui imitaient la signature de mon amie et finissaient par un paraphe, au-dessous d'un parapluie ouvert imprimé en noir, tantôt enfermé dans un monogramme en forme de chapeau chinois qui en contenait toutes les lettres en majuscules sans qu'il fût possible d'en distinguer une seule. Enfin commc la série des papiers à lettres que Gilberte possédait, pour nombreuse que fût cette série, n'était pas illimitée, au bout d'un certain nombre de semaines, je voyais revenir celui qui portait, comme la première fois qu'elle m'avait écrit, la devise : *Per viam rectam*, au-dessous du chevalier casqué, dans une médaille d'argent bruni. Et chacun était choisi tel jour plutôt que tel autre en vertu de certains rites, pensais-je alors, mais plutôt, je le crois maintenant, parce qu'elle cherchait à se rappeler ceux dont elle s'était servie les autres fois, de façon à ne jamais envoyer le même à un de ses correspondants au moins de ceux pour qui elle prenait la peine de faire des frais, qu'aux intervalles les plus éloignés possible. Comme à cause de la différence des heures de leurs leçons, certaines des amies que Gilberte invitait à ces goûters étaient obligées de partir comme les autres arrivaient seulement, dès l'escalier j'entendais s'échapper de l'antichambre un murmure de voix qui, dans l'émotion que me causait la cérémonie imposante à laquelle j'allais assister, rompait brusquement bien avant que j'atteignisse le palier, les liens qui me rattachaient encore à la vie antérieure et m'ôtait jusqu'au souvenir d'avoir à retirer mon foulard une fois que je serais au chaud et de regarder l'heure pour ne pas rentrer en retard. Cet escalier, d'ailleurs, tout en bois, comme on faisait alors dans certaines maisons de rapport de ce style Henri II qui avait été si longtemps l'idéal d'Odette et dont elle devait bientôt se déprendre, et pourvu d'une pancarte sans équivalent chez nous, sur laquelle on lisait ces mots : « Défense de se servir de l'ascenseur pour descendre », me semblait quelque chose de tellement prestigieux que je dis à mes parents que c'était un escalier ancien rapporté de très loin par M. Swann. Mon amour de la vérité était si grand que je n'aurais pas hésité à leur donner ce renseignement même si j'avais su qu'il était faux, car seul il pouvait leur permettre d'avoir pour la dignité de l'escalier des Swann le même respect que moi. C'est ainsi que devant un ignorant qui ne peut comprendre en quoi consiste le génie d'un grand médecin, on croirait bien faire de ne pas avouer qu'il ne sait pas guérir le rhume de cerveau. Mais comme je n'avais aucun esprit d'observation, comme en général je ne savais ni le nom ni l'espèce des choses qui se trouvaient sous mes yeux et comprenais seulement que, quand elles approchaient les Swann, elles devaient être extraordinaires, il ne me parut pas certain qu'en avertissant mes parents de la valeur artistique et de la provenance lointaine de cet escalier, je commisse un mensonge. Cela ne me parut pas certain ; mais cela dut me paraître probable, car je me sentis devenir très rouge quand mon père m'interrompit en disant : « Je connais ces maisons-là ; j'en ai vu une, elles sont toutes pareilles ; Swann occupe simplement plusieurs étages, c'est Berlier[84] qui les a construites. » Il ajouta qu'il avait voulu louer dans l'une d'elles, mais qu'il y avait renoncé, ne les trouvant pas commodes et l'entrée pas assez claire ; il le dit ; mais je sentis instinctivement que mon esprit devait faire au prestige des Swann et à mon bonheur les sacrifices nécessaires, et par un coup d'autorité intérieure, malgré ce que je venais d'entendre, j'écartai à tout jamais de moi, comme un dévot la *Vie de*

Jésus de Renan[85], la pensée dissolvante que leur appartement était un appartement quelconque que nous aurions pu habiter.

Cependant, ces jours de goûter, m'élevant dans l'escalier marche à marche, déjà dépouillé de ma pensée et de ma mémoire, n'étant plus que le jouet des plus vils réflexes, j'arrivais à la zone où le parfum de Mme Swann se faisait sentir. Je croyais déjà voir la majesté du gâteau au chocolat, entouré d'un cercle d'assiettes à petits fours et de petites serviettes damassées grises à dessins, exigées par l'étiquette et particulières aux Swann. Mais cet ensemble inchangeable et réglé semblait, comme l'univers nécessaire de Kant, suspendu à un acte suprême de liberté. Car quand nous étions tous dans le petit salon de Gilberte, tout d'un coup regardant l'heure, elle disait : « Dites donc, mon déjeuner commence à être loin, je ne dîne qu'à huit heures, j'ai bien envie de manger quelque chose. Qu'en diriez-vous ? » Et elle nous faisait entrer dans la salle à manger, sombre comme l'intérieur d'un Temple asiatique peint par Rembrandt[86], et où un gâteau architectural aussi débonnaire et familier qu'il était imposant, semblait trôner là à tout hasard comme un jour quelconque, pour le cas où il aurait pris fantaisie à Gilberte de le découronner de ses créneaux en chocolat et d'abattre ses remparts aux pentes fauves et raides, cuites au four comme les bastions du palais de Darius[87]. Bien mieux, pour procéder à la destruction de la pâtisserie ninivite, Gilberte ne consultait pas seulement sa faim ; elle s'informait encore de la mienne, tandis qu'elle extrayait pour moi du monument écroulé tout un pan verni et cloisonné de fruits écarlates, dans le goût oriental[88]. Elle me demandait même l'heure à laquelle mes parents dînaient, comme si je l'avais encore sue, comme si le trouble qui me dominait avait laissé persister la sensation de l'inappétence ou de la faim, la notion du dîner ou l'image de la famille, dans ma mémoire vide et mon estomac paralysé. Malheureusement cette paralysie n'était que momentanée. Les gâteaux que je prenais sans m'en apercevoir, il viendrait un moment où il faudrait les digérer. Mais il était encore lointain. En attendant, Gilberte me faisait « mon thé ». J'en buvais indéfiniment, alors qu'une seule tasse m'empêchait de dormir pour vingt-quatre heures. Aussi ma mère avait-elle l'habitude de dire : « C'est ennuyeux, cet enfant ne peut aller chez les Swann sans rentrer malade. » Mais savais-je seulement, quand j'étais chez les Swann, que c'était du thé que je buvais ? L'eussé-je su que j'en eusse pris tout de même, car en admettant que j'eusse recouvré un instant le discernement du présent, cela ne m'eût pas rendu le souvenir du passé et la prévision de l'avenir. Mon imagination n'était pas capable d'aller jusqu'au temps lointain où je pourrais avoir l'idée de me coucher et le besoin du sommeil.

Les amies de Gilberte n'étaient pas toutes plongées dans cet état d'ivresse où une décision est impossible. Certaines refusaient du thé ! Alors Gilberte disait, phrase très répandue à cette époque : « Décidément, je n'ai pas de succès avec mon thé ! » Et pour effacer davantage l'idée de cérémonie, dérangeant l'ordre des chaises autour de la table : « Nous avons l'air d'une noce ; mon Dieu que les domestiques sont bêtes. »

Elle grignotait, assise de côté sur un siège en forme d'x et placé de travers. Même, comme si elle eût pu avoir tant de petits fours à sa disposition, sans avoir demandé la permission à sa mère, quand Mme Swann — dont le « jour » coïncidait d'ordinaire avec les goûters de Gilberte — après avoir reconduit une visite, entrait, un moment après, en courant, quelquefois habillée de velours bleu, souvent dans une robe en satin noir couverte de dentelles blanches, elle disait d'un air étonné : « Tiens, ça a l'air bon ce que vous mangez là [89], cela me donne faim de vous voir manger du cake. » — « Eh bien, maman, nous vous invitons », répondait Gilberte. « Mais non, mon trésor, qu'est-ce que diraient mes visites, j'ai encore Mme Trombert, Mme Cottard et Mme Bontemps, tu sais que chère Mme Bontemps ne fait pas des visites très courtes et elle vient seulement d'arriver. Qu'est-ce qu'ils diraient toutes ces bonnes gens de ne pas me voir revenir ? S'il ne vient plus personne, je reviendrai bavarder avec vous (ce qui m'amusera beaucoup plus), quand elles seront parties. Je crois que je mérite d'être un peu tranquille, j'ai eu quarante-cinq visites et sur quarante-cinq il y en a eu quarante-deux qui ont parlé du tableau de Gérôme[90] ! Mais venez donc un de ces jours, me disait-elle, prendre *votre* thé avec Gilberte, elle vous le fera comme vous l'aimez, comme vous le prenez dans votre petit " studio " », ajoutait-elle, tout en s'enfuyant vers ses visites et comme si ç'avait été quelque chose d'aussi connu de moi que mes habitudes (fût-ce celle que j'aurais eue de prendre le thé, si j'en avais jamais pris ; quant à un « studio » j'étais incertain si j'en avais un ou non) que j'étais venu chercher dans ce monde mystérieux. « Quand viendrez-vous ? Demain ? On vous fera des toasts aussi bons que chez Colombin[91]. Non ? Vous êtes un vilain », disait-elle, car depuis qu'elle aussi commençait à avoir un salon, elle prenait les façons de Mme Verdurin, son ton de despotisme minaudier. Les toasts m'étant d'ailleurs aussi inconnus que Colombin, cette dernière promesse n'aurait pu ajouter à ma tentation. Il semblera plus étrange, puisque tout le monde parle ainsi et peut-être même maintenant à Combray, que je n'eusse pas à la première minute compris de qui voulait parler Mme Swann, quand je l'entendis me faire l'éloge de notre vieille « nurse ». Je ne savais pas l'anglais, je compris bientôt pourtant que ce mot désignait Françoise. Moi qui aux Champs-Élysées, avais eu si peur de la fâcheuse impression qu'elle devait produire, j'appris par Mme Swann que c'est tout ce que Gilberte lui avait raconté sur ma « nurse » qui leur avait donné à elle et à son mari de la sympathie pour moi. « On sent qu'elle vous est si dévouée, qu'elle est si bien. » (Aussitôt je changeai entièrement d'avis sur Françoise. Par contrecoup, avoir une institutrice pourvue d'un caoutchouc et d'un plumet ne me sembla plus chose si nécessaire.) Enfin je compris, par quelques mots échappés à Mme Swann sur Mme Blatin dont elle reconnaissait la bienveillance mais redoutait les visites, que des relations personnelles avec cette dame ne m'eussent pas été aussi précieuses que j'avais cru et n'eussent amélioré en rien ma situation chez les Swann[92].

Si j'avais déjà commencé d'explorer avec ces tressaillements de respect et de joie le domaine féerique qui contre toute attente avait ouvert devant moi ses avenues jusque-là fermées, pourtant c'était seulement en tant qu'ami de Gilberte. Le royaume dans lequel j'étais accueilli était contenu lui-même dans un plus mystérieux encore où Swann et sa femme menaient leur vie surnaturelle, et vers lequel ils se dirigeaient après m'avoir serré la main quand ils traversaient en même temps que moi, en sens inverse, l'antichambre. Mais bientôt je pénétrai aussi au cœur du Sanctuaire. Par exemple, Gilberte n'était pas là, M. ou Mme Swann se trouvait à la maison. Ils avaient demandé qui avait sonné, et apprenant que c'était moi, m'avaient fait prier d'entrer un instant auprès d'eux, désirant que j'usasse dans tel ou tel sens, pour une chose ou pour une autre, de mon influence sur leur fille. Je me rappelais cette lettre si complète, si persuasive, que j'avais naguère écrite à Swann et à laquelle il n'avait même pas daigné répondre. J'admirais l'impuissance de l'esprit, du raisonnement et du cœur à opérer la moindre conversion, à résoudre une seule de ces difficultés, qu'ensuite la vie, sans qu'on sache seulement comment elle s'y est prise, dénoue si aisément. Ma position nouvelle d'ami de Gilberte, doué sur elle d'une excellente influence, me faisait maintenant bénéficier de la même faveur que si ayant eu pour camarade, dans un collège où on m'eût classé toujours premier, le fils d'un roi, j'avais dû à ce hasard mes petites entrées au Palais et des audiences dans la salle du Trône ; Swann, avec une bienveillance infinie et comme s'il n'avait pas été surchargé d'occupations glorieuses, me faisait entrer dans sa bibliothèque et m'y laissait pendant une heure répondre par des balbutiements, des silences de timidité coupés de brefs et incohérents élans de courage, à des propos dont mon émoi m'empêchait de comprendre un seul mot ; il me montrait des objets d'art et des livres qu'il jugeait susceptibles de m'intéresser et dont je ne doutais pas d'avance qu'ils ne passassent infiniment en beauté tous ceux que possèdent le Louvre et la Bibliothèque Nationale, mais qu'il m'était impossible de regarder. À ces moments-là son maître d'hôtel m'aurait fait plaisir en me demandant de lui donner ma montre, mon épingle de cravate, mes bottines et de signer un acte qui le reconnaissait pour mon héritier : selon la belle expression populaire dont, comme pour les plus célèbres épopées, on ne connaît pas l'auteur, mais qui comme elles et contrairement à la théorie de Wolf[93], en a eu certainement un (un de ces esprits inventifs et modestes ainsi qu'il s'en rencontre chaque année, lesquels font des trouvailles telles que « mettre un nom sur une figure », mais leur nom à eux, ils ne le font pas connaître) *je ne savais plus ce que je faisais.* Tout au plus m'étonnais-je, quand la visite se prolongeait, à quel néant de réalisation, à quelle absence de conclusion heureuse, conduisaient ces heures vécues dans la demeure enchantée. Mais ma déception ne tenait ni à l'insuffisance des chefs-d'œuvre montrés, ni à l'impossibilité d'arrêter sur eux un regard distrait. Car ce n'était pas la beauté intrinsèque des choses qui me rendait miraculeux d'être dans le cabinet de Swann, c'était l'adhérence à ces choses — qui eussent pu être les plus laides du monde — du sentiment particulier, triste et voluptueux que j'y localisais depuis tant d'années et qui l'imprégnait encore ; de même la multitude des miroirs, des brosses d'argent, des autels à saint Antoine de Padoue sculptés et peints par les plus grands artistes, ses amis, n'étaient pour rien dans le sentiment de mon indignité et de sa bienveillance royale qui m'était inspiré quand Mme Swann me recevait un moment dans sa chambre où trois belles et imposantes créatures, sa première, sa deuxième et sa troisième femme de chambre préparaient en souriant des toilettes merveilleuses, et vers laquelle, sur l'ordre proféré par le valet de pied en culotte courte que Madame désirait me dire un mot, je me dirigeais par le sentier sinueux d'un couloir tout embaumé à distance des essences précieuses qui exhalaient sans cesse du cabinet de toilette leurs effluves odoriférants.

Quand Mme Swann était retournée auprès de ses visites, nous l'entendions encore parler et rire, car même devant deux personnes et comme si elle avait eu à tenir tête à tous les « camarades », elle élevait la voix, lançait les mots, comme elle avait si souvent, dans le petit clan, entendu faire à la « patronne », dans les moments où celle-ci « dirigeait la conversation ». Les expressions que nous avons récemment empruntées aux autres étant celles, au moins pendant un temps, dont nous aimons le plus à nous servir, Mme Swann choisissait tantôt celles qu'elle avait apprises de gens distingués que son mari n'avait pu éviter de lui faire connaître (c'est d'eux qu'elle tenait le maniérisme qui consiste à supprimer l'article ou le pronom démonstratif devant un adjectif qualifiant une personne), tantôt de plus vulgaires (par exemple : « C'est un rien ! » mot favori d'une de ses amies) et cherchait à les placer dans toutes les histoires que, selon une habitude prise dans le « petit clan » elle aimait à raconter. Elle disait volontiers ensuite : « J'aime beaucoup cette histoire », « ah ! avouez, c'est une bien *belle* histoire ! » ; ce qui lui venait, par son mari, des Guermantes qu'elle ne connaissait pas.

Mme Swann avait quitté la salle à manger, mais son mari qui venait de rentrer faisait à son tour une apparition auprès de nous. « Sais-tu si ta mère est seule, Gilberte ? » — « Non, elle a encore du monde, papa. » — « Comment, encore ? à sept heures ! C'est effrayant. La pauvre femme doit être brisée. C'est odieux. (A la maison j'avais toujours entendu, dans *odieux*, prononcer l'*o* long — audieux — mais M. et Mme Swann disaient odieux, en faisant l'*o* bref.) Pensez, depuis deux heures de l'après-midi ! reprenait-il en se tournant vers moi. Et Camille me disait qu'entre quatre et cinq heures, il est bien venu douze personnes. Qu'est-ce que je dis douze, je crois qu'il m'a dit quatorze. Non, douze ; enfin je ne sais plus. Quand je suis rentré je ne songeais pas que c'était son jour, et en voyant toutes ces voitures devant la porte, je croyais qu'il y avait un mariage dans la maison. Et depuis un moment que je suis dans ma bibliothèque les coups de sonnette n'ont pas arrêté ; ma parole d'honneur, j'en ai mal à la tête. Et il y a encore beaucoup de monde près d'elle ? » — « Non, deux visites seulement. » — « Sais-tu qui ? » — « Mme Cottard et Mme Bontemps. » — « Ah ! la femme du chef de cabinet du ministre des Travaux publics. » — « J' sais que son mari est employé dans un ministère, mais j' sais pas au juste comme quoi », disait Gilberte en faisant l'enfant. « Comment, petite sotte, tu parles comme si tu avais deux ans. Qu'est-ce que tu dis : employé dans un ministère ? Il est tout simplement chef de cabinet, chef de toute la boutique, et encore, où ai-je la tête, ma parole, je suis aussi distrait que toi, il n'est pas chef de cabinet, il est *directeur* du cabinet. » — « J'sais pas, moi ; alors c'est beaucoup d'être le directeur du cabinet ? » répondait Gilberte qui ne perdait jamais une occasion de manifester de l'indifférence pour tout ce qui donnait de la vanité à ses parents (elle pouvait d'ailleurs penser qu'elle ne faisait qu'ajouter à une relation aussi éclatante, en n'ayant pas l'air d'y attacher trop d'importance). « Comment, si c'est beaucoup, s'écriait Swann qui préférait à cette modestie qui eût pu me laisser dans le doute, un langage plus explicite. Mais c'est simplement le premier après le ministre ! C'est même plus que le ministre, car c'est lui qui fait tout. Il paraît du reste que c'est une capacité, un homme de premier ordre, un individu tout à fait distingué. Il est officier de la Légion d'honneur. C'est un homme délicieux, même fort joli garçon. » Sa femme d'ailleurs l'avait épousé envers et contre tous parce que c'était un « être de charme ». Il avait, ce qui peut suffire à constituer un ensemble rare et délicat, une barbe blonde et soyeuse, de jolis traits, une voix nasale, l'haleine forte et un œil de verre. « Je vous dirai, ajoutait-il en s'adressant à moi, que je m'amuse beaucoup de voir ces gens-là dans le gouvernement actuel, parce que ce sont les Bontemps de la maison Bontemps-Chenut, le type de la bourgeoisie réactionnaire, cléricale, à idées étroites. Votre pauvre grand-père a bien connu, au moins de réputation et de vue, le vieux père Chenut qui ne donnait qu'un sou de pourboire aux cochers bien qu'il fût riche pour l'époque, et le baron Bréau-Chenut. Toute la fortune a sombré dans le krach de l'Union Générale [94], vous êtes trop jeune pour avoir connu ça, et dame on s'est refait comme on a pu. » — « C'est l'oncle d'une petite qui venait à mon cours, dans une classe bien au-dessous de moi, la fameuse « Albertine ». Elle sera sûrement très « fast » mais en attendant elle a une drôle de touche. » — « Elle est étonnante ma fille, elle connaît tout le monde. » — « Je ne la connais pas. Je la voyais seulement passer, on criait Albertine par-ci, Albertine par-là. Mais je connais Mme Bontemps, et elle ne me plaît pas non plus. » — « Tu as le plus grand tort, elle est charmante, jolie, intelligente. Elle est même spirituelle. Je vais aller lui dire bonjour, lui demander si son mari croit que nous allons avoir la guerre, et si on peut compter sur le roi Théodose. Il doit savoir cela, n'est-ce pas, lui qui est dans le secret des dieux ? »

Ce n'est pas ainsi que Swann parlait autrefois ; mais qui n'a vu des princesses royales fort simples, si dix ans plus tard elles se sont fait enlever par un valet de chambre et qu'elles cherchent à revoir du monde et sentent qu'on ne vient pas volontiers chez elles, prendre spontanément le langage des vieilles raseuses, et quand on cite une Duchesse à la mode, ne les a entendues dire : « Elle était hier chez moi » et : « Je vis très à l'écart » ? Aussi est-il inutile d'observer les mœurs, puisqu'on peut les déduire des lois psychologiques.

Les Swann participaient à ce travers des gens chez qui peu de monde va ; la visite, l'invitation, une simple parole aimable de personnes un peu marquantes étaient pour eux un événement auquel ils souhaitaient de donner de la publicité. Si la mauvaise chance voulait que les Verdurin fussent à Londres quand Odette avait eu un dîner un peu brillant, on s'arrangeait pour que par quelque ami commun la nouvelle leur en fût câblée outre-Manche. Il n'est pas jusqu'aux lettres, aux télégrammes flatteurs reçus par Odette, que les Swann ne fussent incapables de garder pour eux. On en parlait aux amis, on les faisait passer de mains en mains. Le salon des Swann ressemblait ainsi à ces hôtels de villes d'eaux où on affiche les dépêches.

Du reste, les personnes qui n'avaient pas seulement connu l'ancien Swann en dehors du monde, comme j'avais fait, mais dans le monde, dans ce milieu Guermantes où, en exceptant les Altesses et les Duchesses on était d'une exigence infinie pour l'esprit et le charme, où on prononçait l'exclusive pour des hommes éminents qu'on trouvait ennuyeux ou vulgaires, ces personnes-là auraient pu s'étonner en constatant que l'ancien Swann avait cessé d'être non seulement discret quand il parlait de ses relations, mais difficile quand il s'agissait de les choisir. Comment Mme Bontemps, si commune, si méchante, ne l'exaspérait-elle pas ? Comment pouvait-il la déclarer agréable ? Le souvenir du milieu Guermantes aurait dû l'en empêcher, semblait-il ; en réalité il l'y aidait. Il y avait certes chez les Guermantes, à l'encontre des trois quarts des milieux mondains, du goût, un goût raffiné même, mais aussi du snobisme, d'où possibilité d'une interruption momentanée dans l'exercice du goût. S'il s'agissait de quelqu'un qui n'était pas indispensable à cette coterie, d'un ministre des Affaires étrangères républicain un peu solennel, d'un académicien bavard, le goût s'exerçait à fond contre lui, Swann plaignait Mme de Guermantes d'avoir dîné à côté de pareils convives dans une ambassade et on leur préférait mille fois un homme élégant, c'est-à-dire un homme du milieu Guermantes, bon à rien, mais possédant l'esprit des Guermantes, quelqu'un qui était de la même chapelle. Seulement, une Grande-Duchesse, une Princesse du sang dînait-elle souvent chez Mme de Guermantes, elle se trouvait alors faire partie de cette chapelle elle aussi, sans y avoir aucun droit, sans en posséder en rien l'esprit. Mais avec la naïveté des gens du monde, du moment qu'on la recevait, on s'ingéniait à la trouver agréable, faute de pouvoir se dire que c'est parce qu'on l'avait trouvée agréable qu'on la recevait. Swann venant au secours de Mme de Guermantes lui disait quand l'Altesse était partie : « Au fond elle est bonne femme, elle a même un certain sens du comique. Mon Dieu je ne pense pas qu'elle ait approfondi la *Critique de la Raison pure*, mais elle n'est pas déplaisante. » — « Je suis absolument de votre avis, répondait la Duchesse. Et encore elle était intimidée, mais vous verrez qu'elle peut être charmante. » — « Elle est bien moins embêtante que Mme XJ (la femme de l'académicien bavard, laquelle était remarquable) qui vous cite vingt volumes. » — « Mais il n'y a même pas de comparaison possible. » La faculté de dire de telles choses, de les dire sincèrement, Swann l'avait acquise chez la Duchesse, et conservée. Il en usait maintenant à l'égard des gens qu'il recevait. Il s'efforçait à discerner, à aimer en eux les qualités que tout être humain révèle, si on l'examine avec une prévention favorable et non avec le dégoût des délicats ; il mettait en valeur les mérites de Mme Bontemps comme autrefois ceux de la Princesse de Parme, laquelle eût dû être exclue du milieu Guermantes, s'il n'y avait pas eu entrée de faveur pour certaines Altesses et si, même quand il s'agissait d'elles, on n'eût vraiment considéré que l'esprit et un certain charme. On a vu d'ailleurs autrefois que Swann avait le goût (dont il faisait maintenant une application seulement plus durable), d'échanger sa situation mondaine contre une autre qui dans certaines circonstances lui convenait mieux. Il n'y a que les gens incapables de décomposer, dans leur perception, ce qui au premier abord paraît indivisible, qui croient que la situation fait corps avec la personne. Un même être, pris à des moments successifs de sa vie, baigne à différents degrés de l'échelle sociale dans des milieux qui ne sont pas forcément de plus en plus élevés ; et chaque fois que dans une période autre de l'existence, nous nouons, ou renouons, des liens avec un certain milieu, que nous nous y sentons choyés, nous commençons tout naturellement à nous y attacher en y poussant d'humaines racines.

Pour ce qui concerne Mme Bontemps, je crois aussi que Swann en parlant d'elle avec cette insistance n'était pas fâché de penser que mes parents apprendraient qu'elle venait voir sa femme. À vrai dire à la maison le nom des personnes que celle-ci arrivait peu à peu à connaître piquait plus la curiosité qu'il n'excitait d'admiration. Au nom de Mme Trombert, ma mère disait : « Ah ! mais voilà une nouvelle recrue et qui lui en amènera d'autres. »

Et comme si elle eût comparé la façon un peu sommaire, rapide et violente dont Mme Swann conquérait ses relations à une guerre coloniale, maman ajoutait : « Maintenant que les Trombert sont soumis, les tribus voisines ne tarderont pas à se rendre. »

Quand elle croisait dans la rue Mme Swann, elle nous disait en rentrant : « J'ai aperçu Mme Swann sur son pied de guerre, elle devait partir pour quelque offensive fructueuse chez les Masséchutos, les Cynghalais ou les Trombert. »

Et toutes les personnes nouvelles que je lui disais avoir vues dans ce milieu un peu composite et artificiel où elles avaient souvent été amenées assez difficilement et de mondes assez différents, elle en devinait tout de suite l'origine et parlait d'elles comme elle aurait fait de trophées chèrement achetés ; elle disait : « Rapporté d'une Expédition chez les un Tel. »

Pour Mme Cottard, mon père s'étonnait que Mme Swann pût trouver quelque avantage à attirer cette bourgeoise peu élégante et disait : « Malgré la situation du professeur, j'avoue que je ne comprends pas. » Ma mère, elle, au contraire, comprenait très bien ; elle savait qu'une grande partie des plaisirs qu'une femme trouve à pénétrer dans un milieu différent de celui où elle vivait autrefois lui manquerait si elle ne pouvait informer ses anciennes relations de celles, relativement plus brillantes, par lesquelles elle les a remplacées. Pour cela il faut un témoin qu'on laisse pénétrer dans ce monde nouveau et délicieux, comme dans une fleur un insecte bourdonnant et volage, qui ensuite, au hasard de ses visites répandra, on l'espère du moins, la nouvelle, le germe dérobé d'envie et d'admiration. Mme Cottard toute trouvée pour remplir ce rôle rentrait dans cette catégorie spéciale d'invités que maman qui avait certains côtés de la tournure d'esprit de son père, appelait des : « Étranger va dire à Sparte[95] ! » D'ailleurs — en dehors d'une autre raison qu'on ne sut que bien des années après — Mme Swann en conviant cette amie bienveillante, réservée et modeste, n'avait pas à craindre d'introduire chez soi, à ses « jours » brillants, un traître ou une concurrente. Elle savait le nombre énorme de calices bourgeois que pouvait, quand elle était armée de l'aigrette et du porte-cartes, visiter en un seul après-midi cette active ouvrière. Elle en connaissait le pouvoir de dissémination et en se basant sur le calcul des probabilités, était fondée à penser que, très vraisemblablement, tel habitué des Verdurin, apprendrait dès le surlendemain que le gouverneur de Paris avait mis des cartes chez elle, ou que M. Verdurin lui-même entendrait raconter que M. Le Hault de Pressagny, président du Concours hippique, les avait emmenés, elle et Swann, au gala du roi Théodose ; elle ne supposait les Verdurin informés que de ces deux événements flatteurs pour elle parce que les matérialisations particulières sous lesquelles nous nous représentons et nous poursuivons la gloire, sont peu nombreuses par le défaut de notre esprit qui n'est pas capable d'imaginer à la fois toutes les formes que nous espérons bien d'ailleurs — en gros — que, simultanément, elle ne manquera pas de revêtir pour nous.

D'ailleurs, Mme Swann n'avait obtenu de résultats que dans ce qu'on appelait le « monde officiel ». Les femmes élégantes n'allaient pas chez elle. Ce n'était pas la présence de notabilités républicaines qui les avait fait fuir. Au temps de ma petite enfance, tout ce qui appartenait à la société conservatrice était mondain, et dans un salon bien posé on n'eût pas pu recevoir un républicain. Les personnes qui vivaient dans un tel milieu s'imaginaient que l'impossibilité de jamais inviter un « opportuniste[96] », à plus forte raison un affreux « radical », était une chose qui durerait toujours, comme les lampes à huile et les omnibus à chevaux. Mais pareille aux kaléidoscopes qui tournent de temps en temps, la société place successivement de façon différente des éléments qu'on avait crus immuables et compose une autre figure. Je n'avais pas encore fait ma première communion, que des dames bien pensantes avaient la stupéfaction de rencontrer en visite une Juive élégante. Ces disposition nouvelles du kaléidoscope sont produites par ce qu'un philosophe appellerait un changement de critère. L'affaire Dreyfus en amena un nouveau, à une époque un peu postérieure à celle où je commençais à aller chez Mme Swann, et le kaléidoscope renversa une fois de plus ses petits losanges colorés[97]. Tout ce qui était juif passa en bas fût-ce la dame élégante, et des nationalistes obscurs montèrent prendre sa place. Le salon le plus brillant de Paris fut celui d'un Prince autrichien et ultra-catholique. Qu'au lieu de l'affaire Dreyfus il fût survenu une guerre avec l'Allemagne, le tour du kaléidoscope se fût produit dans un autre sens. Les Juifs ayant à l'étonnement général, montré qu'ils étaient patriotes, auraient gardé leur situation et personne n'aurait plus voulu aller ni même avouer être jamais allé chez le Prince autrichien. Cela n'empêche pas que chaque fois que la société est momentanément immobile, ceux qui y vivent s'imaginent qu'aucun changement n'aura plus lieu, de même qu'ayant vu commencer le téléphone, ils ne veulent pas croire à l'aéroplane. Cependant, les philosophes du journalisme flétrissent la période précédente, non seulement le genre de plaisirs que l'on y prenait et qui leur semble le dernier mot de la corruption, mais même les œuvres des artistes et des philosophes qui n'ont plus à leurs yeux aucune valeur, comme si elles étaient reliées indissolublement aux modalités successives de la frivolité mondaine. La seule chose qui ne change pas est qu'il semble chaque fois qu'il y ait « quelque chose de changé en France ». Au moment où j'allai chez Mme Swann, l'affaire Dreyfus n'avait pas encore éclaté, et certains grands Juifs étaient fort puissants. Aucun ne l'était plus que sir Rufus Israëls dont la femme, lady Israëls, était tante de Swann. Elle n'avait pas personnellement des intimités aussi élégantes que son neveu qui d'autre part, ne l'aimant pas, ne l'avait jamais beaucoup cultivée, quoiqu'il dût vraisemblablement être son héritier. Mais c'était la seule des parentes de Swann qui eût conscience de la situation mondaine de celui-ci, les autres étant toujours restées à cet égard dans la même ignorance qui avait été longtemps la nôtre. Quand, dans une famille, un des membres émigre dans la haute société — ce qui lui semble à lui un phénomène unique, mais ce qu'à dix ans de distance il constate avoir été accompli d'une autre façon et pour des raisons différentes par plus d'un jeune homme avec qui il avait été élevé — il décrit autour de lui une zone d'ombre, une *terra incognita*, fort visible en ses moindres nuances pour tous ceux qui l'habitent, mais qui n'est que nuit et pur néant pour ceux qui n'y pénètrent pas et la côtoient sans en soupçonner, tout près d'eux, l'existence. Aucune Agence Havas n'ayant renseigné les cousines de Swann sur les gens qu'il fréquentait, c'est (avant son horrible mariage, bien entendu) avec des sourires de condescendance qu'on se racontait dans les dîners de famille qu'on avait « vertueusement » employé son dimanche à aller voir le « cousin Charles » que, le croyant un peu envieux et parent pauvre on appelait spirituellement, en jouant sur le titre du roman de Balzac : « Le Cousin Bête. » Lady Rufus Israëls, elle, savait à merveille qui étaient ces gens qui prodiguaient à Swann une amitié dont elle était jalouse. La famille de son mari qui était à peu près l'équivalent des Rothschild faisait depuis plusieurs générations les affaires des princes d'Orléans. Lady Israëls, excessivement riche, disposait d'une grande influence et elle l'avait employée à ce qu'aucune personne qu'elle connaissait ne reçût Odette. Une seule avait désobéi, en cachette. C'était la Comtesse de Marsantes. Or, le malheur avait voulu qu'Odette étant allée faire visite à Mme de Marsantes, lady Israëls était entrée presque en même temps. Mme de Marsantes était sur des épines. Avec la lâcheté des gens qui pourtant pourraient tout se permettre, elle n'adressa pas une fois la parole à Odette qui ne fut pas encouragée à pousser désormais plus loin une incursion dans un monde qui du reste n'était nullement celui où elle eût aimé être reçue. Dans ce complet désintéressement du faubourg Saint-Germain, Odette continuait à être la cocotte illettrée bien différente des bourgeois ferrés sur les moindres points de généalogie et qui trompent dans la lecture des anciens mémoires la soif des relations aristocratiques que la vie réelle ne leur fournit pas. Et Swann d'autre part continuait sans doute d'être l'amant à qui toutes ces particularités d'une ancienne maîtresse semblent agréables ou inoffensives, car souvent j'entendis sa femme proférer de vraies hérésies mondaines sans que (par un reste de tendresse, un manque d'estime, ou la paresse de la perfectionner) il cherchât à les corriger. C'était peut-être aussi là une forme de cette simplicité qui nous avait si longtemps trompés à Combray et qui faisait maintenant que continuant à connaître, au moins pour son compte, des gens très brillants, il ne tenait pas à ce que dans la conversation on eût l'air dans le salon de sa femme de leur trouver quelque importance. Ils en avaient d'ailleurs moins que jamais pour Swann, le centre de gravité de sa vie s'étant déplacé. En tout cas l'ignorance d'Odette en matière mondaine était telle que si le nom de la Princesse de Guermantes venait dans la conversation après celui de la Duchesse, sa cousine : « Tiens, ceux-là sont Princes, ils ont donc monté en grade », disait Odette. Si quelqu'un disait : « Le Prince » en parlant du Duc de Chartres, elle rectifiait : « Le Duc, il est Duc de Chartres et non Prince. » Pour le Duc d'Orléans, fils du Comte de Paris : « C'est drôle, le fils est plus que le père » tout en ajoutant comme elle était anglomane : « On s'y embrouille dans ces " Royalties " » ; et à une personne qui lui demandait de quelle province étaient les Guermantes, elle répondit : « De l'Aisne. »

Swann était du reste aveugle, en ce qui concernait Odette, non seulement devant ces lacunes de son éducation, mais aussi devant la médiocrité de son intelligence. Bien plus, chaque fois qu'Odette racontait une histoire bête, Swann écoutait sa femme avec une complaisance, une gaieté, presque une admiration où il devait entrer des restes de volupté ; tandis que, dans la même conversation, ce que lui-même pouvait dire de fin, même de profond était écouté par Odette, habituellement sans intérêt, assez vite, avec impatience et quelquefois contredit avec sévérité. En on conclura que cet asservissement de l'élite à la vulgarité est de règle dans bien des ménages, si l'on pense, inversement à tant de femmes supérieures qui se laissent charmer par un butor, censeur impitoyable de leurs plus délicates paroles, tandis qu'elles s'extasient, avec l'indulgence infinie de la tendresse, devant ses facéties les plus plates. Pour revenir aux raisons qui empêchèrent à cette époque Odette de pénétrer dans le faubourg Saint-Germain, il faut dire que le plus récent tour du kaléidoscope mondain avait été provoqué par une série de scandales. Des femmes chez qui on allait en toute confiance avaient été reconnues être des filles publiques, des espionnes anglaises. On allait pendant quelque temps demander aux gens, on le croyait du moins, d'être avant tout, bien posés, bien assis... Odette représentait exactement tout ce avec quoi on venait de rompre et d'ailleurs immédiatement de renouer (car les hommes, ne changeant pas du jour au lendemain, cherchent dans un nouveau régime la continuation de l'ancien) mais en le cherchant sous une forme différente qui permît d'être dupe et de croire que ce n'était plus la société d'avant la crise. Or, aux dames « brûlées » de cette société, Odette ressemblait trop. Les gens du monde sont fort myopes ; au moment où ils cessent toutes relations avec des dames israélites qu'ils connaissaient, pendant qu'ils se demandent comment remplacer ce vide, ils aperçoivent, poussée là comme à la faveur d'une nuit d'orage, une dame nouvelle, israélite aussi ; mais grâce à sa nouveauté, elle n'est pas associée dans leur esprit comme les précédentes, avec ce qu'ils croient devoir détester. Elle ne demande pas qu'on respecte son Dieu. On l'adopte. Il ne s'agissait pas d'antisémitisme à l'époque où je commençai d'aller chez Odette. Mais elle était pareille à ce qu'on voulait fuir pour un temps.

Swann, lui, allait souvent faire visite à quelques-unes de ses relations d'autrefois et par conséquent appartenant toutes au plus grand monde. Pourtant, quand il nous parlait des gens qu'il venait d'aller voir, je remarquai qu'entre celles qu'il avait connues jadis, le choix qu'il faisait était guidé par cette même sorte de goût, mi-artistique, mi-historique, qui inspirait chez lui le collectionneur. Et remarquant que c'était souvent telle ou telle grande dame déclassée qui l'intéressait parce qu'elle avait été la maîtresse de Liszt ou qu'un roman de Balzac avait été dédié à sa grand-mère (comme il achetait un dessin si Chateaubriand l'avait décrit), j'eus le soupçon que nous avions remplacé à Combray l'erreur de croire Swann un bourgeois n'allant pas dans le monde, par unc autre, celle de le croire un des hommes les plus élégants de Paris. Être l'ami du Comte de Paris ne signifie rien. Combien y en a-t-il de ces « amis des Princes » qui ne seraient pas reçus dans un salon un peu fermé ? Les Princes se savent Princes, ne sont pas snobs et se croient d'ailleurs tellement au-dessus de ce qui n'est pas de leur sang que grands seigneurs et bourgeois leur apparaissent, au-dessous d'eux, presque au même niveau.

Au reste, Swann ne se contentait pas de chercher dans la société telle qu'elle existe et en s'attachant aux noms que le passé y a inscrits et qu'on peut encore y lire, un simple plaisir de lettré et d'artiste, il goûtait un divertissement assez vulgaire à faire comme des bouquets sociaux en groupant des éléments hétérogènes, en réunissant des personnes prises ici et là. Ces expériences de sociologie amusante (ou que Swann trouvait telle) n'avaient pas sur toutes les amies de sa femme — du moins d'une façon constante — une répercussion identique. « J'ai l'intention d'inviter ensemble les Cottard et la Duchesse de Vendôme », disait-il en riant à Mme Bontemps, de l'air friand d'un gourmet qui a l'intention et veut faire l'essai de remplacer dans une sauce, les clous de girofle par du poivre de Cayenne. Or ce projet qui allait paraître en effet plaisant, dans le sens ancien du mot, aux Cottard, avait le don d'exaspérer Mme Bontemps. Elle avait été récemment présentée par les Swann à la

Duchesse de Vendôme et avait trouvé cela aussi agréable que naturel. En tirer gloire auprès des Cottard, en le leur racontant, n'avait pas été la partie la moins savoureuse de son plaisir. Mais comme les nouveaux décorés qui dès qu'ils le sont, voudraient voir se fermer aussitôt le robinet des croix, Mme Bontemps eût souhaité qu'après elle, personne de son monde à elle ne fût présenté à la Princesse. Elle maudissait intérieurement le goût dépravé de Swann qui lui faisait, pour réaliser une misérable bizarrerie esthétique, dissiper d'un seul coup toute la poudre qu'elle avait jetée aux yeux des Cottard en leur parlant de la Duchesse de Vendôme. Comment allait-elle même oser annoncer à son mari que le professeur et sa femme allaient à leur tour avoir leur part de ce plaisir qu'elle lui avait vanté comme unique ? Encore si les Cottard avaient pu savoir qu'ils n'étaient pas invités pour de bon, mais pour l'amusement ! Il est vrai que les Bontemps l'avaient été de même, mais Swann ayant pris à l'aristocratie cet éternel donjuanisme qui entre deux femmes de rien fait croire à chacune que ce n'est qu'elle qu'on aime sérieusement, avait parlé à Mme Bontemps de la Duchesse de Vendôme comme d'une personne avec qui il était tout indiqué qu'elle dînât. « Oui, nous comptons inviter la Princesse avec les Cottard, dit, quelques semaines plus tard Mme Swann, mon mari croit que cette conjonction pourra donner quelque chose d'amusant ? », car si elle avait gardé du « petit noyau » certaines habitudes chères à Mme Verdurin comme de crier très fort pour être entendue de tous les fidèles, en revanche, elle employait certaines expressions — comme « conjonction » — chères au milieu Guermantes duquel elle subissait ainsi à distance et à son insu comme la mer le fait pour la lune, l'attraction, sans pourtant se rapprocher sensiblement de lui. « Oui, les Cottard et la Duchesse de Vendôme, est-ce que vous ne trouvez pas que cela sera drôle ? » demanda Swann. « Je crois que ça marchera très mal et que ça ne vous attirera que des ennuis, il ne faut pas jouer avec le feu », répondit Mme Bontemps, furieuse. Elle et son mari furent, d'ailleurs, ainsi que le Prince d'Agrigente invités à ce dîner, que Mme Bontemps et Cottard eurent deux manières de raconter, selon les personnes à qui ils s'adressaient. Aux uns, Mme Bontemps de son côté, Cottard du sien, disaient négligemment quand on leur demandait qui il y avait d'autre au dîner : « Il n'y avait que le Prince d'Agrigente, c'était tout à fait intime. » Mais d'autres risquaient d'être mieux informés (même une fois quelqu'un avait dit à Cottard : « Mais est-ce qu'il n'y avait pas aussi les Bontemps ? » — « Je les oubliais », avait en rougissant répondu Cottard au maladroit qu'il classa désormais dans la catégorie des mauvaises langues). Pour ceux-là les Bontemps et les Cottard adoptèrent chacun sans s'être consultés une version dont le cadre était identique et où seuls leurs noms respectifs étaient interchangés. Cottard disait : « Eh bien, il y avait seulement les maîtres de maison, le Duc et la Duchesse de Vendôme — (en souriant avantageusement) le professeur et Mme Cottard, et ma foi du diable si on a jamais su pourquoi, car ils allaient là comme des cheveux sur la soupe, M. et Mme Bontemps. » Mme Bontemps récitait exactement le même morceau, seulement c'était M. et Mme Bontemps qui étaient nommés avec une emphase satisfaite, entre la Duchesse de Vendôme et le Prince d'Agrigente, et les pelés qu'à la fin elle accusait de s'être invités eux-mêmes et qui faisaient tache, c'était les Cottard.

De ses visites Swann rentrait souvent assez peu de temps avant le dîner. À ce moment de six heures du soir où jadis il se sentait si malheureux, il ne se demandait plus ce qu'Odette pouvait être en train de faire et s'inquiétait peu qu'elle eût du monde chez elle, ou fût sortie. Il se rappelait parfois qu'il avait bien des années auparavant essayé un jour de lire à travers l'enveloppe une lettre adressée par Odette à Forcheville. Mais ce souvenir ne lui était pas agréable et plutôt que d'approfondir la honte qu'il ressentait, il préférait se livrer à une petite grimace du coin de la bouche complétée au besoin d'un hochement de tête, qui signifiait : « Qu'est-ce que ça peut me faire ? » Certes, il estimait maintenant que l'hypothèse à laquelle il s'était souvent arrêté jadis et d'après quoi c'étaient les imaginations de sa jalousie qui seules noircissaient la vie, en réalité innocente d'Odette, que cette hypothèse (en somme bienfaisante puisque, tant qu'avait duré sa maladie amoureuse elle avait diminué ses souffrances en les lui faisant paraître imaginaires) n'était pas la vraie, que c'était sa jalousie qui avait vu juste, et que si Odette l'avait aimé plus qu'il n'avait cru, elle l'avait aussi trompé davantage. Autrefois, pendant qu'il souffrait tant, il s'était juré que dès qu'il n'aimerait plus Odette et ne craindrait plus de la fâcher ou de lui faire croire qu'il l'aimait trop, il se donnerait la satisfaction d'élucider avec elle par simple amour de la vérité et comme un point d'histoire, si oui ou non Forcheville était couché avec elle le jour où il avait sonné et frappé au carreau sans qu'on lui ouvrît, et où elle avait écrit à Forcheville que c'était un oncle à elle qui était venu. Mais le problème si intéressant qu'il attendait seulement la fin de sa jalousie pour tirer au clair, avait précisément perdu tout intérêt aux yeux de Swann, quand il avait cessé d'être jaloux. Pas immédiatement pourtant. Il n'éprouvait déjà plus de jalousie à l'égard d'Odette, que le jour des coups frappés en vain par lui dans l'après-midi à la porte du petit hôtel de la rue La Pérouse, avait continué à en exciter chez lui. C'était comme si la jalousie, pareille un peu en cela à ces maladies qui semblent avoir leur siège, leur source de contagionnement, moins dans certaines personnes que dans certains lieux, dans certaines maisons, n'avait pas eu tant pour objet Odette elle-même que ce jour, cette heure du passé perdu où Swann avait frappé à toutes les entrées de l'hôtel d'Odette. On aurait dit que ce jour, cette heure avaient seuls fixé quelques dernières parcelles de la personnalité amoureuse que Swann avait eue autrefois et qu'il ne les retrouvait plus que là. Il était depuis longtemps insoucieux qu'Odette l'eût trompé et le trompât encore. Et pourtant il avait continué pendant quelques années à rechercher d'anciens domestiques d'Odette, tant avait persisté chez lui la douloureuse curiosité de savoir si ce jour-là, tellement ancien, à six heures, Odette était couchée avec Forcheville. Puis cette curiosité elle-même avait disparu, sans pourtant que ses investigations cessassent. Il continuait à tâcher d'apprendre ce qui ne l'intéressait plus, parce que son moi ancien parvenu à l'extrême décrépitude, agissait encore machinalement, selon des préoccupations abolies au point que Swann ne réussissait même plus à se représenter cette angoisse, si forte pourtant autrefois qu'il ne pouvait se figurer alors qu'il s'en délivrât jamais et que seule la mort de celle qu'il aimait (la mort qui, comme le montrera plus loin dans ce livre, une cruelle contre-épreuve [98], ne diminue en rien les souffrances de la jalousie) lui semblait capable d'aplanir pour lui la route entièrement barrée, de sa vie.

Mais éclaircir un jour les faits de la vie d'Odette auxquels il avait dû ces souffrances n'avait pas été le seul souhait de Swann ; il avait mis en réserve aussi celui de se venger d'elles, quand n'aimant plus Odette il ne la craindrait plus ; or, d'exaucer ce second souhait, l'occasion se présentait justement car Swann aimait une autre femme, une femme qui ne lui donnait pas de motifs de jalousie mais pourtant de la jalousie parce qu'il n'était plus capable de renouveler sa façon d'aimer et que c'était celle dont il avait usé pour Odette qui lui servait encore pour une autre. Pour que la jalousie de Swann renaquît, il n'était pas nécessaire que cette femme fût infidèle, il suffisait que pour une raison quelconque, elle fût loin de lui, à une soirée par exemple, et eût paru s'y amuser. C'était assez pour réveiller en lui l'ancienne angoisse, lamentable et contradictoire excroissance de son amour, et qui éloignait Swann de ce qu'elle était comme un besoin d'atteindre (le sentiment réel que cette jeune femme avait pour lui, le désir caché de ses journées, le secret de son cœur) car entre Swann et celle qu'il aimait cette angoisse interposait un amas réfractaire de soupçons antérieurs, ayant leur cause en Odette, ou en telle autre peut-être qui avait précédé Odette, et qui ne permettaient plus à l'amant vieilli de connaître sa maîtresse d'aujourd'hui qu'à travers le fantôme ancien et collectif de la « femme qui excitait sa jalousie » dans lequel il avait arbitrairement incarné son nouvel amour. Souvent pourtant Swann l'accusait, cette jalousie, de le faire croire à des trahisons imaginaires ; mais alors il se rappelait qu'il avait fait bénéficier Odette du même raisonnement et à tort. Aussi tout ce que la jeune femme qu'il aimait faisait aux heures où il n'était pas avec elle, cessait de lui paraître innocent. Mais alors qu'autrefois, il avait fait le serment, si jamais il cessait d'aimer celle qu'il ne devinait pas devoir être un jour sa femme, de lui manifester implacablement son indifférence, enfin sincère, pour venger son orgueil longtemps humilié, ces représailles qu'il pouvait exercer maintenant sans risques (car que pouvait lui faire d'être pris au mot et privé de ces tête-à-tête avec Odette qui lui étaient jadis si nécessaires), ces représailles il n'y tenait plus ; avec l'amour avait disparu le désir de montrer qu'il n'avait plus d'amour. Et lui qui, quand il souffrait par Odette eût tant désiré de lui laisser voir un jour qu'il était épris d'une autre, maintenant qu'il l'aurait pu, il prenait mille précautions pour que sa femme ne soupçonnât pas ce nouvel amour.

Ce ne fut pas seulement à ces goûters, à cause desquels j'avais eu autrefois la tristesse de voir Gilberte me quitter et rentrer plus tôt, que désormais je pris part, mais les sorties qu'elle faisait avec sa mère, soit pour aller en promenade, ou à une matinée, et qui en l'empêchant de venir aux Champs-Elysées m'avaient privé d'elle, les jours où je restais seul le long de la pelouse ou devant les chevaux de bois, ces sorties maintenant M. et Mme Swann m'y admettaient, j'avais une place dans leur landau et même c'était à moi qu'on demandait si j'aimais mieux aller au théâtre, à une leçon de danse chez une camarade de Gilberte, à une réunion mondaine chez une amie de Mme Swann [99] (ce que celle-ci appelait « un petit meeting ») ou visiter les Tombeaux de Saint-Denis.

Ces jours où je devais sortir avec les Swann, je venais chez eux pour le déjeuner, que Mme Swann appelait le lunch ; comme on n'était invité que pour midi et demi et qu'à cette époque mes parents déjeunaient à onze heures un quart, c'est après qu'ils étaient sortis de table que je m'acheminais vers ce quartier luxueux, assez solitaire à toute heure, mais particulièrement à celle-là où tout le monde était rentré. Même l'hiver et par la gelée s'il faisait beau, tout en resserrant de temps à autre le nœud d'une magnifique cravate de chez Charvet [100] et en regardant si mes bottines vernies ne se salissaient pas, je me promenais de long en large dans les avenues en attendant midi vingt-sept. J'apercevais de loin dans le jardinet des Swann, le soleil qui faisait étinceler comme du givre, les arbres dénudés. Il est vrai que ce jardinet n'en possédait que deux. L'heure indue faisait nouveau le spectacle. À ces plaisirs de nature (qu'avivait la suppression de l'habitude, et même la faim), la perspective émotionnante du déjeuner chez Mme Swann se mêlait, elle ne les diminuait pas, mais les dominant, les asservissait, en faisait des accessoires mondains ; de sorte que si, à cette heure où d'ordinaire je ne les percevais pas, il me semblait découvrir le beau temps, le froid, la lumière hivernale, c'était comme une sorte de préface aux œufs à la crème, comme une patine, un rose et frais glacis ajoutés au revêtement de cette chapelle mystérieuse qu'était la demeure de Mme Swann et au cœur de laquelle il y avait au contraire tant de chaleur, de parfums et de fleurs.

À midi et demi, je me décidais enfin à entrer dans cette maison qui, comme un gros soulier de Noël, me semblait devoir m'apporter de surnaturels plaisirs. (Le nom de Noël était du reste inconnu à Mme Swann et à Gilberte qui l'avaient remplacé par celui de Christmas, et ne parlaient que du pudding de Christmas, de ce qu'on leur avait donné pour leur Christmas, de s'absenter — ce qui me rendait fou de douleur — pour Christmas. Même à la maison, je me serais cru déshonoré en parlant de Noël et je ne disais plus que Christmas, ce que mon père trouvait extrêmement ridicule.)

Je ne rencontrais d'abord qu'un valet de pied qui, après m'avoir fait traverser plusieurs grands salons m'introduisait dans un tout petit, vide, que commençait déjà à faire rêver l'après-midi bleu de ses fenêtres ; je restais seul en compagnie d'orchidées, de roses et de violettes qui — pareilles à des personnes qui attendent à côté de vous mais ne vous connaissent pas — gardaient un silence que leur individualité de choses vivantes rendait plus impressionnant et recevaient frileusement la chaleur d'un feu incandescent de charbon, précieusement posé derrière une vitrine de cristal, dans une cuve de marbre blanc où il faisait écrouler de temps à autre ses dangereux rubis.

Je m'étais assis, mais me levais précipitamment en entendant ouvrir la porte ; ce n'était qu'un second valet de pied, puis un troisième, et le mince résultat auquel aboutissaient leurs allées et venues inutilement émouvantes était de remettre un peu de charbon dans le feu ou d'eau dans les vases. Ils s'en allaient, je me retrouvais seul, une fois refermée la porte que Mme Swann finirait bien par ouvrir. Et, certes, j'eusse été moins troublé dans un antre magique que dans ce petit salon d'attente où le feu me semblait procéder à des transmutations, comme dans le laboratoire de Klingsor[101]. Un nouveau bruit de pas retentissait, je ne me levais pas, ce devait être encore un valet de pied, c'était M. Swann. « Comment ? vous êtes seul ? Que voulez-vous, ma pauvre femme n'a jamais pu savoir ce que c'est que l'heure. Une heure moins dix. Tous les jours c'est plus tard. Et vous allez voir, elle arrivera sans se presser en croyant qu'elle est en avance. » Et comme il était resté neuro-arthritique, et devenu un peu ridicule, avoir une femme si inexacte qui rentrait tellement tard du Bois, qui s'oubliait chez sa couturière, et n'était jamais à l'heure pour le déjeuner, cela inquiétait Swann pour son estomac, mais le flattait dans son amour-propre.

Il me montrait des acquisitions nouvelles qu'il avait faites et m'en expliquait l'intérêt, mais l'émotion, jointe au manque d'habitude d'être encore à jeun à cette heure-là, tout en agitant mon esprit y faisait le vide, de sorte que capable de parler je ne l'étais pas d'entendre. D'ailleurs aux œuvres que possédait Swann, il suffisait pour moi qu'elles fussent situées chez lui, y fissent partie de l'heure délicieuse qui précédait le déjeuner. *La Joconde* se serait trouvée là qu'elle ne m'eût pas fait plus de plaisir qu'une robe de chambre de Mme Swann, ou ses flacons de sels.

Je continuais à attendre, seul, ou avec Swann et souvent Gilberte, qui était venue nous tenir compagnie. L'arrivée de Mme Swann, préparée par tant de majestueuses entrées, me paraissait devoir être quelque chose d'immense. J'épiais chaque craquement. Mais on ne trouve jamais aussi hauts qu'on avait espéré une cathédrale, une vague dans la tempête, le bond d'un danseur ; après ces valets de pied en livrée, pareils aux figurants dont le cortège, au théâtre, prépare, et par là même diminue l'apparition finale de la reine, Mme Swann entrant furtivement en petit paletot de loutre, sa voilette baissée sur un nez rougi par le froid, ne tenait pas les promesses prodiguées dans l'attente à mon imagination.

Mais si elle était restée toute la matinée chez elle, quand elle arrivait dans le salon, c'était vêtue d'un peignoir en crêpe de Chine de couleur claire qui me semblait plus élégant que toutes les robes.

Quelquefois les Swann se décidaient à rester à la maison tout l'après-midi. Et alors, comme on avait déjeuné si tard, je voyais bien vite sur le mur du jardinet décliner le soleil de ce jour qui m'avait paru devoir être différent des autres, et les domestiques avaient beau apporter des lampes de toutes les grandeurs et de toutes les formes, brûlant chacune sur l'autel consacré d'une console, d'un guéridon, d'une « encoignure » ou d'une petite table, comme pour la célébration d'un culte inconnu, rien d'extraordinaire ne naissait de la conversation et je m'en allais déçu, comme on l'est souvent dès l'enfance après la messe de minuit.

Mais ce désappointement-là n'était guère que spirituel. Je rayonnais de joie dans cette maison où Gilberte, quand elle n'était pas encore avec nous, allait entrer, et me donnerait dans un instant, pour des heures, sa parole, son regard attentif et souriant tel que je l'avais vu pour la première fois à Combray. Tout au plus étais-je un peu jaloux en la voyant souvent disparaître dans de grandes chambres auxquelles on accédait par un escalier intérieur. Obligé de rester au salon, comme l'amoureux d'une actrice qui n'a que son fauteuil à l'orchestre et rêve avec inquiétude de ce qui se passe dans les coulisses, au foyer des artistes, je posai à Swann, au sujet de cette autre partie de la maison, des questions savamment voilées, mais sur un ton duquel je ne parvins pas à bannir quelque anxiété. Il m'expliqua que la pièce où allait Gilberte était la lingerie, s'offrit à me la montrer, et me promit que chaque fois que Gilberte aurait à s'y rendre il la forcerait à m'y emmener. Par ces derniers mots et la détente qu'ils me procurèrent, Swann supprima brusquement pour moi une de ces affreuses distances intérieures au terme desquelles une femme que nous aimons nous apparaît si lointaine. A ce moment-là, j'éprouvai pour lui une tendresse que je crus plus profonde que ma tendresse pour Gilberte. Car, maître de sa fille, il me la donnait et elle, elle se refusait parfois, je n'avais pas directement sur elle ce même empire qu'indirectement par Swann. Enfin elle, je l'aimais et ne pouvais par conséquent la voir sans ce trouble, sans ce désir de quelque chose de plus, qui ôte, auprès de l'être qu'on aime, la sensation d'aimer.

Au reste, le plus souvent, nous ne restions pas à la maison, nous allions nous promener. Parfois, avant d'aller s'habiller, Mme Swann se mettait au piano. Ses belles mains, sortant des manches roses, ou blanches, souvent de couleurs très vives, de sa robe de chambre de crêpe de Chine, allongeaient leurs phalanges sur le piano avec cette même mélancolie qui était dans ses yeux et n'était pas dans son cœur. Ce fut un de ces jours-là qu'il lui arriva de me jouer la partie de la Sonate de Vinteuil où se trouve la petite phrase que Swann avait tant aimée. Mais souvent on n'entend rien, si c'est une musique un peu compliquée qu'on écoute pour la première fois. Et pourtant quand plus tard on m'eut joué deux ou trois fois cette Sonate, je me trouvai la connaître parfaitement. Aussi n'a-t-on pas tort de dire « entendre pour la première fois ». Si l'on n'avait vraiment, comme on l'a cru, rien distingué à la première audition, la deuxième, la troisième seraient autant de premières, et il n'y aurait pas de raison pour qu'on comprît quelque chose de plus à la dixième. Probablement ce qui fait défaut, la première fois, ce n'est pas la compréhension, mais la mémoire. Car la nôtre, relativement à la complexité des impressions auxquelles elle a à faire face pendant que nous écoutons, est infime, aussi brève que la mémoire d'un homme qui en dormant pense mille choses qu'il oublie aussitôt, ou d'un homme tombé à moitié en enfance qui ne se rappelle pas la minute d'après ce qu'on vient de lui dire. Ces impressions multiples, la mémoire n'est pas capable de nous en fournir immédiatement le souvenir. Mais celui-ci se forme en elle peu à peu et à l'égard des œuvres qu'on a entendues deux ou trois fois, on est comme le collégien qui a relu à plusieurs reprises avant de s'endormir une leçon qu'il croyait ne pas savoir et qui la récite par cœur le lendemain matin. Seulement je n'avais encore jusqu'à ce jour, rien entendu de cette Sonate, et là où Swann et sa femme voyaient une phrase distincte, celle-ci était aussi loin de ma perception claire qu'un nom qu'on cherche à se rappeler et à la place duquel on ne trouve que du néant, un néant d'où une heure plus tard, sans qu'on y pense, s'élanceront d'elles-mêmes, en un seul bond, les syllabes d'abord vainement sollicitées. Et non seulement on ne retient pas tout de suite les œuvres vraiment rares, mais même au sein de chacune de ces œuvres-là, et cela m'arriva pour la Sonate de Vinteuil, ce sont les parties les moins précieuses qu'on perçoit d'abord. De sorte que je ne me trompais pas seulement en pensant que l'œuvre ne me réservait plus rien (ce qui fit que je restai longtemps sans chercher à l'entendre) du moment que Mme Swann m'en avait joué la phrase la plus fameuse (j'étais aussi stupide en cela que ceux qui n'espèrent plus éprouver de surprise devant Saint-Marc de Venise parce que la photographie leur a appris la forme de ses dômes). Mais bien plus, même quand j'eus écouté la Sonate d'un bout à l'autre, elle me resta presque tout entière invisible, comme un monument dont la distance ou la brume ne laissent apercevoir que de faibles parties. De là, la mélancolie qui s'attache à la connaissance de tels ouvrages, comme de tout ce qui se réalise dans le temps. Quand ce qui est le plus caché dans la Sonate de Vinteuil se découvrit à moi, déjà, entraîné par l'habitude hors des prises de ma sensibilité, ce que j'avais distingué, préféré tout d'abord, commençait à m'échapper, à me fuir. Pour n'avoir pu aimer qu'en des temps successifs tout ce que m'apportait cette Sonate, je ne la possédai jamais tout entière : elle ressemblait à la vie. Mais, moins décevants que la vie, ces grands chefs-d'œuvre ne commencent pas par nous donner ce qu'ils ont de meilleur. Dans la Sonate de Vinteuil, les beautés qu'on découvre le plus tôt sont aussi celles dont on se fatigue le plus vite et pour la même raison sans doute qui est qu'elles diffèrent moins de ce qu'on connaissait déjà. Mais quand celles-là se sont éloignées, il nous reste à aimer telle phrase que son ordre trop nouveau pour offrir à notre esprit rien que confusion nous avait rendue indiscernable et gardée intacte ; alors, elle devant qui nous passions tous les jours sans le savoir et qui s'était réservée, qui par le pouvoir de sa seule beauté était devenue invisible et restée inconnue, elle vient à nous la dernière. Mais nous la quitterons aussi en dernier. Et nous l'aimerons plus longtemps que les autres, parce que nous aurons mis plus longtemps à l'aimer. Ce temps du reste qu'il faut à un individu — comme il me le fallut à moi à l'égard de cette Sonate — pour pénétrer une œuvre un peu profonde, n'est que le raccourci et comme le symbole des années, des siècles parfois, qui s'écoulent avant que le public puisse aimer un chef-d'œuvre vraiment nouveau. Aussi l'homme de génie pour s'épargner les méconnaissances de la foule se dit peut-être que les contemporains manquant du recul nécessaire, les œuvres écrites pour la postérité ne devraient être lues que par elle, comme certaines peintures qu'on juge mal de trop près. Mais en réalité toute lâche précaution pour éviter les faux jugements est inutile, ils ne sont pas évitables. Ce qui est cause qu'une œuvre de génie est difficilement admirée tout de suite, c'est que celui qui l'a écrite est extraordinaire, que peu de gens lui ressemblent. C'est son œuvre elle-même qui en fécondant les rares esprits capables de le comprendre, les fera croître et multiplier. Ce sont les quatuors de Beethoven (les quatuors XII, XIII, XIV et XV) qui ont mis cinquante ans à faire naître, à grossir le public des quatuors de Beethoven [102], réalisant ainsi comme tous les chefs-d'œuvre un progrès sinon dans la valeur des artistes, du moins dans la société des esprits, largement composée aujourd'hui de ce qui était introuvable quand le chef-d'œuvre parut, c'est-à-dire d'êtres capables de l'aimer. Ce qu'on appelle la postérité, c'est la postérité de l'œuvre. Il faut que l'œuvre (en ne tenant pas compte, pour simplifier, des génies qui à la même époque peuvent parallèlement préparer pour l'avenir un public meilleur dont d'autres génies que lui bénéficieront) crée elle-même sa postérité. Si donc l'œuvre était tenue en réserve, n'était connue que de la postérité, celle-ci, pour cette œuvre, ne serait pas la postérité mais une assemblée de contemporains ayant simplement vécu cinquante ans plus tard. Aussi faut-il que l'artiste — et c'est ce qu'avait fait Vinteuil — s'il veut que son œuvre puisse suivre sa route, la lance, là où il y a assez de profondeur, en plein et lointain avenir. Et pourtant ce temps à venir, vraie perspective des chefs-d'œuvre, si n'en pas tenir compte est l'erreur des mauvais juges, en tenir compte est parfois le dangereux scrupule des bons. Sans doute, il est aisé de s'imaginer dans une illusion analogue à celle qui uniformise toutes choses à l'horizon, que toutes les révolutions qui ont eu lieu jusqu'ici dans la peinture ou la musique respectaient tout de même certaines règles et que ce qui est immédiatement devant nous, impressionnisme, recherche de la dissonance, emploi exclusif de la gamme chinoise, cubisme, futurisme, diffère outrageusement de ce qui a précédé. C'est que ce qui a précédé on le considère sans tenir compte qu'une longue assimilation l'a converti pour nous en une matière variée sans doute, mais somme toute homogène, où Hugo voisine avec Molière. Songeons seulement aux choquants disparates que nous présenterait, si nous ne tenions pas compte du temps à venir et des changements qu'il amène, tel horoscope de notre propre âge mûr tiré devant nous durant notre adolescence. Seulement tous les horoscopes ne sont pas vrais et être obligé pour une œuvre d'art de faire entrer dans le total de sa beauté le facteur du temps, mêle, à notre jugement, quelque chose d'aussi hasardeux et par là d'aussi dénué d'intérêt véritable que toute prophétie dont la non-réalisation n'impliquera nullement la médiocrité d'esprit du prophète, car ce qui appelle à l'existence les possibles ou les en exclut n'est pas forcément de la compétence du génie ; on peut en avoir eu et ne pas avoir cru à l'avenir des chemins de fer, ni des avions, ou, tout en étant grand psychologue, à la fausseté d'une maîtresse ou d'un ami, dont de plus médiocres eussent prévu les trahisons.

Si je ne compris pas la Sonate, je fus ravi d'entendre jouer Mme Swann. Son toucher me paraissait, comme son peignoir, comme le parfum de son escalier, comme ses manteaux, comme ses chrysanthèmes, faire partie d'un tout individuel et mystérieux, dans un monde infiniment supérieur à celui où la raison peut analyser le talent. « N'est-ce pas que c'est beau, cette Sonate de Vinteuil ? me dit Swann. Le moment où il fait nuit sous les arbres, où les arpèges du violon font tomber la fraîcheur. Avouez que c'est bien joli ; il y a là tout le côté statique du clair de lune, qui est le côté essentiel. Ce n'est pas extraordinaire qu'une cure de lumière comme celle que suit ma femme agisse sur les muscles, puisque le clair de lune empêche les feuilles de bouger. C'est cela qui est si bien peint dans cette petite phrase, c'est le Bois de Boulogne tombé en catalepsie. Au bord de la mer c'est encore plus frappant, parce qu'il y a les réponses faibles des vagues que naturellement on entend très bien puisque le reste ne peut pas remuer. À Paris c'est le contraire ; c'est tout au plus si on remarque ces lueurs insolites sur les monuments, ce ciel éclairé comme par un incendie sans couleurs et sans danger, cette espèce d'immense fait divers deviné. Mais dans la petite phrase de Vinteuil et du reste dans toute la Sonate ce n'est pas cela, cela se passe au Bois, dans le gruppetto on entend distinctement la voix de quelqu'un qui dit : « On pourrait presque lire son journal. » Ces paroles de Swann auraient pu fausser, pour plus tard, ma compréhension de la Sonate, la musique étant trop peu exclusive pour écarter absolument ce qu'on nous suggère d'y trouver. Mais je compris par d'autres propos de lui que ces feuillages nocturnes étaient tout simplement ceux sous l'épaisseur desquels, dans maint restaurant des environs de Paris, il avait entendu, bien des soirs, la petite phrase. Au lieu du sens profond qu'il lui avait si souvent demandé, ce qu'elle rapportait à Swann, c'était ces feuillages rangés, enroulés, peints autour d'elle (et qu'elle lui donnait le désir de revoir parce qu'elle lui semblait leur être intérieure comme une âme), c'était tout un printemps dont il n'avait pu jouir autrefois, n'ayant pas, fiévreux et chagrin comme il était alors, assez de bien-être pour cela, et que (comme on fait, pour un malade, des bonnes choses qu'il n'a pu manger), elle lui avait gardé. Les charmes que lui avaient fait éprouver certaines nuits dans le Bois et sur lesquels la Sonate de Vinteuil pouvait le renseigner, il n'aurait pu à leur sujet interroger Odette qui pourtant l'accompagnait comme la petite phrase. Mais Odette était seulement à côté de lui alors (non en lui comme le motif de Vinteuil), ne voyant donc point — Odette eût-elle été mille fois plus compréhensive — ce qui, pour nul de nous (du moins j'ai cru longtemps que cette règle ne souffrait pas d'exceptions), ne peut s'extérioriser. « C'est au fond assez joli, n'est-ce pas, dit Swann, que le son puisse refléter, comme l'eau, comme une glace. Et remarquez que la phrase de Vinteuil ne me montre que tout ce à quoi je ne faisais pas attention à cette époque. De mes soucis, de mes amours de ce temps-là, elle ne me rappelle plus rien, elle a fait l'échange. » — « Charles, il me semble que ce n'est pas très aimable pour moi tout ce que vous me dites là. » — « Pas aimable ! Les femmes sont magnifiques ! Je voulais dire simplement à ce jeune homme que ce que la musique montre — du moins à moi — ce n'est pas du tout la “ Volonté en soi ” et la “ Synthèse de l'infini ” mais, par exemple, le père Verdurin en redingote dans le Palmarium du Jardin d'Acclimatation. Mille fois sans sortir de ce salon, cette petite phrase m'a emmené dîner à Armenonville avec elle.

Mon Dieu c'est toujours moins ennuyeux que d'y aller avec Mme de Cambremer. » Mme Swann se mit à rire : « C'est une dame qui passe pour avoir été très éprise de Charles », m'expliqua-t-elle du même ton dont, un peu avant, en parlant de Ver Meer de Delft, que j'avais été étonné de voir qu'elle connaissait, elle m'avait répondu : « C'est que je vous dirai que Monsieur s'occupait beaucoup de ce peintre-là au moment où il me faisait la cour. N'est-ce pas, mon petit Charles ? » — « Ne parlez pas à tort et à travers de Mme de Cambremer », dit Swann, dans le fond très flatté. « Mais je ne fais que répéter ce qu'on m'a dit. D'ailleurs il paraît qu'elle est très intelligente, je ne la connais pas. Je la crois très " pushing [103] " ce qui m'étonne d'une femme intelligente. Mais tout le monde dit qu'elle a été folle de vous, cela n'a rien de froissant. » Swann garda un mutisme de sourd, qui était une espèce de confirmation, et une preuve de fatuité. « Puisque ce que je joue vous rappelle le Jardin d'Acclimatation, reprit Mme Swann en faisant par plaisanterie semblant d'être piquée, nous pourrions le prendre tantôt comme but de promenade, si ça amuse ce petit. Il fait très beau et vous retrouveriez vos chères impressions. À propos du Jardin d'Acclimatation, vous savez, ce jeune homme croyait que nous aimions beaucoup une personne que je " coupe " au contraire aussi souvent que je peux, Mme Blatin ! Je trouve très humiliant pour nous qu'elle passe pour notre amie. Pensez que le bon docteur Cottard qui ne dit jamais de mal de personne déclare lui-même qu'elle est infecte. » — « Quelle horreur ! Elle n'a pour elle que de ressembler tellement à Savonarole. C'est exactement le portrait de Savonarole par Fra Bartolomeo [104]. » Cette manie qu'avait Swann de trouver ainsi des ressemblances dans la peinture était défendable, car même ce que nous appelons l'expression individuelle est — comme on s'en rend compte avec tant de tristesse quand on aime et qu'on voudrait croire à la réalité unique de l'individu — quelque chose de général, et a pu se rencontrer à différentes époques. Mais si on avait écouté Swann, les cortèges des rois mages déjà si anachroniques quand Benozzo Gozzoli y introduisait les Médicis[105], l'eussent été davantage encore puisqu'ils eussent contenu les portraits d'une foule d'hommes, contemporains non de Gozzoli, mais de Swann, c'est-à-dire postérieurs non plus seulement de quinze siècles à la Nativité, mais de quatre au peintre lui-même. Il n'y avait pas selon Swann, dans ces cortèges, un seul Parisien de marque qui manquât, comme dans cet acte d'une pièce de Sardou[106] où, par amitié pour l'auteur et la principale interprète, par mode aussi, toutes les notabilités parisiennes, de célèbres médecins, des hommes politiques, des avocats, vinrent pour s'amuser, chacun un soir, figurer sur la scène. « Mais quel rapport a-t-elle avec le Jardin d'Acclimatation ? » — « Tous ! » — « Quoi, vous croyez qu'elle a un derrière bleu ciel comme les singes ? » — « Charles, vous êtes d'une inconvenance ! Non, je pensais au mot que lui a dit le Cynghalais. Racontez-le-lui, c'est vraiment un " beau mot ". » — « C'est idiot. Vous savez que Mme Blatin aime à interpeller tout le monde d'un air qu'elle croit aimable et qui est surtout protecteur. » — « Ce que nos bons voisins de la Tamise appellent *patronizing* », interrompit Odette. « Elle est allée dernièrement au Jardin d'Acclimatation où il y a des Noirs, des Cynghalais, je crois, a dit ma femme, qui est beaucoup plus forte en ethnographie que moi. » — « Allons, Charles, ne vous moquez pas. » — « Mais je ne me moque nullement. Enfin, elle s'adresse à un de ces noirs : " Bonjour, négro ! " — C'est un rien ! — En tout cas, ce qualificatif ne plut pas au Noir : " Moi négro, dit-il avec colère à Mme Blatin, mais toi, chameau ! " » — « Je trouve cela très drôle ! J'adore cette histoire. N'est-ce pas que c'est " beau " ? On voit bien la mère Blatin : " Moi négro, mais toi chameau ! " » Je manifestai un extrême désir d'aller voir ces Cynghalais dont l'un avait appelé Mme Blatin : chameau. Ils ne m'intéressaient pas du tout. Mais je pensais que pour aller au Jardin d'Acclimatation et en revenir nous traverserions cette allée des Acacias où j'avais tant admiré Mme Swann, et que peut-être le mulâtre ami de Coquelin [107], à qui je n'avais jamais pu me montrer saluant Mme Swann, me verrait assis à côté d'elle au fond d'une victoria.

Pendant ces minutes où Gilberte partie se préparer, n'était pas dans le salon avec nous, M. et Mme Swann se plaisaient à me découvrir les rares vertus de leur fille. Et tout ce que j'observais semblait prouver qu'ils disaient vrai ; je remarquais que, comme sa mère me l'avait raconté, elle avait non seulement pour ses amies, mais pour les domestiques, pour les pauvres, des attentions délicates, longuement méditées, un désir de faire plaisir, une peur de mécontenter, se traduisant par de petites choses qui souvent lui donnaient beaucoup de mal. Elle avait fait un ouvrage pour notre marchande des Champs-Élysées et sortit par la neige, pour le lui remettre elle-même et sans un jour de retard. « Vous n'avez pas idée de ce qu'est son cœur, car elle le cache », disait son père. Si jeune, elle avait l'air bien plus raisonnable que ses parents. Quand Swann parlait des grandes relations de sa femme, Gilberte détournait la tête et se taisait, mais sans air de blâme, car son père ne lui paraissait pas pouvoir être l'objet de la plus légère critique. Un jour que je lui avais parlé de Mlle Vinteuil, elle me dit : « Jamais je ne la connaîtrai, pour une raison, c'est qu'elle n'était pas gentille pour son père, à ce qu'on dit, elle lui faisait de la peine. Vous ne pouvez pas plus comprendre cela que moi, n'est-ce pas, vous qui ne pourriez sans doute pas plus survivre à votre papa que moi au mien, ce qui est du reste tout naturel. Comment oublier jamais quelqu'un qu'on aime depuis toujours ? » Et une fois qu'elle était plus particulièrement câline avec Swann, comme je le lui fis remarquer quand il fut loin : « Oui, pauvre papa, c'est ces jours-ci l'anniversaire de la mort de son père. Vous pouvez comprendre ce qu'il doit éprouver, vous comprenez cela, vous, nous sentons de même sur ces choses-là. Alors, je tâche d'être moins méchante que d'habitude. » — « Mais il ne vous trouve pas méchante, il vous trouve parfaite. » — « Pauvre papa, c'est parce qu'il est trop bon. » Ses parents ne me firent pas seulement l'éloge des vertus de Gilberte — cette même Gilberte qui même avant que je l'eusse jamais vue m'apparaissait devant une église, dans un paysage de l'Ile-de-France, et qui ensuite m'évoquant non plus mes rêves, mais mes souvenirs, était toujours devant la haie d'épines roses, dans le raidillon que je prenais pour aller du côté de Méséglise. Comme j'avais demandé à Mme Swann, en m'efforçant de prendre le ton indifférent d'un ami de la famille, curieux des préférences d'une enfant, quels étaient parmi les camarades de Gilberte ceux qu'elle aimait le mieux, Mme Swann me répondit : « Mais vous devez être plus avancé que moi dans ses confidences, vous qui êtes le grand favori, le grand crack, comme disent les Anglais. » Sans doute dans ces coïncidences tellement parfaites, quand la réalité se replie et s'applique sur ce que nous avons si longtemps rêvé, elle nous le cache entièrement, se confond avec lui, comme deux figures égales et superposées qui n'en font plus qu'une, alors qu'au contraire, pour donner à notre joie toute sa signification, nous voudrions garder à tous ces points de notre désir, dans le moment même où nous y touchons — et pour être plus certain que ce soit bien eux — le prestige d'être intangibles. Et la pensée ne peut même pas reconstituer l'état ancien pour le confronter au nouveau, car elle n'a plus le champ libre : la connaissance que nous avons faite, le souvenir des premières minutes inespérées, les propos que nous avons entendus, sont là qui obstruent l'entrée de notre conscience, et commandent beaucoup plus les issues de notre mémoire que celles de notre imagination, ils rétroagissent davantage sur notre passé que nous ne sommes plus maîtres de voir sans tenir compte d'eux, que sur la forme, restée libre, de notre avenir. J'avais pu croire pendant des années qu'aller chez Mme Swann était une vague chimère que je n'atteindrais jamais ; après avoir passé un quart d'heure chez elle, c'est le temps où je ne la connaissais pas qui était devenu chimérique et vague comme un possible que la réalisation d'un autre possible a anéanti. Comment aurais-je encore pu rêver de la salle à manger comme d'un lieu inconcevable, quand je ne pouvais pas faire un mouvement dans mon esprit sans y rencontrer les rayons infrangibles qu'émettait à l'infini derrière lui, jusque dans mon passé le plus ancien, le homard à l'américaine que je venais de manger ? Et Swann avait dû voir, pour ce qui le concernait lui-même, se produire quelque chose d'analogue : car cet appartement où il me recevait pouvait être considéré comme le lieu où étaient venus se confondre, et coïncider, non pas seulement l'appartement idéal que mon imagination avait engendré, mais un autre encore, celui que l'amour jaloux de Swann, aussi inventif que mes rêves, lui avait si souvent décrit, cet appartement commun à Odette et à lui qui lui était apparu si inaccessible, tel soir où Odette l'avait ramené avec Forcheville prendre de l'orangeade chez elle ; et ce qui était venu s'absorber, pour lui, dans le plan de la salle à manger où nous déjeunions, c'était ce paradis inespéré où jadis il ne pouvait sans trouble imaginer qu'il aurait dit à *leur* maître d'hôtel ces mêmes mots : « Madame est-elle prête ? », que je lui entendais prononcer maintenant avec une légère impatience mêlée de quelque satisfaction d'amour-propre. Pas plus que ne le pouvait sans doute Swann, je n'arrivais à connaître mon bonheur et quand Gilberte elle-même s'écriait : « Qu'est-ce qui vous aurait dit que la petite fille que vous regardiez, sans lui parler, jouer aux barres, serait votre grande amie chez qui vous iriez tous les jours où cela vous plairait ? », elle parlait d'un changement que j'étais bien obligé de constater du dehors, mais que je ne possédais pas intérieurement, car il se composait de deux états que je ne pouvais, sans qu'ils cessassent d'être distincts l'un de l'autre, réussir à penser à la fois.

Et pourtant cet appartement parce qu'il avait été si passionnément désiré par la volonté de Swann devait conserver pour lui quelque douceur, si j'en jugeais par moi pour qui il n'avait pas perdu tout mystère. Ce charme singulier dans lequel j'avais pendant si longtemps supposé que baignait la vie des Swann, je ne l'avais pas entièrement chassé de leur maison en y pénétrant ; je l'avais fait reculer, dompté qu'il était par cet étranger, ce paria que j'avais été et à qui Mlle Swann avançait maintenant gracieusement pour qu'il y prît place, un fauteuil délicieux, hostile et scandalisé ; mais tout autour de moi, ce charme, dans mon souvenir, je le perçois encore. Est-ce parce que, ces jours où M. et Mme Swann m'invitaient à déjeuner, pour sortir ensuite avec eux et Gilberte, j'imprimais avec mon regard — pendant que j'attendais seul — sur le tapis, sur les bergères, sur les consoles, sur les paravents, sur les tableaux, l'idée gravée en moi que Mme Swann, ou son mari, ou Gilberte allaient entrer ? Est-ce parce que ces choses ont vécu depuis dans ma mémoire à côté des Swann et ont fini par prendre quelque chose d'eux ? Est-ce parce que sachant qu'ils passaient leur existence au milieu d'elles, je faisais de toutes comme les emblèmes de leur vie particulière, de leurs habitudes dont j'avais été trop longtemps exclu pour qu'elles ne continuassent pas à me sembler étrangères même quand on me fit la faveur de m'y mêler ? Toujours est-il que chaque fois que je pense à ce salon que Swann (sans que cette critique impliquât de sa part l'intention de contrarier en rien les goûts de sa femme), trouvait si disparate — parce que tout conçu qu'il était encore dans le goût moitié serre, moitié atelier qui était celui de l'appartement où il avait connu Odette, elle avait pourtant commencé à remplacer dans ce fouillis nombre des objets chinois qu'elle trouvait maintenant un peu « toc », bien « à côté », par une foule de petits meubles tendus de vieilles soies Louis XVI (sans compter les chefs-d'œuvre apportés par Swann de l'hôtel du quai d'Orléans) —, il a au contraire dans mon souvenir, ce salon composite, une cohésion, une unité, un charme individuel que n'ont jamais même les ensembles les plus intacts que le passé nous ait légués, ni les plus vivants où se marque l'empreinte d'une personne : car nous seuls pouvons, par la croyance qu'elles ont une existence à elles, donner à certaines choses que nous voyons une âme qu'elles gardent ensuite et qu'elles développent en nous. Toutes les idées que je m'étais faites des heures, différentes de celles qui existent pour les autres hommes, que passaient les Swann dans cet appartement qui était pour le temps quoditien de leur vie ce que le corps est pour l'âme, et qui devait en exprimer la singularité, toutes ces idées étaient réparties, amalgamées — partout également troublantes et indéfinissables — dans la place des meubles, dans l'épaisseur des tapis, dans l'orientation des fenêtres, dans le service des domestiques. Quand après le déjeuner, nous allions, au soleil, prendre le café [108] dans la grande baie du salon, tandis que Mme Swann me demandait combien je voulais de morceaux de sucre dans mon café, ce n'était pas seulement le tabouret de soie qu'elle poussait vers moi qui dégageait avec le charme douloureux que j'avais perçu autrefois — sous l'épine rose, puis à côté du massif de lauriers — dans le nom de Gilberte, l'hostilité que m'avaient témoignée ses parents et que ce petit meuble semblait avoir si bien sue et partagée que je ne me sentais pas digne, et que je me trouvais un peu lâche d'imposer mes pieds à son capitonnage sans défense ; une âme personnelle le reliait secrètement à la lumière de deux heures de l'après-midi, différente de ce qu'elle était partout ailleurs dans le golfe où elle faisait jouer à nos pieds ses flots d'or parmi lesquels les canapés bleuâtres et les vaporeuses tapisseries émergeaient comme des îles enchantées ; et il n'était pas jusqu'au tableau de Rubens accroché au-dessus de la cheminée qui ne possédât lui aussi le même genre et presque la même puissance de charme que les bottines à lacets de M. Swann et ce manteau à pèlerine, dont j'avais tant désiré porter le pareil et que maintenant Odette demandait à son mari de remplacer par un autre, pour être plus élégant, quand je leur faisais l'honneur de sortir avec eux. Elle allait s'habiller elle aussi, bien que j'eusse protesté qu'aucune robe « de ville » ne vaudrait à beaucoup près la merveilleuse robe de chambre de crêpe de Chine ou de soie, vieux rose, cerise, rose Tiepolo, blanche, mauve, verte, rouge, jaune unie ou à dessins, dans laquelle Mme Swann avait déjeuné et qu'elle allait ôter. Quand je disais qu'elle aurait dû sortir ainsi, elle riait, par moquerie de mon ignorance ou plaisir de mon compliment. Elle s'excusait de posséder tant de peignoirs parce qu'elle prétendait qu'il n'y avait que là-dedans qu'elle se sentait bien et elle nous quittait pour aller mettre une de ces toilettes souveraines qui s'imposaient à tous, et entre lesquelles pourtant j'étais parfois appelé à choisir celle que je préférais qu'elle revêtît.

Au Jardin d'Acclimatation, que j'étais fier quand nous étions descendus de voiture de m'avancer à côté de Mme Swann ! Tandis que dans sa démarche nonchalante elle laissait flotter son manteau, je jetais sur elle des regards d'admiration auxquels elle répondait coquettement par un long sourire. Maintenant si nous rencontrions l'un ou l'autre des camarades, fille ou garçon, de Gilberte, qui nous saluait de loin, j'étais à mon tour regardé par eux comme un de ces êtres que j'avais tant enviés, un de ces amis de Gilberte qui connaissaient sa famille et étaient mêlés à l'autre partie de sa vie, celle qui ne se passait pas aux Champs-Élysées.

Souvent dans les allées du Bois ou du Jardin d'Acclimatation nous croisions, nous étions salués par telle ou telle grande dame amie de Swann, qu'il lui arrivait de ne pas voir et que lui signalait sa femme. « Charles, vous ne voyez pas Mme de Montmorency ? » Et Swann, avec le sourire amical dû à une longue familiarité se découvrait pourtant largement avec une élégance qui n'était qu'à lui. Quelquefois la dame s'arrêtait, heureuse de faire à Mme Swann une politesse qui ne tirait pas à conséquence et de laquelle on savait qu'elle ne chercherait pas à profiter ensuite, tant Swann l'avait habituée à rester sur la réserve. Elle n'en avait pas moins pris toutes les manières du monde, et si élégante et noble de port que fût la dame, Mme Swann l'égalait toujours en cela ; arrêtée un moment auprès de l'amie que son mari venait de rencontrer, elle nous présentait avec tant d'aisance, Gilberte et moi, gardait tant de liberté et de calme dans son amabilité, qu'il eût été difficile de dire de la femme de Swann ou de l'aristocratique passante, laquelle des deux était la grande dame. Le jour où nous étions allés voir les Cynghalais, comme nous revenions, nous aperçûmes, venant dans notre direction et suivie de deux autres qui semblaient l'escorter, une dame âgée mais encore belle, enveloppée dans un manteau sombre et coiffée d'une petite capote attachée sous le cou par deux brides. « Ah ! voilà quelqu'un qui va vous intéresser », me dit Swann. La vieille dame maintenant à trois pas nous souriait avec une douceur caressante. Swann se découvrit, Mme Swann s'abaissa en une révérence et voulut baiser la main de la dame pareille à un portrait de Winterhalter [109], qui la releva et l'embrassa. « Voyons, voulez-vous mettre votre chapeau, vous », dit-elle à Swann, d'une grosse voix un peu maussade, en amie familière. « Je vais vous présenter à Son Altesse Impériale », me dit Mme Swann. Swann m'attira un moment à l'écart pendant que Mme Swann causait du beau temps et des animaux nouvellement arrivés au Jardin d'Acclimatation, avec l'Altesse. « C'est la Princesse Mathilde [110], me dit-il. Vous savez, l'amie de Flaubert, de Sainte-

Beuve, de Dumas. Songez, c'est la nièce de Napoléon Ier ! Elle a été demandée en mariage par Napoléon III et par l'empereur de Russie. Ce n'est pas intéressant ? Parlez-lui un peu. Mais je voudrais qu'elle ne nous fît pas rester une heure sur nos jambes. » — « J'ai rencontré Taine qui m'a dit que la Princesse était brouillée avec lui », dit Swann. « Il s'est conduit comme au cauchon, dit-elle d'une voix rude et en prononçant le mot comme si ç'avait été le nom de l'évêque contemporain de Jeanne d'Arc. Après l'article qu'il a écrit sur l'Empereur je lui ai laissé une carte avec P.P.C. [111] » J'éprouvais la surprise qu'on a en ouvrant la correspondance de la Duchesse d'Orléans, née Princesse Palatine. Et, en effet, la Princesse Mathilde, animée de sentiments si français, les éprouvait avec une honnête rudesse comme en avait l'Allemagne d'autrefois et qu'elle avait héritée sans doute de sa mère wurtembergeoise. Sa franchise un peu fruste et presque masculine, elle l'adoucissait, dès qu'elle souriait, de langueur italienne. Et le tout était enveloppé dans une toilette tellement second Empire que bien que la Princesse la portât seulement sans doute par attachement aux modes qu'elle avait aimées, elle semblait avoir eu l'intention de ne pas commettre une faute de couleur historique et de répondre à l'attente de ceux qui attendaient d'elle l'évocation d'une autre époque. Je soufflai à Swann de lui demander si elle avait connu Musset. « Très peu, Monsieur, répondit-elle d'un air qui faisait semblant d'être fâché, et, en effet, c'était par plaisanterie qu'elle disait Monsieur, à Swann, étant fort intime avec lui. Je l'ai eu une fois à dîner. Je l'avais invité pour sept heures. À sept heures et demie, comme il n'était pas là, nous nous mîmes à table. Il arrive à huit heures, me salue, s'assied, ne desserre pas les dents, part après le dîner sans que j'aie entendu le son de sa voix. Il était ivre mort. Cela ne m'a pas beaucoup encouragée à recommencer. » Nous étions un peu à l'écart, Swann et moi. « J'espère que cette petite séance ne va pas se prolonger, me dit-il, j'ai mal à la plante des pieds. Aussi je ne sais pas pourquoi ma femme alimente la conversation. Après cela c'est elle qui se plaindra d'être fatiguée et moi je ne peux plus supporter ces stations debout. » Mme Swann, en effet, qui tenait le renseignement de Mme Bontemps, était en train de dire à la Princesse que le gouvernement comprenant enfin sa goujaterie, avait décidé de lui envoyer une invitation pour assister dans les tribunes à la visite que le Tsar Nicolas devait faire le surlendemain aux Invalides. Mais la Princesse qui malgré les apparences, malgré le genre de son entourage composé surtout d'artistes et d'hommes de lettres était restée au fond et chaque fois qu'elle avait à agir, nièce de Napoléon : « Oui, Madame, je l'ai reçue ce matin et je l'ai renvoyée au ministre qui doit l'avoir à l'heure qu'il est. Je lui ai dit que je n'avais pas besoin d'invitation pour aller aux Invalides. Si le gouvernement désire que j'y aille, ce ne sera pas dans une tribune, mais dans notre caveau, où est le tombeau de l'Empereur. Je n'ai pas besoin de cartes pour cela. J'ai mes clefs. J'entre comme je veux. Le gouvernement n'a qu'à me faire savoir s'il désire que je vienne ou non. Mais si j'y vais, ce sera là ou pas du tout. » À ce moment nous fûmes salués, Mme Swann et moi, par un jeune homme qui lui dit bonjour sans s'arrêter et que je ne savais pas qu'elle connût : Bloch. Sur une question que je lui posai, Mme Swann me dit qu'il lui avait été présenté par Mme Bontemps, qu'il était attaché au Cabinet du ministre, ce que j'ignorais. Du reste, elle ne devait pas l'avoir vu souvent — ou bien elle n'avait pas voulu citer le nom, trouvé peut-être par elle peu « chic », de Bloch — car elle dit qu'il s'appelait M. Moreul. Je lui assurai qu'elle confondait, qu'il s'appelait Bloch. La Princesse redressa une traîne qui se déroulait derrière elle et que Mme Swann regardait avec admiration. « C'est justement une fourrure que l'empereur de Russie m'avait envoyée, dit la Princesse, et comme j'ai été le voir tantôt, je l'ai mise pour lui montrer que cela avait pu s'arranger en manteau. » — « Il paraît que le Prince Louis [112] s'est engagé dans l'armée russe, la Princesse va être désolée de ne plus l'avoir près d'elle », dit Mme Swann qui ne voyait pas les signes d'impatience de son mari. « Il avait bien besoin de cela ! Comme je lui ai dit : Ce n'est pas une raison parce que tu as eu un militaire dans ta famille », répondit la Princesse, faisant, avec cette brusque simplicité, allusion à Napoléon Ier. Swann ne tenait plus en place. « Madame, c'est moi qui vais faire l'Altesse et vous demander la permission de prendre congé, mais ma femme a été très souffrante et je ne veux pas qu'elle reste davantage immobile. » Mme Swann refit la révérence et la Princesse eut pour nous tous un divin sourire qu'elle sembla amener du passé, des grâces de sa jeunesse, des soirées de Compiègne [113] et qui coula intact et doux sur le visage tout à l'heure grognon, puis elle s'éloigna suivie des deux dames d'honneur qui n'avaient fait, à la façon d'interprètes, de bonnes d'enfants, ou de gardes-malades que ponctuer notre conversation de phrases insignifiantes et d'explications inutiles. « Vous devriez aller écrire votre nom chez elle, un jour de cette semaine, me dit Mme Swann ; on ne corne pas de bristol à toutes ces *royautés*, comme disent les Anglais, mais elle vous invitera si vous vous faites inscrire. »

Parfois dans ces derniers jours d'hiver nous entrions avant d'aller nous promener dans quelqu'une des petites expositions qui s'ouvraient alors et où Swann, collectionneur de marque, était salué avec une particulière déférence par les marchands de tableaux chez qui elles avaient lieu. Et par ces temps encore froids, mes anciens désirs de partir pour le Midi et Venise étaient réveillés par ces salles où un printemps déjà avancé et un soleil ardent mettaient des reflets violacés sur les Alpilles roses et donnaient la transparence foncée de l'émeraude au Grand Canal. S'il faisait mauvais nous allions au concert ou au théâtre et goûter ensuite dans un « Thé ». Dès que Mme Swann voulait me dire quelque chose qu'elle désirait que les personnes des tables voisines ou même les garçons qui servaient, ne comprissent pas, elle me le disait en anglais comme si c'eût été un langage connu de nous deux seulement. Or tout le monde savait l'anglais, moi seul je ne l'avais pas encore appris et étais obligés de le dire à Mme Swann pour qu'elle cessât de faire sur les personnes qui buvaient le thé ou sur celles qui l'apportaient, des réflexions que je devinais désobligeantes sans que j'en comprisse, ni que l'individu visé en perdît, un seul mot.

Une fois à propos d'une matinée théâtrale, Gilberte me causa un étonnement profond. C'était justement le jour dont elle m'avait parlé d'avance et où tombait l'anniversaire de la mort de son grand-père. Nous devions, elle et moi, aller entendre avec son institutrice les fragments d'un opéra et Gilberte s'était habillée dans l'intention de se rendre à cette exécution musicale, gardant l'air d'indifférence qu'elle avait l'habitude de montrer pour la chose que nous devions faire, disant que ce pouvait être n'importe quoi pourvu que cela me plût et fût agréable à ses parents. Avant le déjeuner, sa mère nous prit à part pour lui dire que cela ennuyait son père de nous voir aller au concert ce jour-là. Je trouvai que c'était trop naturel. Gilberte resta impassible mais devint pâle d'une colère qu'elle ne put cacher, et elle ne dit plus un mot. Quand M. Swann revint, sa femme l'emmena à l'autre bout du salon et lui parla à l'oreille. Il appela Gilberte, et la prit à part dans la pièce à côté. On entendit des éclats de voix. Je ne pouvais cependant pas croire que Gilberte, si soumise, si tendre, si sage, résistât à la demande de son père, un jour pareil et pour une cause si insignifiante. Enfin Swann sortit en lui disant : « Tu sais ce que je t'ai dit. Maintenant, fais ce que tu voudras. » La figure de Gilberte resta contractée pendant tout le déjeuner, après lequel nous allâmes dans sa chambre. Puis tout d'un coup, sans une hésitation et comme si elle n'en avait eu à aucun moment : « Deux heures ! s'écria-t-elle, mais vous savez que le concert commence à deux heures et demie. » Et elle dit à son institutrice de se dépêcher. « Mais, lui dis-je, est-ce que cela n'ennuie pas votre père ? » — « Pas le moins du monde. » — « Cependant, il avait peur que cela ne semble bizarre à cause de cet anniversaire. » — « Qu'est-ce que cela peut me faire, ce que les autres pensent ? Je trouve ça grotesque de s'occuper des autres dans les choses de sentiment. On sent pour soi, pas pour le public. Mademoiselle qui a peu de distractions se fait une fête d'aller à ce concert, je ne vais pas l'en priver pour faire plaisir au public. » Et elle prit son chapeau. « Mais Gilberte, lui dis-je en lui prenant le bras, ce n'est pas pour faire plaisir au public, c'est pour faire plaisir à votre père. » — « Vous n'allez pas me faire d'observations, j'espère », me cria-t-elle d'une voix dure en se dégageant vivement.

Faveur plus précieuse encore que de m'emmener avec eux au Jardin d'Acclimatation, ou au concert, les Swann ne m'excluaient même pas de leur amitié avec Bergotte, laquelle avait été à l'origine du charme que je leur avais trouvé quand, avant même de connaître Gilberte, je pensais que son intimité avec le divin vieillard eût fait d'elle pour moi la plus passionnante des amies, si le dédain que je devais lui inspirer ne m'eût pas interdit l'espoir qu'elle m'emmenât jamais avec lui visiter les villes qu'il aimait. Or, un jour Mme Swann m'invita à un grand déjeuner. Je ne savais pas quels devaient être les convives. En arrivant, je fus, dans le vestibule, déconcerté par un incident qui m'intimida. Mme Swann manquait rarement d'adopter les usages qui passent pour élégants pendant une saison et ne parvenant pas à se maintenir sont bientôt abandonnés (comme beaucoup d'années auparavant elle avait eu son *hansom cab* [114], ou faisait imprimer sur une invitation à déjeuner que c'était *to meet* un personnage plus ou moins important). Souvent ces usages n'avaient rien de mystérieux et n'exigeaient pas d'initiation. C'est ainsi que, mince innovation de ces années-là et importée d'Angleterre, Odette avait fait faire à son mari des cartes où le nom de Charles Swann était précédé de « Mr ». Après la première visite que je lui avais faite, Mme Swann avait corné chez moi un de ces « cartons » comme elle disait. Jamais personne ne m'avait déposé de cartes ; je ressentis tant de fierté, d'émotion, de reconnaissance, que réunissant tout ce que je possédais d'argent, je commandai une superbe corbeille de camélias et l'envoyai à Mme Swann. Je suppliai mon père d'aller mettre une carte chez elle, mais de s'en faire vite graver d'abord où son nom fût précédé de « Mr ». Il n'obéit à aucune de mes deux prières, j'en fus désespéré pendant quelques jours, et me demandai ensuite s'il n'avait pas eu raison. Mais l'usage du « Mr », s'il était inutile, était clair. Il n'en était pas ainsi d'un autre qui, le jour de ce déjeuner, me fut révélé, mais non pourvu de sa signification. Au moment où j'allais passer de l'antichambre dans le salon, le maître d'hôtel me remit une enveloppe mince et longue sur laquelle mon nom était écrit. Dans ma surprise je le remerciai, cependant je regardais l'enveloppe. Je ne savais pas plus ce que j'en devais faire qu'un étranger d'un de ces petits instruments que l'on donne aux convives dans les dîners chinois. Je vis qu'elle était fermée, je craignis d'être indiscret en l'ouvrant tout de suite et je la mis dans ma poche d'un air entendu. Mme Swann m'avait écrit quelques jours auparavant de venir déjeuner « en petit comité ». Il y avait pourtant seize personnes, parmi lesquelles j'ignorais absolument que se trouvât Bergotte. Mme Swann qui venait de me « nommer », comme elle disait, à plusieurs d'entre elles, tout à coup, à la suite de mon nom, de la même façon qu'elle venait de le dire (et comme si nous étions seulement deux invités du déjeuner qui devaient être chacun également contents de connaître l'autre), prononça le nom du doux Chantre aux cheveux blancs. Ce nom de Bergotte me fit tressauter comme le bruit d'un revolver qu'on aurait déchargé sur moi, mais instinctivement pour faire bonne contenance je saluai ; devant moi, comme ces prestidigitateurs qu'on aperçoit intacts et en redingote dans la poussière d'un coup de feu d'où s'envole une colombe, mon salut m'était rendu par un homme jeune, rude, petit, râblé et myope, à nez rouge en forme de coquille de colimaçon et à barbiche noire. J'étais mortellement triste, car ce qui venait d'être réduit en poudre, ce n'était pas seulement le langoureux vieillard dont il ne restait plus rien, c'était aussi la beauté d'une œuvre immense que j'avais pu loger dans l'organisme défaillant et sacré que j'avais, comme un temple, construit expressément pour elle, mais à laquelle aucune place n'était réservée dans le corps trapu, rempli de vaisseaux, d'os, de ganglions, du petit homme à nez camus et à barbiche noire qui était devant moi. Tout le Bergotte que j'avais lentement et délicatement élaboré moi-même, goutte à goutte, comme une stalactite, avec la transparente beauté de ses livres, ce Bergotte-là se trouvait d'un seul coup ne plus pouvoir être d'aucun usage du moment qu'il fallait conserver le nez en colimaçon et utiliser la barbiche noire ; comme n'est plus bonne à rien la solution que nous avions trouvée pour un problème dont nous avions lu incomplètement la donnée et sans tenir compte que le total devait faire un certain chiffre. Le nez et la barbiche étaient des éléments aussi inéluctables et d'autant plus gênants que, me forçant à réédifier entièrement le personnage de Bergotte, ils semblaient encore impliquer, produire, sécréter incessamment un certain genre d'esprit actif et satisfait de soi, ce qui n'était pas de jeu, car cet esprit-là n'avait rien à voir avec la sorte d'intelligence répandue dans ces livres, si bien connus de moi et que pénétrait une douce et divine sagesse. En partant d'eux, je ne serais jamais arrivé à ce nez en colimaçon ; mais en partant de ce nez, qui n'avait pas l'air de s'en inquiéter, faisait cavalier seul et « fantaisie », j'allais dans une tout autre direction que l'œuvre de Bergotte, j'aboutirais, semblait-il, à quelque mentalité d'ingénieur pressé, de la sorte de ceux qui quand on les salue croient comme il faut de dire : « Merci et vous » avant qu'on leur ait demandé de leurs nouvelles et si on leur déclare qu'on a été enchanté de faire leur connaissance, répondent par une abréviation qu'ils se figurent bien portée, intelligente et moderne en ce qu'elle évite de perdre en de vaines formules un temps précieux : « Également. » Sans doute, les noms sont des dessinateurs fantaisistes, nous donnant des gens et des pays des croquis si peu ressemblants que nous éprouvons souvent une sorte de stupeur quand nous avons devant nous au lieu du monde imaginé, le monde visible (qui d'ailleurs, n'est pas le monde vrai, nos sens ne possédant pas beaucoup plus le don de la ressemblance que l'imagination, si bien que les dessins enfin approximatifs qu'on peut obtenir de la réalité sont au moins aussi différents du monde vu que celui-ci l'était du monde imaginé). Mais pour Bergotte la gêne du nom préalable n'était rien auprès de celle que me causait l'œuvre connue, à laquelle j'étais obligé d'attacher, comme après un ballon, l'homme à barbiche sans savoir si elle garderait la force de s'élever. Il semblait bien pourtant que ce fût lui qui eût écrit les livres que j'avais tant aimés, car Mme Swann ayant cru devoir lui dire mon goût pour l'un d'eux, il ne montra nul étonnement qu'elle en eût fait part à lui plutôt qu'à un autre convive, et ne sembla pas voir là l'effet d'une méprise ; mais, emplissant la redingote qu'il avait mise en l'honneur de tous ces invités, d'un corps avide du déjeuner prochain, ayant son attention occupée d'autres réalités importantes, ce ne fut que comme à un épisode révolu de sa vie antérieure, et comme si on avait fait allusion à un costume du Duc de Guise qu'il eût mis une certaine année à un bal costumé, qu'il sourit en se reportant à l'idée de ses livres, lesquels aussitôt déclinèrent pour moi (entraînant dans leur chute toute la valeur du Beau, de l'univers, de la vie), jusqu'à n'avoir été que quelque médiocre divertissement d'homme à barbiche. Je me disais qu'il avait dû s'y appliquer, mais que, s'il avait vécu dans une île entourée par des bancs d'huîtres perlières, il se fût, à la place, livré avec succès au commerce des perles. Son œuvre ne me semblait plus aussi inévitable. Et alors je me demandais si l'originalité prouve vraiment que les grands écrivains soient des dieux régnant chacun dans un royaume qui n'est qu'à lui, ou bien s'il n'y a pas dans tout cela un peu de feinte, si les différences entre les œuvres ne seraient pas le résultat du travail, plutôt que l'expression d'une différence radicale d'essence entre les diverses personnalités.

Cependant on était passé à table. À côté de mon assiette je trouvai un œillet dont la tige était enveloppée dans du papier d'argent. Il m'embarrassa moins que n'avait fait l'enveloppe remise dans l'antichambre et que j'avais complètement oubliée. L'usage, pourtant aussi nouveau pour moi, me parut plus intelligible quand je vis tous les convives masculins s'emparer d'un œillet semblable qui accompagnait leur couvert et l'introduire dans la boutonnière de leur redingote. Je fis comme eux avec cet air naturel d'un libre penseur dans une église, lequel ne connaît pas la messe, mais se lève quand tout le monde se lève et se met à genoux un peu après que tout le monde s'est mis à genoux. Un autre usage inconnu et moins éphémère me déplut davantage. De l'autre côté de mon assiette il y en avait une plus petite remplie d'une matière noirâtre que je ne savais pas être du caviar. J'étais ignorant de ce qu'il fallait en faire, mais résolu à n'en pas manger.

Bergotte n'était pas placé loin de moi, j'entendais parfaitement ses paroles. Je compris alors l'impression de M. de Norpois. Il avait en effet un organe bizarre ; rien n'altère autant les qualités matérielles de la voix que de contenir de la pensée : la sonorité des diphtongues, l'énergie des labiales, en sont influencées. La diction l'est aussi. La sienne me semblait entièrement différente de sa manière d'écrire[115], et même les choses qu'il disait, de celles qui remplissent ses ouvrages. Mais la voix sort d'un masque sous lequel elle ne suffit pas à nous faire reconnaître d'abord un visage que nous avons vu à découvert dans le style. Dans certains passages de la conversation où Bergotte avait l'habitude de se mettre à parler d'une façon qui ne paraissait pas affectée et déplaisante qu'à M. de Norpois, j'ai été long à découvrir une exacte correspondance avec les parties de ses livres où sa forme devenait si poétique et musicale. Alors il voyait dans ce qu'il disait une beauté plastique indépendante de la signification des phrases, et comme la parole humaine est en rapport avec l'âme, mais sans l'exprimer comme fait le style, Bergotte avait l'air de parler presque à contresens, psalmodiant certains mots et, s'il poursuivait au-dessous d'eux une seule image, les filant sans intervalle comme un même son, avec une fatigante monotonie. De sorte qu'un débit prétentieux, emphatique et monotone était le signe de la qualité esthétique de ses propos et l'effet, dans sa conversation, de ce même pouvoir qui produisait dans ses livres la suite des images et l'harmonie. J'avais eu d'autant plus de peine à m'en apercevoir d'abord que ce qu'il disait à ces moments-là, précisément parce que c'était vraiment de Bergotte, n'avait pas l'air d'être du Bergotte. C'était un foisonnement d'idées précises, non incluses dans ce « genre Bergotte » que beaucoup de chroniqueurs s'étaient approprié ; et cette dissemblance était probablement — vu d'une façon trouble à travers la conversation, comme une image derrière un verre fumé — un autre aspect de ce fait que quand on lisait une page de Bergotte, elle n'était jamais ce qu'aurait écrit n'importe lequel de ces plats imitateurs qui pourtant, dans le journal et dans le livre, ornaient leur prose de tant d'images et de pensées « à la Bergotte ». Cette différence dans le style venait de ce que « le

Bergotte » était avant tout quelque élément précieux et vrai, caché au cœur de chaque chose, puis extrait d'elle par ce grand écrivain grâce à son génie, extraction qui était le but du doux Chantre et non pas de faire du Bergotte. À vrai dire il en faisait malgré lui puisqu'il était Bergotte, et qu'en ce sens chaque nouvelle beauté de son œuvre était la petite quantité de Bergotte enfouie dans une chose et qu'il en avait tirée. Mais si par là chacune de ces beautés était apparentée avec les autres et reconnaissable, elle restait cependant particulière, comme la découverte qui l'avait mise à jour ; nouvelle, par conséquent différente de ce qu'on appelait le genre Bergotte qui était une vague synthèse des Bergotte déjà trouvés et rédigés par lui, lesquels ne permettaient nullement à des hommes sans génie d'augurer ce qu'il découvrirait ailleurs. Il en est ainsi pour tous les grands écrivains, la beauté de leurs phrases est imprévisible, comme est celle d'une femme qu'on ne connaît pas encore ; elle est création puisqu'elle s'applique à un objet extérieur auquel ils pensent — et non à soi — et qu'ils n'ont pas encore exprimé. Un auteur de Mémoires d'aujourd'hui, voulant sans trop en avoir l'air, faire du Saint-Simon, pourra à la rigueur écrire la première ligne du portrait de Villars : « C'était un assez grand homme brun... avec une physionomie vive, ouverte, sortante », mais quel déterminisme pourra lui faire trouver la seconde ligne qui commence par : « et véritablement un peu folle [116] ». La vraie variété est dans cette plénitude d'éléments réels et inattendus, dans le rameau chargé de fleurs bleues qui s'élance, contre toute attente, de la haie printanière qui semblait déjà comble, tandis que l'imitation purement formelle de la variété (et on pourrait raisonner de même pour toutes les autres qualités du style) n'est que vide et uniformité, c'est-à-dire ce qui est le plus opposé à la variété, et ne peut chez les imitateurs en donner l'illusion et en rappeler le souvenir que pour celui qui ne l'a pas comprise chez les maîtres.

Aussi — de même que la diction de Bergotte eût sans doute charmé si lui-même n'avait été que quelque amateur récitant du prétendu Bergotte, au lieu qu'elle était liée à la pensée de Bergotte en travail et en action par des rapports vitaux que l'oreille ne dégageait pas immédiatement — de même c'était parce que Bergotte appliquait cette pensée avec précision à la réalité qui lui plaisait que son langage avait quelque chose de positif, de trop nourrissant, qui décevait ceux qui s'attendaient à l'entendre parler seulement de « l'éternel torrent des apparences » et des « mystérieux frissons de la beauté ». Enfin la qualité toujours rare et neuve de ce qu'il écrivait se traduisait dans sa conversation par une façon si subtile d'aborder une question, en négligeant tous ses aspects déjà connus, qu'il avait l'air de la prendre par un petit côté, d'être dans le faux, de faire du paradoxe, et qu'ainsi ses idées semblaient le plus souvent confuses, chacun appelant idées claires celles qui sont au même degré de confusion que les siennes propres. D'ailleurs toute nouveauté ayant pour condition l'élimination préalable du poncif auquel nous étions habitués et qui nous semblait la réalité même, toute conversation neuve, aussi bien que toute peinture, toute musique originales, paraîtra toujours alambiquée et fatigante. Elle repose sur des figures auxquelles nous ne sommes pas accoutumés, le causeur nous paraît ne parler que par métaphores, ce qui lasse et donne l'impression d'un manque de vérité. (Au fond, les anciennes formes de langage avaient été elles aussi autrefois des images difficiles à suivre quand l'auditeur ne connaissait pas encore l'univers qu'elles peignaient. Mais depuis longtemps on se figure que c'était l'univers réel, on se repose sur lui.) Aussi quand Bergotte, ce qui semble pourtant bien simple aujourd'hui, disait de Cottard que c'était un ludion qui cherchait son équilibre, et de Brichot que « plus encore qu'à Mme Swann le soin de sa coiffure lui donnait de la peine parce que doublement préoccupé de son profil et de sa réputation, il fallait à tout moment que l'ordonnance de sa chevelure lui donnât l'air à la fois d'un lion et d'un philosophe », on éprouvait vite de la fatigue et on eût voulu reprendre pied sur quelque chose de plus concret, disait-on, pour signifier de plus habituel. Les paroles méconnaissables sorties du masque que j'avais sous les yeux c'était bien à l'écrivain que j'admirais qu'il fallait les rapporter, elles n'auraient pas su s'insérer dans ses livres à la façon d'un puzzle qui s'encadre entre d'autres, elles étaient dans un autre plan et nécessitaient une transposition moyennant laquelle un jour que je me répétais des phrases que j'avais entendu dire à Bergotte, j'y retrouvai toute l'armature de son style écrit, dont je pus reconnaître et nommer les différentes pièces dans ce discours parlé qui m'avait paru si différent.

À un point de vue plus accessoire, la façon spéciale, un peu trop minutieuse et intense, qu'il avait de prononcer certains mots, certains adjectifs qui revenaient souvent dans sa conversation et qu'il ne disait pas sans une certaine emphase, faisant ressortir toutes leurs syllabes et chanter la dernière (comme pour le mot visage qu'il substituait toujours au mot figure et à qui il ajoutait un grand nombre de *v*, d'*s*, de *g*, qui semblaient tous exploser de sa main ouverte à ces moments), correspondait exactement à la belle place où dans sa prose il mettait ces mots aimés en lumière, précédés d'une sorte de marge et composés de telle façon dans le nombre total de la phrase, qu'on était obligé, sous peine de faire une faute de mesure, d'y faire compter toute leur « quantité ». Pourtant, on ne retrouvait pas dans le langage de Bergotte certain éclairage qui dans ses livres comme dans ceux de quelques autres auteurs, modifie souvent dans la phrase écrite l'apparence des mots. C'est sans doute qu'il vient de grandes profondeurs et n'amène pas ses rayons jusqu'à nos paroles dans les heures où ouverts aux autres par la conversation, nous sommes dans une certaine mesure fermés à nous-même. À cet égard il y avait plus d'intonations, plus d'accent, dans ses livres que dans ses propos : accent indépendant de la beauté du style, que l'auteur lui-même n'a pas perçu sans doute, car il n'est pas séparable de sa personnalité la plus intime. C'est cet accent qui aux moments où dans ses livres Bergotte était entièrement naturel rythmait les mots souvent alors fort insignifiants qu'il écrivait. Cet accent n'est pas noté dans le texte, rien ne l'y indique et pourtant il s'ajoute de lui-même aux phrases, on ne peut pas les dire autrement, il est ce qu'il y avait de plus éphémère et pourtant de plus profond chez l'écrivain et c'est cela qui portera témoignage sur sa nature, qui dira si, malgré toutes les duretés qu'il a exprimées il était doux, malgré toutes les sensualités, sentimental.

Certaines particularités d'élocution qui existaient à l'état de faibles traces dans la conversation de Bergotte ne lui appartenaient pas en propre, car quand j'ai connu plus tard ses frères et ses sœurs, je les ai retrouvées chez eux bien plus accentuées. C'était quelque chose de brusque et de rauque dans les derniers mots d'une phrase gaie, quelque chose d'affaibli et d'expirant à la fin d'une phrase triste. Swann, qui avait connu le Maître quand il était enfant, m'a dit qu'alors on entendait chez lui, tout autant que chez ses frères et sœurs ces inflexions en quelque sorte familiales, tour à tour cris de violente gaieté, murmures d'une lente mélancolie, et que dans la salle où ils jouaient tous ensemble il faisait sa partie mieux qu'aucun, dans leurs concerts successivement assourdissants et languides. Si particulier qu'il soit, tout ce bruit qui s'échappe des êtres est fugitif et ne leur survit pas. Mais il n'en fut pas ainsi de la prononciation de la famille Bergotte. Car s'il est difficile de comprendre jamais, même dans *Les Maîtres Chanteurs*, comment un artiste peut inventer la musique en écoutant gazouiller les oiseaux[117], pourtant Bergotte avait transposé et fixé dans sa prose cette façon de traîner sur des mots qui se répètent en clameurs de joie ou qui s'égouttent en tristes soupirs. Il y a dans ses livres telles terminaisons de phrases où l'accumulation des sonorités se prolonge, comme aux derniers accords d'une ouverture d'opéra qui ne peut pas finir et redit plusieurs fois sa suprême cadence avant que le chef d'orchestre pose son bâton, dans lesquelles je retrouvai plus tard un équivalent musical de ces cuivres phonétiques de la famille Bergotte. Mais pour lui, à partir du moment où il les transporta dans ses livres, il cessa inconsciemment d'en user dans son discours. Du jour où il avait commencé d'écrire et, à plus forte raison, plus tard, quand je le connus, sa voix s'en était désorchestrée pour toujours.

Ces jeunes Bergotte — le futur écrivain et ses frères et sœurs — n'étaient sans doute pas supérieurs, au contraire, à des jeunes gens plus fins, plus spirituels qui trouvaient les Bergotte bien bruyants, voire un peu vulgaires, agaçants dans leurs plaisanteries qui caractérisaient le « genre » moitié prétentieux, moitié bêta, de la maison. Mais le génie, même le grand talent, vient moins d'éléments intellectuels et d'affinement social supérieurs à ceux d'autrui, que de la faculté de les transformer, de les transposer. Pour faire chauffer un liquide avec une lampe électrique, il ne s'agit pas d'avoir la plus forte lampe possible, mais une dont le courant puisse cesser d'éclairer, être dérivé et donner, au lieu de lumière, de la chaleur. Pour se promener dans les airs, il n'est pas nécessaire d'avoir l'automobile la plus puissante, mais une automobile qui ne continuant pas de courir à terre et coupant d'une verticale la ligne qu'elle suivait, soit capable de convertir en force ascensionnelle sa vitesse horizontale. De même ceux qui produisent des œuvres géniales ne sont pas ceux qui vivent dans le milieu le plus délicat, qui ont la conversation la plus brillante, la culture la plus étendue, mais ceux qui ont eu le pouvoir, cessant brusquement de vivre pour eux-mêmes, de rendre leur personnalité pareille à un miroir, de telle sorte que leur vie si médiocre d'ailleurs qu'elle pouvait être mondainement et même, dans un certain sens, intellectuellement parlant, s'y reflète, le génie consistant dans le pouvoir réfléchissant et non dans la qualité intrinsèque du spectacle reflété. Le jour où le jeune Bergotte put montrer au monde de ses lecteurs le salon de mauvais goût où il avait passé son enfance et les causeries pas très drôles qu'il y tenait avec ses frères, ce jour-là il monta plus haut que les amis de sa famille, plus spirituels et plus distingués : ceux-ci dans leurs belles Rolls-Royce pourraient rentrer chez eux en témoignant un peu de mépris pour la vulgarité des Bergotte; mais lui, de son modeste appareil qui venait enfin de « décoller », il les survolait.

C'était, non plus avec des membres de sa famille, mais avec certains écrivains de son temps que d'autres traits de son élocution lui étaient communs. De plus jeunes qui commençaient à le renier et prétendaient n'avoir aucune parenté intellectuelle avec lui, la manifestaient sans le vouloir en employant les mêmes adverbes, les mêmes prépositions qu'il répétait sans cesse, en construisant les phrases de la même manière, en parlant sur le même ton amorti, ralenti, par réaction contre le langage éloquent et facile d'une génération précédente. Peut-être ces jeunes gens — on en verra qui étaient dans ce cas — n'avaient-ils pas connu Bergotte. Mais sa façon de penser, inoculée en eux, y avait développé ces altérations de la syntaxe et de l'accent qui sont en relation nécessaire avec l'originalité intellectuelle. Relation qui demande à être interprétée d'ailleurs. Ainsi Bergotte, s'il ne devait rien à personne dans sa façon d'écrire, tenait sa façon de parler d'un de ses vieux camarades, merveilleux causeur dont il avait subi l'ascendant, qu'il imitait sans le vouloir dans la conversation, mais qui, lui, étant moins doué, n'avait jamais écrit de livres vraiment supérieurs. De sorte que si l'on s'en était tenu à l'originalité du débit, Bergotte eût été étiqueté disciple, écrivain de seconde main, alors que, influencé par son ami, dans le domaine de la causerie, il avait été original et créateur comme écrivain. Sans doute encore pour se séparer de la précédente génération, trop amie des abstractions, des grands lieux communs, quand Bergotte voulait dire du bien d'un livre, ce qu'il faisait valoir, ce qu'il citait c'était toujours quelque scène faisant image, quelque tableau sans signification rationnelle. « Ah ! si ! disait-il, c'est bien ! il y a une petite fille en châle orange, ah ! c'est bien », ou encore : « Oh ! oui, il y a un passage où il y a un régiment qui traverse une ville, ah ! oui, c'est bien ! » Pour le style, il n'était pas tout à fait de son temps (et restait du reste fort exclusivement de son pays, il détestait Tolstoï, George Eliot, Ibsen et Dostoïevski [118]) car le mot qui revenait toujours quand il voulait faire l'éloge d'un style, c'était le mot « doux ». « Si, j'aime tout de même mieux le Chateaubriand d'*Atala* que celui de *Rancé*, il me semble que c'est plus doux [119]. » Il disait ce mot-là comme un médecin à qui un malade assure que le lait lui fait mal à l'estomac et qui répond : « C'est pourtant bien doux. » Et il est vrai qu'il y avait dans le style de Bergotte une sorte d'harmonie pareille à celle pour laquelle les anciens donnaient à certains de leurs orateurs des louanges dont nous concevons difficilement la nature, habitués que nous sommes à nos langues modernes où on ne cherche pas ce genre d'effets.

Il disait aussi, avec un sourire timide, de pages de lui pour lesquelles on lui déclarait son admiration : « Je crois que c'est assez vrai, c'est assez exact, cela peut être utile », mais simplement par modestie, comme une femme à qui on dit que sa robe, ou sa fille, est ravissante, répond, pour la première : « Elle est commode », pour la seconde : « Elle a un bon caractère. » Mais l'instinct du constructeur était trop profond chez Bergotte pour qu'il ignorât que la seule preuve qu'il avait bâti utilement et selon la vérité, résidait dans la joie que son œuvre lui avait donnée, à lui d'abord, et aux autres ensuite. Seulement, bien des années plus tard, quand il n'eut plus de talent, chaque fois qu'il écrivit quelque chose dont il n'était pas content, pour ne pas l'effacer comme il aurait dû, pour le publier, il se répéta, à soi-même cette fois : « Malgré tout, c'est assez exact, cela n'est pas inutile à mon pays. » De sorte que la phrase murmurée jadis devant ses admirateurs par une ruse de sa modestie, le fut, à la fin, dans le secret de son cœur, par les inquiétudes de son orgueil. Et les mêmes mots qui avaient servi à Bergotte d'excuse superflue pour la valeur de ses premières œuvres, lui devinrent comme une inefficace consolation de la médiocrité des dernières.

Une espèce de sévérité de goût qu'il avait, de volonté de n'écrire jamais que des choses dont il pût dire : « C'est doux », et qui l'avait fait passer tant d'années pour un artiste stérile, précieux, ciseleur de riens, était au contraire le secret de sa force, car l'habitude fait aussi bien le style de l'écrivain que le caractère de l'homme, et l'auteur qui s'est plusieurs fois contenté d'atteindre dans l'expression de sa pensée à un certain agrément, pose ainsi pour toujours les bornes de son talent, comme en cédant souvent au plaisir, à la paresse, à la peur de souffrir, on dessine soi-même sur un caractère où la retouche finit par n'être plus possible, la figure de ses vices et les limites de sa vertu.

Si, pourtant, malgré tant de correspondances que je perçus dans la suite entre l'écrivain et l'homme, je n'avais pas cru au premier moment, chez Mme Swann, que ce fût Bergotte, que ce fût l'auteur de tant de livres divins qui se trouvât devant moi, peut-être n'avais-je pas eu absolument tort, car lui-même (au vrai sens du mot) ne le « croyait » pas non plus. Il ne le croyait pas puisqu'il montrait un grand empressement envers des gens du monde (sans être d'ailleurs snob), envers des gens de lettres, des journalistes, qui lui étaient bien inférieurs. Certes, maintenant il avait appris par le suffrage des autres qu'il avait du génie, à côté de quoi la situation dans le monde et les positions officielles ne sont rien. Il avait appris qu'il avait du génie, mais il ne le croyait pas puisqu'il continuait à simuler la déférence envers des écrivains médiocres pour arriver à être prochainement académicien, alors que l'Académie ou le faubourg Saint-Germain n'ont pas plus à voir avec la part de l'Esprit éternel laquelle est l'auteur des livres de Bergotte qu'avec le principe de causalité ou l'idée de Dieu. Cela il le savait aussi, comme un kleptomane sait inutilement qu'il est mal de voler. Et l'homme à barbiche et à nez en colimaçon avait des ruses de gentleman voleur de fourchettes, pour se rapprocher du fauteuil académique espéré, de telle Duchesse qui disposait de plusieurs voix, dans les élections, mais de s'en rapprocher en tâchant qu'aucune personne qui eût estimé que c'était un vice de poursuivre un pareil but, pût voir son manège. Il n'y réussissait qu'à demi, on entendait alterner avec les propos du vrai Bergotte, ceux du Bergotte égoïste, ambitieux et qui ne pensait qu'à parler de tels gens puissants, nobles ou riches, pour se faire valoir, lui qui dans ses livres, quand il était vraiment lui-même avait si bien montré, pur comme celui d'une source, le charme des pauvres.

Quant à ces autres vices auxquels avait fait allusion M. de Norpois, à cet amour à demi incestueux qu'on disait même compliqué d'indélicatesse en matière d'argent, s'ils contredisaient d'une façon choquante la tendance de ses derniers romans, pleins d'un souci si scrupuleux, si douloureux, du bien, que les moindres joies de leurs héros en étaient empoisonnées et que pour le lecteur même il s'en dégageait un sentiment d'angoisse à travers lequel l'existence la plus douce semblait difficile à supporter, ces vices ne prouvaient pas cependant, à supposer qu'on les imputât justement à Bergotte, que sa littérature fût mensongère, et tant de sensibilité, de la comédie. De même qu'en pathologie certains états d'apparence semblable, sont dus, les uns à un excès, d'autres à une insuffisance de tension, de sécrétion, etc., de même il peut y avoir vice par hypersensibilité comme il y a vice par manque de sensibilité. Peut-être n'est-ce que dans des vies réellement vicieuses que le problème moral peut se poser avec toute sa force d'anxiété. Et à ce problème l'artiste donne une solution non pas dans le plan de sa vie individuelle, mais de ce qui est pour lui sa vraie vie, une solution générale, littéraire. Comme les grands docteurs de l'Église commencèrent souvent tout en étant bons par connaître les péchés de tous les hommes, et en tirèrent leur sainteté personnelle, souvent les grands artistes tout en étant mauvais se servent de leurs vices pour arriver à concevoir la règle morale de tous. Ce sont les vices (ou seulement les faiblesses et les ridicules) du milieu où ils vivaient, les propos inconséquents, la vie frivole et choquante de leur fille, les trahisons de leur femme ou leurs propres fautes, que les écrivains ont le plus souvent flétris dans leurs diatribes sans changer pour cela le train de leur ménage ou le mauvais ton qui règne dans leur foyer. Mais ce contraste frappait moins autrefois qu'au temps de Bergotte, parce que d'une part, au fur et à mesure que se corrompait la société, les notions de moralité allaient s'épurant, et que d'autre part le public s'était mis au courant plus qu'il avait encore fait jusque-là de la vie privée des écrivains ; et certains soirs au théâtre on se montrait l'auteur que j'avais tant admiré à Combray, assis au fond d'une loge dont la seule composition semblait un commentaire singulièrement risible ou poignant, un impudent démenti de la thèse qu'il venait de soutenir dans sa dernière œuvre. Ce n'est pas ce que les uns ou les autres purent me dire qui me renseigna beaucoup sur la bonté ou la méchanceté de Bergotte. Tel de ses proches fournissait des preuves de sa dureté, tel inconnu citait un trait (touchant car il avait été évidemment destiné à rester caché) de sa sensibilité profonde. Il avait agi cruellement avec sa femme. Mais dans une auberge de village où il était venu passer la nuit il était resté pour veiller une pauvresse qui avait tenté de se jeter à l'eau, et quand il avait été obligé de partir il avait laissé beaucoup d'argent à l'aubergiste pour qu'il ne chassât pas cette malheureuse et pour qu'il eût des attentions envers elle. Peut-être, plus le grand écrivain se développa en Bergotte aux dépens de l'homme à barbiche, plus sa vie individuelle se noya dans le flot de toutes les vies qu'il imaginait et ne lui parut plus l'obliger à des devoirs effectifs, lesquels étaient remplacés pour lui par le devoir d'imaginer ces autres vies. Mais en même temps, parce qu'il imaginait les sentiments des autres, aussi bien que s'ils avaient été les siens, quand l'occasion faisait qu'il avait à s'adresser à un malheureux, au moins d'une façon passagère, il le faisait en se plaçant non à son point de vue personnel, mais à celui même de l'être qui souffrait, point de vue d'où lui aurait fait horreur le langage de ceux qui continuent à penser à leurs petits intérêts devant la douleur d'autrui. De sorte qu'il a excité autour de lui des rancunes justifiées et des gratitudes ineffaçables.

C'était surtout un homme qui au fond n'aimait vraiment que certaines images et (comme une miniature au fond d'un coffret) que les composer et les peindre sous les mots. Pour un rien qu'on lui avait envoyé, si ce rien lui était l'occasion d'en entrelacer quelques-unes, il se montrait prodigue dans l'expression de sa reconnaissance, alors qu'il n'en témoignait aucune pour un riche présent. Et s'il avait eu à se défendre devant un tribunal, malgré lui il aurait choisi ses paroles non selon l'effet qu'elles pouvaient produire sur le juge mais en vue d'images que le juge n'aurait certainement pas aperçues.

Ce premier jour où je le vis chez les parents de Gilberte, je racontai à Bergotte que j'avais entendu récemment la Berma dans *Phèdre ;* il me dit que dans la scène où elle reste le bras levé à la hauteur de l'épaule — précisément une des scènes où on avait tant applaudi — elle avait su évoquer avec un art très noble des chefs-d'œuvre qu'elle n'avait peut-être d'ailleurs jamais vus, une Hespéride qui fait ce geste sur une métope d'Olympie[120], et aussi les belles vierges de l'ancien Érechthéion[121]. « Ce peut être une divination, je me figure pourtant qu'elle va dans les musées. Ce serait intéressant à " repérer " » (repérer était une de ces expressions habituelles à Bergotte et que tels jeunes gens qui ne l'avaient jamais rencontré lui avaient prises, parlant comme lui par une sorte de suggestion à distance). « Vous pensez aux Cariatides ? » demanda Swann. « Non, non, dit Bergotte, sauf dans la scène où elle avoue sa passion à Œnone et où elle fait avec la main le mouvement d'Hêgêso dans la stèle du Céramique[122], c'est un art bien plus ancien qu'elle ranime. Je parlais des Koraï de l'ancien Érechthéion, et je reconnais qu'il n'y a peut-être rien qui soit aussi loin de l'art de Racine, mais il y a déjà tant de choses dans *Phèdre*..., une de plus... Oh ! et puis, si, elle est bien jolie la petite Phèdre du VIe siècle, la verticalité du bras, la boucle du cheveu qui " fait marbre ", si, tout de même, c'est très fort d'avoir trouvé tout ça. Il y a là beaucoup plus d'antiquité que dans bien des livres qu'on appelle cette année " antiques ". » Comme Bergotte avait adressé dans un de ses livres une invocation célèbre à ces statues archaïques, les paroles qu'il prononçait en ce moment étaient fort claires pour moi et me donnaient une nouvelle raison de m'intéresser au jeu de la Berma. Je tâchais de la revoir dans mon souvenir, telle qu'elle avait été dans cette scène où je me rappelais qu'elle avait élevé le bras à hauteur de l'épaule. Et je me disais : « Voilà l'Hespéride d'Olympie ; voilà la sœur d'une de ces admirables orantes de l'Acropole ; voilà ce que c'est qu'un art noble. » Mais pour que ces pensées pussent m'embellir le geste de la Berma, il aurait fallu que Bergotte me les eût fournies avant la représentation. Alors pendant que cette attitude de l'actrice existait effectivement devant moi, à ce moment où la chose qui a lieu a encore la plénitude de la réalité, j'aurais pu essayer d'en extraire l'idée de sculpture archaïque. Mais de la Berma dans cette scène, ce que je gardais c'était un souvenir qui n'était plus modifiable, mince comme une image dépourvue de ces dessous profonds du présent qui se laissent creuser et d'où l'on peut tirer véridiquement quelque chose de nouveau, une image à laquelle on ne peut imposer rétroactivement une interprétation qui ne serait plus susceptible de vérification, de sanction objective. Pour se mêler à la conversation, Mme Swann me demanda si Gilberte avait pensé à me donner ce que Bergotte avait écrit sur *Phèdre*. « J'ai une fille si étourdie », ajouta-t-elle. Bergotte eut un sourire de modestie et protesta que c'étaient des pages sans importance. « Mais si, c'est ravissant ce petit opuscule, ce petit *tract* », dit Mme Swann pour se montrer bonne maîtresse de maison, pour faire croire qu'elle avait lu la brochure, et aussi parce qu'elle n'aimait pas seulement complimenter Bergotte, mais faire un choix entre les choses qu'il écrivait, le diriger. Et à vrai dire elle l'inspira, d'une autre façon, du reste, qu'elle ne crut. Mais enfin il y a entre ce que fut l'élégance du salon de Mme Swann et tout un côté de l'œuvre de Bergotte des rapports tels que chacun des deux peut être alternativement pour les vieillards d'aujourd'hui, un commentaire de l'autre.

Je me laissais aller à raconter mes impressions. Souvent Bergotte ne les trouvait pas justes, mais il me laissait parler. Je lui dis que j'avais aimé cet éclairage vert qu'il y a au moment où Phèdre lève le bras. « Ah ! vous feriez très plaisir au décorateur qui est un grand artiste, je le lui raconterai parce qu'il est très fier de cette lumière-là. Moi je dois dire que je ne l'aime pas beaucoup, ça baigne tout dans une espèce de machine glauque, la petite Phèdre là-dedans fait trop branche de corail au fond d'un aquarium. Vous direz que ça fait ressortir le côté cosmique du drame. Ça c'est vrai. Tout de même ce serait mieux pour une pièce qui se passerait chez Neptune. Je sais bien qu'il y a là de la vengeance de Neptune. Mon Dieu je ne demande pas qu'on ne pense qu'à Port-Royal, mais enfin, tout de même ce que Racine a raconté ce ne sont pas les amours des oursins. Mais enfin c'est ce que mon ami a voulu et c'est très fort tout de même et au fond, c'est assez joli. Oui, enfin vous avez aimé ça, vous avez compris, n'est-ce pas, au fond nous pensons de même là-dessus, c'est un peu insensé ce qu'il a fait, n'est-ce pas, mais enfin c'est très intelligent. » Et quand l'avis de Bergotte était ainsi contraire au mien, il ne me réduisait nullement au silence, à l'impossibilité de rien répondre, comme eût fait celui de M. de Norpois. Cela ne prouve pas que les opinions de Bergotte fussent moins valables que celles de l'ambassadeur, au contraire. Une idée forte communique un peu de sa force au contradicteur. Participant à la valeur universelle des esprits, elle s'insère, se greffe en l'esprit de celui qu'elle réfute, au milieu d'idées adjacentes, à l'aide desquelles, reprenant quelque avantage, il la complète, la rectifie ; si bien que la sentence finale est en quelque sorte l'œuvre des deux personnes qui discutaient. C'est aux idées qui ne sont pas, à proprement parler, des idées, aux idées qui ne tenant à rien, ne trouvent aucun point d'appui, aucun rameau fraternel dans l'esprit de l'adversaire, que celui-ci, aux prises avec le pur vide, ne trouve rien à répondre. Les arguments de M. de Norpois (en matière d'art), étaient sans réplique parce qu'ils étaient sans réalité.

Bergotte n'écartant pas mes objections, je lui avouai qu'elles avaient été méprisées par M. de Norpois. « Mais c'est un vieux serin, répondit-il ; il vous a donné des coups de bec parce qu'il croit toujours avoir devant lui un échaudé ou une seiche. » — « Comment ! vous connaissez Norpois ? » me dit Swann. « Oh ! il est ennuyeux comme la pluie, interrompit sa femme qui avait grande confiance dans le jugement de Bergotte et craignait sans doute que M. de Norpois ne nous eût dit du mal d'elle. J'ai voulu causer avec lui après le dîner, je ne sais pas si c'est l'âge, ou la digestion, mais je l'ai trouvé d'un vaseux. Il semble qu'on aurait eu besoin de le doper ! » — « Oui, n'est-ce pas, dit Bergotte, il est bien obligé de se taire assez souvent pour ne pas épuiser avant la fin de la soirée la provision de sottises qui empèsent le jabot de la chemise et maintiennent le gilet blanc. » — « Je trouve Bergotte et ma femme bien sévères, dit Swann qui avait pris chez lui " l'emploi " d'homme de bon sens. Je reconnais que Norpois ne peut pas vous intéresser beaucoup, mais à un autre point de vue (car Swann aimait à recueillir les beautés de la " vie "), il est quelqu'un d'assez curieux, d'assez curieux comme " amant ". Quand il était secrétaire à Rome, ajouta-t-il, après s'être assuré que Gilberte ne pouvait pas entendre, il avait à Paris une maîtresse dont il était éperdu et il trouvait le moyen de faire le voyage deux fois par semaine pour la voir deux heures. C'était du reste une femme très intelligente et ravissante à ce moment-là, c'est une douairière maintenant. Et il en a eu beaucoup d'autres dans l'intervalle. Moi je serais devenu fou s'il avait fallu que la femme que j'aimais habitât Paris pendant que j'étais retenu à Rome. Pour les gens nerveux il faudrait toujours qu'ils aimassent, comme disent les gens du peuple, " au-dessous d'eux " afin qu'une question d'intérêt mît la femme qu'ils aiment à leur discrétion. » À ce moment Swann s'aperçut de l'application que je pouvais faire de cette maxime à lui et à Odette. Et comme même chez les êtres supérieurs, au moment où ils semblent planer avec vous au-dessus de la vie, l'amour-propre reste mesquin, il fut pris d'une grande mauvaise humeur contre moi. Mais cela ne se manifesta que par l'inquiétude de son regard. Il ne me dit rien au moment même. Il ne faut pas trop s'en étonner. Quand Racine, selon un récit d'ailleurs controuvé, mais dont la matière se répète tous les jours dans la vie de Paris, fit allusion à Scarron devant Louis XIV, le plus puissant roi du monde ne dit rien le soir même au poète. Et c'est le lendemain que celui-ci tomba en disgrâce [123].

Mais comme une théorie désire d'être exprimée entièrement, Swann, après cette minute d'irritation et ayant essuyé le verre de son monocle, compléta sa pensée en ces mots qui devaient plus tard prendre dans mon souvenir la valeur d'un avertissement prophétique et duquel je ne sus pas tenir compte [124]. « Cependant le danger de ce genre d'amours est que la sujétion de la femme calme un moment la jalousie de l'homme mais la rend aussi plus exigeante. Il arrive à faire vivre sa maîtresse comme ces prisonniers qui sont jour et nuit éclairés pour être mieux gardés. Et cela finit généralement par des drames. »

Je revins à M. de Norpois. « Ne vous y fiez pas, il est au contraire très mauvaise langue », dit Mme Swann avec un accent qui me parut d'autant plus signifier que M. de Norpois avait mal parlé d'elle, que Swann regarda sa femme d'un air de réprimande et comme pour l'empêcher d'en dire davantage.

Cependant Gilberte qu'on avait déjà priée deux fois d'aller se préparer pour sortir, restait à nous écouter, entre sa mère et son père à l'épaule duquel elle était câlinement appuyée. Rien, au premier aspect, ne faisait plus contraste avec Mme Swann qui était brune [125] que cette jeune fille à la chevelure rousse, à la peau dorée. Mais au bout d'un instant on reconnaissait en Gilberte bien des traits — par exemple le nez arrêté avec une brusque et infaillible décision par le sculpteur invisible qui travaille de son ciseau pour plusieurs générations — l'expression, les mouvements de sa mère ; pour prendre une comparaison dans un autre art, elle avait l'air d'un portrait peu ressemblant encore de Mme Swann que le peintre par un caprice de coloriste, eût fait poser à demi déguisée, prête à se rendre à un dîner de « têtes », en Vénitienne. Et comme elle n'avait pas qu'une perruque blonde, mais que tout atome sombre avait été expulsé de sa chair laquelle dévêtue de ses voiles bruns, semblait plus nue, recouverte seulement des rayons dégagés par un soleil intérieur, le grimage n'était pas que superficiel, mais incarné ; Gilberte avait l'air de figurer quelque animal fabuleux, ou de porter un travesti mythologique. Cette peau rousse, c'était celle de son père au point que la nature semblait avoir eu, quand Gilberte avait été créée, à résoudre le problème de refaire peu à peu Mme Swann, en n'ayant à sa disposition comme matière, que la peau de M. Swann. Et la nature l'avait utilisée parfaitement, comme un maître huchier qui tient à laisser apparents le grain, les nœuds du bois. Dans la figure de Gilberte, au coin du nez d'Odette parfaitement reproduit, la peau se soulevait pour garder intacts les deux grains de beauté de M. Swann. C'était une nouvelle variété de Mme Swann qui était obtenue là, à côté d'elle, comme un lilas blanc près d'un lilas violet. Il ne faudrait pourtant pas se représenter la ligne de démarcation entre les deux ressemblances comme absolument nette. Par moments, quand Gilberte riait on distinguait l'ovale de la joue de son père dans la figure de sa mère comme si on les avait mis ensemble pour voir ce que donnerait le mélange ; cet ovale se précisait comme un embryon se forme : il s'allongeait obliquement, se gonflait, au bout d'un instant il avait disparu [126]. Dans les yeux de Gilberte il y avait le bon regard franc de son père ; c'est celui qu'elle avait eu quand elle m'avait donné la bille d'agate et m'avait dit : « Gardez-la en souvenir de notre amitié. » Mais, posait-on à Gilberte une question sur ce qu'elle avait fait, alors on voyait dans ces mêmes yeux l'embarras, l'incertitude, la dissimulation, la tristesse qu'avait autrefois Odette quand Swann lui demandait où elle était allée, et qu'elle lui faisait une de ces réponses mensongères qui désespéraient l'amant et maintenant lui faisaient brusquement changer la conversation en mari incurieux et prudent. Souvent, aux Champs-Élysées, j'avais été inquiet en voyant ce regard chez Gilberte. Mais la plupart du temps, c'était à tort. Car chez elle, survivance toute physique de sa mère, ce regard — celui-là du moins — ne correspondait plus à rien. C'est quand elle était allée à son cours, quand elle devait rentrer pour une leçon que les pupilles de Gilberte exécutaient ce mouvement qui jadis en les yeux d'Odette était causé par la peur de révéler qu'elle avait reçu dans la journée un de ses amants ou qu'elle était pressée de se rendre à un rendez-vous. Telles on voyait ces deux natures de M. et de Mme Swann onduler, refluer, empiéter tour à tour l'une sur l'autre, dans le corps de cette Mélusine [127].

Sans doute on sait bien qu'un enfant tient de son père et de sa mère. Encore la distribution des qualités et des défauts dont il hérite se fait-elle si étrangement que, de deux qualités qui semblaient inséparables chez l'un des parents, on ne trouve plus que l'une chez l'enfant, et alliée à celui des défauts de l'autre parent qui semblait inconciliable avec elle. Même l'incarnation d'une qualité morale dans un défaut physique incompatible est souvent une des lois de la ressemblance filiale. De deux sœurs, l'une aura, avec la fière stature de son père, l'esprit mesquin de sa mère ; l'autre, toute remplie de l'intelligence paternelle la présentera au monde sous l'aspect qu'a sa mère ; de sa mère, le gros nez, le ventre noueux, et jusqu'à la voix sont devenus les vêtements de dons qu'on connaissait sous une apparence superbe. De sorte que de chacune des deux sœurs on peut dire avec autant de raison que c'est elle qui tient le plus de tel de ses parents. Il est vrai que Gilberte était fille unique, mais il y avait, au moins, deux Gilberte. Les deux natures, de son père et de sa mère, ne faisaient pas que se mêler en elle ; elles se la disputaient, et encore ce serait parler inexactement et donnerait à supposer qu'une troisième Gilberte souffrait pendant ce temps-là d'être la proie des deux autres. Or, Gilberte était tour à tour l'une et puis l'autre, et à chaque moment rien de plus que l'une, c'est-à-dire incapable, quand elle était moins bonne, d'en souffrir, la meilleure Gilberte ne pouvant alors du fait de son absence momentanée, constater cette déchéance. Aussi la moins bonne des deux était-elle libre de se réjouir de plaisirs peu nobles. Quand l'autre parlait avec le cœur de son père, elle avait des vues larges, on aurait voulu conduire avec elle une belle et bienfaisante entreprise, on le lui disait, mais au moment où l'on allait conclure, le cœur de sa mère avait déjà repris son tour ; et c'est lui qui vous répondait ; et on était déçu et irrité — presque intrigué comme devant une substitution de personne — par une réflexion mesquine, un ricanement fourbe, où Gilberte se complaisait, car ils sortaient de ce qu'elle-même était à ce moment-là. L'écart était même parfois tellement grand entre les deux Gilberte qu'on se demandait, vainement du reste, ce qu'on avait pu lui faire, pour la retrouver si différente. Le rendez-vous qu'elle nous avait proposé, non seulement elle n'y était pas venue et ne s'excusait pas ensuite, mais quelle que fût l'influence qui eût pu faire changer sa détermination, elle se montrait si différente ensuite, qu'on aurait cru que, victime d'une ressemblance comme celle qui fait le fond des *Ménechmes*[128], on n'était pas devant la personne qui vous avait si gentiment demandé à vous voir, si elle ne nous eût témoigné une mauvaise humeur qui décelait qu'elle se sentait en faute et désirait éviter les explications. « Allons, va, tu vas nous faire attendre », lui dit sa mère. — « Je suis si bien près de mon petit papa, je veux rester encore un moment », répondit Gilberte en cachant sa tête sous le bras de son père qui passa tendrement les doigts dans la chevelure blonde.

Swann était de ces hommes qui, ayant vécu longtemps dans les illusions de l'amour, ont vu le bien-être qu'ils ont donné à nombre de femmes accroître le bonheur de celles-ci sans créer de leur part aucune reconnaissance, aucune tendresse envers eux ; mais dans leur enfant ils croient sentir une affection qui, incarnée dans leur nom même, les fera durer après leur mort. Quand il n'y aurait plus de Charles Swann, il y aurait encore une Mlle Swann, ou une Mme X., née Swann, qui continuerait à aimer le père disparu. Même à l'aimer trop peut-être, pensait sans doute Swann, car il répondit à Gilberte : « Tu es une bonne fille » de ce ton attendri par l'inquiétude que nous inspire pour l'avenir, la tendresse trop passionnée d'un être destiné à nous survivre. Pour dissimuler son émotion, il se mêla à notre conversation sur la Berma. Il me fit remarquer mais d'un ton détaché, ennuyé, comme s'il voulait rester en quelque sorte en dehors de ce qu'il disait, avec quelle intelligence, quelle justesse imprévue l'actrice disait à Œnone : « Tu le savais [129] ! » Il avait raison : cette intonation-là du moins, avait une valeur vraiment intelligible et aurait dû par là satisfaire à mon désir de trouver des raisons irréfutables d'admirer la Berma. Mais c'est à cause de sa clarté même qu'elle ne le contentait point. L'intonation était si ingénieuse, d'une intention, d'un sens si définis, qu'elle semblait exister en elle-même et que toute artiste intelligente eût pu l'acquérir. C'était une belle idée ; mais quiconque la concevrait aussi pleinement la posséderait de même. Il restait à la Berma qu'elle l'avait trouvée [130], mais peut-on employer ce mot de « trouver », quand il s'agit de trouver quelque chose qui ne serait pas différent si on l'avait reçu, quelque chose qui ne tient pas essentiellement à votre être puisqu'un autre peut ensuite le reproduire ?

« Mon Dieu, mais comme votre présence élève le *niveau de la conversation !* » me dit, comme pour s'excuser auprès de Bergotte, Swann qui avait pris dans le milieu Guermantes l'habitude de recevoir les grands artistes comme de bons amis à qui on cherche seulement à faire manger les plats qu'ils aiment, jouer aux jeux ou, à la campagne, se livrer aux sports qui leur plaisent. « Il me semble que nous parlons bien d'*art* », ajouta-t-il. « C'est très bien, j'aime beaucoup ça », dit Mme Swann en me jetant un regard reconnaissant, par bonté et aussi parce qu'elle avait gardé ses anciennes aspirations vers une conversation plus intellectuelle. Ce fut ensuite à d'autres personnes, à Gilberte en particulier, que parla Bergotte. J'avais dit à celui-ci tout ce que je ressentais avec une liberté qui m'avait étonné et qui tenait à ce qu'ayant pris avec lui, depuis des années (au cours de tant d'heures de solitude et de lecture, où il n'était pour moi que la meilleure partie de moi-même), l'habitude de la sincérité, de la franchise, de la confiance, il m'intimidait moins qu'une personne avec qui j'aurais causé pour la première fois. Et cependant pour la même raison j'étais fort inquiet de l'impression que j'avais dû produire sur lui, le mépris que j'avais supposé qu'il aurait pour mes idées ne datant pas d'aujourd'hui, mais des temps déjà anciens où j'avais commencé à lire ses livres, dans notre jardin de Combray. J'aurais peut-être dû pourtant me dire que puisque c'était sincèrement, en m'abandonnant à ma pensée, que d'une part, j'avais tant sympathisé avec l'œuvre de Bergotte et que, d'autre part, j'avais éprouvé au théâtre un désappointement dont je ne connaissais pas les raisons, ces deux mouvements instinctifs qui m'avaient entraîné ne devaient pas être si différents l'un de l'autre, mais obéir aux mêmes lois ; et que cet esprit de Bergotte, que j'avais aimé dans ses livres, ne devait pas être quelque chose d'entièrement étranger et hostile à ma déception et à mon incapacité de l'exprimer. Car mon intelligence devait être une, et peut-être même n'en existe-t-il qu'une seule dont tout le monde est co-locataire, une intelligence sur laquelle chacun, du fond de son corps particulier, porte ses regards, comme au théâtre, où si chacun a sa place, en revanche, il n'y a qu'une seule scène. Sans doute, les idées que j'avais le goût de chercher à démêler, n'étaient pas celles qu'approfondissait d'ordinaire Bergotte dans ses livres. Mais si c'était la même intelligence que nous avions lui et moi à notre disposition, il devait, en me les entendant exprimer, se les rappeler, les aimer, leur sourire, gardant probablement, malgré ce que je supposais, devant son œil intérieur, toute une autre partie de l'intelligence que celle dont une découpure avait passé dans ses livres et d'après laquelle j'avais imaginé tout son univers mental. De même que les prêtres, ayant la plus grande expérience du cœur, peuvent le mieux pardonner aux péchés qu'ils ne commettent pas, de même le génie ayant la plus grande expérience de l'intelligence, peut le mieux comprendre les idées qui sont le plus opposées à celles qui forment le fond de ses propres œuvres. J'aurais dû me dire tout cela (qui d'ailleurs n'a rien de très agréable, car la bienveillance des hauts esprits a pour corollaire l'incompréhension et l'hostilité des médiocres ; or, on est beaucoup moins heureux de l'amabilité d'un grand écrivain, qu'on trouve à la rigueur dans ses livres, qu'on ne souffre de l'hostilité d'une femme qu'on n'a pas choisie pour son intelligence, mais qu'on ne peut s'empêcher d'aimer). J'aurais dû me dire tout cela, mais ne me le disais pas, j'étais persuadé que j'avais paru stupide à Bergotte, quand Gilberte me chuchota à l'oreille : « Je nage dans la joie, parce que vous avez fait la conquête de mon grand ami Bergotte. Il a dit à maman qu'il vous avait trouvé extrêmement intelligent. » — « Où allons-nous ? » demandai-je à Gilberte. « Oh ! où on voudra, moi, vous savez, aller ici ou là... »

Mais depuis l'incident qui avait eu lieu le jour de l'anniversaire de la mort de son grand-père, je me demandais si le caractère de Gilberte n'était pas autre que ce que j'avais cru, si cette indifférence à ce qu'on ferait, cette sagesse, ce calme, cette douce soumission constante, ne cachaient pas au contraire des désirs très passionnés que par amour-propre elle ne voulait pas laisser voir et qu'elle ne révélait que par sa soudaine résistance quand ils étaient par hasard contrariés.

Comme Bergotte habitait dans le même quartier que mes parents, nous partîmes ensemble ; en voiture il me parla de ma santé : « Nos amis m'ont dit que vous étiez souffrant. Je vous plains beaucoup. Et puis malgré cela je ne vous plains pas trop, parce que je vois bien que vous devez avoir les plaisirs de l'intelligence et c'est probablement ce qui compte surtout pour vous, comme pour tous ceux qui les connaissent. »

Hélas ! ce qu'il disait là, combien je sentais que c'était peu vrai pour moi que tout raisonnement, si élevé qu'il fût, laissait froid, qui n'étais heureux que dans des moments de simple flânerie, quand j'éprouvais du bien-être ; je sentais combien ce que je désirais dans la vie était purement matériel, et avec quelle facilité je me serais passé de l'intelligence. Comme je ne distinguais pas entre les plaisirs ceux qui me venaient de sources différentes, plus ou moins profondes et durables, je pensai, au moment de lui répondre, que j'aurais aimé une existence où j'aurais été lié avec la Duchesse de Guermantes, et où j'aurais souvent senti, comme dans l'ancien bureau d'octroi des Champs-Élysées, une fraîcheur qui m'eût rappelé Combray. Or, dans cet idéal de vie que je n'osais lui confier, les plaisirs de l'intelligence ne tenaient aucune place. « Non, monsieur, les plaisirs de l'intelligence sont bien peu de chose pour moi, ce n'est pas eux que je recherche, je ne sais même pas si je les ai jamais goûtés. » — « Vous croyez vraiment ? me répondit-il. Eh bien, écoutez, si, tout de même, cela doit être cela que vous aimez le mieux, moi, je me le figure, voilà ce que je crois. »

Il ne me persuadait certes pas ; pourtant je me sentais plus heureux, moins à l'étroit. À cause de ce que m'avait dit M. de Norpois, j'avais considéré mes moments de rêverie, d'enthousiasme, de confiance en moi, comme purement subjectifs et sans vérité. Or, selon Bergotte qui avait l'air de connaître mon cas, il semblait que le symptôme à négliger, c'était au contraire mes doutes, mon dégoût de moi-même. Surtout ce qu'il avait dit de M. de Norpois ôtait beaucoup de sa force à une condamnation que j'avais crue sans appel.

« Êtes-vous bien soigné ? me demanda Bergotte.

Qui est-ce qui s'occupe de votre santé ? » Je lui dis que j'avais vu et reverrais sans doute Cottard. « Mais ce n'est pas ce qu'il vous faut ! me répondit-il. Je ne le connais pas comme médecin. Mais je l'ai vu chez Mme Swann. C'est un imbécile. À supposer que cela n'empêche pas d'être un bon médecin, ce que j'ai peine à croire, cela empêche d'être un bon médecin pour artistes, pour gens intelligents. Les gens comme vous ont besoin de médecins appropriés, je dirais presque de régimes, de médicaments particuliers. Cottard vous ennuiera et rien que l'ennui empêchera son traitement d'être efficace. Et puis ce traitement ne peut pas être le même pour vous que pour un individu quelconque. Les trois quarts du mal des gens intelligents viennent de leur intelligence. Il leur faut au moins un médecin qui connaisse ce mal-là. Comment voulez-vous que Cottard puisse vous soigner ? il a prévu la difficulté de digérer les sauces, l'embarras gastrique, mais il n'a pas prévu la lecture de Shakespeare... Aussi ses calculs ne sont plus justes avec vous, l'équilibre est rompu, c'est toujours le petit ludion qui remonte. Il vous trouvera une dilatation de l'estomac, il n'a pas besoin de vous examiner, puisqu'il l'a d'avance dans son œil. Vous pouvez la voir, elle se reflète dans son lorgnon. » Cette manière de parler me fatiguait beaucoup, je me disais avec la stupidité du bon sens : « Il n'y a pas plus de dilatation de l'estomac reflétée dans le lorgnon du professeur Cottard que de sottises cachées dans le gilet blanc de M. de Norpois. » « Je vous conseillerais plutôt, poursuivit Bergotte, le docteur du Boulbon qui est tout à fait intelligent. » — « C'est un grand admirateur de vos œuvres », lui répondis-je. Je vis que Bergotte le savait et j'en conclus que les esprits fraternels se rejoignent vite, qu'on a peu de vrais « amis inconnus ». Ce que Bergotte me dit au sujet de Cottard me frappa tout en étant contraire à tout ce que je croyais. Je ne m'inquiétais nullement de trouver mon médecin ennuyeux ; j'attendais de lui que, grâce à un art dont les lois m'échappaient, il rendît au sujet de ma santé un indiscutable oracle en consultant mes entrailles. Et je ne tenais pas à ce que, à l'aide d'une intelligence où j'aurais pu le suppléer, il cherchât à comprendre la mienne, que je ne me représentais que comme un moyen indifférent en soi-même de tâcher d'atteindre des vérités extérieures. Je doutais beaucoup que les gens intelligents eussent besoin d'une autre hygiène que les imbéciles et j'étais tout prêt à me soumettre à celle de ces derniers. « Quelqu'un qui aurait besoin d'un bon médecin, c'est notre ami Swann », dit Bergotte. Et comme je demandais s'il était malade : « Hé bien ! c'est l'homme qui a épousé une fille, qui avale par jour cinquante couleuvres de femmes qui ne veulent pas recevoir la sienne, ou d'hommes qui ont couché avec elle. On les voit, elles lui tordent la bouche. Regardez un jour le sourcil circonflexe qu'il a quand il rentre, pour voir qui il y a chez lui. » La malveillance avec laquelle Bergotte parlait ainsi à un étranger d'amis chez qui il était reçu depuis si longtemps était aussi nouvelle pour moi que le ton presque tendre que chez les Swann il prenait à tous moments avec eux. Certes, une personne comme ma grand-tante, par exemple, eût été incapable, avec aucun de nous, de ces gentillesses que j'avais entendu Bergotte prodiguer à Swann. Même aux gens qu'elle aimait, elle se plaisait à dire des choses désagréables. Mais hors de leur présence elle n'aurait pas prononcé une parole qu'ils n'eussent pu entendre. Rien, moins que notre société de Combray, ne ressemblait au monde. Celle des Swann était déjà un acheminement vers lui, vers ses flots versatiles. Ce n'était pas encore la grande mer, c'était déjà la lagune. « Tout ceci de vous à moi » me dit Bergotte en me quittant devant ma porte. Quelques années plus tard, je lui aurais répondu : « Je ne répète jamais rien. » C'est la phrase rituelle des gens du monde, par laquelle chaque fois le médisant est faussement rassuré. C'est celle que j'aurais déjà ce jour-là adressée à Bergotte car on n'invente pas tout ce qu'on dit, surtout dans les moments où on agit comme personnage social. Mais je ne la connaissais pas encore. D'autre part, celle de ma grand-tante dans une occasion semblable eût été : « Si vous ne voulez pas que ce soit répété, pourquoi le dites-vous ? » C'est la réponse des gens insociables, des « mauvaises bêtes ». Je ne l'étais pas : je m'inclinai en silence.

Des gens de lettres qui étaient pour moi des personnages considérables intriguaient pendant des années avant d'arriver à nouer avec Bergotte des relations qui restaient toujours obscurément littéraires et ne sortaient pas de son cabinet de travail, alors que moi, je venais de m'installer parmi les amis du grand écrivain, d'emblée et tranquillement, comme quelqu'un qui au lieu de faire la queue avec tout le monde pour avoir une mauvaise place, gagne les meilleures, ayant passé par un couloir fermé aux autres. Si Swann me l'avait ainsi ouvert, c'est sans doute parce que, comme un roi se trouve naturellement inviter les amis de ses enfants, dans la loge royale, sur le yacht royal, de même les parents de Gilberte recevaient les amis de leur fille au milieu des choses précieuses qu'ils possédaient et des intimités plus précieuses encore qui y étaient encadrées. Mais à cette époque je pensai, et peut-être avec raison, que cette amabilité de Swann était indirectement à l'adresse de mes parents. J'avais cru entendre autrefois à Combray qu'il leur avait offert, voyant mon admiration pour Bergotte, de m'emmener dîner chez lui, et que mes parents avaient refusé, disant que j'étais trop jeune et trop nerveux pour « sortir ». Sans doute, mes parents représentaient-ils pour certaines personnes, justement celles qui me semblaient le plus merveilleuses, quelque chose de tout autre qu'à moi, de sorte que comme au temps où la dame en rose avait adressé à mon père des éloges dont il s'était montré si peu digne, j'aurais souhaité que mes parents comprissent quel inestimable présent je venais de recevoir et témoignassent leur reconnaissance à ce Swann généreux et courtois qui me l'avait, ou le leur avait, offert, sans avoir plus l'air de s'apercevoir de sa valeur que ne fait dans la fresque de Luini [131], le charmant roi mage, au nez busqué, aux cheveux blonds, et avec lequel on lui avait trouvé autrefois, paraît-il, une grande ressemblance.

Malheureusement, cette faveur que m'avait faite Swann et que, en rentrant, avant même d'ôter mon pardessus, j'annonçai à mes parents, avec l'espoir qu'elle éveillerait dans leur cœur un sentiment aussi ému que le mien et les déterminerait envers les Swann à quelque « politesse » énorme et décisive, cette faveur ne parut pas très appréciée par eux. « Swann t'a présenté à Bergotte ? Excellente connaissance, charmante relation ! s'écria ironiquement mon père. Il ne manquait plus que cela ! » Hélas, quand j'eus ajouté qu'il ne goûtait pas du tout M. de Norpois : « Naturellement ! reprit-il. Cela prouve bien que c'est un esprit faux et malveillant. Mon pauvre fils, tu n'avais pas déjà beaucoup de sens commun, je suis désolé de te voir tombé dans un milieu qui va achever de te détraquer. »

Déjà ma simple fréquentation chez les Swann avait été loin d'enchanter mes parents. La présentation à Bergotte leur apparut comme une conséquence néfaste, mais naturelle, d'une première faute, de la faiblesse qu'ils avaient eue et que mon grand-père eût appelée un « manque de circonspection ». Je sentis que je n'avais plus pour compléter leur mauvaise humeur qu'à dire que cet homme pervers et qui n'appréciait pas M. de Norpois, m'avait trouvé extrêmement intelligent. Quand mon père, en effet, trouvait qu'une personne, un de mes camarades par exemple, était dans une mauvaise voie — comme moi en ce moment — si celui-là avait alors l'approbation de quelqu'un que mon père n'estimait pas, il voyait dans ce suffrage la confirmation de son fâcheux diagnostic. Le mal ne lui en apparaissait que plus grand. Je l'entendais déjà qui allait s'écrier : « Nécessairement, c'est *tout un ensemble !* », mot qui m'épouvantait par l'imprécision et l'immensité des réformes dont il semblait annoncer l'imminente introduction dans ma si douce vie. Mais comme, n'eussé-je pas raconté ce que Bergotte avait dit de moi, rien ne pouvait plus quand même effacer l'impression qu'avaient éprouvée mes parents, qu'elle fût encore un peu plus mauvaise n'avait pas grande importance. D'ailleurs ils me semblaient si injustes, tellement dans l'erreur, que non seulement je n'avais pas l'espoir, mais presque pas le désir de les ramener à une vue plus équitable. Pourtant, sentant, au moment où les mots sortaient de ma bouche, comme ils allaient être effrayés de penser que j'avais plu à quelqu'un qui trouvait les hommes intelligents bêtes, était l'objet du mépris des honnêtes gens, et duquel la louange en me paraissant enviable m'encouragerait au mal, ce fut à voix basse et d'un air un peu honteux que, achevant mon récit, je jetai le bouquet : « Il a dit aux Swann qu'il m'avait trouvé extrêmement intelligent. » Comme un chien empoisonné qui dans un champ se jette sans le savoir sur l'herbe qui est précisément l'antidote de la toxine qu'il a absorbée, je venais sans m'en douter de dire la seule parole qui fût au monde capable de vaincre chez mes parents ce préjugé à l'égard de Bergotte, préjugé contre lequel tous les plus beaux raisonnements que j'aurais pu faire, tous les éloges que je lui aurais décernés, seraient demeurés vains. Au même instant la situation changea de face : « Ah !... Il a dit qu'il te trouvait intelligent[132] ? dit ma mère. Cela me fait plaisir parce que c'est un homme de talent. » — « Comment ! il a dit cela ? reprit mon père... Je ne nie en rien sa valeur littéraire devant laquelle tout le monde s'incline, seulement c'est ennuyeux qu'il ait cette existence peu honorable dont a parlé à mots couverts le père Norpois », ajouta-t-il sans s'apercevoir que devant la vertu souveraine des mots magiques que je venais de prononcer la dépravation des mœurs de Bergotte ne pouvait guère lutter plus longtemps que la fausseté de son jugement. « Oh ! mon ami, interrompit maman, rien ne prouve que ce soit vrai. On dit tant de choses. D'ailleurs, M. de Norpois est tout ce qu'il y a de plus gentil, mais il n'est pas toujours très bienveillant, surtout pour les gens qui ne sont pas de son bord. » — « C'est vrai, je l'avais aussi remarqué, répondit mon père. » — « Et puis enfin il sera beaucoup pardonné[133] à Bergotte puisqu'il a trouvé mon petit enfant gentil », reprit maman tout en caressant avec ses doigts mes cheveux et en attachant sur moi un long regard rêveur.

Ma mère d'ailleurs n'avait pas attendu ce verdict de Bergotte pour me dire que je pouvais inviter Gilberte à goûter quand j'aurais des amis. Mais je n'osais pas le faire pour deux raisons. La première est que chez Gilberte, on ne servait jamais que du thé. À la maison au contraire, maman tenait à ce qu'à côté du thé il y eût du chocolat. J'avais peur que Gilberte ne trouvât cela commun et n'en conçût un grand mépris pour nous. L'autre raison fut une difficulté de protocole que je ne pus jamais réussir à lever. Quand j'arrivais chez Mme Swann elle me demandait : « Comment va Madame votre mère ? » J'avais fait quelques ouvertures à maman pour savoir si elle ferait de même quand viendrait Gilberte, point qui me semblait plus grave qu'à la cour de Louis XIV le « Monseigneur ». Mais maman ne voulut rien entendre. « Mais non puisque je ne connais pas Mme Swann. » — « Mais elle ne te connaît pas davantage. » — « Je ne te dis pas, mais nous ne sommes pas obligées de faire exactement de même en tout. Moi je ferai d'autres amabilités à Gilberte que Mme Swann n'aura pas pour toi. » Mais je ne fus pas convaincu et préférai ne pas inviter Gilberte.

Ayant quitté mes parents, j'allai changer de vêtements et en vidant mes poches je trouvai tout à coup l'enveloppe que m'avait remise le maître d'hôtel des Swann avant de m'introduire au salon. J'étais seul maintenant. Je l'ouvris, à l'intérieur était une carte sur laquelle on m'indiquait la dame à qui je devais offrir le bras pour aller à table[134].

Ce fut vers cette époque que Bloch bouleversa ma conception du monde, ouvrit pour moi des possibilités nouvelles de bonheur (qui devaient du reste se changer plus tard en possibilités de souffrance), en m'assurant que contrairement à ce que je croyais au temps de mes promenades du côté de Méséglise, les femmes ne demandaient jamais mieux que de faire l'amour. Il compléta ce service en m'en rendant un second que je ne devais apprécier que beaucoup plus tard : ce fut lui qui me conduisit pour la première fois dans une maison de passe. Il m'avait bien dit qu'il y avait beaucoup de jolies femmes qu'on peut posséder. Mais je leur attribuais une figure vague[135], que les maisons de passe devaient me permettre de remplacer par des visages particuliers. De sorte que si j'avais à Bloch — pour sa « bonne nouvelle[136] » que le bonheur, la possession de la beauté, ne sont pas choses inaccessibles et que nous avons fait œuvre inutile en y renonçant à jamais — une obligation de même genre qu'à tel médecin ou tel philosophe optimiste qui nous fait espérer la longévité dans ce monde, et de ne pas être entièrement séparé de lui quand on aura passé dans un autre, les maisons de rendez-vous que je fréquentai quelques années plus tard — en me fournissant des échantillons du bonheur, en me permettant d'ajouter à la beauté des femmes cet élément que nous ne pouvons inventer, qui n'est pas que le résumé des beautés anciennes, le présent vraiment divin, le seul que nous ne puissions recevoir de nous-même, devant lequel expirent toutes les créations logiques de notre intelligence et que nous ne pouvons demander qu'à la réalité : un charme individuel — méritèrent d'être classées par moi à côté de ces autres bienfaiteurs d'origine plus récente mais d'utilité analogue (avant lesquels nous imaginions sans ardeur la séduction de Mantegna, de Wagner, de Sienne, d'après d'autres peintres, d'autres musiciens, d'autres villes) : les éditions d'histoire de la peinture illustrées, les concerts symphoniques et les études sur les « Villes d'art [137] ». Mais la maison où Bloch me conduisit et où il n'allait plus d'ailleurs lui-même depuis longtemps était d'un rang trop inférieur, le personnel était trop médiocre et trop peu renouvelé pour que j'y pusse satisfaire d'anciennes curiosités ou contracter de nouvelles. La patronne [138] de cette maison ne connaissait aucune des femmes qu'on lui demandait et en proposait toujours dont on n'aurait pas voulu. Elle m'en vantait surtout une, une dont, avec un sourire plein de promesses (comme si ç'avait été une rareté et un régal) elle disait : « C'est une Juive ! Ça ne vous dit rien ? » (C'est sans doute à cause de cela qu'elle l'appelait Rachel.) Et avec une exaltation niaise et factice qu'elle espérait être communicative et qui finissait sur un râle presque de jouissance : « Pensez donc mon petit, une Juive, il me semble que ça doit être affolant ! Rah ! » Cette Rachel, que j'aperçus sans qu'elle me vît, était brune, pas jolie, mais avait l'air intelligent, et non sans passer un bout de langue sur ses lèvres, souriait d'un air plein d'impertinence aux michés [139] qu'on lui présentait et que j'entendais entamer la conversation avec elle. Son mince et étroit visage était entouré de cheveux noirs et frisés, irréguliers comme s'ils avaient été indiqués par des hachures dans un lavis, à l'encre de Chine. Chaque fois je promettais à la patronne qui me la proposait avec une insistance particulière en vantant sa grande intelligence et son instruction que je ne manquerais pas un jour de venir tout exprès pour faire la connaissance de Rachel surnommée par moi « Rachel quand du Seigneur [140] ». Mais le premier soir j'avais entendu celle-ci au moment où elle s'en allait dire à la patronne : « Alors c'est entendu, demain je suis libre, si vous avez quelqu'un vous n'oublierez pas de me faire chercher. »

Et ces mots m'avaient empêché de voir en elle une personne parce qu'ils me l'avaient fait classer immédiatement dans une catégorie générale de femmes dont l'habitude commune à toutes était de venir là le soir voir s'il n'y avait pas un louis ou deux à gagner. Elle variait seulement la forme de sa phrase en disant : « si vous avez besoin de moi » ou « si vous avez besoin de quelqu'un ».

La patronne, qui ne connaissait pas l'opéra d'Halévy, ignorait pourquoi j'avais pris l'habitude de dire : « Rachel quand du Seigneur ». Mais ne pas la comprendre n'a jamais fait trouver une plaisanterie moins drôle et c'est chaque fois en riant de tout son cœur qu'elle me disait : « Alors, ce n'est pas encore pour ce soir que je vous unis à " Rachel quand du Seigneur " ? Comment dites-vous cela : " Rachel quand du Seigneur ! " Ah ! ça c'est très bien trouvé. Je vais vous fiancer. Vous verrez que vous ne le regretterez pas. »

Une fois je faillis me décider, mais elle était « sous presse[141] », une autre fois entre les mains du « coiffeur », un vieux monsieur qui ne faisait rien d'autre aux femmes que verser de l'huile sur leurs cheveux déroulés et les peigner ensuite. Et je me lassai d'attendre bien que quelques habituées fort humbles, soi-disant ouvrières, mais toujours sans travail, fussent venues me faire de la tisane et tenir avec moi une longue conversation à laquelle — malgré le sérieux des sujets traités — la nudité partielle ou complète de mes interlocutrices donnait une savoureuse simplicité. Je cessai du reste d'aller dans cette maison parce que désireux de témoigner mes bons sentiments à la femme qui la tenait et avait besoin de meubles, je lui en donnai quelques-uns — notamment un grand canapé — que j'avais hérités de ma tante Léonie. Je ne les voyais jamais, car le manque de place avait empêché mes parents de les laisser entrer chez nous et ils étaient entassés dans un hangar. Mais dès que je les retrouvai dans la maison où ces femmes se servaient d'eux, toutes les vertus qu'on respirait dans la chambre de ma tante à Combray, m'apparurent, suppliciées par le contact cruel auquel je les avais livrées sans défense ! J'aurais fait violer une morte que je n'aurais pas souffert davantage. Je ne retournai plus chez l'entremetteuse, car ils me semblaient vivre et me supplier, comme ces objets en apparence inanimés d'un conte persan, dans lesquels sont enfermées des âmes qui subissent un martyre et implorent leur délivrance. D'ailleurs, comme notre mémoire ne nous présente pas d'habitude nos souvenirs dans leur suite chronologique, mais comme un reflet où l'ordre des parties est renversé, je me rappelai seulement beaucoup plus tard que c'était sur ce même canapé que bien des années auparavant j'avais connu pour la première fois les plaisirs de l'amour avec une de mes petites cousines avec qui je ne savais où me mettre, et qui m'avait donné le conseil assez dangereux de profiter d'une heure où ma tante Léonie était levée.

Toute une autre partie des meubles, et surtout une magnifique argenterie ancienne de ma tante Léonie, je les vendis, malgré l'avis contraire de mes parents, pour pouvoir disposer de plus d'argent et envoyer plus de fleurs à Mme Swann qui me disait en recevant d'immenses corbeilles d'orchidées : « Si j'étais monsieur votre père, je vous ferais donner un conseil judiciaire. » Comment pouvais-je supposer qu'un jour je pourrais regretter tout particulièrement cette argenterie et placer certains plaisirs plus hauts, que celui, qui deviendrait peut-être absolument nul, de faire des politesses aux parents de Gilberte ? C'est de même en vue de Gilberte et pour ne pas la quitter que j'avais décidé de ne pas entrer dans les ambassades. Ce n'est jamais qu'à cause d'un état d'esprit qui n'est pas destiné à durer qu'on prend des résolutions définitives. J'imaginais à peine que cette substance étrange qui résidait en Gilberte et rayonnait en ses parents, en sa maison, me rendant indifférent à tout le reste, cette substance pourrait être libérée, émigrer dans un autre être. Vraiment la même substance et pourtant, devant avoir sur moi de tout autres effets. Car la même maladie évolue ; et un délicieux poison n'est plus toléré de même, quand, avec les années, a diminué la résistance du cœur.

Mes parents cependant auraient souhaité que l'intelligence que Bergotte m'avait reconnue se manifestât par quelque travail remarquable. Quand je ne connaissais pas les Swann je croyais que j'étais empêché de travailler par l'état d'agitation où me mettait l'impossibilité de voir librement Gilberte. Mais quand leur demeure me fut ouverte, à peine je m'étais assis à mon bureau de travail que je me levais et courais chez eux. Et une fois que je les avais quittés et que j'étais rentré à la maison, mon isolement n'était qu'apparent, ma pensée ne pouvait plus remonter le courant du flux de paroles par lequel je m'étais laissé machinalement entraîner pendant des heures. Seul je continuais à fabriquer les propos qui eussent été capables de plaire aux Swann et pour donner plus d'intérêt au jeu, je tenais la place de ces partenaires absents, je me posais à moi-même des questions fictives choisies de telle façon que mes traits brillants ne leur servissent que d'heureuse repartie. Silencieux, cet exercice était pourtant une conversation et non une méditation, ma solitude une vie de salon mentale où c'était non ma propre personne, mais des interlocuteurs imaginaires qui gouvernaient mes paroles et où j'éprouvais à former, au lieu des pensées que je croyais vraies celles qui me venaient sans peine, sans régression du dehors vers le dedans, ce genre de plaisir tout passif que trouve à rester tranquille quelqu'un qui est alourdi par une mauvaise digestion.

Si j'avais été moins décidé à me mettre définitivement au travail j'aurais peut-être fait un effort pour commencer tout de suite. Mais puisque ma résolution était formelle, et qu'avant vingt-quatre heures, dans les cadres vides de la journée du lendemain où tout se plaçait si bien parce que je n'y étais pas encore, mes bonnes dispositions se réaliseraient aisément, il valait mieux ne pas choisir un soir où j'étais mal disposé pour un début auquel les jours suivants, hélas! ne devaient pas se montrer plus propices. Mais j'étais raisonnable. De la part de qui avait attendu des années il eût été puéril de ne pas supporter un retard de trois jours. Certain que le surlendemain j'aurais déjà écrit quelques pages, je ne disais plus un seul mot à mes parents de ma décision ; j'aimais mieux patienter quelques heures, et apporter à ma grand-mère consolée et convaincue, de l'ouvrage en train. Malheureusement le lendemain n'était pas cette journée extérieure et vaste que j'avais attendue dans la fièvre. Quand il était fini, ma paresse et ma lutte pénible contre certains obstacles internes avaient simplement duré vingt-quatre heures de plus. Et au bout de quelques jours, mes plans n'ayant pas été réalisés, je n'avais plus le même espoir qu'ils le seraient immédiatement, partant, plus autant de courage pour subordonner tout à cette réalisation : je recommençais à veiller, n'ayant plus pour m'obliger à me coucher de bonne heure un soir, la vision certaine de voir l'œuvre commencée le lendemain matin. Il me fallait avant de reprendre mon élan quelques jours de détente, et la seule fois où ma grand-mère osa d'un ton doux et désenchanté formuler ce reproche : « Hé bien ce travail, on n'en parle même plus ? », je lui en voulus, persuadé que n'ayant pas su voir que mon parti était irrévocablement pris, elle venait d'en ajourner encore et pour longtemps peut-être, l'exécution, par l'énervement que son déni de justice me causait et sous l'empire duquel je ne voudrais pas commencer mon œuvre. Elle sentit que son scepticisme venait de heurter à l'aveugle une volonté. Elle s'en excusa, me dit en m'embrassant : « Pardon, je ne dirai plus rien. » Et pour que je ne me décourageasse pas, m'assura que du jour où je serais bien portant, le travail viendrait tout seul par surcroît.

D'ailleurs, me disais-je, en passant ma vie chez les Swann ne fais-je pas comme Bergotte ? À mes parents il semblait presque que, tout en étant paresseux, je menais, puisque c'était dans le même salon qu'un grand écrivain, la vie la plus favorable au talent. Et pourtant que quelqu'un puisse être dispensé de faire ce talent soi-même, par le dedans, et le reçoive d'autrui, est aussi impossible que se faire une bonne santé (malgré qu'on manque à toutes les règles de l'hygiène et qu'on commette les pires excès) rien qu'en dînant souvent en ville avec un médecin. La personne du reste qui était le plus complètement dupe de l'illusion qui m'abusait ainsi que mes parents, c'était Mme Swann. Quand je lui disais que je ne pouvais pas venir, qu'il fallait que je restasse à travailler, elle avait l'air de trouver que je faisais bien des embarras, qu'il y avait un peu de sottise et de prétention dans mes paroles : « Mais Bergotte vient bien, lui ? Est-ce que vous trouvez que ce qu'il écrit n'est pas bien ? Cela sera même mieux bientôt, ajoutait-elle, car il est plus aigu, plus concentré dans le journal que dans le livre où il délaie un peu. J'ai obtenu qu'il fasse désormais le *leader article* dans *Le Figaro*. Ce sera tout à fait *the right man in the right place* [142] ».

Et elle ajoutait : « Venez, il vous dira mieux que personne ce qu'il faut faire. »

Et c'était, comme on invite un engagé volontaire avec son colonel, c'était dans l'intérêt de ma carrière et comme si les chefs-d'œuvre se faisaient « par relations » qu'elle me disait de ne pas manquer de venir le lendemain dîner chez elle avec Bergotte.

Ainsi pas plus du côté des Swann que du côté de mes parents, c'est-à-dire de ceux qui, à des moments différents, avaient semblé devoir y mettre obstacle, aucune opposition n'était plus faite à cette douce vie où je pouvais voir Gilberte comme je voulais, avec ravissement, sinon avec calme [143]. Il ne peut pas y en avoir dans l'amour, puisque ce qu'on a obtenu n'est jamais qu'un nouveau point de départ pour désirer davantage. Tant que je n'avais pu aller chez elle, les yeux fixés vers cet inaccessible bonheur, je ne pouvais même pas imaginer les causes nouvelles de trouble qui m'y attendaient. Une fois la résistance de ses parents brisée, et le problème enfin résolu, il recommença à se poser, chaque fois dans d'autres termes. En ce sens c'était bien en effet chaque jour une nouvelle amitié qui commençait. Chaque soir en rentrant je me rendais compte que j'avais à dire à Gilberte des choses capitales, desquelles notre amitié dépendait, et ces choses n'étaient jamais les mêmes. Mais enfin j'étais heureux et aucune menace ne s'élevait plus contre mon bonheur. Il allait en venir, hélas, d'un côté, où je n'avais jamais aperçu aucun péril, du côté de Gilberte et de moi-même. J'aurais pourtant dû être tourmenté par ce qui, au contraire, me rassurait, par ce que je croyais du bonheur. C'est, dans l'amour, un état anormal, capable de donner tout de suite, à l'accident, le plus simple en apparence et qui peut toujours survenir, une gravité que par lui-même cet accident ne comporterait pas. Ce qui rend si heureux, c'est la présence dans le cœur de quelque chose d'instable, qu'on s'arrange perpétuellement à maintenir et dont on ne s'aperçoit presque plus tant qu'il n'est pas déplacé. En réalité, dans l'amour il y a une souffrance permanente, que la joie neutralise, rend virtuelle, ajourne, mais qui peut à tout moment devenir ce qu'elle serait depuis longtemps si l'on n'avait pas obtenu ce qu'on souhaitait, atroce.

Plusieurs fois je sentis que Gilberte désirait éloigner mes visites. Il est vrai que quand je tenais trop à la voir je n'avais qu'à me faire inviter par ses parents qui étaient de plus en plus persuadés de mon excellente influence sur elle. Grâce à eux, pensais-je, mon amour ne court aucun risque ; du moment que je les ai pour moi, je peux être tranquille puisqu'ils ont toute autorité sur Gilberte. Malheureusement, à certains signes d'impatience que celle-ci laissait échapper quand son père me faisait venir en quelque sorte malgré elle, je me demandai si ce que j'avais considéré comme une protection pour mon bonheur n'était pas au contraire la raison secrète pour laquelle il ne pourrait durer.

La dernière fois que je vins voir Gilberte, il

pleuvait, elle était invitée à une leçon de danse chez des gens qu'elle connaissait trop peu pour pouvoir m'emmener avec elle. J'avais pris à cause de l'humidité plus de caféine que d'habitude. Peut-être à cause du mauvais temps, peut-être ayant quelque prévention contre la maison où cette matinée devait avoir lieu, Mme Swann, au moment où sa fille allait partir la rappela avec une extrême vivacité : « Gilberte ! » et me désigna pour signifier que j'étais venu pour la voir et qu'elle devait rester avec moi. Ce « Gilberte » avait été prononcé, crié plutôt, dans une bonne intention pour moi, mais au haussement d'épaules que fit Gilberte en ôtant ses affaires, je compris que sa mère avait involontairement accéléré l'évolution, peut-être jusque-là possible encore à arrêter, qui détachait peu à peu de moi mon amie. « On n'est pas obligé d'aller danser tous les jours », dit Odette à sa fille, avec une sagesse sans doute apprise autrefois de Swann. Puis, redevenant Odette, elle se mit à parler anglais à sa fille. Aussitôt ce fut comme si un mur m'avait caché une partie de la vie de Gilberte, comme si un génie malfaisant avait emmené loin de moi mon amie. Dans une langue que nous savons, nous avons substitué à l'opacité des sons la transparence des idées. Mais une langue que nous ne savons pas est un palais clos dans lequel celle que nous aimons peut nous tromper, sans que, restés au-dehors et désespérément crispés dans notre impuissance, nous parvenions à rien voir, à rien empêcher. Telie, cette conversation en anglais dont je n'eusse que souri un mois auparavant et au milieu de laquelle quelques noms propres français ne laissaient pas d'accroître et d'orienter mes inquiétudes, avait, tenue à deux pas de moi par deux personnes immobiles, la même cruauté, me faisait aussi délaissé et seul, qu'un enlèvement. Enfin Mme Swann nous quitta. Ce jour-là, peut-être par rancune contre moi, cause involontaire qu'elle n'allât pas s'amuser, peut-être aussi parce que la devinant fâchée j'étais préventivement plus froid que d'habitude, le visage de Gilberte, dépouillé de toute joie, nu, saccagé, sembla tout l'après-midi vouer un regret mélancolique au pas-de-quatre que ma présence l'empêchait d'aller danser, et défier toutes les créatures, à commencer par moi, de comprendre les raisons subtiles qui avaient déterminé chez elle une inclination sentimentale pour le boston. Elle se borna, à échanger, par moments, avec moi, sur le temps qu'il faisait, la recrudescence de la pluie, l'avance de la pendule, une conversation ponctuée de silences et de monosyllabes où je m'entêtais moi-même, avec une sorte de rage désespérée, à détruire les instants que nous aurions pu donner à l'amitié et au bonheur. Et à tous nos propos une sorte de dureté suprême était conférée par le paroxysme de leur insignifiance paradoxale, lequel me consolait pourtant, car il empêchait Gilberte d'être dupe de la banalité de mes réflexions et de l'indifférence de mon accent. C'est en vain que je disais : « Il me semble que l'autre jour la pendule retardait plutôt », elle traduisait évidemment : « Comme vous êtes méchante ! » J'avais beau m'obstiner à prolonger, tout le long de ce jour pluvieux, ces paroles sans éclaircies, je savais que ma froideur n'était pas quelque chose d'aussi définitivement figé que je le feignais, et que Gilberte devait bien sentir que si, après le lui avoir déjà dit trois fois, je m'étais hasardé une quatrième à lui répéter que les jours diminuaient, j'aurais eu de la peine à me retenir de fondre en larmes. Quand elle était ainsi, quand un sourire ne remplissait pas ses yeux et ne découvrait pas son visage, on ne peut dire de quelle désolante monotonie étaient empreints ses yeux tristes et ses traits maussades. Sa figure, devenue presque laide, ressemblait alors à ces plages ennuyeuses où la mer retirée très loin vous fatigue d'un reflet toujours pareil que cerne un horizon immuable et borné. À la fin ne voyant pas se produire de la part de Gilberte le changement heureux que j'attendais depuis plusieurs heures, je lui dis qu'elle n'était pas gentille. « C'est vous qui n'êtes pas gentil », me répondit-elle. « Mais si ! » Je me demandai ce que j'avais fait, et ne le trouvant pas, le lui demandai à elle-même. « Naturellement, vous vous trouvez gentil ! », me dit-elle en riant longuement. Alors je sentis ce qu'il y avait de douloureux pour moi à ne pouvoir atteindre cet autre plan, plus insaisissable, de sa pensée, que décrivait son rire. Ce rire avait l'air de signifier : « Non, non, je ne me laisse pas prendre à tout ce que vous me dites, je sais que vous êtes fou de moi, mais cela ne me fait ni chaud ni froid, car je me fiche de vous. » Mais je me disais qu'après tout le rire n'est pas un langage assez déterminé pour que je pusse être assuré de bien comprendre celui-là. Et les paroles de Gilberte étaient affectueuses. « Mais en quoi ne suis-je pas gentil ? lui demandai-je, dites-le-moi, je ferai tout ce que vous voudrez. » — « Non, cela ne servirait à rien, je ne peux pas vous expliquer. » Un instant j'eus peur qu'elle crût que je ne l'aimasse pas, et ce fut pour moi une autre souffrance, non moins vive, mais qui réclamait une dialectique différente. « Si vous saviez le chagrin que vous me faites, vous me le diriez. » Mais ce chagrin qui, si elle avait douté de mon amour eût dû la réjouir, l'irrita au contraire. Alors, comprenant mon erreur, décidé à ne plus tenir compte de ses paroles, la laissant, sans la croire, me dire : « Je vous aimais vraiment, vous verrez cela un jour » (ce jour, où les coupables assurent que leur innocence sera reconnue et qui, pour des raisons mystérieuses, n'est jamais celui où on les interroge), j'eus le courage de prendre subitement la résolution de ne plus la voir, et sans le lui annoncer encore, parce qu'elle ne m'aurait pas cru.

Un chagrin causé par une personne qu'on aime peut être amer, même quand il est inséré au milieu de préoccupations, d'occupations, de joies, qui n'ont pas cet être pour objet et desquelles notre attention ne se détourne que de temps en temps pour revenir à lui. Mais quand un tel chagrin naît — comme c'était le cas pour celui-ci — à un moment où le bonheur de voir cette personne nous remplit tout entiers, la brusque dépression qui se produit alors dans notre âme jusque-là ensoleillée, soutenue et calme, détermine en nous une tempête furieuse contre laquelle nous ne savons pas si nous serons capables de lutter jusqu'au bout. Celle qui soufflait sur mon cœur, était si violente que je revins vers la maison, bousculé, meurtri, sentant que je ne pourrais retrouver la respiration qu'en rebroussant chemin, qu'en retournant sous un prétexte quelconque auprès de Gilberte. Mais elle se serait dit : « Encore lui ! Décidément je peux tout me permettre, il reviendra chaque fois d'autant plus docile qu'il m'aura quittée plus malheureux. » Puis j'étais irrésistiblement ramené vers elle, par ma pensée, et ces orientations alternatives, cet affolement de la boussole intérieure, persistèrent quand je fus rentré, et se traduisirent par les brouillons de lettres contradictoires que j'écrivis à Gilberte.

J'allais passer par une de ces conjonctures difficiles en face desquelles il arrive généralement qu'on se trouve à plusieurs reprises dans la vie, et auxquelles, bien qu'on n'ait pas changé de caractère, de nature — notre nature qui crée elle-même nos amours, et presque les femmes que nous aimons, et jusqu'à leurs fautes — on ne fait pas face de la même manière à chaque fois, c'est-à-dire à tout âge. À ces moments-là notre vie est divisée, et comme distribuée dans une balance, en deux plateaux opposés où elle tient tout entière. Dans l'un, il y a notre désir de ne pas déplaire, de ne pas paraître trop humble à l'être que nous aimons sans parvenir à le comprendre, mais que nous trouvons plus habile de laisser un peu de côté pour qu'il n'ait pas ce sentiment de se croire indispensable, qui le dégoûterait [144] de nous ; de l'autre côté, il y a une souffrance — non pas une souffrance localisée et partielle — qui ne pourrait au contraire être apaisée que si, renonçant à plaire à cette femme et à lui faire croire que nous pouvons nous passer d'elle, nous allions la retrouver. Qu'on retire du plateau où est la fierté une petite quantité de volonté qu'on a eu la faiblesse de laisser s'user avec l'âge, qu'on ajoute dans le plateau où est le chagrin une souffrance physique acquise et à qui on a permis de s'aggraver, et au lieu de la solution courageuse qui l'aurait emporté à vingt ans, c'est l'autre, devenue trop lourde et sans assez de contrepoids, qui nous abaisse à cinquante. D'autant plus que les situations tout en se répétant, changent, et qu'il y a chance pour qu'au milieu ou à la fin de la vie on ait eu pour soi-même la funeste complaisance de compliquer l'amour d'une part d'habitude que l'adolescence, retenue par trop d'autres devoirs, moins libre de soi-même, ne connaît pas.

Je venais d'écrire à Gilberte une lettre où je laissais tonner ma fureur, non sans pourtant jeter la bouée, de quelques mots placés comme au hasard, et où mon amie pourrait accrocher une réconciliation ; un instant après, le vent ayant tourné, c'était des phrases tendres que je lui adressais pour la douceur de certaines expressions désolées, de tels « jamais plus », si attendrissants pour ceux qui les emploient, si fastidieux pour celle qui les lira, soit qu'elle les croie mensongers et traduise « jamais plus » par « ce soir-même, si vous voulez bien de moi » ou qu'elle les croie vrais et lui annonçant alors une de ces séparations définitives qui nous sont si parfaitement égales dans la vie quand il s'agit d'êtres dont nous ne sommes pas épris. Mais puisque nous sommes incapables tandis que nous aimons d'agir en dignes prédécesseurs de l'être prochain que nous serons et qui n'aimera plus, comment pourrions-nous tout à fait imaginer l'état d'esprit d'une femme à qui même si nous savions que nous lui sommes indifférents, nous avons perpétuellement fait tenir dans nos rêveries, pour nous bercer d'un beau songe ou nous consoler d'un gros chagrin, les mêmes propos que si elle nous aimait ? Devant les pensées, les actions d'une femme que nous aimons, nous sommes aussi désorientés que le pouvaient être devant les phénomènes de la nature, les premiers physiciens (avant que la science fût constituée et eût mis un peu de lumière dans l'inconnu). Ou pis encore comme un être pour l'esprit de qui le principe de causalité existerait à peine, un être qui ne serait pas capable d'établir un lien entre un phénomène et un autre et devant qui le spectacle du monde serait incertain comme un rêve. Certes je m'efforçais de sortir de cette incohérence, de trouver des causes. Je tâchais même d'être « objectif » et pour cela de bien tenir compte de la disproportion qui existait entre l'importance qu'avait pour moi Gilberte et celle non seulement que j'avais pour elle, mais qu'elle-même avait pour les autres êtres que moi, disproportion qui si je l'eusse omise eût risqué de me faire prendre une simple amabilité de mon amie pour un aveu passionné, une démarche grotesque et avilissante de ma part pour le simple et gracieux mouvement qui vous dirige vers de beaux yeux. Mais je craignais aussi de tomber dans l'excès contraire, où j'aurais vu dans l'arrivée inexacte de Gilberte à un rendez-vous, un mouvement de mauvaise humeur, une hostilité irrémédiable. Je tâchais de trouver entre ces deux optiques également déformantes celle qui me donnerait la vision juste des choses ; les calculs qu'il me fallait faire pour cela me distrayaient un peu de ma souffrance ; et soit par obéissance à la réponse des nombres, soit que je leur eusse fait dire ce que je désirais, je me décidai le lendemain à aller chez les Swann, heureux, mais de la même façon que ceux qui, s'étant tourmentés longtemps à cause d'un voyage qu'ils ne voulaient pas faire, ne vont pas plus loin que la gare, et rentrent chez eux défaire leur malle. Et, comme, pendant qu'on hésite, la seule idée d'une résolution possible (à moins d'avoir rendu cette idée inerte en décidant qu'on ne prendra pas la résolution) développe, comme une graine vivace, les linéaments, tout le détail des émotions qui naîtraient de l'acte exécuté, je me dis que j'avais été bien absurde de me faire, en projetant de ne plus voir Gilberte, autant de mal que si j'eusse dû réaliser ce projet et que, puisque au contraire, c'était pour finir par retourner chez elle, j'aurais pu faire l'économie de tant de velléités et d'acceptations douloureuses. Mais cette reprise des relations d'amitié ne dura que le temps d'aller jusque[145] chez les Swann ; non pas parce que leur maître d'hôtel, lequel m'aimait beaucoup, me dit que Gilberte était sortie (je sus en effet dès le soir même, que c'était vrai, par des gens qui l'avaient rencontrée), mais à cause de la façon dont il me le dit : « Monsieur, Mademoiselle est sortie, je peux affirmer à Monsieur que je ne mens pas. Si Monsieur veut se renseigner, je peux faire venir la femme de chambre. Monsieur pense bien que je ferais tout ce que je pourrais pour lui faire plaisir et que si Mademoiselle était là, je mènerais tout de suite Monsieur auprès d'elle. » Ces paroles, de la sorte qui est la seule importante, involontaires, nous donnant la radiographie au moins sommaire de la réalité insoupçonnable que cacherait un discours étudié, prouvaient que dans l'entourage de Gilberte on avait l'impression que je lui étais importun ; aussi, à peine le maître d'hôtel les eut-il prononcées, qu'elles engendrèrent chez moi de la haine à laquelle je préférai donner comme objet, au lieu de Gilberte, le maître d'hôtel ; il concentra sur lui tous les sentiments de colère que j'avais pu avoir pour mon amie ; débarrassé d'eux grâce à ces paroles, mon amour subsista seul ; mais elles m'avaient montré en même temps que je devais pendant quelque temps ne pas chercher à voir Gilberte. Elle allait certainement m'écrire pour s'excuser. Malgré cela, je ne retournerais pas tout de suite la voir, afin de lui prouver que je pouvais vivre sans elle. D'ailleurs, une fois que j'aurais reçu sa lettre, fréquenter Gilberte serait une chose dont je pourrais plus aisément me priver pendant quelque temps, parce que je serais sûr de la retrouver dès que je le voudrais. Ce qu'il me fallait pour supporter moins tristement l'absence volontaire, c'était sentir mon cœur débarrassé de la terrible incertitude si nous n'étions pas brouillés pour toujours, si elle n'était pas fiancée, partie, enlevée. Les jours qui suivirent ressemblèrent à ceux de cette ancienne semaine du jour de l'an que j'avais dû passer sans Gilberte. Mais cette semaine-là finie, jadis, d'une part mon amie reviendrait aux Champs-Élysées, je la reverrais comme auparavant, j'en étais sûr ; et, d'autre part, je savais avec non moins de certitude que tant que dureraient les vacances du jour de l'an, ce n'était pas la peine d'aller aux Champs-Élysées. De sorte que durant cette triste semaine déjà lointaine, j'avais supporté ma tristesse avec calme parce qu'elle n'était mêlée ni de crainte ni d'espérance. Maintenant, au contraire, c'était ce dernier sentiment qui, presque autant que la crainte, rendait ma souffrance intolérable. N'ayant pas eu de lettre de Gilberte le soir même, j'avais fait la part de sa négligence, de ses occupations, je ne doutais pas d'en trouver une d'elle dans le courrier du matin. Il fut attendu par moi, chaque jour, avec des palpitations de cœur auxquelles succédait un état d'abattement quand je n'y avais trouvé que des lettres de personnes qui n'étaient pas Gilberte, ou bien rien, ce qui n'était pas pire, les preuves d'amitié d'une autre me rendant plus cruelles celles de son indifférence. Je me remettais à espérer pour le courrier de l'après-midi. Même entre les heures des levées des lettres je n'osais pas sortir, car elle eût pu faire porter la sienne. Puis le moment finissait par arriver où ni facteur, ni valet de pied des Swann ne pouvant plus venir, il fallait remettre au lendemain matin l'espoir d'être rassuré, et ainsi parce que je croyais que ma souffrance ne durerait pas, j'étais obligé pour ainsi dire de la renouveler sans cesse. Le chagrin était peut-être le même, mais au lieu de ne faire, comme autrefois, que prolonger uniformément une émotion initiale, recommençait plusieurs fois par jour en débutant par une émotion si fréquemment renouvelée qu'elle finissait — elle, état tout physique, si momentané — par se stabiliser, si bien que les troubles causés par l'attente ayant à peine le temps de se calmer avant qu'une nouvelle raison d'attendre survînt, il n'y avait plus une seule minute par jour où je ne fusse dans cette anxiété qu'il est pourtant si difficile de supporter pendant une heure. Ainsi ma souffrance était infiniment plus cruelle qu'au temps de cet ancien 1er janvier parce que cette fois il y avait en moi au lieu de l'acceptation pure et simple de cette souffrance, l'espoir, à chaque instant, de la voir cesser. À cette acceptation, je finis pourtant par arriver ; alors je compris qu'elle devait être définitive et je renonçai pour toujours à Gilberte, dans l'intérêt même de mon amour, et parce que je souhaitais avant tout qu'elle ne conservât pas de moi un souvenir dédaigneux. Même, à partir de ce moment-là, et pour qu'elle ne pût former la supposition d'une sorte de dépit amoureux de ma part, quand dans la suite, elle me fixa des rendez-vous, je les acceptais souvent, et au dernier moment, je lui écrivais que je ne pouvais pas venir, mais en protestant que j'en étais désolé comme j'aurais fait avec quelqu'un que je n'aurais pas désiré voir. Ces expressions de regret qu'on réserve d'ordinaire aux indifférents, persuaderaient mieux Gilberte de mon indifférence, me semblait-il, que ne ferait le ton d'indifférence qu'on affecte seulement envers celle qu'on aime. Quand, mieux qu'avec des paroles, par des actions indéfiniment répétées, je lui aurais prouvé que je n'avais pas de goût à la voir, peut-être en retrouverait-elle pour moi. Hélas ! ce serait vain : chercher en ne la voyant plus à ranimer en elle ce goût de me voir, c'était la perdre pour toujours ; d'abord parce que quand il commencerait à renaître, si je voulais qu'il durât, il ne faudrait pas y céder tout de suite ; d'ailleurs, les heures les plus cruelles seraient passées ; c'était en ce moment qu'elle m'était indispensable et j'aurais voulu pouvoir l'avertir que bientôt elle ne calmerait, en me revoyant, qu'une douleur tellement diminuée qu'elle ne serait plus, comme elle l'eût été encore en ce moment même, et pour y mettre fin, un motif de capitulation, de se réconcilier et de se revoir. Et plus tard quand je pourrais enfin [146] avouer sans péril à Gilberte, tant son goût pour moi aurait repris de force, le mien pour elle, celui-ci n'aurait pu résister à une si longue absence et n'existerait plus ; Gilberte me serait devenue indifférente. Je le savais, mais je ne pouvais pas le lui dire ; elle aurait cru que si je prétendais que je cesserais de l'aimer en restant trop longtemps sans la voir, c'était à seule fin qu'elle me dît de revenir vite auprès d'elle. En attendant, ce qui me rendait plus aisé de me condamner à cette séparation, c'est que, (afin qu'elle se rendît bien compte que, malgré mes affirmations contraires, c'était ma volonté, et non un empêchement, non mon état de santé, qui me privaient de la voir) toutes les fois où je savais d'avance que Gilberte ne serait pas chez ses parents, devait sortir avec une amie et ne rentrerait pas dîner, j'allais voir Mme Swann (laquelle était redevenue pour moi ce qu'elle était au temps où je voyais si difficilement sa fille et où les jours où celle-ci ne venait pas aux Champs-Élysées, j'allais me promener avenue des Acacias). De cette façon j'entendrais parler de Gilberte et j'étais sûr qu'elle entendrait ensuite parler de moi et d'une façon qui lui montrerait que je ne tenais pas à elle. Et je trouvais, comme tous ceux qui souffrent, que ma triste situation aurait pu être pire. Car ayant libre entrée dans la demeure où habitait Gilberte, je me disais toujours, bien que décidé à ne pas user de cette faculté, que si jamais ma douleur était trop vive, je pourrais la faire cesser. Je n'étais malheureux qu'au jour le jour. Et c'est trop dire encore. Combien de fois par heure (mais maintenant sans l'anxieuse attente qui m'avait étreint les premières semaines après notre brouille, avant d'être retourné chez les Swann), ne me récitais-je pas la lettre que Gilberte, m'enverrait bien un jour, m'apporterait peut-être elle-même ? La constante vision de ce bonheur imaginaire m'aidait à supporter la destruction du bonheur réel. Pour les femmes qui ne nous aiment pas, comme pour les « disparus », savoir qu'on n'a plus rien à espérer n'empêche pas de continuer à attendre. On vit aux aguets, aux écoutes ; des mères dont le fils est parti en mer pour une exploration dangereuse se figurent à toute minute et alors que la certitude qu'il a péri est acquise depuis longtemps, qu'il va entrer miraculeusement sauvé, et bien portant. Et cette attente, selon la force du souvenir et la résistance des organes ou bien leur permet de [147] traverser les années au bout desquelles elles supporteront que leur fils ne soit plus, d'oublier peu à peu et de survivrc — ou bien les fait mourir.

D'autre part mon chagrin était un peu consolé par l'idée qu'il profitait à mon amour. Chaque visite que je faisais à Mme Swann, sans voir Gilberte, m'était cruelle, mais je sentais qu'elle améliorait d'autant l'idée que Gilberte avait de moi.

D'ailleurs si je m'arrangeais toujours, avant d'aller chez Mme Swann, à être certain de l'absence de sa fille, cela tenait peut-être autant qu'à ma résolution d'être brouillé avec elle, à cet espoir de réconciliation qui se superposait à ma volonté de renoncement (bien peu sont absolus, au moins d'une façon continue, dans cette âme humaine dont une des lois, fortifiée par les afflux inopinés de souvenirs différents, est l'intermittence) et me masquait ce qu'elle avait de trop cruel. Cet espoir je savais bien ce qu'il avait de chimérique. J'étais comme un pauvre qui mêle moins de larmes à son pain sec s'il se dit que tout à l'heure peut-être un étranger va lui laisser toute sa fortune. Nous sommes tous obligés pour rendre la réalité supportable, d'entretenir en nous quelques petites folies. Or mon espérance restait plus intacte — tout en même temps que la séparation s'effectuait mieux — si je ne rencontrais pas Gilberte. Si je m'étais trouvé face à face avec elle chez sa mère nous aurions peut-être échangé des paroles irréparables qui eussent rendu définitive notre brouille, tué mon espérance et d'autre part en créant une anxiété nouvelle, réveillé mon amour et rendu plus difficile ma résignation.

Depuis bien longtemps et fort avant ma brouille avec sa fille Mme Swann m'avait dit : « C'est très bien de venir voir Gilberte, mais j'aimerais aussi que vous veniez quelquefois pour *moi*, pas à mon Chou-fleury [148], où vous vous ennuieriez parce que j'ai trop de monde, mais les autres jours, où vous me trouverez toujours un peu tard. » J'avais donc l'air, en allant la voir, de n'obéir que longtemps après à un désir anciennement exprimé par elle. Et très tard, déjà dans la nuit, presque au moment où mes parents se mettaient à table, je partais faire à Mme Swann une visite pendant laquelle je savais que je ne verrais pas Gilberte et où pourtant je ne penserais qu'à elle. Dans ce quartier, considéré alors comme éloigné, d'un Paris plus sombre qu'aujourd'hui, et qui, même dans le centre, n'avait pas d'électricité sur la voie publique et bien peu dans les maisons, les lampes d'un salon situé au rez-de-chaussée ou à un entresol très bas (tel qu'était celui de ses appartements où recevait habituellement Mme Swann), suffisaient à illuminer la rue et à faire lever les yeux au passant qui rattachait à leur clarté comme à sa cause apparente et voilée la présence devant la porte de quelques coupés bien attelés. Le passant croyait, et non sans un certain émoi, à une modification survenue dans cette cause mystérieuse, quand il voyait l'un de ces coupés se mettre en mouvement ; mais c'était seulement un cocher qui, craignant que ses bêtes prissent froid leur faisait faire de temps à autre des allées et venues d'autant plus impressionnantes que les roues caoutchoutées donnaient au pas des chevaux un fond de silence sur lequel il se détachait plus distinct et plus explicite.

Le « jardin d'hiver », que dans ces années-là le passant apercevait d'ordinaire, quelle que fût la rue, si l'appartement n'était pas à un niveau trop élevé au-dessus du trottoir, ne se voit plus que dans les héliogravures des livres d'étrennes de P.-J. Stahl [149] où, en contraste avec les rares ornements floraux des salons Louis XVI d'aujourd'hui — une rose ou un iris du Japon dans un vase de cristal à long col qui ne pourrait pas contenir une fleur de plus —, il semble, à cause de la profusion des plantes d'appartement qu'on avait alors, et du manque absolu de stylisation dans leur arrangement, avoir dû, chez les maîtresses de maison, répondre plutôt à quelque vivante et délicieuse passion pour la botanique qu'à un froid souci de morte décoration. Il faisait penser en plus grand, dans les hôtels d'alors, à ces serres minuscules et portatives posées au matin du 1er janvier sous la lampe allumée — les enfants n'ayant pas eu la patience d'attendre qu'il fît jour — parmi les autres cadeaux du jour de l'an, mais le plus beau d'entre eux, consolant avec les plantes qu'on va pouvoir cultiver, de la nudité de l'hiver ; plus encore qu'à ces serres-là elles-mêmes, ces jardins d'hiver ressemblaient à celle qu'on voyait tout auprès d'elles, figurée dans un beau livre, autre cadeau du jour de l'an, et qui bien qu'elle fût donnée non aux enfants, mais à Mlle Lili[150], l'héroïne de l'ouvrage, les enchantait à tel point que, devenus maintenant presque vieillards, ils se demandent si dans ces années fortunées l'hiver n'était pas la plus belle des saisons. Enfin, au fond de ce jardin d'hiver, à travers les arborescences d'espèces variées qui de la rue, faisaient ressembler la fenêtre éclairée au vitrage de ces serres d'enfants, dessinées ou réelles, le passant, se hissant sur ses pointes, apercevait généralement un homme en redingote, un gardénia ou un œillet à la boutonnière, debout devant une femme assise, tous deux vagues, comme deux intailles dans une topaze, au fond de l'atmosphère du salon, ambrée par le samovar — importation récente alors — de vapeurs qui s'en échappent peut-être encore aujourd'hui, mais qu'à cause de l'habitude personne ne voit plus. Mme Swann tenait beaucoup à ce « thé » ; elle croyait montrer de l'originalité et dégager du charme en disant à un homme : « Vous me trouverez tous les jours un peu tard, venez prendre le thé », de sorte qu'elle accompagnait d'un sourire fin et doux ces mots prononcés par elle avec un accent anglais momentané et desquels son interlocuteur prenait bonne note en saluant d'un air grave, comme s'ils avaient été quelque chose d'important et de singulier qui commandât la déférence et exigeât de l'attention. Il y avait une autre raison que celles données plus haut et pour laquelle les fleurs n'avaient pas qu'un caractère d'ornement dans le salon de Mme Swann et cette raison-là ne tenait pas à l'époque, mais en partie à l'existence qu'avait menée jadis Odette. Une grande cocotte, comme elle avait été, vit beaucoup pour ses amants, c'est-à-dire chez elle, ce qui peut la conduire à vivre pour elle. Les choses que chez une honnête femme on voit et qui certes peuvent lui paraître, à elle aussi, avoir de l'importance, sont celles, en tous cas, qui pour la cocotte en ont le plus. Le point culminant de sa journée est celui non pas où elle s'habille pour le monde, mais où elle se déshabille pour un homme. Il lui faut être aussi élégante en robe de chambre, en chemise de nuit, qu'en toilette de ville. D'autres femmes montrent leurs bijoux ; elle, elle vit dans l'intimité de ses perles. Ce genre d'existence impose l'obligation, et finit par donner le goût, d'un luxe secret, c'est-à-dire bien près d'être désintéressé. Mme Swann l'étendait aux fleurs. Il y avait toujours près de son fauteuil une immense coupe de cristal remplie entièrement de violettes de Parme ou de marguerites effeuillées dans l'eau, et qui semblait témoigner aux yeux de l'arrivant, de quelque occupation préférée et interrompue, comme eût été la tasse de thé que Mme Swann eût bue seule, pour son plaisir ; d'une occupation plus intime même et plus mystérieuse, si bien qu'on avait envie de s'excuser en voyant les fleurs étalées là, comme on l'eût fait de regarder le titre du volume encore ouvert qui eût révélé la lecture récente, donc peut-être la pensée actuelle d'Odette. Et plus que le livre, les fleurs vivaient ; on était gêné si on entrait faire une visite à Mme Swann de s'apercevoir qu'elle n'était pas seule, ou si on rentrait avec elle de ne pas trouver le salon vide, tant y tenaient une place énigmatique et se rapportant à des heures de la vie de la maîtresse de maison qu'on ne connaissait pas, ces fleurs qui n'avaient pas été préparées pour les visiteurs d'Odette mais comme oubliées là par elle, avaient eu et auraient encore avec elle des entretiens particuliers qu'on avait peur de déranger et dont on essayait en vain de lire le secret, en fixant des yeux la couleur délavée, liquide, mauve et dissolue des violettes de Parme. Dès la fin d'octobre Odette rentrait le plus régulièrement qu'elle pouvait pour le thé, qu'on appelait encore dans ce temps-là le *five o'clock tea*, ayant entendu dire (et aimant à répéter) que si Mme Verdurin s'était fait un salon c'était parce qu'on était toujours sûr de pouvoir la rencontrer chez elle à la même heure. Elle s'imaginait elle-même en avoir un, du même genre, mais plus libre, *senza rigore*, aimait-elle à dire. Elle se voyait ainsi comme une espèce de Lespinasse et croyait avoir fondé un salon rival en enlevant à la du Deffand du petit groupe ses hommes les plus agréables[151], en particulier Swann qui l'avait suivie dans sa sécession et sa retraite, selon une version qu'on comprend qu'elle eût réussi à accréditer auprès de nouveaux venus, ignorants du passé, mais non auprès d'elle-même. Mais certains rôles favoris sont par nous joués tant de fois devant le monde, et repassés en nous-mêmes, que nous nous référons plus aisément à leur témoignage fictif qu'à celui d'une réalité presque complètement oubliée. Les jours où Mme Swann n'était pas sortie du tout, on la trouvait dans une robe de chambre de crêpe de Chine, blanche comme une première neige, parfois aussi dans un de ces longs tuyautages de mousseline de soie, qui ne semblent qu'une jonchée de pétales roses ou blancs et qu'on trouverait aujourd'hui peu appropriés à l'hiver, et bien à tort. Car ces étoffes légères et ces couleurs tendres donnaient à la femme — dans la grande chaleur des salons d'alors fermés de portières et desquels ce que les romanciers mondains de l'époque trouvaient à dire de plus élégant, c'est qu'ils étaient « douillettement capitonnés » — le même air frileux qu'aux roses qui pouvaient y rester à côté d'elle, malgré l'hiver, dans l'incarnat de leur nudité, comme au printemps. À cause de cet étouffement des sons par les tapis et de sa retraite dans des enfoncements, la maîtresse de la maison, n'étant pas avertie de votre entrée comme aujourd'hui, continuait à lire pendant que vous étiez déjà presque devant elle, ce qui ajoutait encore à cette impression de romanesque, à ce charme d'une sorte de secret surpris, que nous retrouvons aujourd'hui dans le souvenir de ces robes déjà démodées alors, que Mme Swann était peut-être la seule à ne pas avoir encore abandonnées et qui nous donnent l'idée que la femme qui les portait devait être une héroïne de roman parce que nous, pour la plupart, ne les avons guère vues que dans certains romans d'Henry Gréville[152]. Odette avait maintenant, dans son salon, au commencement de l'hiver, des chrysanthèmes énormes et d'une variété de couleurs comme Swann jadis n'eût pu en voir chez elle. Mon admiration pour eux — quand j'allais faire à Mme Swann une de ces tristes visites où, de par mon chagrin, je lui retrouvais[153] toute sa mystérieuse poésie de mère de cette Gilberte à qui elle dirait le lendemain : « Ton ami m'a fait une visite » — venait sans doute de ce que, rose-pâles comme la soie Louis XV de ses fauteuils, blancs de neige comme sa robe de chambre en crêpe de Chine, ou d'un rouge métallique comme son samovar, ils superposaient à celle du salon une décoration supplémentaire, d'un coloris aussi riche, aussi raffiné, mais vivante et qui ne durerait que quelques jours. Mais j'étais touché par ce que ces chrysanthèmes avaient moins d'éphémère que de relativement durable par rapport à ces tons, aussi roses ou aussi cuivrés, que le soleil couché exalte si somptueusement dans la brume des fins d'après-midi de novembre et qu'après les avoir aperçus avant que j'entrasse chez Mme Swann, s'éteignant dans le ciel, je retrouvais prolongés, transposés dans la palette enflammée des fleurs. Comme des feux arrachés par un grand coloriste à l'instabilité de l'atmosphère et du soleil, afin qu'ils vinssent orner une demeure humaine, ils m'invitaient, ces chrysanthèmes, et malgré toute ma tristesse, à goûter avidement pendant cette heure du thé les plaisirs si courts de novembre dont ils faisaient flamboyer près de moi la splendeur intime et mystérieuse. Hélas, ce n'était pas dans les conversations que j'entendais que je pouvais l'atteindre ; elles lui ressemblaient bien peu. Même avec Mme Cottard et quoique l'heure fût avancée, Mme Swann se faisait caressante pour dire : « Mais non, il n'est pas tard, ne regardez pas la pendule, ce n'est pas l'heure, elle ne va pas ; qu'est-ce que vous pouvez avoir de si pressé à faire ? » et elle offrait une tartelette de plus à la femme du professeur qui gardait son porte-cartes à la main. « On ne peut pas s'en aller de cette maison », disait Mme Bontemps à Mme Swann, tandis que Mme Cottard, dans sa surprise d'entendre exprimer sa propre impression, s'écriait : « C'est ce que je me dis toujours, avec ma petite jugeote, dans mon for intérieur ! », approuvée par des messieurs du Jockey qui s'étaient confondus en saluts, et comme comblés par tant d'honneur, quand Mme Swann les avait présentés à cette petite-bourgeoise peu aimable, qui restait devant les brillants amis d'Odette sur la réserve sinon sur ce qu'elle appelait la « défensive », car elle employait toujours un langage noble pour les choses les plus simples. « On ne le dirait pas, voilà trois mercredis que vous me faites faux bond », disait Mme Swann à Mme Cottard. « C'est vrai, Odette, il y a *des siècles*, *des éternités* que je ne vous ai vue. Vous voyez que je plaide coupable, mais il faut vous dire, ajoutait-elle d'un air pudibond et vague, car quoique femme de médecin, elle n'aurait pas osé parler sans périphrases de rhumatisme ou de coliques néphrétiques, que j'ai eu bien des petites *misères*. Chacun a les siennes. Et puis j'ai eu une crise dans ma domesticité mâle. Sans être plus qu'une autre, très imbue de mon autorité, j'ai dû, pour faire un exemple, renvoyer mon Vatel qui je crois, cherchait d'ailleurs une place plus lucrative. Mais son départ a failli entraîner la démission de tout le ministère. Ma femme de chambre ne voulait pas rester non plus, il y a eu des scènes homériques. Malgré tout, j'ai tenu ferme le gouvernail, et c'est une véritable leçon de choses qui n'aura pas été perdue pour moi. Je vous ennuie avec ces histoires de serviteurs mais vous savez comme moi quel tracas c'est d'être obligée de procéder à des remaniements dans son personnel. Et nous ne verrons pas votre délicieuse fille ? » demandait-elle. « Non, ma délicieuse fille dîne chez une amie », répondait Mme Swann, et elle ajoutait en se tournant vers moi : « Je crois qu'elle vous a écrit pour que vous veniez la voir demain. Et vos babys ? » demandait-elle à la femme du professeur. Je respirais largement. Ces mots de Mme Swann qui me prouvaient que je pourrais voir Gilberte quand je voudrais, me faisaient justement le bien que j'étais venu chercher et qui me rendait à cette époque-là les visites à Mme Swann si nécessaires. « Non, je lui écrirai un mot ce soir, du reste. Gilberte et moi nous ne pouvons plus nous voir », ajoutais-je, ayant l'air d'attribuer notre séparation à une cause mystérieuse, ce qui me donnait encore une illusion d'amour, entretenue aussi par la manière tendre dont je parlais de Gilberte et dont elle parlait de moi. « Vous savez qu'elle vous aime infiniment, me disait Mme Swann. Vraiment vous ne voulez pas demain ? » Tout d'un coup une allégresse me soulevait, je venais de me dire : « Mais après tout pourquoi pas, puisque c'est sa mère elle-même qui me le propose ? » Mais aussitôt je retombais dans ma tristesse. Je craignais qu'en me voyant, Gilberte pensât que mon indifférence de ces derniers temps avait été simulée et j'aimais mieux prolonger la séparation. Pendant ces apartés Mme Bontemps se plaignait de l'ennui que lui causaient les femmes des hommes politiques, car elle affectait de trouver tout le monde assommant et ridicule, et d'être désolée de la position de son mari : « Alors vous pouvez comme ça recevoir cinquante femmes de médecins de suite », disait-elle à Mme Cottard qui elle, au contraire, était pleine de bienveillance pour chacun et de respect pour toutes les obligations. « Ah, vous avez de la vertu ! Moi, au ministère, n'est-ce pas, je suis obligée, naturellement. Eh bien, c'est plus fort que moi, vous savez ces femmes de fonctionnaires, je ne peux pas m'empêcher de leur tirer la langue. Et ma nièce Albertine est comme moi. Vous ne savez pas ce qu'elle est effrontée, cette petite. La semaine dernière il y avait à mon jour la femme du sous-secrétaire d'État aux Finances qui disait qu'elle ne s'y connaissait pas en cuisine. " Mais, madame, lui a répondu ma nièce avec son plus gracieux sourire, vous devriez pourtant savoir ce que c'est puisque votre père était marmiton. " » — « Oh ! j'aime beaucoup cette histoire, je trouve cela exquis, disait Mme Swann. Mais au moins pour les jours de consultation du docteur vous devriez avoir un petit home, avec vos fleurs, vos livres, les choses que vous aimez », conseillait-elle à Mme Cottard. « Comme ça, v'lan dans la figure, v'lan, elle ne lui a pas envoyé dire. Et elle ne m'avait prévenue de rien, cette petite masque, elle est rusée comme un singe. Vous avez de la chance de pouvoir vous retenir ; j'envie les gens qui savent déguiser leur pensée. » — « Mais je n'en ai pas besoin, madame : je ne suis pas si difficile, répondait avec douceur Mme Cottard. D'abord, je n'y ai pas les mêmes droits que vous, ajoutait-elle d'une voix un peu plus forte qu'elle prenait, afin de les souligner, chaque fois qu'elle glissait dans la conversation quelqu'une de ces amabilités délicates, de ces ingénieuses flatteries qui faisaient l'admiration et aidaient à la carrière de son mari. Et puis, je fais avec plaisir tout ce qui peut être utile au professeur. » — « Mais, madame, il faut pouvoir. Probablement vous n'êtes pas nerveuse. Moi quand je vois la femme du ministre de la Guerre faire des grimaces, immédiatement je me mets à l'imiter. C'est terrible d'avoir un tempérament comme ça. » — « Ah ! oui, dit Mme Cottard, j'ai entendu dire qu'elle avait des tics ; mon mari connaît aussi quelqu'un de très haut placé et naturellement, quand ces messieurs causent entre eux... » — « Mais tenez, madame, c'est encore comme le chef du Protocole qui est bossu, c'est réglé, il n'est pas depuis cinq minutes chez moi que je vais toucher sa bosse. Mon mari dit que je le ferai révoquer. Eh bien ! zut pour le ministère ! Oui, zut pour le ministère ! je voulais faire mettre ça comme devise sur mon papier à lettres. Je suis sûre que je vous scandalise parce que vous êtes bonne, moi j'avoue que rien ne m'amuse comme les petites méchancetés. Sans cela la vie serait bien monotone. »

Et elle continuait à parler tout le temps du ministère comme si ç'avait été l'Olympe. Pour changer la conversation, Mme Swann se tournant vers Mme Cottard : « Mais vous me semblez bien belle ? *Redfern fecit ?* » — « Non, vous savez que je suis une fervente de Raudnitz [154]. Du reste, c'est un retapage. » — « Eh, bien, cela a un chic ! » — « Combien croyez-vous ?... Non, changez le premier chiffre. » — « Comment, mais c'est pour rien, c'est donné. On m'avait dit trois fois autant. » — « Voilà comme on écrit l'Histoire », concluait la femme du docteur. Et montrant à Mme Swann un tour de cou dont celle-ci lui avait fait présent : « Regardez, Odette. Vous reconnaissez ? »

Dans l'entrebâillement d'une tenture une tête se montrait, cérémonieusement déférente, feignant par plaisanterie la peur de déranger : c'était Swann. « Odette, le Prince d'Agrigente qui est avec moi dans mon cabinet demande s'il pourrait venir vous présenter ses hommages. Que dois-je aller lui répondre ? » « Mais que je serai enchantée », disait Odette avec satisfaction, sans se départir d'un calme qui lui était d'autant plus facile qu'elle avait toujours, même comme cocotte, reçu des hommes élégants. Swann partait transmettre l'autorisation et, accompagné du Prince, il revenait auprès de sa femme, à moins que dans l'intervalle ne fût entrée Mme Verdurin. Quand il avait épousé Odette il lui avait demandé de ne plus fréquenter le petit clan (il avait pour cela bien des raisons et, s'il n'en avait pas eu, l'eût fait tout de même par obéissance à une loi d'ingratitude qui ne souffre pas d'exception et qui fait ressortir l'imprévoyance de tous les entremetteurs ou leur désintéressement). Il avait seulement permis qu'Odette échangeât avec Mme Verdurin deux visites par an, ce qui semblait encore excessif à certains fidèles indignés de l'injure faite à la Patronne qui avait pendant tant d'années traité Odette et même Swann comme les enfants chéris de la maison. Car s'il contenait des faux frères qui lâchaient certains soirs pour se rendre sans le dire à une invitation d'Odette, prêts, dans le cas où ils seraient découverts, à s'excuser sur la curiosité de rencontrer Bergotte (quoique la Patronne prétendît qu'il ne fréquentait pas chez les Swann, était dépourvu de talent, et malgré cela elle cherchait, suivant une expression qui lui était chère, à l'attirer), le petit groupe avait aussi ses « ultras ». Et ceux-ci, ignorants des convenances particulières qui détournent souvent les gens de l'attitude extrême qu'on aimerait à leur voir prendre pour ennuyer quelqu'un, auraient souhaité et n'avaient pas obtenu que Mme Verdurin cessât toutes relations avec Odette, et lui ôtât ainsi la satisfaction de dire en riant : « Nous allons très rarement chez la Patronne depuis le Schisme. C'était encore possible quand mon mari était garçon, mais pour un ménage ce n'est toujours pas très facile... Monsieur Swann, pour vous dire la vérité, n'avale pas la mère Verdurin et il n'apprécierait pas beaucoup que j'en fasse ma fréquentation habituelle. Et moi, fidèle épouse... » Swann y accompagnait sa femme en soirée, mais évitait d'être là quand Mme Verdurin venait chez Odette en visite. Aussi, si la

Patronne était dans le salon, le Prince d'Agrigente entrait seul. Seul aussi d'ailleurs il était présenté par Odette qui préférait que Mme Verdurin n'entendît pas de noms obscurs et voyant plus d'un visage inconnu d'elle, pût se croire au milieu de notabilités aristocratiques, calcul qui réussissait si bien que, le soir Mme Verdurin disait avec dégoût à son mari : « Charmant milieu ! Il y avait toute la fleur de la Réaction ! » Odette vivait à l'égard de Mme Verdurin dans une illusion inverse. Non que ce salon eût même seulement commencé alors de devenir ce que nous le verrons être un jour. Mme Verdurin n'en était même pas encore à la période d'incubation où on suspend les grandes fêtes dans lesquelles les rares éléments brillants récemment acquis seraient noyés dans trop de tourbe et où on préfère attendre que le pouvoir générateur des dix justes qu'on a réussi à attirer en ait produit septante fois dix. Comme Odette n'allait pas tarder à le faire, Mme Verdurin se proposait bien le « monde » comme objectif, mais ses zones d'attaque étaient encore si limitées et d'ailleurs si éloignées, de celles par où Odette avait quelque chance d'arriver à un résultat identique, à percer, que celle-ci vivait dans la plus complète ignorance des plans stratégiques qu'élaborait la Patronne. Et c'était de la meilleure foi du monde que, quand on parlait à Odette de Mme Verdurin comme d'une snob, Odette se mettait à rire, et disait : « C'est tout le contraire. D'abord elle n'en a pas les éléments, elle ne connaît personne. Ensuite il faut lui rendre cette justice que cela lui plaît ainsi. Non, ce qu'elle aime ce sont ses mercredis, les causeurs agréables. » Et secrètement elle enviait à Mme Verdurin (bien qu'elle ne désespérât pas d'avoir elle-même, à une si grande école fini par les apprendre) ces arts auxquels la Patronne attachait une telle importance bien qu'ils ne fassent que nuancer l'inexistant, sculpter le vide, et soient à proprement parler les Arts du Néant : l'art (pour une maîtresse de maison) de savoir « réunir », de s'entendre à « grouper », de

« mettre en valeur », de « s'effacer », de servir de « trait d'union ».

En tout cas les amies de Mme Swann étaient impressionnées de voir chez elle une femme qu'on ne se représentait habituellement que dans son propre salon, entourée d'un cadre inséparable d'invités, de tout un petit groupe qu'on s'émerveillait de voir ainsi, évoqué, résumé, resserré, dans un seul fauteuil, sous les espèces de la Patronne devenue visiteuse dans l'emmitouflement de son manteau fourré de grèbe, aussi duveteux que les blanches fourrures qui tapissaient ce salon au sein duquel Mme Verdurin était elle-même un salon. Les femmes les plus timides, voulaient se retirer par discrétion et employant le pluriel comme quand on veut faire comprendre aux autres qu'il est plus sage de ne pas trop fatiguer une convalescente qui se lève pour la première fois, disaient : « Odette, nous allons vous laisser. » On enviait Mme Cottard que la Patronne appelait par son prénom. « Est-ce que je vous enlève ? » lui disait Mme Verdurin qui ne pouvait supporter la pensée qu'une fidèle allait rester là au lieu de la suivre. « Mais Madame est assez aimable pour me ramener, répondait Mme Cottard ne voulant pas avoir l'air d'oublier, en faveur d'une personne plus célèbre, qu'elle avait accepté l'offre que Mme Bontemps lui avait faite de la ramener dans sa voiture à cocarde. J'avoue que je suis particulièrement reconnaissante aux amies qui veulent bien me prendre avec elles dans leur véhicule. C'est une véritable aubaine pour moi qui n'ai pas d'automédon[155]. » « D'autant plus, répondait la Patronne (n'osant trop rien dire, car elle connaissait un peu Mme Bontemps et venait de l'inviter à ses mercredis), que chez Mme de Crécy vous n'êtes pas près de chez vous. Oh ! mon Dieu, je n'arriverai jamais à dire madame Swann. » C'était une plaisanterie dans le petit clan, pour des gens qui n'avaient pas beaucoup d'esprit, de faire semblant de ne pas pouvoir s'habituer à dire Mme Swann : « J'avais tellement l'habitude de dire madame de Crécy, j'ai encore failli de me tromper. » Seule, Mme Verdurin, quand elle parlait à Odette, ne faisait pas que faillir et se trompait exprès. « Cela ne vous fait pas peur, Odette, d'habiter ce quartier perdu ? Il me semble que je ne serais qu'à moitié tranquille le soir pour rentrer. Et puis c'est si humide. Ça ne doit rien valoir pour l'eczéma de votre mari. Vous n'avez pas de rats au moins ? » — « Mais non ! Quelle horreur ! » — « Tant mieux, on m'avait dit cela. Je suis bien aise de savoir que ce n'est pas vrai, parce que j'en ai une peur épouvantable et que je ne serais pas revenue chez vous. Au revoir, ma bonne chérie, à bientôt, vous savez comme je suis heureuse de vous voir. Vous ne savez pas arranger les chrysanthèmes, disait-elle en s'en allant tandis que Mme Swann se levait pour la reconduire. Ce sont des fleurs japonaises, il faut les disposer comme font les Japonais. » — « Je ne suis pas de l'avis de madame Verdurin, bien qu'en toutes choses elle soit pour moi la Loi et les Prophètes. Il n'y a que vous, Odette, pour trouver des chrysanthèmes si belles ou plutôt si beaux puisqu'il paraît que c'est ainsi qu'on dit maintenant », déclarait Mme Cottard, quand la Patronne avait refermé la porte. « Chère madame Verdurin n'est pas toujours très bienveillante pour les fleurs des autres », répondait doucement Mme Swann. « Qui cultivez-vous, Odette ? demandait Mme Cottard pour ne pas laisser se prolonger les critiques à l'adresse de la Patronne... Lemaître ? J'avoue que devant chez Lemaître il y avait l'autre jour un grand arbuste rose qui m'a fait faire une folie. » Mais par pudeur elle se refusa à donner des renseignements plus précis sur le prix de l'arbuste et dit seulement que le professeur « qui n'avait pourtant pas la tête près du bonnet » avait tiré flamberge au vent et lui avait dit qu'elle ne savait pas la valeur de l'argent. « Non, non, je n'ai de fleuriste attitré que Debac. » — « Moi aussi, disait Mme Cottard, mais je confesse que je lui fais des infidélités avec Lachaume[156]. » — « Ah ! vous le trompez avec Lachaume, je le lui dirai, répondait Odette qui s'efforçait d'avoir de l'esprit et de conduire la conversation chez elle, où elle se sentait plus à l'aise que dans le petit clan. Du reste Lachaume devient vraiment trop cher ; ses prix sont excessifs, savez-vous, ses prix je les trouve inconvenants ! » ajoutait-elle en riant.

Cependant Mme Bontemps, qui avait dit cent fois qu'elle ne voulait pas aller chez les Verdurin, ravie d'être invitée aux mercredis, était en train de calculer comment elle pourrait s'y rendre le plus de fois possible. Elle ignorait que Mme Verdurin souhaitait qu'on n'en manquât aucun ; d'autre part elle était de ces personnes peu recherchées, qui quand elles sont conviées à des « séries » par une maîtresse de maison, ne vont pas chez elle, comme ceux qui savent faire toujours plaisir, quand ils ont un moment et le désir de sortir ; elles, au contraire, se privent par exemple de la première soirée et de la troisième, s'imaginant que leur absence sera remarquée et se réservent pour la deuxième et la quatrième ; à moins que leurs informations ne leur ayant appris que la troisième sera particulièrement brillante, elles ne suivent un ordre inverse, alléguant que « malheureusement la dernière fois elles n'étaient pas libres ». Telle, Mme Bontemps supputait combien il pouvait y avoir encore de mercredis avant Pâques et de quelle façon elle arriverait à en avoir un de plus, sans pourtant paraître s'imposer. Elle comptait sur Mme Cottard, avec laquelle elle allait revenir, pour lui donner quelques indications. « Oh ! madame Bontemps, je vois que vous vous levez, c'est très mal de donner ainsi le signal de la fuite. Vous me devez une compensation pour n'être pas venue jeudi dernier... Allons, rasseyez-vous un moment. Vous ne ferez tout de même plus d'autre visite avant le dîner. Vraiment vous ne vous laissez pas tenter ? ajoutait Mme Swann et tout en tendant une assiette de gâteaux : Vous savez que ce n'est pas mauvais du tout, ces petites saletés-là. Ça ne paye pas de mine mais goûtez-en, vous m'en direz des nouvelles. » — « Au contraire ça a l'air délicieux, répondait Mme Cottard ; chez vous, Odette, on n'est jamais à court de victuailles. Je n'ai pas besoin de vous demander la marque de fabrique, je sais que vous faites tout venir de chez Rebattet. Je dois dire que je suis plus éclectique. Pour les petits fours, pour toutes les friandises, je m'adresse souvent à Bourbonneux [157]. Mais je reconnais qu'ils ne savent pas ce que c'est qu'une glace. Rebattet, pour tout ce qui est glace, bavaroise, ou sorbet, c'est le grand art. Comme dirait mon mari, c'est le *nec plus ultra.* » — « Mais ceci est tout simplement fait ici. Vraiment non ? » — « Je ne pourrai pas dîner, répondait Mme Bontemps, mais je me rassieds un instant, vous savez, moi, j'adore causer avec une femme intelligente comme vous. » — « Vous allez me trouver indiscrète, Odette, mais j'aimerais savoir comment vous jugez le chapeau qu'avait Mme Trombert. Je sais bien que la mode est aux grands chapeaux. Tout de même n'y a-t-il pas un peu d'exagération ? Et à côté de celui avec lequel elle est venue l'autre jour chez moi, celui qu'elle portait tantôt était microscopique. » — « Mais non je ne suis pas intelligente, disait Odette, pensant que cela faisait bien. Je suis au fond une gobeuse, qui croit tout ce qu'on lui dit, qui se fait du chagrin pour un rien. » Et elle insinuait qu'elle avait, au commencement, beaucoup souffert d'avoir épousé un homme comme Swann qui avait une vie de son côté et qui la trompait. Cependant le Prince d'Agrigente ayant entendu les mots « je ne suis pas intelligente », trouvait de son devoir de protester, mais il n'avait pas d'esprit de repartie. « Taratata, s'écriait Mme Bontemps, vous, pas intelligente ! » — « En effet je me disais : " Qu'est-ce que j'entends ? " disait le Prince en saisissant cette perche. Il faut que mes oreilles m'aient trompé. » — « Mais non, je vous assure, disait Odette, je suis au fond une petite-bourgeoise très choquable, pleine de préjugés, vivant dans son trou, surtout très ignorante. » Et pour demander des nouvelles du Baron de Charlus : « Avez-vous vu cher Baronet ? » lui disait-elle. « Vous, ignorante, s'écriait Mme Bontemps ! Eh bien alors qu'est-ce que vous diriezdu monde officiel, toutes ces femmes d'Excellences qui ne savent parler que de chiffons !... Tenez, madame, pas plus tard qu'il y a huit jours je mets sur *Lohengrin* la ministresse de l'Instruction publique. Elle me répond : " *Lohengrin* ? Ah ! oui, la dernière revue des Folies-Bergère, il paraît que c'est tordant. " Eh bien, madame, qu'est-ce que vous voulez, quand on entend des choses comme ça, ça vous fait bouillir. J'avais envie de la gifler. Parce que j'ai mon petit caractère vous savez. Voyons, monsieur, disait-elle en se tournant vers moi, est-ce que je n'ai pas raison ? » — « Écoutez, disait Mme Cottard, on est excusable de répondre un peu de travers quand on est interrogée ainsi de but en blanc, sans être prévenue. J'en sais quelque chose car Mme Verdurin a l'habitude de nous mettre ainsi le couteau sur la gorge. » — « À propos de Mme Verdurin, demandait Mme Bontemps à Mme Cottard, savez-vous qui il y aura mercredi chez elle ?... Ah ! je me rappelle maintenant que nous avons accepté une invitation pour mercredi prochain. Vous ne voulez pas dîner de mercredi en huit avec nous ? Nous irions ensemble chez Mme Verdurin. Cela m'intimide d'entrer seule, je ne sais pas pourquoi cette grande femme m'a toujours fait peur. » — « Je vais vous le dire, répondait Mme Cottard, ce qui vous effraye chez Mme Verdurin, c'est son organe. Que voulez-vous ? tout le monde n'a pas un aussi joli organe que Mme Swann. Mais le temps de prendre langue, comme dit la Patronne, et la glace sera bientôt rompue. Car dans le fond elle est très accueillante. Mais je comprends très bien votre sensation, ce n'est jamais agréable de se trouver la première fois en pays perdu. » — « Vous pourriez aussi dîner avec nous, disait Mme Bontemps à Mme Swann. Après dîner on irait tous ensemble en

Verdurin, faire Verdurin ; et même si ce devait avoir pour effet que la Patronne me fasse les gros yeux et ne m'invite plus, une fois chez elle nous resterons toutes les trois à causer entre nous, je sens que c'est ce qui m'amusera le plus. » Mais cette affirmation ne devait pas être très véridique car Mme Bontemps demandait : « Qui pensez-vous qu'il y aura de mercredi en huit ? Qu'est-ce qui se passera ? Il n'y aura pas trop de monde, au moins ? » — « Moi, je n'irai certainement pas, disait Odette. Nous ne ferons qu'une petite apparition au mercredi final. Si cela vous est égal d'attendre jusque-là... » Mais Mme Bontemps ne semblait pas séduite par cette proposition d'ajournement.

Bien que les mérites spirituels d'un salon et son élégance soient généralement en rapports inverses plutôt que directs, il faut croire, puisque Swann trouvait Mme Bontemps agréable, que toute déchéance acceptée a pour conséquence de rendre les gens moins difficiles sur ceux avec qui ils sont résignés à se plaire, moins difficiles sur leur esprit comme sur le reste. Et si cela est vrai, les hommes doivent, comme les peuples, voir leur culture et même leur langage disparaître avec leur indépendance. Un des effets de cette indulgence est d'aggraver la tendance qu'à partir d'un certain âge on a à trouver agréables les paroles qui sont un hommage à notre propre tour d'esprit, à nos penchants, un encouragement à nous y livrer ; cet âge-là est celui où un grand artiste préfère à la société de génies originaux celle d'élèves qui n'ont en commun avec lui que la lettre de sa doctrine et par qui il est encensé, écouté ; où un homme ou une femme remarquables qui vivent pour un amour trouveront la plus intelligente dans une réunion la personne peut-être inférieure, mais dont une phrase aura montré qu'elle sait comprendre et approuver ce qu'est une existence vouée à la galanterie, et aura ainsi chatouillé agréablement la tendance voluptueuse de l'amant ou de la maîtresse ; c'était l'âge aussi où

Swann, en tant qu'il était devenu le mari d'Odette se plaisait à entendre dire à Mme Bontemps que c'est ridicule de ne recevoir que des duchesses, (concluant de là, au contraire de ce qu'il eût fait jadis chez les Verdurin, que c'était une bonne femme, très spirituelle et qui n'était pas snob) et à lui raconter des histoires qui la faisaient « tordre », parce qu'elle ne les connaissait pas et que d'ailleurs elle « saisissait » vite, aimait à flatter et à s'amuser. « Alors le docteur ne raffole pas comme vous, des fleurs ? » demandait Mme Swann à Mme Cottard. « Oh ! vous savez que mon mari est un sage ; il est modéré en toutes choses. Si, pourtant, il a une passion. » L'œil brillant de malveillance, de joie et de curiosité : « Laquelle, madame ? » demandait Mme Bontemps. Avec simplicité, Mme Cottard répondait : « La lecture. » — « Oh ! c'est une passion de tout repos chez un mari ! » s'écriait Mme Bontemps en étouffant un rire satanique. « Quand le docteur est dans un livre, vous savez ! » — « Eh bien, madame, cela ne doit pas vous effrayer beaucoup... » — « Mais si !... pour sa vue. Je vais aller le retrouver, Odette, et je reviendrai au premier jour frapper à votre porte. A propos de vue, vous a-t-on dit que l'hôtel particulier que vient d'acheter Mme Verdurin sera éclairé à l'électricité ? Je ne le tiens pas de ma petite police particulière, mais d'une autre source : c'est l'électricien lui-même, Mildé [158], qui me l'a dit. Vous voyez que je cite mes auteurs ! Jusqu'aux chambres qui auront leurs lampes électriques avec un abat-jour qui tamisera la lumière. C'est évidemment un luxe charmant. D'ailleurs nos contemporaines veulent absolument du nouveau, n'en fût-il plus au monde. Il y a la belle-sœur d'une de mes amies qui a le téléphone posé chez elle ! Elle peut faire une commande à un fournisseur sans sortir de son appartement ! J'avoue que j'ai platement intrigué pour avoir la permission de venir un jour pour parler devant l'appareil. Cela me tente beaucoup, mais plutôt chez une amie que chez moi. Il me semble que je n'aimerais pas avoir le téléphone à domicile. Le premier amusement passé, cela doit être un vrai casse-tête. Allons, Odette, je me sauve, ne retenez plus Mme Bontemps puisqu'elle se charge de moi, il faut absolument que je m'arrache, vous me faites faire du joli, je vais être rentrée après mon mari ! »

Et moi aussi, il fallait que je rentrasse, avant d'avoir goûté à ces plaisirs de l'hiver, desquels les chrysanthèmes m'avaient semblé être l'enveloppe éclatante. Ces plaisirs n'étaient pas venus et cependant Mme Swann n'avait pas l'air d'attendre encore quelque chose. Elle laissait les domestiques emporter le thé comme elle aurait annoncé : « On ferme ! » Et elle finissait par me dire : « Alors, vraiment, vous partez ? Eh bien, *good bye !* » Je sentais que j'aurais pu rester sans rencontrer ces plaisirs inconnus, et que ma tristesse n'était pas seule à m'avoir privé d'eux. Ne se trouvaient-ils donc pas situés sur cette route battue des heures qui mène toujours si vite à l'instant du départ, mais plutôt sur quelque chemin de traverse inconnu de moi et par où il eût fallu bifurquer ? Du moins le but de ma visite était atteint, Gilberte saurait que j'étais venu chez ses parents quand elle n'était pas là, et que j'y avais, comme n'avait cessé de le répéter Mme Cottard, « fait d'emblée, de prime abord, la conquête de Mme Verdurin, avec laquelle, ajoutait la femme du docteur, qui ne l'avait jamais vue faire " autant de frais ", il faut que vous ayez des atomes crochus [159] ». Elle saurait que j'avais parlé d'elle comme je devais le faire, avec tendresse, mais que je n'avais pas cette incapacité de vivre sans que nous nous vissions que je croyais à la base de l'ennui qu'elle avait éprouvé ces derniers temps auprès de moi. J'avais dit à Mme Swann que je ne pouvais plus me trouver avec Gilberte. Je l'avais dit comme si j'avais décidé pour toujours de ne plus la voir. Et la lettre que j'allais envoyer à Gilberte serait conçue dans le même sens. Seulement, à moi-même, pour me donner courage je ne me proposais qu'un suprême et court effort de peu de jours. Je me disais : « C'est le dernier rendez-vous d'elle que je refuse, j'accepterai le prochain. » Pour me rendre la séparation moins difficile à réaliser, je ne me la présentais pas comme définitive. Mais je sentais bien qu'elle le serait.

Le 1er janvier me fut particulièrement douloureux cette année-là. Tout l'est sans doute, qui fait date et anniversaire, quand on est malheureux. Mais si c'est par exemple d'avoir perdu un être cher, la souffrance consiste seulement dans une comparaison plus vive avec le passé. Il s'y ajoutait dans mon cas l'espoir informulé que Gilberte, ayant voulu me laisser l'initiative des premiers pas et constatant que je ne les avais pas faits, n'avait attendu que le prétexte du 1er janvier pour m'écrire : « Enfin, qu'y a-t-il ? je suis folle de vous, venez que nous nous expliquions franchement, je ne peux pas vivre sans vous voir. » Dès les derniers jours de l'année cette lettre me parut probable. Elle ne l'était peut-être pas, mais, pour que nous la croyions telle, le désir, le besoin que nous en avons suffit. Le soldat est persuadé qu'un certain délai indéfiniment prolongeable lui sera accordé avant qu'il soit tué, le voleur, avant qu'il soit pris, les hommes en général, avant qu'ils aient à mourir. C'est là l'amulette qui préserve les individus — et parfois les peuples — non du danger mais de la peur du danger, en réalité de la croyance au danger, ce qui dans certains cas permet de les braver sans qu'il soit besoin d'être brave. Une confiance de ce genre et aussi peu fondée, soutient l'amoureux qui compte sur une réconciliation, sur une lettre. Pour que je n'eusse pas attendu celle-là, il eût suffi que j'eusse cessé de la souhaiter. Si indifférent qu'on sache que l'on est à celle qu'on aime encore, on lui prête une série de pensées — fussent-elles d'indifférence —, une intention de les manifester, une complication de vie intérieure où l'on est l'objet peut-être d'une antipathie, mais aussi d'une attention permanentes. Pour imaginer au contraire ce qui se passait en Gilberte, il eût fallu que je pusse tout simplement anticiper dès ce 1er janvier-là ce que j'eusse ressenti celui d'une des années suivantes, et où l'attention, ou le silence, ou la tendresse, ou la froideur de Gilberte eussent passé à peu près inaperçus à mes yeux et où je n'eusse pas songé, pas même pu songer à chercher la solution de problèmes qui auraient cessé de se poser pour moi. Quand on aime l'amour est trop grand pour pouvoir être contenu tout entier en nous ; il irradie vers la personne aimée, rencontre en elle une surface qui l'arrête, le force à revenir vers son point de départ, et c'est ce choc en retour de notre propre tendresse que nous appelons les sentiments de l'autre et qui nous charme plus qu'à l'aller, parce que nous ne reconnaissons pas qu'elle vient de nous. Le 1er janvier sonna toutes ses heures sans qu'arrivât cette lettre de Gilberte. Et comme j'en reçus quelques-unes de vœux tardifs ou retardés par l'encombrement des courriers à ces dates-là, le 3 et le 4 janvier j'espérais encore, de moins en moins pourtant. Les jours qui suivirent, je pleurai beaucoup. Certes, cela tenait à ce qu'ayant été moins sincère que je ne l'avais cru quand j'avais renoncé à Gilberte, j'avais gardé cet espoir d'une lettre d'elle pour la nouvelle année. Et le voyant épuisé avant que j'eusse eu le temps de me précautionner d'un autre, je souffrais comme un malade qui a vidé sa fiole de morphine sans en avoir sous la main une seconde. Mais peut-être en moi — et ces deux explications ne s'excluent pas car un seul sentiment est quelquefois fait de contraires — l'espérance que j'avais de recevoir enfin une lettre, avait-elle rapproché de moi l'image de Gilberte, recréé les émotions que l'attente de me trouver près d'elle, sa vue, sa manière d'être avec moi, me causaient autrefois. La possibilité immédiate d'une réconciliation avait supprimé cette chose de l'énormité de laquelle nous ne nous rendons pas compte : la résignation. Les neurasthéniques ne peuvent croire les gens qui leur assurent qu'ils seront peu à peu calmés en restant au lit sans recevoir de lettres, sans lire de journaux. Ils se figurent que ce régime ne fera qu'exaspérer leur nervosité. De même, les amoureux, le considérant du sein d'un état contraire, n'ayant pas commencé de l'expérimenter, ne peuvent croire à la puissance bienfaisante du renoncement.

À cause de la violence de mes battements de cœur on me fit diminuer la caféine, ils cessèrent. Alors je me demandai si ce n'était pas un peu à elle qu'était due cette angoisse que j'avais éprouvée quand je m'étais à peu près brouillé avec Gilberte, et que j'avais attribuée, chaque fois qu'elle se renouvelait, à la souffrance de ne plus voir mon amie, ou de risquer de ne la voir qu'en proie à la même mauvaise humeur. Mais si ce médicament avait été à l'origine des souffrances que mon imagination eût alors faussement interprétées (ce qui n'aurait rien d'extraordinaire, les plus cruelles peines morales ayant souvent pour cause [160] chez les amants l'habitude physique de la femme avec qui ils vivent), c'était à la façon du philtre qui, longtemps après avoir été absorbé, continue à lier Tristan à Yseult. Car l'amélioration physique que la diminution de la caféine amena presque immédiatement chez moi n'arrêta pas l'évolution du chagrin que l'absorption du toxique avait peut-être sinon créé, du moins su rendre plus aigu.

Seulement, quand le milieu du mois de janvier approcha, une fois déçues mes espérances d'une lettre pour le jour de l'an et la douleur supplémentaire qui avait accompagné leur déception une fois calmée, ce fut mon chagrin d'avant « les Fêtes » qui recommença. Ce qu'il y avait peut-être encore en lui de plus cruel, c'est que j'en fusse moi-même l'artisan conscient, volontaire, impitoyable et patient. La seule chose à laquelle je tinsse, mes relations avec Gilberte, c'est moi qui travaillais à les rendre impossibles en créant peu à peu, par la séparation prolongée d'avec mon amie, non pas son indifférence, mais, ce qui reviendrait finalement au même, la mienne. C'était à un long et cruel suicide du moi qui en moi-même aimait Gilberte que je m'acharnais avec continuité, avec la clairvoyance non seulement de ce que je faisais dans le présent, mais de ce qui en résulterait pour l'avenir : je savais non pas seulement que dans un certain temps je n'aimerais plus Gilberte, mais encore qu'elle-même le regretterait, et que les tentatives qu'elle ferait alors pour me voir, seraient aussi vaines que celles d'aujourd'hui, non plus parce que je l'aimerais trop, mais parce que j'aimerais certainement une autre femme que je resterais à désirer, à attendre, pendant des heures dont je n'oserais pas distraire une parcelle pour Gilberte qui ne me serait plus rien. Et sans doute, en ce moment même, où (puisque j'étais résolu à ne plus la voir, à moins d'une demande formelle d'explications, d'une complète déclaration d'amour de sa part, lesquelles n'avaient plus aucune chance de venir) j'avais déjà perdu Gilberte, et l'aimais davantage, je sentais tout ce qu'elle était pour moi mieux que l'année précédente quand, passant tous mes après-midi avec elle, selon que je voulais, je croyais que rien ne menaçait notre amitié ; sans doute en ce moment l'idée que j'éprouverais un jour les mêmes sentiments pour une autre m'était odieuse, car cette idée m'enlevait outre Gilberte, mon amour et ma souffrance. Mon amour, ma souffrance, où en pleurant j'essayais de saisir justement ce qu'était Gilberte, et desquels il me fallait reconnaître qu'ils ne lui appartenaient pas spécialement et seraient, tôt ou tard, le lot de telle ou telle femme. De sorte — c'était du moins alors ma manière de penser — qu'on est toujours détaché des êtres ; quand on aime, on sent que cet amour ne porte pas leur nom, pourra dans l'avenir renaître, aurait même pu, dans le passé, naître pour une autre et non pour celle-là. Et dans le temps où l'on n'aime pas, si l'on prend philosophiquement son parti de ce qu'il y a de contradictoire dans l'amour, c'est que cet amour dont on parle à son aise, on ne l'éprouve pas alors, donc on ne le connaît pas, la connaissance en ces matières étant intermittente et ne survivant pas à la présence effective du sentiment. Cet avenir où je n'aimerais plus Gilberte et que ma souffrance m'aidait à deviner sans que mon imagination pût encore se le représenter clairement, certes il eût été temps encore d'avertir Gilberte qu'il se formerait peu à peu, que sa venue était sinon imminente, du moins inéluctable, si elle-même, Gilberte, ne venait pas à mon aide et ne détruisait pas dans son germe ma future indifférence. Combien de fois ne fus-je pas sur le point d'écrire, ou d'aller dire à Gilberte : « Prenez garde, j'en ai pris la résolution, la démarche que je fais est une démarche suprême. Je vous vois pour la dernière fois. Bientôt je ne vous aimerai plus. » À quoi bon ? De quel droit eussé-je reproché à Gilberte une indifférence que, sans me croire coupable pour cela, je manifestais à tout ce qui n'était pas elle ? La dernière fois ! À moi, cela me paraissait quelque chose d'immense, parce que j'aimais Gilberte. À elle, cela lui eût fait sans doute autant d'impression que ces lettres où des amis demandent à nous faire une visite avant de s'expatrier, visite que, comme aux ennuyeuses femmes qui nous aiment, nous leur refusons parce que nous avons des plaisirs devant nous. Le temps dont nous disposons chaque jour est élastique ; les passions que nous ressentons le dilatent, celles que nous inspirons le rétrécissent, et l'habitude le remplit.

D'ailleurs, j'aurais eu beau parler à Gilberte, elle ne m'aurait pas entendu. Nous nous imaginons toujours quand nous parlons, que ce sont nos oreilles, notre esprit qui écoutent. Mes paroles ne seraient parvenues à Gilberte que déviées, comme si elles avaient eu à traverser le rideau mouvant d'une cataracte avant d'arriver à mon amie, méconnaissables, rendant un son ridicule, n'ayant plus aucune espèce de sens. La vérité qu'on met dans les mots ne se fraye pas son chemin directement, n'est pas douée d'une évidence irrésistible. Il faut qu'assez de temps passe pour qu'une vérité de même ordre ait pu se former en eux.

Alors l'adversaire politique qui, malgré tous les raisonnements et toutes les preuves tenait le sectateur de la doctrine opposée pour un traître, partage lui-même la conviction détestée à laquelle celui qui cherchait inutilement à la répandre ne tient plus. Alors le chef-d'œuvre qui pour les admirateurs qui le lisaient haut semblait montrer en soi les preuves de son excellence et n'offrait à ceux qui écoutaient qu'une image insane ou médiocre, sera par eux proclamé chef-d'œuvre, trop tard pour que l'auteur puisse l'apprendre. Pareillement, en amour, les barrières, quoi qu'on fasse, ne peuvent être brisées du dehors par celui qu'elles désespèrent ; et c'est quand il ne se souciera plus d'elles, que, tout à coup, par l'effet du travail venu d'un autre côté, accompli à l'intérieur de celle qui n'aimait pas, ces barrières, attaquées jadis sans succès, tomberont sans utilité. Si j'étais venu annoncer à Gilberte mon indifférence future et le moyen de la prévenir, elle aurait induit de cette démarche que mon amour pour elle, le besoin que j'avais d'elle, étaient encore plus grands qu'elle n'avait cru, et son ennui de me voir en eût été augmenté. Et il est bien vrai, du reste, que c'est cet amour qui m'aidait, par les états d'esprit disparates qu'il faisait se succéder en moi, à prévoir, mieux qu'elle, la fin de cet amour. Pourtant, un tel avertissement, je l'eusse peut-être adressé, par lettre ou de vive voix, à Gilberte, quand assez de temps eût passé, me la rendant ainsi, il est vrai, moins indispensable, mais aussi ayant pu lui prouver qu'elle ne me l'était pas. Malheureusement, certaines personnes bien ou mal intentionnées lui parlèrent de moi d'une façon qui dut lui laisser croire qu'elles le faisaient à ma prière. Chaque fois que j'appris ainsi que Cottard, ma mère elle-même, et jusqu'à M. de Norpois avaient, par de maladroites paroles rendu inutile tout le sacrifice que je venais d'accomplir, gâché tout le résultat de ma réserve, en me donnant faussement l'air d'en être sorti, j'avais un double ennui. D'abord je ne pouvais plus faire dater que de ce jour-là ma pénible et fructueuse abstention que les fâcheux avaient à mon insu interrompue et, par conséquent, annihilée. Mais, de plus, j'eusse eu moins de plaisir à voir Gilberte qui me croyait maintenant non plus dignement résigné, mais manœuvrant dans l'ombre pour une entrevue qu'elle avait dédaigné d'accorder. Je maudissais ces vains bavardages de gens qui souvent, sans même l'intention de nuire ou de rendre service, pour rien, pour parler, quelquefois parce que nous n'avons pas pu nous empêcher de le faire devant eux et qu'ils sont indiscrets (comme nous), nous causent, à point nommé, tant de mal. Il est vrai que dans la funeste besogne accomplie pour la destruction de notre amour, ils sont loin de jouer un rôle égal à deux personnes qui ont pour habitude l'une par excès de bonté et l'autre de méchanceté de tout défaire au moment que tout allait s'arranger. Mais ces deux personnes-là, nous ne leur en voulons pas comme aux inopportuns Cottard, car la dernière, c'est la personne que nous aimons et la première, c'est nous-même.

Cependant, comme, presque chaque fois que j'allais la voir, Mme Swann m'invitait à venir goûter avec sa fille et me disait de répondre directement à celle-ci, j'écrivais souvent à Gilberte, et dans cette correspondance je ne choisissais pas les phrases qui eussent pu, me semblait-il, la persuader, je cherchais seulement à frayer le lit le plus doux au ruissellement de mes pleurs. Car le regret comme le désir ne cherche pas à s'analyser, mais à se satisfaire ; quand on commence d'aimer, on passe le temps non à savoir ce qu'est son amour, mais à préparer les possibilités des rendez-vous du lendemain. Quand on renonce, on cherche non à connaître son chagrin, mais à offrir de lui à celle qui le cause l'expression qui nous paraît la plus tendre. On dit les choses qu'on éprouve le besoin de dire et que l'autre ne comprendra pas, on ne parle que pour soi-même. J'écrivais : « J'avais cru que ce ne serait pas possible. Hélas, je vois que ce n'est pas si difficile. » Je disais aussi : « Je ne vous verrai probablement plus », je le disais en continuant à me garder d'une froideur qu'elle eût pu croire affectée, et ces mots, en les écrivant, me faisaient pleurer parce que je sentais qu'ils exprimaient non ce que j'aurais voulu croire, mais ce qui arriverait en réalité. Car à la prochaine demande de rendez-vous qu'elle me ferait adresser, j'aurais encore comme cette fois le courage de ne pas céder et, de refus en refus, j'arriverais peu à peu au moment où à force de ne plus l'avoir vue je ne désirerais pas la voir. Je pleurais mais je trouvais le courage, je connaissais la douceur, de sacrifier le bonheur d'être auprès d'elle à la possibilité de lui paraître agréable un jour, un jour où, hélas ! lui paraître agréable me serait indifférent. L'hypothèse même, pourtant si peu vraisemblable, qu'en ce moment, comme elle l'avait prétendu pendant la dernière visite que je lui avais faite, elle m'aimât, que ce que je prenais pour l'ennui qu'on éprouve auprès de quelqu'un dont on est las, ne fût dû qu'à une susceptibilité jalouse, à une feinte d'indifférence analogue à la mienne, ne faisait que rendre ma résolution moins cruelle. Il me semblait alors que dans quelques années, après que nous nous serions oubliés l'un l'autre, quand je pourrais rétrospectivement lui dire que cette lettre qu'en ce moment j'étais en train de lui écrire n'avait été nullement sincère, elle me répondrait : « Comment, vous, vous m'aimiez ? Si vous saviez comme je l'attendais, cette lettre, comme j'espérais un rendez-vous, comme elle me fit pleurer ! » La pensée, pendant que je lui écrivais, aussitôt rentré de chez sa mère, que j'étais peut-être en train de consommer précisément ce malentendu-là, cette pensée par sa tristesse même, par le plaisir d'imaginer que j'étais aimé de Gilberte, me poussait à continuer ma lettre.

Si, au moment de quitter Mme Swann quand son « thé » finissait, je pensais à ce que j'allais écrire à sa fille, Mme Cottard, elle, en s'en allant, avait eu des pensées d'un caractère tout différent. Faisant sa « petite inspection », elle n'avait pas manqué de féliciter Mme Swann sur les meubles nouveaux, les récentes « acquisitions » remarquées dans le salon. Elle pouvait d'ailleurs, y retrouver quoique en bien petit nombre quelques-uns des objets qu'Odette avait autrefois dans l'hôtel de la rue Lapérouse, notamment ses animaux en matières précieuses, ses fétiches.

Mais Mme Swann ayant appris d'un ami qu'elle vénérait, le mot « tocard » — lequel lui avait ouvert de nouveaux horizons parce qu'il désignait précisément les choses que quelques années auparavant elle avait trouvées « chic » — toutes ces choses-là successivement, avaient suivi dans leur retraite le treillage doré qui servait d'appui aux chrysanthèmes, mainte bonbonnière de chez Giroux[161] et le papier à lettres à couronne (pour ne pas parler des louis en carton semés sur les cheminées et que, bien avant qu'elle connût Swann, un homme de goût lui avait conseillé de sacrifier). D'ailleurs dans le désordre artiste, dans le pêle-mêle d'atelier, des pièces aux murs encore peints de couleurs sombres qui les faisaient aussi différentes que possible des salons blancs que Mme Swann eut un peu plus tard, l'Extrême-Orient, reculait de plus en plus devant l'invasion du XVIIIe siècle ; et les coussins que, afin que je fusse plus « confortable », Mme Swann entassait et pétrissait derrière mon dos étaient semés de bouquets Louis XV, et non plus comme autrefois de dragons chinois. Dans la chambre où on la trouvait le plus souvent et dont elle disait : « Oui, je l'aime assez, je m'y tiens beaucoup ; je ne pourrais pas vivre au milieu de choses hostiles et pompier ; c'est ici que je travaille » (sans d'ailleurs préciser si c'était à un tableau, peut-être à un livre, le goût d'en écrire commençait à venir aux femmes qui aiment à faire quelque chose et à ne pas être inutiles), elle était entourée de Saxe (aimant cette dernière sorte de porcelaine, dont elle prononçait le nom avec un accent anglais, jusqu'à dire à propos de tout : C'est joli, cela ressemble à des fleurs de Saxe) ; elle redoutait pour eux, plus encore que jadis pour ses magots et ses potiches, le toucher ignorant des domestiques auxquels elle faisait expier les transes qu'ils lui avaient données par des emportements auxquels Swann, maître si poli et doux, assistait sans en être choqué. La vue lucide de certaines infériorités n'ôte d'ailleurs rien à la tendresse ; celle-ci les fait au contraire trouver charmantes. Maintenant c'était plus rarement dans des robes de chambre japonaises qu'Odette recevait ses intimes, mais plutôt dans les soies claires et mousseuses de peignoirs Watteau desquelles elle faisait le geste de caresser sur ses seins l'écume fleurie, et dans lesquelles elle se baignait, se prélassait, s'ébattait avec un tel air de bien-être, de rafraîchissement de la peau, et des respirations si profondes, qu'elle semblait les considérer non pas comme décoratives à la façon d'un cadre, mais comme nécessaires de la même manière que le « tub » et le « footing », pour contenter les exigences de sa physionomie et les raffinements de son hygiène. Elle avait l'habitude de dire qu'elle se passerait plus aisément de pain que d'art et de propreté, et qu'elle eût été plus triste de voir brûler *La Joconde* que des « foultitudes » de personnes qu'elle connaissait. Théories qui semblaient paradoxales à ses amies, mais la faisaient passer pour une femme supérieure auprès d'elles et lui valaient une fois par semaine la visite du ministre de Belgique, de sorte que dans le petit monde dont elle était le soleil, chacun eût été bien étonné si l'on avait appris qu'ailleurs, chez les Verdurin par exemple, elle passât pour bête. À cause de cette vivacité d'esprit, Mme Swann préférait la société des hommes à celle des femmes. Mais quand elle critiquait celles-ci, c'était toujours en cocotte, signalant en elles les défauts qui pouvaient leur nuire auprès des hommes, de grosses attaches, un vilain teint, pas d'orthographe, des poils aux jambes, une odeur pestilentielle, de faux sourcils. Pour telle au contraire qui lui avait jadis montré de l'indulgence et de l'amabilité, elle était plus tendre, surtout si celle-là était malheureuse. Elle la défendait avec adresse et disait : « On est injuste pour elle, car c'est une gentille femme, je vous assure. »

Ce n'était pas seulement l'ameublement du salon d'Odette, c'était Odette elle-même que Mme Cottard et tous ceux qui avaient fréquenté Mme de Crécy auraient eu peine s'ils ne l'avaient pas vue depuis longtemps à reconnaître. Elle semblait avoir tant d'années de moins qu'autrefois ! Sans doute, cela tenait en partie à ce qu'elle avait engraissé, et, devenue mieux portante, avait l'air plus calme, frais, reposé et d'autre part à ce que les coiffures nouvelles aux cheveux lissés, donnaient plus d'extension à son visage qu'une poudre rose animait, et où ses yeux et son profil jadis trop saillants, semblaient maintenant résorbés. Mais une autre raison de ce changement consistait en ceci que, arrivée au milieu de la vie, Odette s'était enfin découvert, ou inventé, une physionomie personnelle, un « caractère » immuable, un « genre de beauté », et sur ses traits décousus — qui pendant si longtemps, livrés aux caprices hasardeux et impuissants de la chair, prenant à la moindre fatigue pour un instant, des années, une sorte de vieillesse passagère, lui avaient composé tant bien que mal, selon son humeur et selon sa mine, un visage épars, journalier, informe et charmant — avait appliqué ce type fixe, comme une jeunesse immortelle.

Swann avait dans sa chambre, au lieu des belles photographies qu'on faisait maintenant de sa femme, et où la même expression énigmatique et victorieuse laissait reconnaître, quels que fussent la robe et le chapeau, sa silhouette et son visage triomphants, un petit daguerréotype ancien tout simple, antérieur à ce type, et duquel la jeunesse et la beauté d'Odette, non encore trouvées par elle, semblaient absentes. Mais sans doute Swann, fidèle ou revenu à une conception différente, goûtait-il dans la jeune femme grêle aux yeux pensifs, aux traits las, à l'attitude suspendue entre la marche et l'immobilité, une grâce plus botticellienne. Il aimait encore, en effet, à voir en sa femme un Botticelli. Odette qui au contraire cherchait non à faire ressortir mais à compenser, à dissimuler ce qui, en elle-même ne lui plaisait pas, ce qui était peut-être, pour un artiste, son « caractère », mais que comme femme elle trouvait des défauts, ne voulait pas entendre parler de ce peintre. Swann possédait une merveilleuse écharpe orientale, bleue et rose, qu'il avait achetée parce que c'était exactement celle de la Vierge du *Magnificat*[162]. Mais Mme Swann ne voulait pas la porter. Une fois seulement elle laissa son mari lui commander une toilette toute criblée de pâquerettes, de bleuets, de myosotis et de campanules d'après la Primavera du *Printemps*. Parfois, le soir, quand elle était fatiguée, il me faisait remarquer tout bas comme elle donnait sans s'en rendre compte à ses mains pensives, le mouvement délié, un peu tourmenté de la Vierge qui trempe sa plume dans l'encrier que lui tend l'ange, avant d'écrire sur le livre saint où est déjà tracé le mot « Magnificat ». Mais il ajoutait : « Surtout ne le lui dites pas, il suffirait qu'elle le sût pour qu'elle fît autrement. »

Sauf à ces moments d'involontaire fléchissement où Swann essayait de retrouver la mélancolique cadence botticellienne, le corps d'Odette était maintenant découpé en une seule silhouette cernée tout entière par une « ligne » qui, pour suivre le contour de la femme, avait abandonné les chemins accidentés, les rentrants et les sortants factices, les lacis, l'éparpillement composite des modes d'autrefois, mais qui aussi, là où c'était l'anatomie qui se trompait en faisant des détours inutiles en deçà ou au-delà du tracé idéal, savait rectifier d'un trait hardi les écarts de la nature, suppléer, pour toute une partie du parcours, aux défaillances aussi bien de la chair que des étoffes. Les coussins, le « strapontin » de l'affreuse « tournure » avait disparu ainsi que ces corsages à basques qui, dépassant la jupe et raidis par des baleines avaient ajouté si longtemps à Odette un ventre postiche et lui avaient donné l'air d'être composée de pièces disparates qu'aucune individualité ne reliait. La verticale des « effilés » et la courbe des ruches avaient cédé la place à l'inflexion d'un corps qui faisait palpiter la soie comme la sirène bat l'onde et donnait à la percaline une expression humaine, maintenant qu'il s'était dégagé, comme une forme organisée et vivante, du long chaos et de l'enveloppement nébuleux des modes détrônées. Mais Mme Swann cependant avait voulu, avait su garder un vestige de certaines d'entre elles, au milieu même de celles qui les avaient remplacées. Quand le soir, ne pouvant travailler et étant assuré que Gilberte était au théâtre avec des amies, j'allais à l'improviste chez ses parents, je trouvais souvent Mme Swann dans quelque élégant déshabillé dont la jupe, d'un de ces beaux tons sombres, rouge foncé ou orange qui avaient l'air d'avoir une signification particulière parce qu'ils n'étaient plus à la mode, était obliquement traversée d'une rampe ajourée et large de dentelle noire qui faisait penser aux volants d'autrefois. Quand par un jour encore froid de printemps elle m'avait, avant ma brouille avec sa fille, emmené au Jardin d'Acclimatation, sous sa veste qu'elle entrouvrait plus ou moins selon qu'elle se réchauffait en marchant, le « dépassant » en dents de scie de sa chemisette avait l'air du revers entrevu de quelque gilet absent, pareil à l'un de ceux qu'elle avait portés quelques années plus tôt et dont elle aimait que les bords eussent ce léger déchiquetage ; et sa cravate — de cet « écossais » auquel elle était restée fidèle, mais en adoucissant tellement les tons (le rouge devenu rose et le bleu, lilas) que l'on aurait presque cru à un de ces taffetas gorge-de-pigeon qui étaient la dernière nouveauté — était nouée de telle façon sous son menton sans qu'on pût voir où elle était attachée, qu'on pensait invinciblement à ces « brides » de chapeaux, qui ne se portaient plus. Pour peu qu'elle sût « durer » encore quelque temps ainsi, les jeunes gens, essayant de comprendre ses toilettes, diraient : « Madame Swann, n'est-ce pas, c'est toute une époque ? » Comme dans un beau style qui superpose des formes différentes et que fortifie une tradition cachée, dans la toilette de Mme Swann, ces souvenirs incertains de gilets, ou de boucles, parfois une tendance aussitôt réprimée au « saute en barque [163] » et jusqu'à une allusion lointaine et vague au « suivez-moi jeune homme [164] », faisaient circuler sous la forme concrète la ressemblance inachevée d'autres plus anciennes qu'on n'aurait pu y trouver effectivement réalisées par la couturière ou la modiste, mais auxquelles on pensait sans cesse, et enveloppaient Mme Swann de quelque chose de noble — peut-être parce que l'inutilité même de ces atours, faisait qu'ils semblaient répondre à un but plus qu'utilitaire, peut-être à cause du vestige conservé des années passées, ou encore d'une sorte d'individualité vestimentaire, particulière à cette femme et qui donnait à ses mises les plus différentes un même air de famille. On sentait qu'elle ne s'habillait pas seulement pour la commodité ou la parure de son corps ; elle était entourée de sa toilette comme de l'appareil délicat et spiritualisé d'une civilisation.

Quand Gilberte qui d'habitude donnait ses goûters le jour où recevait sa mère, devait au contraire être absente et qu'à cause de cela je pouvais aller au « Choufleury » de Mme Swann, je la trouvais vêtue de quelque belle robe, certaines en taffetas, d'autres en faille, ou en velours, ou en crêpe de Chine, ou en satin, ou en soie, et qui non point lâches comme les déshabillés qu'elle revêtait ordinairement à la maison, mais combinées comme pour la sortie au-dehors, donnaient cet après-midi-là à son oisiveté chez elle quelque chose d'alerte et d'agissant. Et sans doute la simplicité hardie de leur coupe, était bien appropriée à sa taille et à ses mouvements dont les manches avaient l'air d'être la couleur, changeante selon les jours ; on aurait dit qu'il y avait soudain de la décision dans le velours bleu, une humeur facile dans le taffetas blanc, et qu'une sorte de réserve suprême et pleine de distinction dans la façon d'avancer le bras avait, pour devenir visible, revêtu l'apparence, brillante du sourire des grands sacrifices, du crêpe de Chine noir. Mais en même temps à ces robes si vives, la complication des « garnitures » sans utilité pratique, sans raison d'être visible, ajoutait quelque chose de désintéressé, de pensif, de secret, qui s'accordait à la mélancolie que Mme Swann gardait toujours au moins dans la cernure de ses yeux et les phalanges de ses mains. Sous la profusion des porte-bonheur en saphir, des trèfles à quatre feuilles d'émail, des médailles d'argent, des médaillons d'or, des amulettes de turquoise, des chaînettes de rubis, des châtaignes de topaze, il y avait dans la robe elle-même tel dessin colorié poursuivant sur un empiècement rapporté son existence antérieure, telle rangée de petits boutons de satin qui ne boutonnaient rien et ne pouvaient pas se déboutonner, une soutache cherchant à faire plaisir avec la minutie, la discrétion d'un rappel délicat, lesquels, tout autant que les bijoux, avaient l'air — n'ayant sans cela aucune justification possible — de déceler une intention, d'être un gage de tendresse, de retenir une confidence, de répondre à une superstition, de garder le souvenir d'une guérison, d'un vœu, d'un amour ou d'une philippine. Et parfois, dans le velours bleu du corsage un soupçon de crevé Henri II [165], dans la robe de satin noir un léger renflement qui, soit aux manches, près des épaules, faisait penser aux « gigots » 1830, soit au contraire sous la jupe aux « paniers » Louis XV, donnaient à la robe un air imperceptible d'être un costume et en insinuant sous la vie présente comme une réminiscence indiscernable du passé, mêlaient à la personne de Mme Swann le charme de certaines héroïnes historiques ou romanesques. Et si je le lui faisais remarquer : « Je ne joue pas au golf comme plusieurs de mes amies, disait-elle. Je n'aurais aucune excuse à être, comme elles, vêtue de sweaters. »

Dans la confusion du salon, revenant de reconduire une visite, ou prenant une assiette de gâteaux pour les offrir à une autre, Mme Swann en passant près de moi, me prenait une seconde à part : « Je suis spécialement chargée par Gilberte de vous inviter à déjeuner pour après-demain. Comme je n'étais pas certaine de vous voir, j'allais vous écrire si vous n'étiez pas venu. » Je continuais à résister. Et cette résistance me coûtait de moins en moins, parce qu'on a beau aimer le poison qui vous fait du mal, quand on en est privé par quelque nécessité depuis déjà un certain temps, on ne peut pas ne pas attacher quelque prix au repos qu'on ne connaissait plus, à l'absence d'émotions et de souffrances. Si l'on n'est pas tout à fait sincère en se disant qu'on ne voudra jamais revoir celle qu'on aime, on ne le serait pas non plus en disant qu'on veut la revoir. Car, sans doute, on ne peut supporter son absence qu'en se la promettant courte, en pensant au jour où on se retrouvera, mais d'autre part on sent à quel point ces rêves quotidiens d'une réunion prochaine et sans cesse ajournée sont moins douloureux que ne serait une entrevue qui pourrait être suivie de jalousie, de sorte que la nouvelle qu'on va revoir celle qu'on aime donnerait une commotion peu agréable. Ce qu'on recule maintenant de jour en jour, ce n'est plus la fin de l'intolérable anxiété causée par la séparation, c'est le recommencement redouté d'émotions sans issue. Comme à une telle entrevue on préfère le souvenir docile, qu'on complète à son gré de rêveries où celle qui, dans la réalité, ne vous aime pas, vous fait, au contraire, des déclarations, quand vous êtes tout seul ! ce souvenir qu'on peut arriver en y mêlant peu à peu beaucoup de ce qu'on désire à rendre aussi doux qu'on veut, comme on le préfère à l'entretien ajourné où on aurait affaire à un être à qui on ne dicterait plus à son gré les paroles qu'on désire, mais dont on subirait les nouvelles froideurs, les violences inattendues ! Nous savons tous quand nous n'aimons plus, que l'oubli, même le souvenir vague ne causent pas tant de souffrances que l'amour malheureux. C'est d'un tel oubli anticipé que je préférais sans me l'avouer, la reposante douceur.

D'ailleurs, ce qu'une telle cure de détachement psychique et d'isolement peut avoir de pénible, le devient de moins en moins pour une autre raison, c'est qu'elle affaiblit, en attendant de la guérir, cette idée fixe qu'est un amour. Le mien était encore assez fort pour que je tinsse à reconquérir tout mon prestige aux yeux de Gilberte, lequel, par ma séparation volontaire devait, me semblait-il, grandir progressivement, de sorte que chacune de ces calmes et tristes journées où je ne la voyais pas, venant chacune après l'autre, sans interruption, sans prescription (quand un fâcheux ne se mêlait pas de mes affaires), était une journée non pas perdue, mais gagnée. Inutilement gagnée peut-être, car bientôt on pourrait me déclarer guéri. La résignation, modalité de l'habitude, permet à certaines forces de s'accroître indéfiniment. Celles, si infimes, que j'avais pour supporter mon chagrin, le premier soir de ma brouille avec Gilberte, avaient été portées depuis lors à une puissance incalculable. Seulement la tendance de tout ce qui existe à se prolonger, est parfois coupée de brusques impulsions auxquelles nous nous concédons avec d'autant moins de scrupules de nous laisser aller que nous savons pendant combien de jours, de mois, nous avons su, nous saurions encore, nous priver. Et souvent, c'est quand la bourse où l'on épargne va être pleine qu'on la vide tout d'un coup, c'est sans attendre le résultat du traitement et quand déjà on s'est habitué à lui, qu'on le cesse. Et un jour où Mme Swann me redisait ses habituelles paroles sur le plaisir que Gilberte aurait à me voir, mettant ainsi le bonheur dont je me privais déjà depuis si longtemps comme à la portée de ma main, je fus bouleversé en comprenant qu'il était encore possible de le goûter ; et j'eus peine à attendre le lendemain ; je venais de me résoudre à aller surprendre Gilberte avant son dîner.

Ce qui m'aida à patienter tout l'espace d'une journée fut un projet que je fis. Du moment que tout était oublié, que j'étais réconcilié avec Gilberte, je ne voulais plus la voir qu'en amoureux. Tous les jours, elle recevrait de moi les plus belles fleurs qui fussent. Et si Mme Swann, bien qu'elle n'eût pas le droit d'être une mère trop sévère ne me permettait pas des envois de fleurs quotidiens, je trouverais des cadeaux plus précieux et moins fréquents. Mes parents ne me donnaient pas assez d'argent pour acheter des choses chères. Je songeai à une grande potiche de vieux Chine qui me venait de ma tante Léonie et dont maman prédisait chaque jour que Françoise allait venir en lui disant : « A s'est décollée » et qu'il n'en resterait rien. Dans ces conditions, n'était-il pas plus sage de la vendre, de la vendre pour pouvoir faire tout le plaisir que je voudrais à Gilberte ? Il me semblait que je pourrais bien en tirer mille francs. Je la fis envelopper ; l'habitude m'avait empêché de jamais la voir : m'en séparer eut au moins un avantage qui fut de me faire faire sa connaissance. Je l'emportai avec moi avant d'aller chez les Swann, et en donnant leur adresse au cocher, je lui dis de prendre, par les Champs-Élysées, au coin desquels était le magasin d'un grand marchand de chinoiseries que connaissait mon père. À ma grande surprise, il m'offrit séance tenante de la potiche non pas mille, mais dix mille francs. Je pris ces billets avec ravissement ; pendant toute une année, je pourrais combler chaque jour Gilberte de roses et de lilas. Quand je fus remonté dans la voiture en quittant le marchand, le cocher, tout naturellement, comme les Swann demeuraient près du Bois, se trouva, au lieu du chemin habituel, descendre l'avenue des Champs-Élysées. Il avait déjà dépassé le coin de la rue de Berri, quand, dans le crépuscule, je crus reconnaître, très près de la maison des Swann mais allant dans la direction inverse et s'en éloignant, Gilberte qui marchait lentement, quoique d'un pas délibéré, à côté d'un jeune homme avec qui elle causait et duquel je ne pus distinguer le visage. Je me soulevai dans la voiture, voulant faire arrêter, puis j'hésitai. Les deux promeneurs étaient déjà un peu loin et les deux lignes douces et parallèles que traçait leur lente promenade allaient s'estompant dans l'ombre élyséenne. Bientôt j'arrivai devant la maison de Gilberte. Je fus reçu par Mme Swann : « Oh ! elle va être désolée, me dit-elle, je ne sais pas comment elle n'est pas là. Elle a eu très chaud tantôt à un cours, elle m'a dit qu'elle voulait aller prendre un peu l'air avec une de ses amies. » — « Je crois que je l'ai aperçue avenue des Champs-Élysées. » — « Je ne pense pas que ce fût elle. En tout cas ne le dites pas à son père, il n'aime pas qu'elle sorte à ces heures-là. *Good evening.* » Je partis, dis au cocher de reprendre le même chemin, mais ne retrouvai pas les deux promeneurs. Où avaient-ils été ? Que se disaient-ils dans le soir, de cet air confidentiel ?

Je rentrai, tenant avec désespoir les dix mille francs inespérés qui avaient dû me permettre de faire tant de petits plaisirs à cette Gilberte que, maintenant, j'étais décidé à ne plus revoir. Sans doute, cet arrêt chez le marchand de chinoiseries m'avait réjoui en me faisant espérer que je ne verrais plus jamais mon amie que contente de moi et reconnaissante. Mais si je n'avais pas fait cet arrêt, si la voiture n'avait pas pris par l'avenue des Champs-Élysées, je n'eusse pas rencontré Gilberte et ce jeune homme. Ainsi un même fait porte des rameaux opposites et le malheur qu'il engendre annule le bonheur qu'il avait causé. Il m'était arrivé le contraire de ce qui se produit si fréquemment. On désire une joie, et le moyen matériel de l'atteindre fait défaut. « Il est triste, a dit La Bruyère, d'aimer sans une grande fortune [166]. » Il ne reste plus qu'à essayer d'anéantir peu à peu le désir de cette joie. Pour moi, au contraire, le moyen matériel avait été obtenu, mais, au même moment, sinon par un effet logique, du moins par une conséquence fortuite de cette réussite première, la joie avait été dérobée. Il semble, d'ailleurs, qu'elle doive nous l'être toujours. D'ordinaire, il est vrai, pas dans la même soirée où nous avons acquis ce qui la rend possible. Le plus souvent nous continuons de nous évertuer et d'espérer quelque temps. Mais le bonheur ne peut jamais avoir lieu. Si les circonstances arrivent à être vaincues, la nature transporte la lutte du dehors au dedans et fait peu à peu changer assez notre cœur pour qu'il désire autre chose que ce qu'il va posséder. Et si la péripétie a été si rapide que notre cœur n'a pas eu le temps de changer, la nature ne désespère pas pour cela de nous vaincre, d'une manière plus tardive il est vrai, plus subtile, mais aussi efficace. C'est alors à la dernière seconde que la possession du bonheur nous est enlevée, ou plutôt c'est cette possession même que par une ruse diabolique la nature charge de détruire le bonheur. Ayant échoué dans tout ce qui était du domaine des faits et de la vie, c'est une impossibilité dernière, l'impossibilité psychologique du bonheur, que la nature crée. Le phénomène du bonheur ne se produit pas ou donne lieu aux réactions les plus amères.

Je serrai les dix mille francs. Mais ils ne me servaient plus à rien. Je les dépensai du reste encore plus vite que si j'eusse envoyé tous les jours des fleurs à Gilberte, car quand le soir venait, j'étais si malheureux que je ne pouvais rester chez moi et allais pleurer dans les bras de femmes que je n'aimais pas. Quant à chercher à faire un plaisir quelconque à Gilberte, je ne le souhaitais plus ; maintenant retourner dans la maison de Gilberte n'eût pu que me faire souffrir. Même revoir Gilberte qui m'eût été si délicieux la veille ne m'eût plus suffi. Car j'aurais été inquiet tout le temps où je n'aurais pas été près d'elle. C'est ce qui fait qu'une femme par toute nouvelle souffrance qu'elle nous inflige, souvent sans le savoir, augmente son pouvoir sur nous, mais aussi nos exigences envers elle. Par ce mal qu'elle nous a fait, la femme nous cerne de plus en plus, redouble nos chaînes, mais aussi celles dont il nous aurait jusque-là semblé suffisant de la garrotter pour que nous nous sentions tranquilles. La veille encore, si je n'avais pas cru ennuyer Gilberte, je me serais contenté de réclamer de rares entrevues, lesquelles maintenant ne m'eussent plus contenté et que j'eusse remplacées par bien d'autres conditions. Car en amour, au contraire de ce qui se passe après les combats, on les fait plus dures, on ne cesse de les aggraver, plus on est vaincu, si toutefois on est en situation de les imposer. Ce n'était pas mon cas à l'égard de Gilberte. Aussi je préférai d'abord ne pas retourner chez sa mère. Je continuais bien à me dire que Gilberte ne m'aimait pas, que je le savais depuis assez longtemps, que je pouvais la revoir si je voulais, et, si je ne le voulais pas, l'oublier à la longue. Mais ces idées, comme un remède qui n'agit pas contre certaines affections, étaient sans aucune espèce de pouvoir efficace contre ces deux lignes parallèles que je revoyais de temps à autre, de Gilberte et du jeune homme s'enfonçant à petits pas dans l'avenue des Champs-Élysées. C'était un mal nouveau, qui lui aussi finirait par s'user, c'était une image qui un jour se présenterait à mon esprit entièrement décantée de tout ce qu'elle contenait de nocif, comme ces poisons mortels qu'on manie sans danger, comme un peu de dynamite à quoi on peut allumer sa cigarette sans crainte d'explosion. En attendant, il y avait en moi une autre force qui luttait de toute sa puissance, contre cette force malsaine qui me représentait sans changement la promenade de Gilberte dans le crépuscule : pour briser les assauts renouvelés de ma mémoire, travaillait utilement en sens inverse mon imagination. La première de ces deux forces, certes, continuait à me montrer ces deux promeneurs de l'avenue des Champs-Élysées, et m'offrait d'autres images désagréables, tirées du passé, par exemple Gilberte haussant les épaules quand sa mère lui demandait de rester avec moi. Mais la seconde force travaillant sur le canevas de mes espérances, dessinait un avenir bien plus complaisamment développé que ce pauvre passé en somme si restreint. Pour une minute où je revoyais Gilberte maussade, combien n'y en avait-il pas où je combinais une démarche qu'elle ferait faire pour notre réconciliation, pour nos fiançailles peut-être. Il est vrai que cette force que l'imagination dirigeait vers l'avenir, elle la puisait malgré tout dans le passé. Au fur et à mesure que s'effacerait mon ennui que Gilberte eût haussé les épaules, diminuerait aussi le souvenir de son charme, souvenir qui me faisait souhaiter qu'elle revînt vers moi. Mais j'étais encore bien loin de cette mort du passé. J'aimais toujours celle qu'il est vrai que je croyais détester. Mais chaque fois qu'on me trouvait bien coiffé, ayant bonne mine, j'aurais voulu qu'elle fût là. J'étais irrité du désir que beaucoup de gens manifestèrent à cette époque de me recevoir et chez lesquels je refusai d'aller. Il y eut une scène à la maison parce que je n'accompagnai pas mon père à un dîner officiel où il devait y avoir les Bontemps avec leur nièce Albertine, petite jeune fille presque encore enfant. Les différentes périodes de notre vie se chevauchent ainsi l'une l'autre. On refuse dédaigneusement, à cause de ce qu'on aime et qui vous sera un jour si égal, de voir ce qui vous est égal aujourd'hui, qu'on aimera demain, qu'on aurait peut-être pu, si on avait consenti à le voir, aimer plus tôt, et qui eût ainsi abrégé vos souffrances actuelles, pour les remplacer, il est vrai, par d'autres. Les miennes allaient se modifiant. J'avais l'étonnement d'apercevoir au fond de moi-même, un jour un sentiment, le jour suivant un autre, généralement inspirés par telle espérance ou telle crainte relatives à Gilberte. À la Gilberte que je portais en moi. J'aurais dû me dire que l'autre, la réelle, était peut-être entièrement différente de celle-là, ignorait tous les regrets que je lui prêtais, pensait probablement beaucoup moins à moi non seulement que moi à elle, mais que je ne la faisais elle-même penser à moi quand j'étais seul en tête à tête avec ma Gilberte fictive, cherchais quelles pouvaient être ses vraies intentions à mon égard et l'imaginais ainsi, son attention toujours tournée vers moi.

Pendant ces périodes où, tout en s'affaiblissant, persiste le chagrin, il faut distinguer entre celui que nous cause la pensée constante de la personne elle-même, et celui que raniment certains souvenirs, telle phrase méchante dite, tel verbe employé dans une lettre qu'on a reçue. En réservant de décrire à l'occasion d'un amour ultérieur les formes diverses du chagrin, disons que de ces deux-là, la première est infiniment moins cruelle que la seconde. Cela tient à ce que notre notion de la personne, vivant toujours en nous, y est embellie de l'auréole que nous ne tardons pas à lui rendre, et s'empreint sinon des douceurs fréquentes de l'espoir, tout au moins du calme d'une tristesse permanente. (D'ailleurs, il est à remarquer que l'image d'une personne qui nous fait souffrir tient peu de place, dans ces complications qui aggravent un chagrin d'amour, le prolongent et l'empêchent de guérir, comme dans certaines maladies la cause est hors de proportions avec la fièvre consécutive et la lenteur à entrer en convalescence.) Mais si l'idée de la personne que nous aimons reçoit le reflet d'une intelligence généralement optimiste, il n'en est pas de même de ces souvenirs particuliers, de ces propos méchants, de cette lettre hostile (je n'en reçus qu'une seule qui le fût, de Gilberte), on dirait que la personne elle-même réside dans ces fragments pourtant si restreints et portée à une puissance qu'elle est bien loin d'avoir dans l'idée habituelle que nous formons d'elle tout entière. C'est que la lettre, nous ne l'avons pas, comme l'image de l'être aimé, contemplée dans le calme mélancolique du regret ; nous l'avons lue, dévorée, dans l'angoisse affreuse dont nous étreignait un malheur inattendu. La formation de cette sorte de chagrins est autre ; ils nous viennent du dehors et c'est par le chemin de la plus cruelle souffrance qu'ils sont allés jusqu'à notre cœur. L'image de notre amie que nous croyons ancienne, authentique, a été en réalité refaite par nous bien des fois. Le souvenir cruel, lui, n'est pas contemporain de cette image restaurée, il est d'un autre âge, il est un des rares témoins d'un monstrueux passé. Mais comme ce passé continue à exister, sauf en nous à qui il a plu de lui substituer un merveilleux âge d'or, un paradis où tout le monde sera réconcilié, ces souvenirs, ces lettres, sont un rappel à la réalité et devraient nous faire sentir par le brusque mal qu'ils nous font, combien nous nous sommes éloignés d'elle dans les folles espérances de notre attente quotidienne. Ce n'est pas que cette réalité doive toujours rester la même bien que cela arrive parfois. Il y a dans notre vie bien des femmes que nous n'avons jamais cherché à revoir et qui ont tout naturellement répondu à notre silence nullement voulu par un silence pareil. Seulement celles-là, comme nous ne les aimions pas, nous n'avons pas compté les années passées loin d'elles, et cet exemple qui l'infirmerait, est négligé par nous quand nous raisonnons sur l'efficacité de l'isolement, comme le sont, par ceux qui croient aux pressentiments, tous les cas où les leurs ne furent pas vérifiés.

Mais enfin l'éloignement peut être efficace. Le désir, l'appétit de nous revoir, finissent par renaître dans le cœur qui actuellement nous méconnaît. Seulement il y faut du temps. Or, nos exigences en ce qui concerne le temps ne sont pas moins exorbitantes que celles réclamées par le cœur pour changer. D'abord, du temps, c'est précisément ce que nous accordons le moins aisément, car notre souffrance est cruelle et nous sommes pressés de la voir finir. Ensuite, ce temps dont l'autre cœur aura besoin pour changer, le nôtre s'en servira pour changer lui aussi de sorte que quand le but que nous nous proposions deviendra accessible, il aura cessé d'être un but pour nous. D'ailleurs, l'idée même qu'il sera accessible, qu'il n'est pas de bonheur que, lorsqu'il ne sera plus un bonheur pour nous, nous ne finissions par atteindre, cette idée comporte une part, mais une part seulement, de vérité. Il nous échoit quand nous y sommes devenus indifférents. Mais précisément cette indifférence nous a rendus moins exigeants et nous permet de croire rétrospectivement qu'il nous eût ravis à une époque où il nous eût peut-être semblé fort incomplet. On n'est pas très difficile ni très bon juge sur ce dont on ne se soucie point. L'amabilité d'un être que nous n'aimons plus et qui semble encore excessive à notre indifférence eût peut-être été bien loin de suffire à notre amour. Ces tendres paroles, cette offre d'un rendez-vous, nous pensons au plaisir qu'elles nous auraient causé, non à toutes celles dont nous les aurions voulu voir immédiatement suivies et que par cette avidité nous aurions peut-être empêché de se produire. De sorte qu'il n'est pas certain que le bonheur survenu trop tard, quand on ne peut plus en jouir, quand on n'aime plus, soit tout à fait ce même bonheur dont le manque nous rendit jadis si malheureux. Une seule personne pourrait en décider, notre moi d'alors ; il n'est plus là ; et sans doute suffirait-il qu'il revînt, pour que, identique ou non, le bonheur s'évanouît.

En attendant ces réalisations après coup d'un rêve auquel je ne tiendrais plus, à force d'inventer, comme au temps où je connaissais à peine Gilberte, des paroles, des lettres, où elle implorait mon pardon, avouait n'avoir jamais aimé que moi et demandait à m'épouser, une série de douces images incessamment recréées, finirent par prendre plus de place dans mon esprit que la vision de Gilberte et du jeune homme, laquelle n'était plus alimentée par rien. Je serais peut-être dès lors retourné chez Mme Swann sans un rêve que je fis et où un de mes amis, lequel n'était pourtant pas de ceux que je me connaissais, agissait envers moi avec la plus grande fausseté et croyait à la mienne. Brusquement réveillé par la souffrance que venait de me causer ce rêve et voyant qu'elle persistait, je repensai à lui, cherchai à me rappeler quel était l'ami que j'avais vu en dormant et dont le nom espagnol n'était déjà plus distinct. À la fois Joseph et Pharaon, je me mis à interpréter mon rêve [167]. Je savais que dans beaucoup d'entre eux il ne faut tenir compte ni de l'apparence des personnes, lesquelles peuvent être déguisées et avoir interchangé leurs visages, comme ces saints mutilés des cathédrales que des archéologues ignorants ont refaits, en mettant sur le corps de l'un la tête de l'autre, et en mêlant les attributs et les noms. Ceux que les êtres portent dans un rêve peuvent nous abuser. La personne que nous aimons doit y être reconnue seulement à la force de la douleur éprouvée. La mienne m'apprit que devenue pendant mon sommeil un jeune homme, la personne dont la fausseté récente me faisait encore mal était Gilberte. Je me rappelai alors que la dernière fois que je l'avais vue, le jour où sa mère l'avait empêchée d'aller à une matinée de danse, elle avait, soit sincèrement, soit en le feignant, refusé tout en riant d'une façon étrange, de croire à mes bonnes intentions pour elle. Par association, ce souvenir en ramena un autre dans ma mémoire. Longtemps auparavant, ç'avait été Swann qui n'avait pas voulu croire à ma sincérité, ni que je fusse un bon ami pour Gilberte. Inutilement je lui avais écrit, Gilberte m'avait rapporté ma lettre et me l'avait rendue avec le même rire incompréhensible. Elle ne me l'avait pas rendue tout de suite, je me rappelai toute la scène derrière le massif de lauriers. On devient moral dès qu'on est malheureux. L'antipathie actuelle de Gilberte pour moi me sembla comme un châtiment infligé par la vie à cause de la conduite que j'avais eue ce jour-là. Les châtiments, on croit les éviter, parce qu'on fait attention aux voitures en traversant, qu'on évite les dangers. Mais il en est d'internes. L'accident vient du côté auquel on ne songeait pas, du dedans, du cœur. Les mots de Gilberte : « Si vous voulez, continuons à lutter » me firent horreur. Je l'imaginai telle, chez elle peut-être, dans la lingerie, avec le jeune homme que j'avais vu l'accompagnant dans l'avenue des Champs-Élysées.

Ainsi, autant que (il y avait quelque temps) de croire que j'étais tranquillement installé dans le bonheur, j'avais été insensé, maintenant que j'avais renoncé à être heureux, de tenir pour assuré que du moins, j'étais devenu, je pourrais rester calme. Car tant que notre cœur enferme d'une façon permanente l'image d'un autre être, ce n'est pas seulement notre bonheur qui peut à tout moment être détruit ; quand ce bonheur est évanoui, quand nous avons souffert, puis, que nous avons réussi à endormir notre souffrance, ce qui est aussi trompeur et précaire qu'avait été le bonheur même, c'est le calme. Le mien finit par revenir, car ce qui, modifiant notre état moral, nos désirs, est entré, à la faveur d'un rêve, dans notre esprit, cela aussi peu à peu se dissipe, la permanence et la durée ne sont promises à rien, pas même à la douleur. D'ailleurs, ceux qui souffrent par l'amour sont, comme on dit de certains malades, leur propre médecin. Comme il ne peut leur venir de consolation que de l'être qui cause leur douleur et que cette douleur est une émanation de lui, c'est en elle qu'ils finissent par trouver un remède. Elle le leur découvre elle-même à un moment donné, car au fur et à mesure qu'ils la retournent en eux, cette douleur leur montre un autre aspect de la personne regrettée, tantôt si haïssable qu'on n'a même plus le désir de la revoir parce qu'avant de se plaire avec elle il faudrait la faire souffrir, tantôt si douce que la douceur qu'on lui prête, on lui en fait un mérite et on en tire une raison d'espérer. Mais la souffrance qui s'était renouvelée en moi eut beau finir par s'apaiser, je ne voulus plus retourner que rarement chez Mme Swann. C'est d'abord que chez ceux qui aiment et sont abandonnés, le sentiment d'attente — même d'attente inavouée — dans lequel ils vivent se transforme de lui-même, et bien qu'en apparence identique, fait succéder à un premier état, un second exactement contraire. Le premier était la suite, le reflet des incidents douloureux qui nous avaient bouleversés. L'attente de ce qui pourrait se produire est mêlée d'effroi, d'autant plus que nous désirons à ce moment-là, si rien de nouveau ne nous vient du côté de celle que nous aimons, agir nous-mêmes, et nous ne savons trop quel sera le succès d'une démarche après laquelle il ne sera peut-être plus possible d'en entamer d'autre. Mais bientôt, sans que nous nous en rendions compte, notre attente qui continue est déterminée, nous l'avons vu, non plus par le souvenir du passé que nous avons subi, mais par l'espérance d'un avenir imaginaire. Dès lors, elle est presque agréable. Puis la première, en durant un peu, nous a habitués à vivre dans l'expectative. La souffrance que nous avons éprouvée durant nos derniers rendez-vous, survit encore en nous, mais déjà ensommeillée. Nous ne sommes pas trop pressés de la renouveler, d'autant plus que nous ne voyons pas bien ce que nous demanderions maintenant. La possession d'un peu plus de la femme que nous aimons ne ferait que nous rendre plus nécessaire ce que nous ne possédons pas, et qui resterait malgré tout, nos besoins naissant de nos satisfactions, quelque chose d'irréductible.

Enfin une dernière raison s'ajouta plus tard à celle-ci pour me faire cesser complètement mes visites à Mme Swann. Cette raison, plus tardive, n'était pas que j'eusse encore oublié Gilberte, mais de tâcher de l'oublier plus vite. Sans doute, depuis que ma grande souffrance était finie, mes visites chez Mme Swann étaient redevenues, pour ce qui me restait de tristesse, le calmant et la distraction qui m'avaient été si précieux au début. Mais la raison de l'efficacité du premier faisait aussi l'inconvénient de la seconde, à savoir qu'à ces visites le souvenir de Gilberte était intimement mêlé. La distraction ne m'eût été utile que si elle eût mis en lutte avec un sentiment que la présence de Gilberte n'alimentait plus, des pensées, des intérêts, des passions où Gilberte ne fût entrée pour rien. Ces états de conscience auxquels l'être qu'on aime reste étranger occupent alors une place qui, si petite qu'elle soit d'abord est autant de retranché à l'amour qui occupait l'âme tout entière. Il faut chercher à nourrir, à faire croître ces pensées, cependant que décline le sentiment qui n'est plus qu'un souvenir, de façon que les éléments nouveaux introduits dans l'esprit, lui disputent, lui arrachent une part de plus en plus grande de l'âme, et finalement la lui dérobent toute. Je me rendais compte que c'était la seule manière de tuer un amour, et j'étais encore assez jeune, assez courageux pour entreprendre de le faire, pour assumer la plus cruelle des douleurs, qui naît de la certitude, que, quelque temps qu'on doive y mettre, on réussira. La raison que je donnais maintenant dans mes lettres à Gilberte, de mon refus de la voir, c'était une allusion à quelque mystérieux malentendu, parfaitement fictif, qu'il y aurait eu entre elle et moi et sur lequel j'avais espéré d'abord que Gilberte me demanderait des explications. Mais, en fait, même dans les relations les plus insignifiantes de la vie, nul éclaircissement n'est sollicité par un correspondant qui sait qu'une phrase obscure, mensongère, incriminatrice, est mise à dessein pour qu'il proteste, et qui est trop heureux de sentir par là qu'il possède — et de garder — la maîtrise et l'initiative des opérations. À plus forte raison en est-il de même dans des relations plus tendres, où l'amour a tant d'éloquence, l'indifférence si peu de curiosité. Gilberte n'ayant pas mis en doute ni cherché à connaître ce malentendu, il devint pour moi quelque chose de réel auquel je me référais dans chaque lettre. Et il y a dans ces situations prises à faux, dans l'affectation de la froideur, un sortilège qui vous y fait persévérer. À force d'écrire : « Depuis que nos cœurs sont désunis » pour que Gilberte me répondît : « Mais ils ne le sont pas, expliquons-nous », j'avais fini par me persuader qu'ils l'étaient. En répétant toujours : « La vie a pu changer pour nous, elle n'effacera pas le sentiment que nous eûmes », par désir de m'entendre dire enfin : « Mais il n'y a rien de changé, ce sentiment est plus fort que jamais », je vivais avec l'idée que la vie avait changé en effet, que nous garderions le souvenir du sentiment qui n'était plus, comme certains nerveux pour avoir simulé une maladie finissent par rester toujours malades. Maintenant chaque fois que j'avais à écrire à Gilberte, je me reportais à ce changement imaginé et dont l'existence désormais tacitement reconnue par le silence qu'elle gardait à ce sujet dans ses réponses, subsisterait entre nous. Puis Gilberte cessa de s'en tenir à la prétérition. Elle-même adopta mon point de vue ; et, comme dans les toasts officiels, où le chef d'État qui est reçu reprend à peu près les mêmes expressions dont vient d'user le chef d'État qui le reçoit, chaque fois que j'écrivais à Gilberte : « La vie a pu nous séparer, le souvenir du temps où nous nous connûmes durera », elle ne manqua pas de répondre : « La vie a pu nous séparer, elle ne pourra nous faire oublier les bonnes heures qui nous seront toujours chères » (nous aurions été bien embarrassés de dire pourquoi « la vie » nous avait séparés, quel changement s'était produit). Je ne souffrais plus trop. Pourtant un jour où je lui disais dans une lettre que j'avais appris la mort de notre vieille marchande de sucre d'orge des Champs-Élysées, comme je venais d'écrire ces mots : « J'ai pensé que cela vous a fait de la peine, en moi cela a remué bien des souvenirs », je ne pus m'empêcher de fondre en larmes en voyant que je parlais au passé, et comme s'il s'agissait d'un mort déjà presque oublié, de cet amour auquel malgré moi je n'avais jamais cessé de penser comme étant vivant, pouvant du moins renaître. Rien de plus tendre que cette correspondance entre amis qui ne voulaient plus se voir. Les lettres de Gilberte avaient la délicatesse de celles que j'écrivais aux indifférents, et me donnaient les mêmes marques apparentes d'affection si douces pour moi à recevoir d'elle.

D'ailleurs peu à peu chaque refus de la voir me fit moins de peine. Et comme elle me devenait moins chère, mes souvenirs douloureux n'avaient plus assez de force pour détruire dans leur retour incessant la formation du plaisir que j'avais à penser à Florence, à Venise. Je regrettais à ces moments-là d'avoir renoncé à entrer dans la diplomatie et de m'être fait une existence sédentaire, pour ne pas m'éloigner d'une jeune fille que je ne verrais plus et que j'avais déjà presque oubliée. On construit sa vie pour une personne et quand enfin on peut l'y recevoir, cette personne ne vient pas, puis meurt pour nous et on vit prisonnier, dans ce qui n'était destiné qu'à elle. Si Venise semblait à mes parents bien lointain et bien fiévreux pour moi, il était du moins facile d'aller sans fatigue s'installer à Balbec. Mais pour cela il eût fallu quitter Paris, renoncer à ces visites, grâce auxquelles, si rares qu'elles fussent, j'entendais quelquefois Mme Swann me parler de sa fille. Je commençais du reste à y trouver tel ou tel plaisir où Gilberte n'était pour rien.

Quand le printemps approcha, ramenant le froid, au temps des Saints de glace et des giboulées de la Semaine Sainte, comme Mme Swann trouvait qu'on gelait chez elle, il m'arrivait souvent de la voir recevant dans des fourrures, ses mains et ses épaules frileuses disparaissant sous le blanc et brillant tapis d'un immense manchon plat et d'un collet, tous deux d'hermine [168] qu'elle n'avait pas quittés en rentrant et qui avaient l'air des derniers carrés des neiges de l'hiver plus persistants que les autres, et que la chaleur du feu ni le progrès de la saison n'avaient réussi à fondre. Et la vérité totale de ces semaines glaciales mais déjà fleurissantes était suggérée pour moi dans ce salon, où bientôt je n'irais plus, par d'autres blancheurs plus enivrantes, celles, par exemple, des « boules de neige » assemblant au sommet de leurs hautes tiges nues comme les arbustes linéaires des préraphaélites [169], leurs globes parcellés mais unis, blancs comme des anges annonciateurs et qu'entourait une odeur de citron. Car la châtelaine de Tansonville savait qu'avril, même glacé, n'est pas dépourvu de fleurs, que l'hiver, le printemps, l'été, ne sont pas séparés par des cloisons aussi hermétiques que tend à le croire le boulevardier qui jusqu'aux premières chaleurs s'imagine le monde comme renfermant seulement des maisons nues sous la pluie. Que Mme Swann se contentât des envois que lui faisait son jardinier de Combray, et que par l'intermédiaire de sa fleuriste « attitrée » elle ne comblât pas les lacunes d'une insuffisante évocation à l'aide d'emprunts faits à la précocité méditerranéenne, je suis loin de le prétendre et je ne m'en souciais pas. Il me suffisait pour avoir la nostalgie de la campagne, qu'à côté des névés du manchon que tenait Mme Swann, les boules de neige (qui n'avaient peut-être dans la pensée de la maîtresse de la maison d'autre but que de faire, sur les conseils de Bergotte, « symphonie en blanc majeur [170] » avec son ameublement et sa toilette) me rappelassent que l'Enchantement du Vendredi Saint [171] figure un miracle naturel auquel on pourrait assister tous les ans si l'on était plus sage, et aidées du parfum acide et capiteux de corolles d'autres espèces dont j'ignorais les noms et qui m'avait fait rester tant de fois en arrêt dans mes promenades de Combray, rendissent le salon de Mme Swann aussi virginal, aussi candidement fleuri sans aucune feuille, aussi surchargé d'odeurs authentiques, que le petit raidillon de Tansonville.

Mais c'était encore trop que celui-ci me fût rappelé. Son souvenir risquait d'entretenir le peu qui subsistait de mon amour pour Gilberte. Aussi, bien que je ne souffrisse plus du tout durant ces visites à Mme Swann, je les espaçai encore et cherchai à la voir le moins possible. Tout au plus, comme je continuais à ne pas quitter Paris, me concédai-je certaines promenades avec elle. Les beaux jours étaient enfin revenus, et la chaleur. Comme je savais qu'avant le déjeuner Mme Swann sortait pendant une heure et allait faire quelques pas avenue du Bois, près de l'Étoile, et de l'endroit qu'on appelait alors, à cause des gens qui venaient regarder les riches qu'ils ne connaissaient que de nom, le « Club des Pannés [172] », j'obtins de mes parents que le dimanche — car je n'étais pas libre en semaine à cette heure-là — je pourrais ne déjeuner que bien après eux, à une heure un quart, et aller faire un tour auparavant. Je n'y manquai jamais pendant ce mois de mai, Gilberte étant allée à la campagne chez des amies. J'arrivais à l'Arc de Triomphe vers midi. Je faisais le guet à l'entrée de l'avenue, ne perdant pas des yeux le coin de la petite rue par où Mme Swann qui n'avait que quelques mètres à franchir, venait de chez elle. Comme c'était déjà l'heure où beaucoup de promeneurs rentraient déjeuner, ceux qui restaient étaient peu nombreux et, pour la plus grande part, des gens élégants. Tout d'un coup, sur le sable de l'allée, tardive, alentie et luxuriante comme la plus belle fleur et qui ne s'ouvrirait qu'à midi, Mme Swann apparaissait, épanouissant autour d'elle une toilette toujours différente mais que je me rappelle surtout mauve; puis elle hissait et déployait sur un long pédoncule, au moment de sa plus complète irradiation, le pavillon de soie d'une large ombrelle de la même nuance que l'effeuillaison des pétales de sa robe. Toute une suite l'environnait; Swann, quatre ou cinq hommes de club qui étaient venus la voir le matin chez elle ou qu'elle avait rencontrés : et leur noire ou grise agglomération obéissante, exécutant les mouvements presque mécaniques d'un cadre inerte autour d'Odette, donnait l'air à cette femme qui seule avait de l'intensité dans les yeux, de regarder devant elle, d'entre tous ces hommes, comme d'une fenêtre dont elle se fût approchée, et la faisait surgir, frêle, sans crainte, dans la nudité de ses tendres couleurs, comme l'apparition d'un être d'une espèce différente, d'une race inconnue, et d'une puissance presque guerrière, grâce à quoi elle compensait à elle seule sa multiple escorte. Souriante, heureuse du beau temps, du soleil qui n'incommodait pas encore, ayant l'air d'assurance et de calme du créateur qui a accompli son œuvre et ne se soucie plus du reste, certaine que sa toilette — dussent des passants vulgaires ne pas l'apprécier — était la plus élégante de toutes, elle la portait pour soi-même et pour ses amis, naturellement, sans attention exagérée, mais aussi sans détachement complet, n'empêchant pas les petits nœuds de son corsage et de sa jupe de flotter légèrement devant elle comme des créatures dont elle n'ignorait pas la présence et à qui elle permettait avec indulgence de se livrer à leurs jeux, selon leur rythme propre, pourvu qu'ils suivissent sa marche, et même sur son ombrelle mauve que souvent elle tenait encore fermée quand elle arrivait, elle laissait tomber par moment, comme sur un bouquet de violettes de Parme, son regard heureux et si doux que quand il ne s'attachait plus à ses amis mais à un objet inanimé, il avait l'air de sourire encore. Elle réservait ainsi, elle faisait occuper à sa toilette cet intervalle d'élégance dont les hommes à qui Mme Swann parlait le plus en camarade, respectaient l'espace et la nécessité, non sans une certaine déférence de profanes, un aveu de leur propre ignorance, et sur lequel ils reconnaissaient à leur amie comme à un malade sur les soins spéciaux qu'il doit prendre, ou comme à une mère sur l'éducation de ses enfants, compétence et juridiction. Non moins que par la cour qui l'entourait et ne semblait pas voir les passants, Mme Swann, à cause de l'heure tardive de son apparition, évoquait cet appartement où elle avait passé une matinée si longue et où il faudrait qu'elle rentrât bientôt déjeuner ; elle semblait en indiquer la proximité par la tranquillité flâneuse de sa promenade, pareille à celle qu'on fait à petits pas dans son jardin ; de cet appartement on aurait dit qu'elle portait encore autour d'elle l'ombre intérieure et fraîche. Mais, par tout cela même, sa vue ne me donnait que davantage la sensation du plein air et de la chaleur. D'autant plus que déjà persuadé qu'en vertu de la liturgie et des rites dans lesquels Mme Swann était profondément versée, sa toilette était unie à la saison et à l'heure par un lien nécessaire, unique, les fleurs de son flexible chapeau de paille, les petits rubans de sa robe me semblaient naître du mois de mai plus naturellement encore que les fleurs des jardins et des bois ; et pour connaître le trouble nouveau de la saison, je ne levais pas les yeux plus haut que son ombrelle, ouverte et tendue comme un autre ciel plus proche, rond, clément, mobile et bleu. Car ces rites, s'ils étaient souverains, mettaient leur gloire, et par conséquent Mme Swann mettait la sienne, à obéir avec condescendance au matin, au printemps, au soleil, lesquels ne me semblaient pas assez flattés qu'une femme si élégante voulût bien ne pas les ignorer, et eût choisi à cause d'eux une robe d'une étoffe plus claire, plus légère, faisant penser, par son évasement au col et aux manches, à la moiteur du cou et des poignets, fit enfin pour eux tous les frais d'une grande dame qui s'étant gaiement abaissée à aller voir à la campagne des gens communs et que tout le monde, même le vulgaire, connaît, n'en a pas moins tenu à revêtir spécialement pour ce jour-là une toilette champêtre. Dès son arrivée, je saluais Mme Swann[173], elle m'arrêtait et me disait : « *Good morning* » en souriant. Nous faisions quelques pas. Et je comprenais que ces canons selon lesquels elle s'habillait, c'était pour elle-même qu'elle y obéissait, comme à une sagesse supérieure dont elle eût été la grande prêtresse : car s'il lui arrivait qu'ayant trop chaud, elle entrouvrît, ou même ôtât tout à fait et me donnât à porter sa jaquette qu'elle avait cru garder fermée, je découvrais dans la chemisette mille détails d'exécution qui avaient eu grande chance de rester inaperçus comme ces parties d'orchestre auxquelles le compositeur a donné tous ses soins, bien qu'elles ne doivent jamais arriver aux oreilles du public ; ou dans les manches de la jaquette pliée sur mon bras, je voyais, je regardais longuement par plaisir ou par amabilité, quelque détail exquis, une bande d'une teinte délicieuse, une satinette mauve habituellement cachée aux yeux de tous, mais aussi délicatement travaillées que les parties extérieures, comme ces sculptures gothiques d'une cathédrale dissimulées au revers d'une balustrade à quatre-vingts pieds de hauteur, aussi parfaites que les bas-reliefs du grand porche, mais que personne n'avait jamais vues avant qu'au hasard d'un voyage, un artiste n'eût obtenu de monter se promener en plein ciel, pour dominer toute la ville, entre les deux tours.

Ce qui augmentait cette impression que Mme Swann se promenait dans l'avenue du Bois comme dans l'allée d'un jardin à elle, c'était — pour ces gens qui ignoraient ses habitudes de « footing » — qu'elle fût venue à pied, sans voiture qui suivît, elle que dès le mois de mai, on avait l'habitude de voir passer avec l'attelage le plus soigné, la livrée la mieux tenue de Paris, mollement et majestueusement assise comme une déesse, dans le tiède plein air d'une immense victoria à huit ressorts. À pied, Mme Swann avait l'air, surtout avec sa démarche que ralentissait la chaleur, d'avoir cédé à une curiosité, de commettre une élégante infraction aux règles du protocole, comme ces souverains qui sans consulter personne, accompagnés par l'admiration un peu scandalisée d'une suite qui n'ose formuler une critique, sortent de leur loge pendant un gala et visitent le foyer en se mêlant pendant quelques instants aux autres spectateurs. Ainsi, entre Mme Swann et la foule, celle-ci sentait ces barrières d'une certaine sorte de richesse, lesquelles lui semblent les plus infranchissables de toutes. Le faubourg Saint-Germain a bien aussi les siennes, mais moins parlantes aux yeux et à l'imagination des « pannés ». Ceux-ci auprès d'une grande dame, plus simple, plus facile à confondre avec une petite bourgeoise, moins éloignée du peuple, n'éprouveront pas ce sentiment de leur inégalité, presque de leur indignité, qu'ils ont devant une Mme Swann. Sans doute, ces sortes de femmes ne sont pas elles-mêmes frappées comme eux du brillant appareil dont elles sont entourées, elles n'y font plus attention, mais c'est à force d'y être habituées, c'est-à-dire d'avoir fini par le trouver d'autant plus naturel, d'autant plus nécessaire, par juger les autres êtres selon qu'ils sont plus ou moins initiés à ces habitudes du luxe : de sorte que (la grandeur qu'elles laissent éclater en elles, qu'elles découvrent chez les autres, étant toute matérielle, facile à constater, longue à acquérir, difficile à compenser), si ces femmes mettent un passant au rang le plus bas, c'est de la même manière qu'elles lui sont apparues au plus haut, à savoir immédiatement, à première vue, sans appel. Peut-être cette classe sociale particulière qui comptait alors des femmes comme lady Israels, mêlée à celles de l'aristocratie, et Mme Swann, qui devait les fréquenter un jour, cette classe intermédiaire, inférieure au faubourg Saint-Germain, puisqu'elle le courtisait, mais supérieure à ce qui n'est pas du faubourg Saint-Germain, et qui avait ceci de particulier que, déjà dégagée du monde des riches, elle était la richesse encore, mais la richesse devenue ductile, obéissant à une destination, à une pensée artistiques, l'argent malléable, poétiquement ciselé et qui sait sourire, peut-être cette classe, du moins avec le même caractère et le même charme, n'existe-t-elle plus. D'ailleurs, les femmes qui en faisaient partie n'auraient plus aujourd'hui ce qui était la première condition de leur règne, puisque avec l'âge elles ont, presque toutes, perdu leur beauté. Or, autant que du faîte de sa noble richesse, c'était du comble glorieux de son été mûr et si savoureux encore, que Mme Swann, majestueuse, souriante et bonne, s'avançant dans l'Avenue du Bois, voyait comme Hypatie sous la lente marche de ses pieds, rouler les mondes [174]. Des jeunes gens qui passaient la regardaient anxieusement, incertains si leurs vagues relations avec elle (d'autant plus qu'ayant à peine été présentés une fois à Swann, ils craignaient qu'il ne les reconnût pas) étaient suffisantes pour qu'ils se permissent de la saluer. Et ce n'était qu'en tremblant devant les conséquences, qu'ils s'y décidaient, se demandant si leur geste audacieusement provocateur et sacrilège, attentant à l'inviolable suprématie d'une caste, n'allait pas déchaîner des catastrophes ou faire descendre le châtiment d'un dieu. Il déclenchait seulement, comme un mouvement d'horlogerie, la gesticulation de petits personnages salueurs qui n'étaient autres que l'entourage d'Odette, à commencer par Swann, lequel soulevait son tube doublé de cuir vert, avec une grâce souriante, apprise dans le faubourg Saint-Germain, mais à laquelle ne s'alliait plus l'indifférence qu'il aurait eue autrefois. Elle était remplacée (comme il s'était dans une certaine mesure pénétré des préjugés d'Odette), à la fois par l'ennui d'avoir à répondre à quelqu'un d'assez mal habillé, et par la satisfaction que sa femme connût tant de monde, sentiment mixte qu'il traduisait en disant aux amis élégants qui l'accompagnaient : « Encore un ! Ma parole je me demande où Odette va chercher tous ces gens-là ! » Cependant, ayant répondu par un signe de tête au passant alarmé déjà hors de vue, mais dont le cœur battait encore, Mme Swann se tournait vers moi : « Alors, me disait-elle, c'est fini ? Vous ne viendrez plus jamais voir Gilberte ? Je suis contente d'être exceptée et que vous ne me « dropiez [175] » pas tout à fait. J'aime vous voir, mais j'aimais aussi l'influence que vous aviez sur ma fille. Je crois qu'elle le regrette beaucoup aussi. Enfin, je ne veux pas vous tyranniser, parce que vous n'auriez qu'à ne plus vouloir me voir non plus ! » — « Odette, Sagan [176] qui vous dit bonjour », faisait remarquer Swann à sa femme. Et, en effet, le Prince, faisant comme dans une apothéose de théâtre, de cirque, ou dans un tableau ancien, faire front à son cheval [177], adressait à Odette un grand salut théâtral et comme allégorique, où s'amplifiait toute la chevaleresque courtoisie du grand seigneur inclinant son respect devant la Femme, fût-elle incarnée en une femme que sa mère ou sa sœur ne pourraient pas fréquenter. D'ailleurs à tout moment, reconnue au fond de la transparence liquide et du vernis lumineux de l'ombre que versait sur elle son ombrelle, Mme Swann était saluée par les derniers cavaliers attardés, comme cinématographiés[178] au galop sur l'ensoleillement blanc de l'avenue, hommes de cercle dont les noms, célèbres pour le public — Antoine de Castellane, Adalbert de Montmorency[179] et tant d'autres — étaient pour Mme Swann des noms familiers d'amis. Et, comme la durée moyenne de la vie — la longévité relative — est beaucoup plus grande pour les souvenirs des sensations poétiques que pour ceux des souffrances du cœur, depuis si longtemps que se sont évanouis les chagrins que j'avais alors à cause de Gilberte, il leur a survécu, le plaisir que j'éprouve, chaque fois que je veux lire, en une sorte de cadran solaire, les minutes qu'il y a entre midi un quart et une heure, au mois de mai, à me revoir causant ainsi avec Mme Swann, sous son ombrelle, comme sous le reflet d'un berceau de glycines.

NOTES

1. Dans la version de 1913 (Grasset A), le dîner Norpois se situait directement après les regrets du héros constatant que ses parents ne partageaient pas son intérêt pour la famille des Swann (voir *Sw.* p. 560). Le texte s'enchaînait ainsi : « ... Aussi après avoir trouvé la maison [de Gilberte] bien située, ils parlaient d'une autre, qui n'avait rien à voir avec Gilberte et qui était mieux. Ou de financier d'un cran supérieur à son grand-père ; et s'ils avaient l'air un moment d'être du même avis que moi, c'était par un malentendu qui ne tardait pas à se dissiper. Je ne me rendis peut-être jamais compte plus douloureusement de ce désaccord qui existait entre moi et les autres personnes au sujet des Swann qu'un jour où vint dîner à la maison un ancien diplomate que mon père avait connu depuis peu dans une commission dont ils faisaient tous deux partie au ministère, et pour qui il avait une grande considération, le Marquis de Norpois, jour qui m'est resté mémorable parce que dans l'après-midi duquel, j'avais enfin entendu pour la première fois la Berma.

Monsieur de Montfort avait été Ministre plénipotentiaire avant la guerre... » (voir p. 89).

Dans les placards Grasset, Norpois est par moments encore appelé Montfort, comme dans certains brouillons. Proust, forcé de couper son roman pour limiter la longueur du premier volume, décida de réserver le dîner Norpois au tome suivant.

2. C'est ainsi que Swann est qualifié par la famille du héros dans *Un amour de Swann* parce que le père de Swann et le grand-père du héros avaient été amis intimes.

3. Le Swann du Jockey n'est pas tout à fait le même que le « fils Swann » car aux yeux de la famille du héros il est impossible que ce fils d'un agent de change puisse mener une brillante vie mondaine. A aucun moment elle ne se doute qu'il est « un des membres les plus élégants du Jockey-Club » (voir « Un amour de Swann »).

Le « Jockey », fondé en 1834, s'appela d'abord le « Cercle de la société d'Encouragement ». Son but était l'amélioration des races de chevaux en France. Pour y accéder, l'unanimité était requise. Aussi le Jockey jouait-il « le rôle d'une sorte de pouvoir anoblissant » car y être admis équivalait à la consécration sociale suprême (voir le livre de Louis de Beauchamp : *Marcel Proust et le Jockey-Club*, éditions Émile-Paul, 1973).

4. Localité de la banlieue sud-ouest de Londres où se trouvait la résidence de la famille d'Orléans pendant son exil en Angleterre. Le petit-fils du roi Louis-Philippe, prétendant au trône de France, Louis-Philippe Albert d'Orléans, comte de Paris (1838-1894) y demeura jusqu'en 1871. Il n'y retourna pas durant son second exil (1886-1894), mais Twickenham, où naquit en 1869 son fils Philippe, resta l'un des lieux de prédilection de l'opposition monarchiste française. Dans *Du côté de chez Swann*, Swann allait chez les parents du héros avec « peut-être dans sa poche une lettre de Twickenham ». (Sur les anachronismes concernant les allusions à Twickenham et l'historique de la résidence royale, voir Gareth H. Steel, *Chronology and time in « A la recherche du temps perdu »*, Genève, Droz, 1979, p. 141.)

5. Proust avait prévu, à la suite de ce paragraphe, un long développement qui ne se trouve pas dans les éditions. Il figure, sous la forme d'une addition manuscrite, dans la plaquette publiée par Étiemble en 1947 à Alexandrie et qui reproduit en fac-similé des fragments d'épreuves corrigées d'*A l'ombre des jeunes filles en fleurs*. Le narrateur y poursuit son analyse du kaléidoscope social : « ... Une personne vraiment vivante prise à différents moments de sa vie baigne dans des milieux différents, à différents degrés de l'échelle sociale qui ne sont pas forcément ascendants. » Swann a pu avoir intérêt, à certaines époques, à renouer avec tel financier, plus connu en certains lieux qu'une aristocrate. En outre, « les changements sociaux sont plus fréquents qu'on ne croit » et une « bourgeoise snob » peut être plus difficile dans le choix de ses relations qu'une altesse. La fréquentation de cette altesse n'est donc pas nécessairement « un brevet d'élégance ». Quoi qu'il en soit, la première impression que nous avons des êtres reste dominante : « Swann aurait pu ne vivre qu'avec des apaches qu'il serait resté éternellement pour moi un homme chic, de même que rien n'aurait pu faire que Bloch le devint [*sic*] et que les gens du faubourg Saint-Germain auraient pu remplir à flots la maison de ses parents sans effacer la souillure de mon impression originelle. Ma grand-mère eut-elle [*sic*] vécu 110 ans qu'elle ne les aurait jamais eu pour moi et que pour elle je serais toujours resté le petit. Toutes les preuves du monde ont beaucoup de peine à modifier une idée préconçue, mais bien plus une impression. Sans doute d'autres lois entrent en concurrence avec celle-là et parfois empêchent entièrement d'apercevoir ces effets, car la nature est multiple, mais cette loi ne s'en exerce pas moins. » Une partie de ce raisonnement sera reprise plus loin sous une forme légèrement différente (voir p. 182).

6. « La Patronne » est le surnom donné à Mme Verdurin par les fidèles de son salon. Ce salon est un des principaux décors d'« Un amour de Swann » mais le lecteur de *La Recherche* retrouvera les Verdurin et leur « petit clan » dans *Sodome et Gomorrhe* au cours d'un second séjour du héros à Balbec. Les Verdurin loueront en effet sur la côte normande un des châteaux de M. de Cambremer : la Raspelière.

7. Ed. 1918 : « ... été invisiblement dissous entièrement dans un liquide ». Sur les Ep. BN, Proust a ajouté de sa main « invisiblement » avant « dissous » et oublié de barrer « entièrement ».

8. Norpois a donc été ministre plénipotentiaire sous le second Empire et ambassadeur sous le gouvernement du maréchal Mac-Mahon (1808-1893), légitimiste catholique qui avait servi sous la monarchie de Juillet et sous l'Empire et qui fut élu président de la République en 1873 grâce à l'appui des royalistes. Après les succès républicains aux élections de 1874 et de 1876, Mac-Mahon se sentit obligé d'appeler Jules Simon (républicain modéré) à former le ministère. Mais, poussé par les royalistes, le président envoya le 16 mai 1877 une lettre de blâme à Jules Simon, le contraignant à démissionner. Dès le lendemain il le remplaça par un ministère choisi hors de la majorité avec à sa tête le duc de Broglie. La crise ouverte le 16 mai parut une amorce de coup d'État, d'autant plus que Mac-Mahon prononça, le 25 juin, la dissolution de la Chambre, révoqua en masse les fonctionnaires républicains et traqua les journaux d'opposition. Mais, malgré une forte propagande monarchiste, les élections du 14 octobre 1877 virent le triomphe des Républicains, et Mac-Mahon n'alla pas au terme de son septennat.

Norpois, après avoir servi l'Empire, puis un gouvernement qui aspirait à restaurer la monarchie, s'est vu confier, nous l'apprendrons plus loin, d'importantes responsabilités par des cabinets radicaux, donc de la gauche la plus extrême représentée au Parlement dans les débuts de la Troisième République. Si nous sommes fin 1895 (voir note 22) le narrateur peut penser au tout récent ministère de Léon Bourgeois (1er nov. 1895-23 avril 1896) mais aussi à celui d'un homme comme Floquet (1889-1890), un des porte-parole radicaux.

9. Pour éviter une catastrophe financière en 1874, Ismā'īl pacha (1830-1895), khédive d'Égypte (1867-1879), vendit les parts égyptiennes du canal de Suez à Disraeli, Premier ministre britannique. Deux ans plus tard, le souverain se trouvait acculé à la faillite et les puissances européennes le contraignirent à accepter l'installation au Caire d'un organisme chargé de contrôler les recettes du pays et leur affectation au remboursement des emprunts. Cet organisme fut appelé la Caisse de la dette publique.

10. Malgré son tirage déclinant, le *Journal des Débats*, organe de centre gauche, de tradition assez académique, gardait une autorité morale considérable.

11. Ernest Legouvé (1807-1903), romancier, essayiste, auteur dramatique et conférencier, dont les pièces furent souvent jouées sur la scène du Théâtre-Français, écrivit notamment *Adrienne Lecouvreur* (1849) en collaboration avec Scribe, et une tragédie, *Médée*. Après son élection à l'Académie française il donna en particulier des comédies, et un essai : *Histoire morale des femmes*.

12. Décoré par Cavaignac en 1848, compagnon de Flaubert dans son voyage en Orient, fondateur de la *Revue de Paris*, volontaire en 1860 dans le bataillon des Mille commandé par Garibaldi, Maxime Du Camp (1822-1894) fut l'un des rédacteurs les plus en vue de *La Revue des Deux Mondes*, dont le directeur est un ami de Norpois. En 1880, il fut élu à l'Académie française malgré la violence avec laquelle il avait attaqué cette vieille institution dans la préface de ses *Chants modernes*. Maxime Du Camp s'est assagi et son discours de réception est digne d'un discours de Norpois : il y accumule les citations et les lieux communs, de la même manière que l'ambassadeur. En parlant de son prédécesseur Saint-René Taillandier, par exemple, Du Camp évoque « l'heure trop tôt sonnée de sa mort » et se souvient que lorsqu'il était enfant « le nom de Saint-René Taillandier était celui qui retentissait le plus souvent sous les voûtes de la vieille Sorbonne... » Son prédécesseur, enfin, « était né vers la fin de 1817, à cette heure où la France pleurant ses enfants comme la Niobé antique, redressait son front meurtri... » Son éloge de Victor Hugo dans ce même discours est d'un style assez semblable à celui de la description par Norpois de la Berma jouant *Phèdre :* « Victor Hugo rajeunit toute poésie, revêt sa pensée de formes impérissables et par l'altitude de son génie nous apparaît comme un Apollon vainqueur que le temps ni l'oubli ne peuvent effleurer... » Dans ses *Souvenirs littéraires* (1882-1883) il traite également beaucoup de Hugo mais dans un style assez sobre pour plaire à de rigoureux classiques.

13. Alfred Mézières (1826-1915), professeur, écrivain et homme politique est l'auteur de nombreux ouvrages de critique littéraire, parmi lesquels : *Shakespeare* (1861) ; *Shakespeare, ses contemporains et ses successeurs* (1864), *Dante* (1865), *Pétrarque* (1867), *Goethe* (1872-1873). Mais malgré ces études consacrées à des hommes pour la plupart étrangers à une tradition étroitement classique, Mézières affiche dans ses écrits beaucoup de conformisme. Le critique doit, selon lui, à l'exemple de Sainte-Beuve, se fonder sur les valeurs de mesure et de bon goût, connaître le prix des nuances, éviter la brutalité et la violence. Proust l'évoque fugitivement mais non sans malice, dans un article paru dans *Le Figaro* du 11 mai 1903, où il passe en revue les habitués du salon de Mme Lemaire : « M. Mézières, qui cause en ce moment avec lui [Antoine Bibesco], a l'air d'un grand prêtre qui serait en train de consulter Apollon. Mais, si comme le prétend ce puriste de Plutarque, les oracles du dieu de Delphes étaient rédigés en fort mauvais langage, on ne peut en dire

autant des réponses du Prince. » (« La cour au lilas et l'atelier des rois. Le salon de Mme Lemaire. » Voir *C.S.B.*, p. 457.)

14. En mars 1911, à l'occasion d'une enquête organisée par la revue *Les Guêpes*, Claudel (1868-1955) proclama son mépris pour Victor Hugo et sa profonde admiration pour Boileau. Le même article fut repris en mai dans *La N.R.F.* (Remarquons au passage, que le narrateur, se dissociant du héros, fait allusion à un article de 1911, dans un passage destiné à illustrer l'attitude de l'ambassadeur Norpois vers la fin de l'année 1895. Voir note 22.) La violence avec laquelle s'exprime Claudel dans cet article est bien excessive pour plaire à des hommes qui prônent la modération dans l'expression, comme Legouvé ou Norpois.

Au moment de l'article, l'écrivain, âgé de 43 ans, est déjà l'auteur de nombreuses œuvres parmi lesquelles *Tête d'or* (1889), *L'Échange* (1892), *Le Partage de midi* (1906), *Les Grandes Odes* (1904-1908), *L'Otage* (1909), *L'Annonce faite à Marie* (1910).

15. C'est vers la fin de l'année 1891 que Proust aurait rencontré Barrès pour la première fois (voir *Correspondance de Marcel Proust* publiée par Philip Kolb, tome I, p. 59, Plon, 1970). Ses sentiments seront mélangés à l'égard de cet antidreyfusard virulent mais leurs rapports apparaissent malgré tout assez courtois : l'auteur des *Déracinés* lui envoie régulièrement ses ouvrages et, en juin 1905, Marcel annonce à sa mère : « Une solennelle réconciliation ce soir chez les Noailles entre moi et Barrès, à qui je n'ai pas mâché de dures vérités politiques et morales. Mais il les a fort bien prises et a été très gentil » (*Corr.*, tome V, p. 213, Plon, 1979). Tout n'oppose pas, d'ailleurs, les deux écrivains. Si Proust ne partage pas plus l'antisémitisme de Barrès que son nationalisme extrémiste, il appuie ardemment sa lutte pour la défense des édifices religieux (que mettrait en danger la loi de séparation des Églises et de l'État) en écrivant un article pour *Le Figaro* du 16 août 1904 : « La mort des cathédrales », et il ne fait aucune réserve sur Barrès littérateur dont il salue souvent le talent dans ses lettres à des amis, illustrant tout à fait l'opinion du narrateur qui explique que les affinités esthétiques ne sont pas toujours en accord avec les choix idéologiques. Signalons que l'élection de Barrès à l'Académie française date de 1906. Barrès sera encore évoqué dans *Le Côté de Guermantes* (*Gu. II*, p. 349), dans *La Prisonnière* (*Pris.*, p. 403) et dans *Le Temps retrouvé* (*TR*, p. 173-174, 281.)

16. Georges Berry (1853-1915), d'abord député de droite, monarchiste et antidreyfusard, et donc susceptible de plaire aux électeurs de Barrès, s'orienta peu à peu, et surtout à partir de 1905, vers des opinions plus progressistes. Mais au moment où Norpois est reçu à dîner chez les parents du héros (vers fin 1895), Berry affiche encore ses premières opinions.

17. Député de centre gauche, puis chef du parti républicain modéré, ministre des Affaires étrangères de 1890 à 1893, Ribot n'a

certes pas les mêmes électeurs que Barrès. Il fut le négociateur de l'alliance franco-russe à laquelle fait allusion plus loin Norpois, et s'opposa à Mac-Mahon et au duc de Broglie. Mais la sobriété et la courtoisie de ses discours devaient le rapprocher, par la tournure d'esprit, de certains de ses adversaires politiques, ennemis des excès de langage.

18. Ce fils d'un proscrit du 2 décembre 1851 écrivit de nombreux ouvrages sur les questions sociales. Président de la Chambre de 1898 à 1902, puis de 1912 à 1920, Deschanel sera pour quelques mois Président de la République en 1920. Il fréquenta des salons bien connus de Proust : ceux de Mme Lemaire et de Mme Straus. Aussi sa situation mondaine est-elle très élevée dans le roman, puisqu'il est reçu, malgré ses opinions politiques, dans le milieu Guermantes : Oriane lui tiendra tête sur la Chine (voir *Gu. I*, p. 300), et le narrateur expliquera dans *Sodome et Gomorrhe* que les femmes du monde mettaient « leur espoir politique en certains républicains bon teint comme M. Doumer et M. Deschanel tandis qu'elles voyaient la France aux abîmes si elle était confiée au personnel monarchiste qu'elles recevaient à dîner » (voir *SG vol. 1*, p. 224).

19. Proust sera toujours reconnaissant à Maurras d'avoir, le 22 août 1896, publié un compte rendu élogieux des *Plaisirs et les Jours* dans *La Revue encyclopédique*. Son sentiment à l'égard du fondateur de l' « Action française » est à peu près celui qu'il éprouve pour un Barrès ou un Léon Daudet dont il ne partage pas les extrémismes politiques mais avec lesquels il se trouve des affinités intellectuelles, montrant par là que « ce qui rapproche, ce n'est pas la communauté des opinions » mais « la consanguinité des esprits ». Le héros semble partager l'admiration littéraire de Proust pour Maurras puisque Charlus lui dira dans *Le Temps retrouvé :* « Vous m'avez fait lire autrefois l'admirable *Aimée de Coigny* de Maurras » (GF, p. 176.)

20. Voilà un premier hommage à celui qui fera obtenir à Proust le prix Goncourt pour les *Jeunes filles en fleurs* et qui sera le dédicataire du *Côté de Guermantes*. L'écrivain le place ici parmi les novateurs, ceux qui, par leur audace intellectuelle, effarouchent leurs alliés politiques. Il n'est pas étonnant que la violence verbale de Daudet ait pu inquiéter des hommes de droite à l'esprit classique, c'est-à-dire partisans d'une certaine modération dans l'expression orale ou écrite. Royaliste et antidreyfusiste comme Maurras, Léon Daudet dirigeait avec lui *L'Action française*.

21. Norpois est « avare de ses mots » à la manière d'un écrivain qui opterait pour une esthétique classique du langage, fondée sur la sobriété, la simplicité et la réserve. Aussi préfère-t-il l'usage de l'adjectif « simple », « banal », mais efficace, à la prolixité de la parole, qu'il juge inutile. On ne s'étonne donc pas de l'entendre railler un peu plus loin ceux de ses collègues qui s'expriment par

« périodes » et avec des « images incohérentes » (voir p. 117). Contrairement au héros, il manifestera du dédain pour le style de Bergotte et ce qu'il appelle ses « chinoiseries de forme » et ses « subtilités de mandarin ». En visant le conformisme de l'ambassadeur, Proust s'en prend aussi à une certaine forme de littérature qui refuse les audaces et se contente de respecter les normes imposées par le passé. Comme les académiciens que Barrès effarouche, et les monarchistes effrayés par Maurras et Daudet, Norpois est moins gêné par les idées énoncées que par la manière dont elles sont défendues. Avoir « l'esprit de gouvernement » et mépriser l'opposition, c'est un peu l'attitude de l'artiste qui n'ose pas aller à l'encontre des idées dominantes.

22. D'après George D. Painter, c'est la visite à Paris de l'empereur Nicolas II de Russie, le 7 octobre 1896, qui inspira à Proust cette visite du roi Théodose (*Marcel Proust*, « Les Années de jeunesse », Mercure de France, 1959, p. 256). Willy Hachez, qui situe l'arrivée de Théodose à la fin de 1895, pense qu'il ne faut pas confondre ce personnage fictif avec Nicolas II (« La chronologie de *À la recherche du temps perdu* et les faits historiques indiscutables », *BSAMP*, n° 35, 1985). Le dîner Norpois se situe bien, en effet, fin 1895, puisque le héros ne revoit Gilberte qu'après les visites du 1er janvier et que quelques mois se sont écoulés après ses retrouvailles avec la jeune fille lorsque le narrateur évoque la visite de Nicolas II (voir p. 215). Toutefois, comme le fait remarquer justement Willy Hachez, la chronologie proustienne réserve des surprises, car le père du héros fait allusion, au cours du dîner Norpois, censé donc se passer fin 1895, à la gaffe de l'Empereur Guillaume II qui envoya, le 1er janvier 1896, un télégramme à Krüger, le chef des Boers (voir p. 123 et note 46).

23. Après Charles Bulloz, qui avait succédé au fondateur, Ferdinand Brunetière dirige depuis 1893 la républicaine mais très conservatrice *Revue des Deux Mondes*, favorable à l'alliance russe, ce qui n'est pas pour déplaire à Norpois. Il oriente le journal en littérature vers un académisme très rigide, critiquant violemment Balzac, considérant le romantisme comme une période de crise, rejetant le naturalisme et le symbolisme. Le langage de l'ambassadeur est d'ailleurs en partie un pastiche du style d'un éditorialiste de ce journal : Francis Charmes (voir Anne Henry, *Proust romancier*, Flammarion, 1983).

24. Il s'agit de *La Vierge de la famille Pesaro*, inaugurée le 8 décembre 1526 en l'église Santa Maria Gloriosa dei Frari à Venise. Quant à *L'Assomption de la Vierge*, inaugurée le 20 mars 1518 et qui s'y trouve aussi aujourd'hui, elle était en dépôt depuis 1818 dans les Galeries de l'Académie et ne reprendra sa place dans l'église qu'en 1919. Ruskin, dont Proust a traduit *La Bible d'Amiens* et préfacé *Sésame et les lys*, a présenté *La Vierge de Pesaro* comme le meilleur exemple de Titien à Venise.

25. Ces œuvres de Carpaccio sont bien conservées dans l'oratoire Renaissance de la Scuola de San Giorgio degli Schiavoni à Venise. La Scuola étant particulièrement dévouée à trois saints : Jérôme, Tryphon et Georges, c'est en s'inspirant des aspects légendaires et populaires de leur vie que Carpaccio composa ce cycle de seize tableaux, exécutés entre 1501 et 1507. Ces Carpaccio, comme le tableau des Frari évoqué précédemment, sont décrits par Ruskin.

26. *Phèdre*, acte II, scène 5. Proust avait d'abord songé à une autre citation de *Phèdre :* « Oui, prince, je languis, je brûle pour Thésée » (acte II, scène 5) que l'on trouve encore dans les épreuves BN, mais raturée et remplacée par la définitive.

Le « départ » évoqué dans la citation finalement choisie est plus à l'unisson de la conception proustienne de l'amour, déjà développée dans « Un amour de Swann » mais qui va se préciser encore avec les descriptions de l'amour pour Gilberte puis pour Albertine. Ces femmes aimées sont des êtres de fuite, et à son tour le héros s'efforce aussi de leur échapper parce qu'il croit que seul l'inaccessible est désirable. Phèdre aime peut-être Hippolyte parce qu'il lui est interdit mais aussi parce qu'il la repousse, le héros aime Gilberte parce qu'il n'est pas certain d'être aimé de la jeune fille et qu'elle disparaît par moments, il aimera Albertine lorsqu'il apprendra qu'elle s'intéresse à d'autres partenaires amoureux.

La citation est répétée un peu plus loin (voir p. 99) comme un leitmotiv. Elle révèle aussi une des raisons pour lesquelles le héros est déçu en allant entendre la Berma dans *Phèdre :* ce qu'il croyait inaccessible lui est offert et perd de son charme.

27. Placards Grasset : « M. Bergotte ou Anatole France. » Certes Anatole France n'est pas le seul modèle du personnage de Bergotte mais celui-ci a hérité de la douce musicalité de son style comme en témoigne une note de Proust dans un de ses Cahiers : « Penser à dire de France [...] que ses discours étaient alors plus fondus dans la trame du style, s'en détachaient moins, étaient moins apparents comme discours [...] c'était d'une douceur à nous faire comprendre ce que les anciens voulaient dire quand ils parlaient de la douceur de tel écrivain [...]. Alors chez France par moments le langage devenait musical, on entendait un accompagnement [...] de harpes. » (Cahier Guérin, n.a.fr. 18315).

28. Voir note 26.

29. L'édition originale donne : « dans une des balances du plateau », ce qui apparaît très évidemment comme un lapsus de l'auteur.

30. En mars 1505, le pape Jules II appela Michel-Ange à Rome pour lui confier l'érection de son tombeau. Le projet fut approuvé en mai et l'artiste se rendit à Carrare jusqu'en décembre pour le choix des marbres. (Cette comparaison de Françoise avec Michel-Ange n'apparaissait pas dans la version des placards Grasset.)

31. Grande statue en bronze exécutée par Benvenuto Cellini (1500-1571) pour la Loge de la Seigneurie à Florence.

32. Mentor était chez Homère le précepteur de Télémaque et l'ami d'Ulysse. La déesse Athéna (Minerve) se cacha sous l'apparence de ce sage pour guider Télémaque à la recherche de son père. Mais l'*Odyssée* inspira de nombreux écrivains, de toutes les époques, et Proust peut songer aussi aux *Aventures de Télémaque* de Fénelon, ou au *Télémaque* de l'abbé Barthélemy (1716-1795) puisqu'il associe Mentor à un autre personnage de l'abbé, héros du *Voyage du jeune Anacharsis en Grèce* (1783), qui, en traversant la Grèce antique, s'initie aux connaissances diverses et à la sagesse.

33. Le héros du roman *Jean Santeuil* [écrit par Proust entre 1896 et 1899 et resté inachevé] se dit « littéraire ». Or il est envoyé en faculté de droit où il ne manifeste aucun goût pour les études. Au grand étonnement de son père, pour échapper au droit, Jean affirme s'intéresser à la philosophie et on lui conseille de lire *Le Sentiment de l'infini au bord du Tchad* et *L'Élan vers le meilleur dans la péninsule balkanique*. L'auteur de ces ouvrages est membre de « l'Académie des Sciences morales », dignité à laquelle est susceptible d'accéder l'ami de Norpois, qui s'est intéressé au lac Victoria-Nyanza. Remarquons, d'ailleurs, que Proust, parallèlement à ses études de lettres, fit aussi des études de droit.

34. Les emprunts russes émis sur le marché français à partir de 1888 facilitèrent le rapprochement entre la France et la Russie. Le régime soviétique ne voudra pas reprendre à son compte ces emprunts. Le conseil de Norpois ne figurait pas dans les placards Grasset et pourrait bien avoir été ajouté, par ironie, après 1917.

35. Viande assaisonnée d'une sauce à base de crème légèrement acide. Il s'agit d'une spécialité russe. Norpois ne manque aucune occasion d'évoquer la Russie, ce qui est pour lui un moyen de manifester sa sympathie pour l'alliance franco-russe. Il a conseillé l'emprunt russe à 4 % au père du héros et emploie un peu plus loin un mot russe (oukase) pour désigner l'insistance de la maîtresse de maison à lui faire reprendre de la salade. De plus, comme le fait remarquer Daria Galateria (note pour l'édition italienne d'*A l'ombre des jeunes filles en fleurs*, Milan, Mondadori, 1983), Stroganoff appartenait à une famille de grands financiers russes, et le pudding à la Nesselrode servi un moment après (voir note 49), porte le nom de Karl Robert, comte de Nesselrode (1780-1862), diplomate et ministre des Affaires étrangères, membre du parti favorable au rapprochement avec l'Europe occidentale. « Les Consolidés Anglais » sont aussi conseillés par Norpois au père du héros et ce n'est pas non plus par hasard : il dira plus loin que, « si tous les chemins mènent à Rome, en revanche la route qui va de Paris à Londres passe nécessairement par Pétersbourg » et il paraîtra très favorable également à un rapprochement de la France avec l'Angleterre.

36. Le tsar Nicolas II, au cours de son discours à l'Élysée du 6 octobre 1896, évita de prononcer le mot « alliance » qui lui paraissait prématuré et s'en tira par cette périphrase : « les liens précieux qui unissent nos deux nations ».

37. C'est le marquis de Montebello, ambassadeur de France à Saint-Pétersbourg et négociateur de la visite de Nicolas II en France, qui aurait servi de principal modèle pour Vaugoubert. (Voir la biographie de Proust par G.D. Painter, Mercure de France, 1959, t. I, p. 256-257.)

38. La Consulta était le siège du ministère des Affaires étrangères à Rome. L'ambassade de France occupe, dans la capitale italienne, les locaux du palais Farnèse dont la galerie fut peinte en 1597 par le peintre Annibale Carrache (1560-1609).

39. L'empereur d'Allemagne Guillaume II était entouré d'un cercle d'intimes, homosexuels, surnommés par leurs ennemis « les chevaliers de la table ronde » ou « la Camarilla ». Le parti belliciste et pangermaniste se moquait de leurs mœurs mais les haïssait surtout pour leur pacifisme et leur francophilie (voir G.D. Painter, Mercure de France, 1965, t. II, p. 136).

40. Rue de Berlin où se trouvait le ministère des Affaires étrangères.

41. En droit musulman, l' « aman » était la concession de la vie sauve ou de l'amnistie, à un ennemi, à une tribu ou à un peuple, à la suite de faits insurrectionnels, d'actes de brigandage. Au figuré et en général par plaisanterie, « demander l'aman » signifie : demander grâce, pardon (T.L.F.).

42. Le ministère des Affaires étrangères britannique siégeait, à Londres, dans le Palais de Saint James, le ministère des Affaires étrangères russe près du Pont-aux-Chantres de Pétersbourg, et le ministère des Affaires étrangères austro-hongrois sur le Ballplatz (Ballhausplatz) de Vienne. La Monarchie bicéphale qui inquiète la Russie est l'Empire austro-hongrois qui arborait comme symbole l'aigle à deux têtes des Habsbourg. Les relations entre l'Autriche et la Russie s'étaient tendues après le développement de l'influence autrichienne en Serbie et en Roumanie et la perte par les Russes de leur emprise sur la Bulgarie. Montecitorio est le palais romain construit pour Innocent X d'après le plan du Bernin, et qui, depuis 1871, est le siège de la Chambre des députés italienne.

43. Une fois encore, Norpois ne fait pas preuve d'originalité dans ses citations. L'auteur de cette célèbre phrase, le baron Joseph Dominique Louis (1755-1837) se vit confier des missions financières délicates sous le Consulat et sous l'Empire, fut nommé à la tête du département des Finances et du Trésor sous Talleyrand, conserva ce portefeuille pendant la première Restauration et quelques semaines encore au début de la seconde, le retrouva dans le

ministère Decazes, après la révolution de Juillet 1830, et dans le ministère Casimir Perier. Ses doctrines sur le crédit public et sur la nécessité pour l'État de payer ses dettes lui ont valu une grande réputation de financier.

44. Proust a emprunté ce nom à une petite ville allemande qui faisait partie du royaume de Bavière et fut la capitale de l'ancienne principauté d'Oettingen jusqu'en 1806 (Daria Galateria).

45. Mot attribué à Fouché ou à Talleyrand après l'assassinat du duc d'Enghien. Une fois encore, Norpois utilise une formule cliché.

46. « L'homme qui a chassé Bismarck », c'est Guillaume II. Entre le jeune empereur plein de fougue et le vieux chancelier autoritaire de 75 ans, le conflit était inévitable. Bismarck se voulait implacable à l'égard des socialistes et songeait même à un coup d'Etat pour les éliminer, mais l'Empereur, opposé à la violence, souhaitait des réformes sociales qui amélioreraient le sort des ouvriers. Guillaume II s'opposait aussi au chancelier en refusant de renouveler un « traité de ré-assurance » (comme l'appelait Bismarck) avec la Russie, qui lui semblait incompatible avec l'alliance autrichienne. Le conflit atteignit un tel paroxysme que Guillaume II demanda la démission de Bismarck le 15 mars 1890. Le chancelier se résigna à la donner le 18 après d'inutiles tentatives de retour en grâce auprès de la mère de l'Empereur.

Le 1er janvier 1896, Guillaume II adressa un télégramme de félicitations au président Krüger, chef d'État du Transvaal, qui luttait contre la colonisation anglaise dans son pays. Celui-ci venait de résister à une centaine de soldats britanniques qui, sous la direction de Jameson, avaient envahi le Transvaal et tenté de soulever les immigrants. Ce télégramme de Guillaume II, auquel fait allusion le père du héros, faillit amener une guerre anglo-allemande en 1896.

47. Anne de Cotentin, comte de Tourville (1642-1701), maréchal de France. Son tombeau se trouve en réalité dans l'église Saint-Eustache à Paris. Le conseil de visiter le tombeau de ce militaire est bien dans l'esprit de Norpois qui n'a toujours pas compris ce qui pouvait intéresser ce jeune homme aux goûts « littéraires ».

48. Il s'agit d'Odette de Crécy, pour laquelle Swann a éprouvé une passion douloureuse alimentée par la jalousie. Dans la troisième partie de *Du côté de chez Swann :* « Noms de pays : le nom », on a appris que Swann avait épousé cette femme qui n'était pourtant pas son genre...

49. Voir note 35. Le pudding à la Nesselrode est un gâteau à base de crème de marron avec du marasquin, des fruits confits, de la crème fouettée et des marrons glacés.

50. « Le mot » sous-entendu par Norpois est « cocu » (allusion à la pièce de Molière : *Sganarelle ou le Cocu imaginaire*).

51. Le moine tchécoslovaque Grégor Mendel (1822-1884) publia en 1865 ses *Recherches sur divers hybrides végétaux*. À sa mort, ses travaux sont restés incompris mais au début du XXe siècle on s'aperçut que l'œuvre de Mendel permettait d'élaborer une science de l'hérédité.

52. La vogue d'une littérature directement enracinée dans la réalité et dans l'actualité et qui tendrait à s'engager dans le combat de tous les jours, à choisir son clan comme en politique, sera vivement critiquée par le narrateur dans *Le Temps retrouvé* (GF, p. 272, 273). Il se souviendra d'ailleurs de cette conversation avec Norpois et, cette fois l'homme mûr, ayant pris ses distances par rapport au diplomate, se montrera carrément critique à son égard, ce que n'osait être le petit garçon d'autrefois (*TR*, p. 281).

53. Après les reproches tout à l'heure de mièvrerie, de minceur et de manque de virilité, les critiques de Norpois à l'égard de Bergotte ressemblent de plus en plus à celles qui furent adressées à Proust. Rien d'étonnant à ce que, dans un instant, négligeant l'avertissement de « l'homme d'esprit qui prétendait qu'on ne doit connaître les écrivains que par leurs livres », il ajoute à son incompréhension de l'œuvre, le tort de juger l'homme, à la manière de Sainte-Beuve. À cette aune-là, Vigny, que Proust admire tant, est déprécié.

54. C'est Sainte-Beuve qui raconte que Vigny rebutait par le même travers : « Quelqu'un a dit : " Il faut écrire comme on parle, et ne pas trop parler comme on écrit ", M. de Vigny ne suivait pas ce précepte... » (*Nouveaux Lundis*, Michel Lévy frères, Paris, 1866, t. V, p. 429.) Dans le même chapitre, Sainte-Beuve raconte que Vigny, le jour de sa réception à l'Académie française, prononça avec maladresse son discours « élégant et compassé [qui] fut débité de façon à donner bientôt sur les nerfs du public qui était arrivé favorable ». Loménie, au contraire, évoque « ce rêveur au large front, au parler doux » (*Galerie des contemporains illustrés par un homme de rien*, Paris, Bureau central, 1840, t. II.) S'écartant de la méthode de Sainte-Beuve, il annonce que « celui-là risquerait de s'égarer qui voudrait construire la biographie de M. de Vigny à l'aide de ses livres ou demander à sa vie le secret de cette teinte assombrie qui fait le fond et le charme de ses inspirations ». Cependant, Loménie ne semble pas être, en tant qu'écrivain, très estimé du héros qui dira plus loin à sa grand-mère que « le tact, la finesse, la discrétion, l'effacement de soi-même n'étaient peut-être pas bien précieuses puisque ceux qui les possédèrent au plus haut degré ne furent que des Molé et des Loménie... »

55. « Où certaines pages sont de véritables morceaux d'anthologie » a été rajouté par Proust sur les épreuves BN. Il est à remarquer que l'écrivain a beaucoup gonflé le discours de Norpois sur ces épreuves, en lui faisant prononcer bien plus de lieux communs qu'il ne lui en avait d'abord prêtés, comme pour stéréotyper le langage du

marquis, montrer qu'il ne s'exprime que par phrases ou locutions toutes faites.

56. La Viennoise Pauline Sandor (1836-1921) avait épousé Richard de Metternich-Winneburg, ambassadeur d'Autriche en France de 1859 à 1870. D'un physique plutôt ingrat, mais enjouée et spirituelle, elle s'était liée d'amitié avec l'impératrice Eugénie et avait tenu une place enviée dans la société de la fin du second Empire.

57. Proust fait décidément de Norpois le prototype des critiques de sa propre manière et, par la dénonciation de l'écart entre l'œuvre et la vie privée, un disciple de ce Sainte-Beuve contre lequel il ne cessera de s'élever.

58. Allusion à Mentor déjà évoqué précédemment (voir note 32).

59. Le « Premier Paris » est à l'époque le nom de l'article de tête dans un journal. L'Académie des Inscriptions et Belles-Lettres, fondée par Colbert en 1663 s'occupe de travaux d'érudition historique ou archéologique.

60. La liste des chasseurs qu'Assourbanipal invitait à ses battues se trouve dans le chapitre XV du livre de Gaston Maspéro (1846-1914) : *Au temps de Ramsès et d'Assourbanipal.* Assourbanipal fut roi d'Assyrie de 668 à 626 avant Jésus-Christ. On garde de son règne de très belles sculptures et une grande bibliothèque.

61. *L'Aventurière* (1848), comédie d'Émile Augier (1820-1889) fut retouchée par son auteur pour sa reprise à la Comédie-Française en 1860. Bressant y incarna le rôle de Fabrice. *Le Gendre de M. Poirier* (1854) qu'Émile Augier écrivit en collaboration avec Jules Sandeau fut donné à la Comédie-Française en 1864. Bressant y avait également un rôle. Thiron joua dans la même pièce en 1880. L'allusion à ces œuvres n'est peut-être pas tout à fait innocente. Il vient d'être question de Mme Swann et les parents du héros ne semblent pas penser grand bien de l'épouse de leur ancien ami. Or, *L'Aventurière* raconte l'histoire d'une courtisane qui veut se ranger et épouser un bourgeois, et *Le Gendre de M. Poirier* montre une mésalliance entre un aristocrate et une jeune bourgeoise. Dans les deux cas on peut songer au mariage de Swann avec Odette.

62. Les « bouillons » étaient primitivement des restaurants où l'on ne donnait que du bouillon. Robert Burnand (*La Vie quotidienne en France de 1870 à 1900,* Hachette, 1947) explique que dans ces établissements, qui selon lui datent de 1873, il ne « fallait pas chercher autre chose qu'une chère saine et suffisamment abondante, sans prétention au grand art ». On comprend donc le dédain du Michel-Ange de la cuisine à leur égard.

63. Jusqu'en 1914, le restaurant Weber fut le lieu de rendez-vous quotidiens des hommes de lettres, des artistes et des politiciens. Proust s'y rendit régulièrement entre 1900 et 1905.

Le Cirro était situé à l'emplacement de l'ancien couvent des Capucines, au 8 de la rue Daunou.

64. Le substantif masculin « décavé » vient du verbe « décaver » : gagner toute la cave d'un joueur, toute la somme d'argent mise en jeu. Un « décavé » est un joueur qui a perdu tout son argent au jeu. Par extension, mais avec une connotation familière, le mot peut aussi signifier : « qui a perdu toute sa fortune, qui est ruiné » (T.L.F.).

65. Ce restaurant qui a l'estime de Françoise a tiré son nom de la fréquentation des Anglais en 1802, après la « paix d'Amiens ». Balzac y a fait dîner Rastignac, Zola y a convié Nana. Il se trouvait au coin du boulevard des Italiens et de la rue Marivaux. Créé par Chevreuil en 1815, il avait été racheté en 1848 par un restaurateur de Bordeaux, nommé Martin. L'excellente cuisine d'Adolphe Dugléré y était réputée.

66. François Raspail (1794-1878), homme politique, médecin et journaliste. Il prit part aux journées de 1830 et se consacra jusqu'en 1848 au journalisme et aux sciences naturelles. En février 1848, il participa activement aux mouvements révolutionnaires et fut arrêté le 15 mai. Sur le plan de la recherche médicale, il se distingua en inventant un système thérapeutique basé sur l'utilisation du camphre. Comme le fait remarquer Daria Galateria, Françoise, qui achète sa photographie en même temps que celle du rigide Pie IX, représentant conformiste et réactionnaire de l'Église, a des admirations on ne peut plus éclectiques... Les deux hommes ne paraissent guère avoir d'autre point commun que celui d'être morts en 1878. Dans les placards Grasset, elle achetait déjà la photographie de Raspail mais aussi celle du maréchal Mac-Mahon (remplacé ultérieurement par Pie IX).

67. Au cours des premières années 1890 on prit l'habitude de fêter le jeudi qui tombait au milieu de Carême en parcourant les rues, en jetant des confetti, en plaisantant.

68. « J'aime le son du cor le soir au fond des bois » est le premier vers du célèbre poème de Vigny : « Le Cor » (*Poèmes antiques et modernes*, 1826). Mais l' « émoi cruel » éprouvé par le héros et aggravé par le son du cor, « comme on l'entend la nuit de la Mi-Carême, et souvent des autres fêtes », fait penser aussi à celui qu'éprouve l'Hernani de Victor Hugo : au soir de sa nuit de noces, au moment où la fête s'achève et où les voluptés de l'amour l'attendent, l'ancien proscrit tressaille au son du cor qui lui rappelle qu'il doit mourir. Sa fiancée, Doña Sol, qui ne sait pas que ce signal est la condamnation de celui qu'elle aime, s'écrie : « Bal maussade ! / Oh ! que j'aime bien mieux le cor au fond des bois ! / Et puis, c'est votre cor, c'est comme votre voix. » Cette réminiscence hugolienne a été amenée par l'évocation de la Berma récitant sur scène des vers d'amour, et le héros l'a peut-être imaginée en Doña Sol (Sarah

Bernhardt, un des modèles de l'actrice fictive, incarna le rôle.) Aussi s'identifie-t-il à Hernani, et la douleur qu'il éprouve en songeant aux débauches de la Berma l'empêche de jouir pleinement de son amour pour elle, comme si quelque Don Ruy Gomez le rappelait à une tragique réalité. Proust appréciait particulièrement ce dernier acte d'*Hernani* auquel il est également fait allusion dans *La Prisonnière*, lorsque Charlus à la fin de la pénible soirée chez les Verdurin où il va être séparé de Morel s'écrie : « Voilà le moment agréable des fêtes, le moment où tous les invités sont partis, l'heure de Doña Sol » (voir *Pris.*, p. 392).

69. Le phénomène de cause à effet est étrange. Il semble que le ciel se soit mis à l'unisson de ceux que présentent les aquarellistes. En 1879, rue Laffitte, eut lieu la première exposition de la Société des Aquarellistes qui fut déplacée en 1882 rue de Sèze. La période de la « grande vogue » se déroula de 1879 à 1883 mais les expositions continuèrent néanmoins jusqu'à la fin de 1914.

70. Les palais de Gabriel sont les deux bâtiments qui bordent la face nord de la place de la Concorde : l'un abrite le ministère de la Marine et l'autre l'hôtel de Crillon. C'est l'architecte Jacques-Ange Gabriel (1698-1782) qui les a conçus au cours de la seconde moitié du XVIIIe siècle (1760-1775).

71. Construit sur les Champs-Élysées par les architectes Viel, Desjardins et Villain, pour l'Exposition universelle de 1855, le Palais de l'Industrie abrita jusqu'en 1897 les expositions annuelles de peintures et de sculptures. Il fut démoli de 1897 à 1900 pour faire place au Grand-Palais et au Petit-Palais.

72. Épreuves BN : « du moins à celui du Trocadéro [dont l'amphithéâtre surmonté de tours ressemble au fond d'un tableau de Mantegna (biffé)] ».

Le Trocadéro fut construit sur la colline de Chaillot à l'occasion de l'Exposition universelle de 1878, par les architectes Davioud et Bourdais. Il accueillait des manifestations variées mais était aussi le siège permanent d'un musée de sculpture. (L'exposition de 1937 provoqua sa démolition et il fut remplacé par le palais de Chaillot.)

73. Opéra-bouffe en deux actes et quatre tableaux, de Jacques Offenbach, sur un livret d'Hector Crémieux. L'œuvre fut créée en 1858 aux Bouffes-Parisiens.

74. Cette gardienne des lieux d'aisance des allées des Champs-Élysées apparaissait déjà dans Grasset A, mais bien avant le dîner Norpois. Le narrateur évoquait longuement une expérience de mémoire involontaire provoquée par l'odeur de bois moisi qui se dégageait de l'endroit. Dans Grasset B, ce passage a disparu, mais il réapparaît dans l'édition, situé cette fois après le dîner Norpois, et considérablement raccourci.

75. De Mansart (l'architecte de Versailles) Saint-Simon écrit : « C'était un grand homme, bien fait, d'un visage agréable, et de la

lie du peuple, mais de beaucoup de bon sens » (*Mémoires*, Pléiade, t. II, année 1708, ch. LXI, p. 1031).

76. Cette confiserie des années 90 se trouvait au 17 du boulevard de la Madeleine.

77. Le récit de la consultation de Cottard n'apparaissait pas dans les placards Grasset.

78. L'agrypnie est d'abord un insecte de nuit, qui a prêté son nom au vocabulaire médical pour désigner le manque de sommeil, l'insomnie. En 1963, Pieron observe que ce mot est à peu près tombé en désuétude (T.L.F.)

79. Proust semble avoir mis une pointe d'ironie à indiquer que cette devise latine qui signifie « Par un droit chemin »... « se contournait ».

80. Il s'agit bien entendu de Léonard de Vinci (1452-1519) qui a écrit dans son *Traité de la peinture* publié pour la première fois en France en 1856 : « Tous les arts passent par des opérations manuelles, mais d'abord ils sont mentaux, comme l'est la peinture, laquelle est d'abord dans l'esprit du créateur et ne peut atteindre à sa perfection sans l'opération manuelle. » Dans le même ouvrage, il a également écrit : « la peinture est mentale », « la peinture est [...] un discours mental ». Ce point de vue du grand peintre sur l'œuvre d'art intéressait particulièrement Proust qui écrira dans un article des *Annales politiques et littéraires* du 26 février 1922 : « Ce qui semble extérieur, c'est en nous que nous le découvrons. *Cosa mentale*, dit par Léonard de Vinci de la peinture, peut s'appliquer à toute œuvre d'art. »

81. Les implacables Érinyes, divinités helléniques, figures menaçantes et vengeresses du monde infernal, que les Latins identifieront à leurs Furies, sont devenues, dans *L'Orestie* d'Eschyle, des Euménides, c'est-à-dire des « bienveillantes » Dans la conclusion de l'œuvre, elles acceptent des nouveaux dieux la mission de faire triompher la justice mais aussi d'assurer le pardon par le repentir et d'exercer autant que possible la clémence afin de tempérer l'expiation.

82. Nombreux sont les tableaux du peintre où apparaissent des fleurs. D'autre part, Léonard de Vinci a fait plusieurs études de fleurs dont les plus célèbres se trouvent à Venise, dans la Galerie de l'Académie.

83. Il est rapporté dans *L'Exode* (25, 31-40) que l'Éternel demanda à Moïse de faire un chandelier à six branches, et non à sept branches. Ce sont les lampes du chandelier qui, elles, sont au nombre de sept.

84. Il s'agit de Jean-Baptiste Berlier, ingénieur français (1843-1911), qui est à l'origine du métropolitain dont il avait conçu le projet.

85. Ernest Renan (1823-1892) voulut, tout au long de son *Histoire des origines du christianisme* dont *La Vie de Jésus* (1863) constitue le premier volume, conserver une attitude critique. En se penchant sur les textes sacrés, il s'aperçut que certains étaient apocryphes, d'autres entachés de nombreuses erreurs, et il entreprit de raconter la vie du Christ d'un point de vue rationaliste : ce livre qui s'élevait contre les dogmes et qui niait souvent l'exégèse allemande contemporaine fit scandale et fut mis à l'Index par l'Église. Dans sa préface à *La Bible d'Amiens* de Ruskin, Proust opposait l'écrivain anglais à Renan dont il admirait « l'ingéniosité merveilleuse » mais dont la volonté de donner aux moindres paroles du Christ un relief de vie lui paraissait restrictive au point qu'il comparait sa *Vie de Jésus* « à une espèce de *Belle Hélène* du Christianisme » (voir *C.S.B.*, p. 94).

86. Jacques Nathan croit voir ici une allusion à *La Présentation au temple* de Rembrandt. Il ne me semble pas que Proust pense à une peinture précise de l'artiste. Le « Temple asiatique » et l'intérieur sombre évoquent un grand nombre de tableaux de Rembrandt qui jouent sur les contrastes de l'ombre et de la lumière et dont les décors sont souvent orientaux à cause des sujets bibliques évoqués.

87. Darius Ier, qui régna sur la Perse antique de 521 à 485 av. J.-C., reste célèbre, en dehors de ses exploits de conquérant, pour la construction des palais perses qui durèrent jusqu'à Alexandre. C'est lui qui fit bâtir les grands palais de Persépolis et de Suse.

88. La description des glaces par Albertine dans *La Prisonnière*. (GF, p. 223-226) est du même type que cette description par le narrateur du gâteau de Gilberte. Proust se pastichera donc lui-même par l'intermédiaire de son personnage (voir Emily Eells : « Proust à sa manière », *Littérature*, n° 46, mai 1982, et Jean Milly : *Proust dans le texte et l'avant-texte*, chap. 4, « Cris de Paris et désir des glaces dans *La Prisonnière* », Flammarion, 1985).

89. Dans une lettre d'août 1911 adressée à Reynaldo Hahn Proust écrit : « Autre mot qu'on dit souvent (analogue à je n'ai pas de succès avec mon thé) " Ça a l'air bon ce que vous mangez là " » (*Corr.* t. X, p. 332, Plon, 1983).

90. Sur les épreuves BN on trouve en marge une addition de Proust qui n'a pas été reprise dans les éditions : « ... qui ont parlé du tableau de Gérôme ! C'est Gérôme qui est le grand crack en ce moment. »

Peintre et sculpteur français, Jean-Léon Gérôme (1824-1904) se fit connaître par *Le Combat des coqs* (salon de 1847) qui lui valut les éloges de Théophile Gautier. Il s'opposa aux impressionnistes et il devint le chef des peintres néo-grecs, ce qui le fit assimiler, injustement, à un peintre « pompier ». Il emprunta ensuite ses sujets à l'Orient puis à la société et à l'histoire de son époque. Membre de l'Institut depuis 1865 et professeur à l'École des Beaux-

Arts, Gérôme connut sous le second Empire une grande vogue qui contraste avec la défaveur qu'il subit à la fin de sa carrière. *Le Duel à la sortie du bal masqué* est son tableau le plus célèbre et c'est peut-être à celui-ci que fait allusion Odette, bien qu'il soit de 1857... à moins qu'il ne s'agisse de celui qui fut exposé au Salon de 1892 : *Ils conspirent*, plus proche, dans le temps, des autres événements réels évoqués au cours de cette première partie des *Jeunes Filles*.

91. Pâtisserie-salon de thé au n° 6 de la rue Cambon. Comme le fait remarquer Daria Galateria, on y offrait le thé à l'anglaise l'après-midi, ce qui explique qu'Odette, qui suit la mode anglomane, trouve le lieu du dernier chic.

92. Dans « Noms de pays : le nom » (*Du côté de chez Swann*), le jeune garçon essayait de persuader sa mère d'acheter à Françoise un caoutchouc et un chapeau avec un plumet bleu, à la ressemblance de ceux que porte l'institutrice qui accompagne Gilberte. Quant à Mme Blatin, elle venait régulièrement s'asseoir dans le jardin des Champs-Elysées. Comme Gilberte allait tous les jours la saluer, le héros souhaitait faire sa connaissance. Il l'avait prise pour une ambassadrice ou une princesse jusqu'au jour où sa mère lui avait révélé qu'elle était la veuve d'un huissier et l'avait estimée « horrible, affreusement vulgaire, et avec cela faiseuse d'embarras ».

93. Le philologue allemand Friedrich August Wolf (1759-1824) affirma dans ses *Prolegomena ad Homerum* (1795) que l'*Iliade* et l'*Odyssée* avaient été faussement attribués à Homère et qu'il s'agissait en réalité de la réunion factice de poèmes très courts composés par des auteurs anonymes à différentes époques et transmis oralement.

94. Société constituée en 1876, dans laquelle avaient été investis des capitaux provenant en majorité de groupes catholiques et qui fit faillite en 1882. Cette faillite fut en partie provoquée par des milieux financiers israélites et protestants.

95. Dans ses fragments conservés, le poète lyrique grec Simonides (vers 556-467 av. J.-C.) explique que sur un rocher des Thermopyles aurait été gravée en mémoire de Léonidas et de ses trois cents hoplites, morts au cours de l'été 480 avant Jésus-Christ en essayant d'arrêter la marche des Perses sur Sparte, la phrase suivante : « Étranger, va dire à Sparte que nous sommes morts pour obéir à ses lois. » Cette citation, peu connue aujourd'hui, faisait partie au début du siècle de la culture dispensée dans l'enseignement secondaire.

96. « L'opportunisme » était une tactique préconisée par Gambetta au début de la IIIe République. « Les opportunistes », sans abandonner leur programme républicain, pensaient toutefois qu'il ne pouvait se réaliser que par des « étapes nécessaires », après avoir rallié à la République les « nouvelles couches » sociales et même les

orléanistes. L'opportunisme triompha avec des hommes comme Freycinet (quatre fois président du Conseil entre 1879 et 1892) et Jules Ferry (qui participa au pouvoir de 1879 à 1885).

97. On peut considérer que l' « affaire Dreyfus » a commencé avec la campagne entreprise fin 1897 pour la révision du procès, et a éclaté au grand jour avec la publication par *L'Aurore* de l'article de Zola : « J'accuse ». Proust, qui a été un dreyfusiste passionné, se garde bien, tout au long de la *Recherche*, de donner un avis subjectif sur l'affaire. Il l'utilise seulement sur le plan romanesque, comme un exemple des variations du kaléidoscope social.

98. Cette anticipation de ce qui se passera plus tard dans *La Fugitive* ne se trouve pas dans les placards Grasset (voir l'Introduction de Jean Milly à *La Prisonnière*, GF, p. 17 à 22, où sont étudiés en détail les éléments de genèse permettant de voir comment, dans l'œuvre de Proust, a évolué et s'est développé le personnage d'Albertine).

99. Éd. 1918 : « des amies de Swann ». Nous adoptons la leçon des ép. BN imp., en raison de la parenthèse qui suit.

100. Chemiserie pour hommes, très réputée, qui se trouvait à l'angle de la place Vendôme et de la rue des Capucines. Le magasin, qui existe toujours, est maintenant situé rue de la Paix.

101. Enchanteur malfaisant du *Parsifal* de Wagner, qui attire dans son château les chevaliers en quête du Graal pour les détourner de leur but en les faisant séduire par des femmes. Proust fait ici allusion au début du deuxième acte où l'on voit Klingsor dans son laboratoire plein d'instruments de magie et de nécromancie. Il attend la venue de Parsifal qu'il va tenter de corrompre comme les autres et « fait brûler des parfums dont la fumée remplit le fond d'une vapeur bleuâtre ».

102. Ces quatuors, composés par Beethoven pendant ses dernières années, sont parmi les plus difficiles et furent d'abord mal reçus du public à cause de leur aspect dissonant et novateur. Beethoven lui-même disait du XIIe quatuor qu'il fallait « l'entendre souvent ». Le XIIe, le XVe et le XIIIe furent composés pour le prince Galitzine en 1823-1824, 1823-1825, 1825. Après avoir terminé ces trois quatuors, le musicien écrivit à Holz : « ... il m'est encore tombé dans l'esprit quelques idées dont je veux tirer profit ». Beethoven affirma à plusieurs reprises que le XIVe quatuor (composé en 1825-1826) était son meilleur. Proust appréciait particulièrement les derniers quatuors de Beethoven. Dans une lettre à Mme Straus, de 1914, il s'indigne que « le sublime quatorzième quatuor de Beethoven » n'existe pas dans les rouleaux pour pianola (*Corr.*, t. XIII, p. 31, Plon, 1985).

Remarquons que dans les placards Grasset, il n'était pas question des quatuors de Beethoven et que Mme Swann ne jouait pas la Sonate de Vinteuil.

103. Adjectif anglais formé à partir du verbe « to push » : pousser, engager, inciter, et qui signifie : « entreprenant, indiscret ».

104. Portrait de Savonarole (qui fut brûlé pour hérésie en 1498) par son disciple Fra Bartolomeo (1472-1517). Ce tableau se trouve à Florence au Musée du couvent San Marco.

105. La fresque de Benozzo Gozzoli (1420-1497) orne les murs du palais Médicis-Riccardi de Florence. Certains ont cru reconnaître dans les personnages représentés les visages de Pierre, Laurent et Cosme de Médicis.

106. Proust pense à *Fédora* (1882) dont Sarah Bernhardt interpréta le rôle titre. A la fin du premier acte, la princesse Fédora pleure sur le cadavre de son mari assassiné : quelques célébrités parisiennes se seraient, paraît-il, amusées à entrer sur scène, chacune un soir, pour incarner le malheureux prince.

107. Benoît-Constant Coquelin (1841-1909), évoqué souvent par Proust, fut l'un des plus prestigieux acteurs de la Comédie-Française dont il fut sociétaire en 1864 puis pensionnaire de 1890 à 1892. En 1897, il créera triomphalement *Cyrano de Bergerac* d'Edmond Rostand sur la scène de la Porte Saint-Martin.

108. Placards Grasset : « ... nous allions prendre le café, comme des touristes sur le pont d'un yacht dans la grande baie du salon [...] » (sur les épreuves BN Proust a biffé « comme des touristes sur le pont d'un yacht »).

109. Cet artiste allemand (1805-1873) est demeuré célèbre pour sa grande composition de *L'Impératrice Eugénie et ses dames d'honneur*, exposée au Salon de 1855. Il fut le peintre des rois et des cours, aussi bien des Orléans que des Bonaparte, et a donné un témoignage de ce qu'était la haute société de l'époque, où le besoin de paraître l'emportait sur tout autre.

110. Mathilde Letizia Wilhelmine Bonaparte, dite la princesse Mathilde (1820-1904), était la fille de Jérôme Bonaparte, le plus jeune des frères de Napoléon, et de la princesse Catherine, fille du roi de Wurtemberg. Élevée à Rome et à Florence, elle épousa, en 1841, le prince russe Anatole Demidov de San Donato dont elle se sépara quatre ans plus tard. Après cette séparation elle s'installa à Paris où elle tint, sous le second Empire et après 1870, un salon fréquenté par les célébrités du monde littéraire et artistique et où se rendaient notamment Sainte-Beuve, Renan, Taine, Flaubert, les Goncourt... On a appris dans *Du côté de chez Swann* (2e partie) que la princesse est reçue chez la duchesse de Guermantes, ce qui fait enrager vivement Mme Gallardon « ultralégitimiste » qui, elle, n'est pas invitée chez la duchesse. Proust l'a aussi évoquée dans différents articles et, en particulier, dans celui qu'il consacra sous la signature de « Dominique » au salon de la princesse, publié par *Le Figaro* du 25 février 1903 : « Un salon historique. Le salon de

S.A.I. la Princesse Mathilde. » On peut constater qu'il a largement utilisé cet article pour sa description de la princesse dans *Les Jeunes Filles en fleurs*. La princesse Mathilde n'apparaissait pas sur les placards Grasset.

111. On a traduit ce P.P.C. par « Princesse pas contente », mais Daria Galateria se référant au journal des Goncourt pense qu'il faut plutôt comprendre : « pour prendre congé ». Les Goncourt font en effet état de cette brouille de la princesse avec Taine dans leur journal, le mercredi 16 février 1887 : « Je trouve la Princesse, qui est un peu souffrante, exaspérée contre Taine à propos d'un article sur Napoléon Ier, qui vient de paraître dans la *Revue des Deux Mondes*. Elle ne peut digérer l'accusation portée par l'écrivain contre Laetitia d'avoir été une femme malpropre. Et après une violente sortie contre Taine, contre ce lâche, contre ce fuyard de sa patrie, elle s'écrie : « Eh bien, je ferai cela... J'ai une visite à rendre à Mme Taine, je lui mettrai ma carte avec P.P.C... Oui, ce sera prendre à jamais congé de lui. »

Dans l'article de la *Revue des Deux Mondes* du 15 février 1887, Taine avait écrit que la mère de Napoléon était « une âme primitive que la civilisation n'a point entamée, sans souci du bien-être, ni même de la propreté, parcimonieuse comme une paysanne ». Le 17 février, Mathilde écrivit à Taine une lettre indignée dans laquelle elle affirmait que Laetitia avait courageusement secouru ses enfants dans le malheur et que « sa tenue était extrêmement soignée ». Le 19, Taine lui proposa de vérifier ses sources pour la publication en volume. Il décida finalement de conserver son accusation de « parcimonie » mais supprima l'allusion à la malpropreté dans son tome I du *Régime moderne* (1891, p. 8) (voir note de Robert Ricatte, p. 647 de l'édition du *Journal des Goncourt*, Fasquelle-Flammarion, Paris, 1956). Toutefois, on peut se demander si l'insulte faite par Taine à Laetitia Bonaparte a seule irrité la princesse. En effet, l'article, bien que plein d'admiration pour Napoléon, le dépeint sous un aspect très sombre, comme un homme implacable, que rien ne pouvait arrêter, et prêt à écraser tout le monde sur son passage pour arriver à son but.

Proust a déjà relaté cette anecdote dans son article du *Figaro* du 25 février 1903 (voir note précédente). Il ne donne pas comme cause à la colère de la princesse la description de Laetitia mais celle de l'Empereur lui-même : «Elle lut ces pages indépendantes et terribles où Napoléon apparait comme une sorte de condottiere. » (*CSB*, p. 450).

112. Louis Napoléon (1864-1932) était le neveu de la princesse, fils de son frère le prince Jérôme. Il fut général dans l'armée russe. La plaisanterie de la princesse tout de suite après, sur le « militaire de la famille » était connue pour être une de ses préférées. Tout ce que lui fait dire Proust est d'ailleurs un pot-pourri des propos authentiques de la princesse (l'anecdote concernant Alfred de Musset venant dîner chez elle ivre mort, sa dispute avec Taine, sa

réponse à l'invitation d'aller assister à la visite du Tsar au Tombeau des Invalides), et a déjà été relaté dans l'article du *Figaro* du 25 février 1903 (voir note 110).

113. Le château de Compiègne, entièrement reconstruit de 1742 à 1786, était la résidence préférée de Napoléon III qui s'y rendait régulièrement avec sa cour à la saison de la chasse.

114. Du nom de Joseph Aloysius Hansom (1803-1882), l'architecte qui, en 1834, inventa un véhicule qui possédait les caractéristiques principales de cette sorte de fiacre (« cab » en anglais). Il s'agit d'un cabriolet à deux roues, pouvant contenir deux personnes, le conducteur étant placé sur un siège élevé à l'arrière et les rênes passant au-dessus du toit *(Oxford Dictionary).*

115. Proust semble s'être interrogé sur la propriété des termes à utiliser : sur les épreuves BN on trouve d'abord le mot *style,* biffé et remplacé en marge par « écriture » (qu'il a entouré de guillemets), biffé à son tour et à nouveau remplacé par *style,* auquel s'est substitué dans les éditions : « manière d'écrire ». Bien sûr, l'écrivain a voulu éviter la répétition du mot *style* que l'on retrouve plus loin, mais la variante : *style - écriture - manière d'écrire,* à laquelle s'ajoute, quelques lignes après, *forme*, témoigne d'une réflexion de l'écrivain sur les moyens de désigner sa propre pratique.

Pour une étude détaillée et approfondie du style de Bergotte on se reportera à l'ouvrage de Jean Milly : *La Phrase de Proust,* Champion, 1983.

116. *Mémoires de Saint-Simon*, 1702, « Caractère de Villars » : « C'était un assez grand homme brun, bien fait, devenu gros en vieillissant, sans en être appesanti, avec une physionomie vive, ouverte, sortante, et véritablement un peu folle, à quoi la contenance et les gestes répondaient... »

Louis Hector de Villars (1653-1734), maréchal de France, remporta de nombreuses batailles sous le règne de Louis XIV et fut durant les années les plus critiques de ce règne le dernier rempart opposé à l'invasion.

117. L'opéra de Wagner, *Les Maîtres chanteurs de Nuremberg*, raconte l'histoire d'un jeune homme, Walther, qui, pour obtenir la main de la jeune fille qu'il aime, doit gagner un concours de chant organisé à Nuremberg. Walther, qui ne connaît rien à la musique traditionnelle, improvise et se fait éliminer. Il apprendra du cordonnier Hans Sachs à mieux maîtriser les règles imposées.

118. Ces écrivains, tous très appréciés de Proust, commençaient à peine à être connus en France à la fin du XIXe siècle. Pour les aimer il fallait de la part du lecteur nourri de classicisme français une ouverture d'esprit qui lui permette d'accepter des conceptions esthétiques auxquelles il n'était pas habitué. Le premier livre paru en français sur le théâtre d'Ibsen (1828-1906) : *Henrik Ibsen et le théâtre contemporain* d'Auguste Ehrard, date de juin 1892. A 26 ans,

Proust, pourtant curieux de tout ce qui se fait en littérature, écrit à son ami Lucien Daudet pour lui demander de qui sont *Les Frères Karamazof* (*Corr.* III, p. 211, Plon, 1976). Mme Arvède Barine (1840-1908), citée un peu plus loin par Saint-Loup (voir note 153 de la deuxième partie) et qui écrivait dans le *Journal des Débats*, contribua à révéler au public les idées et les œuvres d'Ibsen, de Spencer, de Tolstoï, difficiles quelquefois à faire admettre au public et aux critiques français. Ainsi Robert Dreyfus écrivait dans *Le Banquet* du 5 juillet 1892 dont l'ensemble des collaborateurs (parmi lesquels le jeune Proust) était pourtant enthousiaste des œuvres d'Ibsen : « ... Assez d'obscurités, d'archaïsmes et d'exotismes ; et, comme le disait un jour Sarcey dans un feuilleton rempli d'un maître bon sens [...] : " Assez de Shakespeare, assez d'Ibsen, assez de Tolstoï, assez de Maeterlinck. Rentrons en France, que diable ! " » Heureusement, ce chauvinisme étriqué était combattu par de nombreux intellectuels de l'époque. Antoine, le fameux metteur en scène du Théâtre libre, est un de ceux qui fit le plus pour que triomphe le théâtre étranger sur scène. Il donna *La Puissance des ténèbres* de Tolstoï, mais aussi *Anna Karénine* et *Résurrection*, deux spectacles auxquels le personnage de l'universitaire Brichot fera allusion dans *Sodome et Gomorrhe* (*SG vol. 2*, p. 98), et s'efforça en particulier d'imposer les œuvres d'Ibsen, non sans difficulté d'abord avec *Les Revenants* (en 1890), très mal accueillis, *Le Canard sauvage* (en 1891) qui suscita des remous au sein des spectateurs et de la critique. Cependant, l'impulsion était donnée et « Le Cercle des Echoliers » jouait en 1892 *La Dame de la mer*, et « Le Vaudeville » : *Hedda Gabbler*. Aussi les intellectuels de *la Recherche* qui se veulent à la mode s'intéresseront-ils à ces auteurs, ce qui sera le cas de la maîtresse de Saint-Loup avec qui le héros et son ami parlent « d'Emerson, d'Ibsen, de Tolstoï » (*Gu. I*, p. 373) et du héros lui-même qui parle à Albertine de Dostoïevski (*La Prisonnière*, GF, p. 487-491). Quant à la duchesse de Guermantes, elle a l'audace de dire au grand-duc de Russie : « Eh bien ! Monsieur, il paraît que vous voulez faire assassiner Tolstoï ? » (*Gu. II*, p. 202.) et semble collectionner les manuscrits d'Ibsen (*SG vol. 1*, p. 136), ce qui inquiète son inculte de mari « incertain si Ibsen ou D'Annunzio étaient morts ou vivants ». Comme le fait remarquer Giovanni Macchia (*L'Angelo della notte*), cité par Daria Galateria, il est possible que Proust, en évoquant ici les goûts littéraires de Bergotte, songe à Anatole France que *Crime et Châtiment* horrifiait, mais à bien d'autres aussi, et notamment à Ruskin qui exécrait le roman de George Eliot, *Le Moulin sur la Floss*, dont Proust écrivait qu'il le faisait pleurer d'émotion (voir *Corr.* t. X, Plon, p. 55).

119. Alors qu'*Atala* (1801) obtint un grand succès à sa publication, la *Vie de Rancé* (1844) fut froidement accueillie. Chateaubriand a conçu cet ouvrage comme une réflexion sur la pénitence et sur la mort et non pas comme un récit continu. L'aspect disloqué du livre, son style quelquefois heurté, déroutèrent les lecteurs. Aussi

Chateaubriand publia-t-il une 2e édition de la *Vie de Rancé* qui atténuait les audaces de la première. De nos jours, nombreux sont les critiques qui considèrent la *Vie de Rancé* comme la plus moderne des œuvres de l'écrivain.

120. Une métope est l'intervalle qui sépare deux groupes de cannelures dans une frise dorique. Cet intervalle est souvent sculpté, ce qui est le cas des métopes du temple de Zeus à Olympie évoquées ici, et qui représentaient les douze travaux d'Hercule. Le temple, érigé de 468 à 457 av. J.-C. par l'architecte éléen Libon, fut peut-être remanié peu après l'installation de la statue en or et en ivoire exécutée par Phidias, puis vers le milieu du IVe siècle av. J.-C. Trois des douze plaques qui constituaient les métopes du temple furent retrouvées en 1829 au cours de l'expédition de Morée et sont au Musée du Louvre. Proust a donc pu les admirer. La métope à laquelle il fait ici plus particulièrement allusion est celle qui représente Héraclès (Hercule) en train de recevoir les pommes des Hespérides. Selon la légende, Héraclès avait reçu l'ordre de dérober aux Hespérides les pommes d'or de leur jardin, qui donnaient l'immortalité. La sculpture montre le héros portant sur ses épaules le globe terrestre qu'il maintient avec ses bras. Derrière lui, l'une des Hespérides, fille d'Atlas, l'aide à supporter son fardeau. C'est à elle qu'a pensé Bergotte en voyant la Berma dans *Phèdre*. Atlas étale six pommes d'or devant Héraclès qui, supportant le monde, ne peut les saisir.

121. L'Érechtéion, temple tombeau où l'on célébrait divers cultes, est lié à la légende relative à la mort d'Érechtée, frappé par Poséidon (ou Zeus). De cet Érechtéion archaïque, nulle trace n'a été retrouvée jusqu'à ce jour mais il figure sur un bas-relief du musée de l'Acropole. C'est à lui et non au temple qui fut reconstruit après 421 et dont on peut voir aujourd'hui les vestiges sur l'Acropole, que semble faire allusion Bergotte. En effet, à la question de Swann qui lui demande s'il pense aux Cariatides (nom faussement attribué aux Corés de l'Érechtéion reconstruit), Bergotte répond qu'il évoque un art plus ancien.

122. Le cimetière du Céramique qui se trouve dans un quartier de l'ancienne Athènes où l'on a retrouvé plusieurs stèles funéraires du IVe siècle av. J.-C. Dans la concession Koroibos de Mélité on peut voir un fac-similé de la stèle d'Hégéso (œuvre attique des environs de 400 av. J.-C.) dont l'original est au Musée national. Une jeune femme, sans doute une esclave, tend à sa jeune maîtresse, assise en face d'elle, un coffret à bijoux.

123. Dans ses *Mémoires*, Saint-Simon raconte comment Racine fut disgracié pour avoir évoqué devant Louis XIV et Mme de Maintenon l'ancien époux de celle-ci, Scarron : « A ce mot, la pauvre veuve rougit, non pas de la réputation du cul-de-jatte attaquée, mais d'entendre prononcer son nom, et devant son successeur... » (Hachette, 1888, t. VI, p. 174-176, année 1699).

124. Le narrateur de *la Recherche* anticipe souvent, dans son récit, sur l'avenir (Genette a appelé ces anticipations « prolepses »). Ici, il annonce son amour pour Albertine qu'il va rencontrer dans la seconde partie des *Jeunes Filles en fleurs* (« Noms de pays : le pays ») et pour laquelle il va éprouver une passion jalouse, décrite dans *La Prisonnière*.

125. Très surprenante révélation sur le physique d'Odette qui avait troublé Swann autrefois par sa ressemblance avec la blonde Zéphora de Botticelli (*Sw.*, p. 343). Elle redeviendra blonde, comme en témoigne la fin de *Du côté de chez Swann*, où le narrateur, faisant un saut dans le temps, la décrit plusieurs années après, au bois de Boulogne : « des cheveux maintenant blonds avec une seule mèche grise » (*Sw.*, p. 563).

126. Sur les épreuves du Cahier violet n° 16, Proust a fait ici une addition manuscrite qui ne figure pas sous cette forme dans les versions postérieures : « ... il avait disparu. A d'autres moments commençant d'être sculpté dans le visage de Gilberte j'apercevais brusquement avec une délicieuse réduction du visage de sa mère ébauchée par un grand artiste à qui on l'aurait demandé — une matière différente. Le reste du visage était autre. Mais le nez, le front, le pli des lèvres donnaient comme dans une hallucination la figure de sa mère, plus même qu'en sa mère même car il fallait que l'imagination la repensât et par là donnât plus de force, de consistance à la perception ».

127. Personnage de la légende médiévale dont l'histoire a été racontée pour la première fois en littérature par Jean d'Arras. Mélusine, fille du roi d'Albanie, Elinas, et de Pressine, a reçu de sa mère, qui était fée, le don de se changer tous les samedis en femme-serpent.

128. Célèbre comédie de Plaute bâtie sur les équivoques occasionnées par la ressemblance totale de deux jumeaux.

129. Citation de *Phèdre*, acte IV, scène 6. Phèdre vient d'apprendre l'amour d'Hippolyte pour Aricie, et reproche à sa suivante, Œnone, de ne pas lui avoir révélé plus tôt qu'elle avait une rivale.

130. Éd. 1918 : « qui l'avait trouvée ».

131. Bernardino Luini (vers 1480-1532), élève de Léonard de Vinci, qui exécuta en 1525, pour l'église de Saronno, des fresques dont la plus connue représente *L'Adoration des Mages* (1525-1527). Daria Galateria pense que Proust a pu songer à une autre œuvre de Luini : *Les Rois Mages*, qui se trouvait alors au Musée du Louvre.

132. Dans ses ébauches de *Contre Sainte-Beuve*, Proust indique que Gérard de Nerval « demandait qu'on dise à ses parents qu'il était intelligent ». Mais il n'est pas certain de ses sources puisqu'il ajoute, entre parenthèses : « vérifier » (*CSB*, p. 261).

133. Annie Barnes (*A propos des citations dans « À la recherche du temps perdu »*, Jaarboek van de Nederlandse Verening van Vrienden van M. Proust, 1977-1978, n° 4-5) fait remarquer qu'il y a chez Proust une tendance à utiliser des textes sacrés dans un contexte frivole. Ici, la mère du héros paraphrase les paroles du Christ parlant de Madeleine.

134. H. Steel Gareth (*Chronology and Time in « A la recherche du temps perdu »*, Genève, Droz, 1979) observe que cette coutume est très récente à l'époque où se déroule le récit puisqu'elle ne sera officialisée qu'en 1898, dans *Le Dictionnaire du savoir-vivre* de Mme Nacla.

135. Ép. BN imp. : « Mais je leur attribuais une figure vague, [sorte de moyenne entre les différentes beautés que je connaissais déjà (biffé)], à laquelle les maisons de passe... »

136. Allusion humoristique à la « bonne nouvelle » de l'Évangile (voir note 133).

137. Il s'agit d'une collection illustrée fondée au début du siècle par l'éditeur Laurens. Les volumes concernant Venise (1902) et Florence (1906) semblent avoir particulièrement suscité l'intérêt de Proust (selon Nathan, *Citations, références et allusions de Marcel Proust...*, 1969, p. 76.)

138. Dans les placards Grasset B, la patronne de cette maison de passe était qualifiée plus trivialement de « maquerelle ».

139. En argot, homme qui donne de l'argent à une femme pour obtenir ses faveurs.

140. Début de l'air célèbre du 4e acte de *La Juive*, opéra en 5 actes de Fromental Halévy (1799-1862) sur un livret d'Eugène Scribe (1791-1861). Le héros connaît bien cette œuvre pour l'avoir entendue fredonner par son grand-père lorsqu'il amenait à la maison son camarade Bloch ou d'autres, que l'aïeul pensait israélites (*Sw.* p. 194).

141. En argot du milieu, se dit d'une prostituée qui est occupée avec un client.

142. Ces anglicismes n'apparaissent pas dans les versions des placards Grasset. Proust, comme il le fait pour le langage de Norpois et celui d'Albertine, plus neutres au départ, caractérise progressivement la manière de parler d'Odette Swann.

143. L'amour du héros pour Gilberte tenait une bien moindre place dans les placards Grasset : les considérations du narrateur sur cet amour (v. p. 260 à 271 puis p. 290 à 298) et, enfin, la constatation de la mort progressive de cet amour (p. 306 à 321) n'apparaissaient pas. Voir l'Introduction, p. 17.

144. *La N.R.F.* 1er juin 1919 : « fatiguerait ».

145. Éd. 1918 : « jusqu'à chez les Swann ». Nous adoptons la correction manuscrite des épreuves BN.

146. Éd. 1918 : « Et enfin plus tard quand je pourrais enfin ».

147. Éd. 1918 : « ou bien les aide à ». Nous ne pouvons maintenir la version de l'édition originale qui entraînerait une rupture syntaxique (« les aide à » ne pouvant s'enchaîner avec « d'oublier » et « de sourire »). Il faut donc prendre en compte le texte des épreuves BN où Proust a barré « les aide à » et mis à la place « leur permet de ».

148. Odette donne à son jour de réception officiel le nom du héros de l'opérette d'Offenbach, créée aux Bouffes-Parisiens en 1861 : *M. Choufleury restera chez lui le 24 janvier* (livret du duc de Morny — qui a signé du pseudonyme de Saint-Rémy — Crémieux, Halévy et l'Épine) : Mme Swann fait preuve par là de sa probable ignorance de l'œuvre car le ridicule bourgeois qui en est le protagoniste souhaite recevoir à son souper tous les ministres et tous les ambassadeurs, ainsi que le « Tout-Paris », mais avoue : « ils ne viendront probablement pas, ils sont si occupés ; mais de ma part, c'est de bon goût ».

149. Pseudonyme de l'un des plus célèbres éditeurs du XIXe siècle, Pierre-Jules Hetzel (1814-1886). Il publia notamment les œuvres de Balzac, Musset, Victor Hugo, Baudelaire... Sous la signature de P.-J. Stahl il édita et écrivit quelques ouvrages. Ses livres d'étrennes regroupèrent les esprits les plus éminents de son époque, dans toutes les disciplines.

150. Héroïne d'une série de livres pour enfants : la « Bibliothèque de Mlle Lili ». Cette série fut publiée entre 1865 et 1911 par les éditions de P.-J. Stahl, pseudonyme de Pierre-Jules Hetzel (voir note précédente).

151. Julie de Lespinasse (1732-1776) tint un salon, de 1764 à sa mort, fréquenté notamment par d'Alembert avec lequel elle était très liée, par Condillac, Marmontel, Condorcet, Turgot. Après sa rupture avec la marquise du Deffand (1697-1790) dont elle était la demoiselle de compagnie, elle entraîna avec elle la plupart des habitués du salon de son ancienne patronne.

152. Pseudonyme d'Alice Fleury (1842-1902), auteur de romans dont l'action se situe souvent en Russie.

153. Éd. 1918 : « où, lui ayant de par mon chagrin, retrouvé toute... ».

154. Redfern, spécialisé dans les robes, manteaux et amazones, se tenait au 242 de la rue de Rivoli. Mme Swann s'enquiert de l'auteur en adoptant la formule latine par laquelle les peintres signent quelquefois leurs tableaux (Rembrandt fecit : c'est Rembrandt qui l'a fait). La maison de haute couture Raudnitz se trouvait rue Royale et place Vendôme.

155. Automédon était le nom du conducteur du char d'Achille, d'où en français, par antonomase, « cocher ». Le mot est surtout employé par plaisanterie.

156. Lemaître était un prestigieux fleuriste de l'époque, situé au 128, boulevard Haussmann ; Debac situé 63, boulevard Malesherbes, et Lachaume au 10, rue Royale, étaient ses principaux concurrents.

157. Les pâtisseries Rebattet et Bourbonneux, parmi les plus fameuses de Paris au début du siècle, étaient particulièrement appréciées de Proust si l'on en croit Céleste Albaret : « Parfois une gâterie lui passait par la tête. Si c'étaient des petits fours, ils ne pouvaient venir que de chez Rebattet, parce que sa mère avait décidé que c'étaient les meilleurs de Paris. [...] Un soir, par exemple, tout à coup M. Proust me disait : — J'ai l'impression que je mangerais volontiers une brioche de chez Bourbonneux... Mais vous entendez bien, Céleste ? *De chez Bourbonneux*. C'était rue de Rome... » (*Monsieur Proust,* Robert Laffont-Opera Mundi ; coll. J'ai lu, 1971, p. 106.) Il sera encore question de Rebattet dans *La Prisonnière* (GF, p. 223).

158. Mildé ouvrit son magasin de fournitures électriques en 1900, au 52 de la rue du Faubourg-Saint-Honoré.

159. La version de l'édition de 1918 est incohérente : « ... la conquête de Mme Verdurin, laquelle ajoutait la femme du docteur, qui ne l'avait jamais vue faire « autant de frais ». « Il faut avait-elle dit que vous ayiez [*sic*] ensemble des atomes crochus. »

160. Ed 1918 : « ... les plus cruelles peines morales ayant souvent chez les amants l'habitude physique de la femme avec qui ils vivent... » Dans une lettre du 20 mai 1919, Jacques Rivière demandait à Proust pour la publication d'un extrait des *Jeunes Filles* dans *La N.R.F.* du 1er juin : « Est-ce qu'il ne faudrait pas lire « ayant souvent *pour cause* chez les amants »... » ? La correction ne fut pas faite car Proust ne donna pas son accord à temps mais dans une lettre que Philippe Kolb suppose avoir été écrite entre le 23 et le 30 mai, il répondait : « vos corrections sont parfaites ».

161. Pâtissier célèbre dont la clientèle était du même genre que celle de Rebattet et Bourbonneux déjà cités (voir note 157) mais qui avait disparu en 1883.

162. *La Vierge du Magnificat* (ou *La Vierge à l'enfant et cinq anges*) se trouve à Florence, dans la galerie des Offices. La Vierge, sous une couronne d'étoiles tenue par deux des cinq anges qui l'entourent, écrit le *Magnificat,* avec l'enfant Jésus sur ses genoux. Une écharpe rose vif, bleu sombre et dorée, entoure sa tête en turban et descend nouée, autour de son cou. Le tableau fut attribué à Botticelli à partir de Cavalcaselle, en 1864. Au Louvre, un tableau à

peu près analogue à l'original, mais avec un ange en moins à gauche, est considéré comme une réplique d'atelier.

163. Veston court de canotier.

164. Nœud de rubans attaché autour d'un chapeau de femme et dont les tresses flottaient dans le dos.

165. Ouverture pratiquée dans les manches et laissant voir la doublure.

166. Cette citation de La Bruyère est extraite du chapitre des *Caractères* intitulé « Du cœur » (20) : « Il est triste d'aimer sans une grande fortune, et qui nous donne les moyens de combler ce que l'on aime, et le rendre si heureux qu'il n'ait plus de souhaits à faire. » Plus tard, le héros essaiera de combler la jeune fille qu'il aime, Albertine, en la couvrant de cadeaux très précieux (voir *La Prisonnière*). Proust citera encore « Du cœur » dans *À l'ombre des jeunes filles en fleurs* (deuxième partie) et dans *Le Temps retrouvé* (voir *TR*, GF, p. 228).

167. Allusion à la Genèse (41). Pharaon fait successivement deux songes que seul Joseph saura interpréter.

168. Manuscrit et éd. 1918 : « Zibeline ». Mais la zibeline étant une fourrure brune, on peut s'étonner de la blancheur du manchon et du collet de Mme Swann. Sur l'exemplaire corrigé de l'édition originale qui se trouve à la Bibliothèque nationale, « zibeline » a été remplacée par « hermine » mais d'une écriture qui ne semble pas être celle de Proust. Le fragment publié par *La N.R.F.* le 1er juin 1919 donne « hermine ».

169. L'histoire de la peinture préraphaélite commence avec le rapprochement entre Dante Gabriel Rossetti et William Holman Hunt (en 1848) auxquels vinrent peu à peu s'ajouter d'autres peintres. Les premières expositions des préraphaélites qui voulaient, comme le disait Hunt, « adopter un style d'une indépendance absolue vis-à-vis tant des règles de l'art que de leurs conventions » furent éreintées. La vogue « préraphaélite » devait commencer cependant en 1851, grâce à Ruskin, qui le premier loua les œuvres de ceux qui apposaient à côté de leur signature les initiales P.R.B. (Pre Raphaelite Brotherhood). Ruskin devait d'ailleurs se lier d'amitié avec Rossetti et aussi avec Millais. Les peintures d'extérieur montrent souvent des morceaux de paysage observés dans les moindres détails et où les arbustes aux fleurs blanches abondent (voir James Harding, *Les Peintres préraphaélites*, Flammarion, 1977). On trouvera quelques renseignements sur les goûts de Proust pour la peinture préraphaélite dans l'article d'Elisabeth R. Jackson : « Proust et les préraphaélites », *Revue des sciences humaines*, janvier-mars 1965, p. 93-102.

170. Titre d'un poème de Théophile Gautier dans *Émaux et Camées* (1852). La jeune femme évoquée par le poète, qui apparaît

« Blanche comme le clair de lune / Sur les glaciers dans les cieux froids », convie « À des débauches de blancheurs ».

171. C'est au troisième acte du *Parsifal* de Wagner qu'est évoqué *L'Enchantement du Vendredi Saint*. Parsifal s'extasie sur les beautés de la nature : « J'ai bien vu des fleurs merveilleuses / qui m'enlacèrent ardemment ; mais jamais je ne vis aussi tendres et doux, / l'herbe, les bourgeons et les fleurs... ». Gurnemanz lui explique que « C'est le charme du Vendredi saint [...] » et que « ... toute créature rend grâce » à « tout ce qui fleurit et bientôt meurt ».

172. Un club des Pannés, qui se réunissait avenue du Bois, fut fondé le 19 janvier 1886. L'adjectif « panné » signifie dans le langage populaire : « qui est sans argent, dans la misère ».

173. Grasset A : « Dès son arrivée, je la saluais, elle m'arrêtait en souriant. Elle ouvrait son ombrelle, sous laquelle nous causions comme sous un berceau de glycines et qui versait sur son visage et sa toilette l'onde d'une lumière dans la transparence liquide et le vernis de laquelle Mme Swann, reconnue par des cavaliers attardés qui passaient au galop en mouvements décomposés sur l'ensoleillement blanc de l'avenue comme sur la toile d'un cinématographe, leur répondait d'un bonjour de la main amical, conscient de leurs noms, notoires pour le public mais familiers pour elle, souverain, printanier, matinal, irisé, d'un reflet bleu. Et de tous les cadrans solaires et fleuris que ma mémoire se rappelle c'est peut-être en celui-là que je peux distinguer le plus exactement aujourd'hui les minutes entre midi et quart et une heure au mois de mai. [Ici le texte de Grasset B s'enchaîne sur le départ pour Balbec].

Mais la beauté, l'infaillible appropriation des toilettes de Mme Swann n'eut [*sic*] pas suffi à me les faire considérer avec ces dispositions d'esprit, faites de curiosité esthétique et de respect, si spécial qu'on m'eût bien étonné en me disant que telles des personnes que mes parents connaissaient et auxquelles je ne faisais aucune attention s'habillaient presque aussi bien qu'elle, si je n'avais pas préalablement introduit en elle ma croyance en son élégance. Et cette croyance avait dû naître en moi un peu plus tôt, quand mon amour pour Gilberte — conspirant quoique dans un cercle restreint avec l'ignorance de cet âge où ne sachant rien de la vie et ne la connaissant que par l'imagination nous lui prêtons encore la réalité que seules les idées possèdent — me faisait tout ce qui entourait la fille de Mme Swann comme doué d'une existence extraordinaire, comme incomparable au reste.

Alors, rien ne me causait plus d'émoi que de me trouver sur le passage de M. ou de Mme Swann et peut-être celle-ci, quand enfin j'allai ensuite chez elle, avait-elle reconnu en moi — mais je n'osai pas le lui demander, — l'adolescent qui un an ou deux plus tôt ne perdait pas une occasion de l'apercevoir, et même quoiqu'elle ne sût pas à cette époque qui j'étais, de la saluer, se croyant autorisé à le faire parce qu'il avait connu son mari et jouait aux barres avec sa fille. Ayant appris cette année-là où je n'étais encore point allé chez Mme Swann et ne pensais pas y aller jamais, qu'elle se promenait autour du grand lac, allée de la reine Marguerite ou allée des Acacias, presque tous les jours, ceux où je savais que Gilberte ne viendrait pas aux Champs-Élysées, je dirigeais Françoise du côté du Bois de Boulogne... » (voir suite du texte dans *Sw.* « Noms de pays : le nom », p. 561).

Proust, forcé de couper son roman pour limiter la longueur du premier volume, décida de réserver le récit du dîner Norpois au tome suivant. Mais la fin de ce qui allait être édité sous le titre *Du côté de chez Swann* eût été trop abrupte. L'évocation de la promenade au Bois avec Françoise, suivie d'une avancée dans le temps où le narrateur se remémore l'époque de Mme Swann, a été donc rétrogradée à la fin du premier tome. Proust a recomposé alors la fin de « Autour de Mme Swann ».

174. Hypatie (370 env. - 370-415), fille du mathématicien Théon d'Alexandrie, était versée dans les sciences exactes. Elle commenta, dans des ouvrages perdus, les écrits mathématiques de Diophante et d'Apollonios, écrivit un « canon astronomique », fabriqua des appareils scientifiques et tint une école de philosophie à Alexandrie. Proust fait ici allusion à la dernière strophe du poème de Leconte de Lisle, « Hypatie » (*Poèmes antiques*) : « ... La mort peut disperser les univers tremblants, / Mais la Beauté flamboie, et tout renaît en elle, / Et les mondes encor roulent sous ses pieds blancs ».

175. Droper (ou dropper) est un verbe transitif qui vient du verbe anglais (to) drop « tomber (goutte à goutte) ; laisser tomber, laisser choir, négliger (quelqu'un) ». Dropper est un terme utilisé au golf et au tennis mais il est aussi employé quelquefois pour signifier « abandonner, laisser choir quelqu'un » (dans cette acception il est familier et de nos jours assez rare).

176. Il s'agit de Charles-Guillaume-Boson de Talleyrand Périgord, connu sous le nom de prince de Sagan (1832-1910). Il passait pour un arbitre des élégances. Painter (*Marcel Proust*, Mercure de France, 1966, tome I, p. 208, 209, 210) affirme que sa personnalité a fourni des éléments à la fois au duc de Guermantes et à Charlus.

177. Éd. 1918 : « Et, en effet, le Prince, faisant comme dans une apothéose de théâtre, de cirque, ou dans un tableau ancien, faire front à son cheval dans une magnifique apothéose, adressait à Odette... » La répétition d' « apothéose » n'est sans doute due qu'à une inattention de Proust.

178. Au moment où se déroule cette première partie des *Jeunes Filles en fleurs* (c'est-à-dire vers 1896, voir note 22), le cinématographe est une invention récente puisque la première représentation publique a eu lieu à Paris le 28 décembre 1895. Proust ne connaîtra que le cinéma muet car le premier film sonore date de 1926.

179. Comme le prince de Sagan (voir note 176), le marquis Antoine de Castellane (1844-1917) et Adalbert de Montmorency (1837-1915) sont des personnages réels. Proust était lié d'amitié avec le fils du premier, Boni de Castellane, qui sera l'un des modèles de Saint-Loup (voir Painter, *op. cit.*, t. I, p. 210 ; t. II, p. 135). Les allusions aux Castellane et aux Montmorency sont nombreuses dans *À la recherche du temps perdu* et les Montmorency seront encore évoqués deux fois dans *À l'ombre des jeunes filles en fleurs* pour leur fierté à se déclarer « les premiers barons de France », ce que contestera Charlus (voir la deuxième partie).

RÉSUMÉ

PREMIÈRE PARTIE

AUTOUR DE Mme SWANN

« *Coup de barre et changement de direction dans les caractères*[1] »

Ma mère doit inviter pour la première fois M. de Norpois à dîner (85). Swann, devenu le mari d'Odette, épouse les préjugés et les snobismes de la société bourgeoise (86). Cottard est le seul maître auquel les médecins eux-mêmes « confieraient leur peau » (88).

« *Le Marquis de Norpois* »

Le Marquis de Norpois a servi des régimes très différents parce qu'il possède avant tout « l'esprit de gouvernement » (89). Ma mère ne se sent pas intellectuellement attirée par Norpois mais goûte son « air de bonté, sa politesse un peu désuète » (93). Le premier dîner de M. de Norpois à la maison est resté dans ma mémoire, « parce que l'après-midi de ce même jour fut celui où j'allai entendre la Berma dans *Phèdre* » (94). Norpois a convaincu mon père qu'il était possible de faire carrière dans la littérature (95).

Maintenant que j'ai la permission d'aller au théâtre, je ne suis plus certain d'avoir envie d'y aller (99). Cette première matinée fut une grande déception (101).

Françoise, sachant qu'elle devra composer « selon des

1. Les sous-titres donnés par Proust dans la table des matières ne couvrent pas l'ensemble du texte. Nous les utilisons lorsqu'il y a lieu, en les mettant entre guillemets.

méthodes sues d'elle seule » un bœuf en gelée pour le dîner Norpois, vit dans « l'effervescence de la création » (101).

Mes premières impressions de spectateur (103). Le jeu de la Berma me surprend. Je suis déçu (105).

M. de Norpois m'ôte le désir d'écrire (110). Je montre à M. de Norpois un petit poème en prose que j'ai fait autrefois (113). J'avoue à M. de Norpois que j'ai été déçu par la Berma (115).

M. de Norpois est satisfait des relations diplomatiques de la France avec le roi Théodose venu récemment à Paris (118). M. de Norpois accumule les citations, pour la plupart des lieux communs (120). Ma mère dit qu'elle m'emmènera peut-être cet été à Balbec (123).

M. de Norpois parle des Swann (124). Tout le monde s'était étonné de leur mariage (125). Swann a épousé Odette pour la présenter, elle et sa fille, à la duchesse de Guermantes. Il mourra sans y réussir et sans savoir que son vœu s'accomplira après sa mort (131). Je fais mon possible pour retenir la conversation sur le sujet des Swann (133).

Pour M. de Norpois, Bergotte n'est qu'un joueur de flûte, son œuvre est mièvre, mince, peu virile (133). L'ambassadeur juge sévèrement la vie privée de l'écrivain (135).

M. de Norpois m'inspire subitement une grande tendresse car je m'imagine qu'il parlera de moi à Gilberte et à sa mère (138).

Mon père me passe un article enthousiaste sur la représentation de la Berma dans *Phèdre*, que j'ai vue dans l'après-midi (142).

Réflexions de mon père et de ma mère sur Norpois (145). Françoise reçoit « avec un air de modestie et de rendre hommage à la vérité » les compliments que lui transmet ma mère de la part de M. de Norpois (146).

Gilberte retrouvée

Visites de famille avec maman le 1er janvier (148). Je continue à aller aux Champs-Élysées les jours de beau temps mais n'y retrouve pas Gilberte (152). Enfin elle revient jouer (153). Swann se méfie de moi (154). Françoise croit que la tenancière des lavabos est une marquise (156). Lutte avec Gilberte qui me procure un plaisir auquel je ne peux m'attarder (158).

Je tombe malade. Mon corps obtient d'abord ce qu'il souhaitait : la pitié, mais j'imagine ensuite que ma grand-mère est indifférente à mon mal. Mes suffocations persistant, mes parents décident de faire venir le professeur Cottard (159). Il me met au lait (162).

Je reçois une lettre de Gilberte (164). Elle m'invite à ses goûters (165). Mieux vaut ne pas essayer de comprendre les événements qui se rapportent à l'amour (166).

Autour de la famille Swann

Je fais la connaissance de l'appartement des Swann (168). Les goûters chez Gilberte (172). Bientôt je pénètre au cœur du Sanctuaire (175). Swann ne se comporte plus et ne s'exprime plus comme autrefois (179). Jugements de ma mère sur les fréquentations de Mme Swann (182). Les critères sociaux se transforment, semblables aux kaléidoscopes qui tournent de temps en temps (184). Le goût de Swann pour ses anciennes relations est un goût mi-artistique, mi-historique. Il s'amuse à faire des bouquets sociaux en groupant des éléments hétérogènes (189). Il n'est plus capable d'aimer autrement que dans la jalousie (193). Je participe aussi aux sorties que fait Gilberte avec sa mère (194). Les jours où je sors avec les Swann je déjeune chez eux (195). Mme Swann au piano jouant la petite phrase de Vinteuil (199). Je connais encore trop peu la sonate pour qu'elle me soit pleinement compréhensible (200). Le temps qu'il nous faut pour pénétrer une œuvre un peu profonde est le symbole des années qui s'écoulent avant que le public puisse aimer un chef-d'œuvre vraiment nouveau (201). Manie de Swann de trouver à ses contemporains des ressemblances avec les peintures d'autrefois (205). M. et Mme Swann se plaisent à me découvrir les vertus de leur fille (207). Je n'arrive pas plus que Swann à connaître mon bonheur, maintenant que mes rêves se réalisent (209). Souvenir du salon des Swann et de son charme individuel (210). Ma fierté d'avancer à côté de Mme Swann au Jardin d'Acclimatation (212). Rencontre avec la princesse Mathilde (213). Gilberte résiste à son père : je découvre un nouvel aspect de sa personnalité (217).

« Bergotte »

Mme Swann m'invite à un grand déjeuner (218). Bergotte fait partie des convives : son physique me gêne (220). Sa diction est différente de sa manière d'écrire (223). « Sa façon de penser » a développé chez de jeunes écrivains les « altérations de la syntaxe et de l'accent qui sont en relation nécessaire avec l'originalité intellectuelle » (229). Pour le style il n'est pas de son temps et reste exclusivement de son pays (230). L'espoir d'un fauteuil à l'Académie le pousse à l'amabilité envers des gens influents mais médiocres (232). Souvent les grands artistes « se servent de leurs vices pour arriver à concevoir la règle morale de tous » (233). Parce qu'il a eu à imaginer les sentiments des autres, Bergotte sait se mettre à la place de ceux qui souffrent (234). Il m'explique la beauté du jeu de la Berma dans *Phèdre* (234). Bergotte, contrairement à Norpois, ne réduit pas ses interlocuteurs au silence lorsqu'ils ne sont pas de son avis (237). Norpois amoureux. Swann évoque ceux qui aiment « au-dessous d'eux » (238). Le physique de Gilberte, comme son caractère, est un alliage de celui d'Odette et de Swann (239). L'écrivain habite dans le même quartier que moi : nous rentrons ensemble. Il croit que je possède les plaisirs de l'intelligence (245). Il me conseille de consulter le docteur du Boulbon qui est intelligent. Sa médisance à l'égard de Swann me surprend (247).

Mes parents n'apprécient pas à sa juste valeur ma rencontre avec Bergotte (250), mais lorsque je dis qu'il m'a trouvé « extrêmement intelligent », ils considèrent l'écrivain avec plus de mansuétude (251).

Bloch initiateur

Maman me propose d'inviter Gilberte mais je refuse car elle ne demandera pas à mon amie : « Comment va Madame votre mère ? » (252).

Bloch bouleverse ma conception du monde en m'assurant que les femmes ne demandent jamais mieux que de faire l'amour (253). Il me conduit dans une maison de rendez-vous où la patronne me vante une dénommée Rachel que je surnomme « Rachel quand du Seigneur » (254). Je cesse d'aller dans cette maison parce que j'ai donné à la patronne des meubles que j'ai hérités de tante Léonie (255).

Je n'arrive pas à me mettre au travail (257).

« Comment je cesse momentanément de voir Gilberte ; première et légère esquisse du chagrin que cause une séparation et des progrès irréguliers de l'oubli »

Je sens que Gilberte désire espacer mes visites (260). Elle est forcée par sa mère à renoncer à une leçon de danse pour rester avec moi et me le fait sentir (261). Je prends la résolution de ne plus la voir (263). Je lui écris des brouillons de lettres contradictoires (265). Je vais chez elle malgré mes résolutions, mais à la manière dont le maître d'hôtel me dit qu'elle n'est pas là je comprends que j'ai eu tort (267). Je renonce pour toujours à Gilberte (269).

Je vais voir Mme Swann toutes les fois que je sais que Gilberte n'est pas chez elle (271). Les fleurs de Mme Swann (274). Discussions dans le salon de Mme Swann à l'heure du thé (275).

Je sens bien que ma séparation avec Gilberte est définitive (291). Je m'acharne au « long et cruel suicide du moi qui en moi-même aim[e] Gilberte » (293). Dans mes lettres à Gilberte je cherche « seulement à frayer le lit le plus doux au ruissellement de mes pleurs » (297).

Chez Mme Swann, l'Extrême-Orient recule devant le XVIIIe siècle (299). Odette a rajeuni et s'est inventé un « genre de beauté » mais Swann persiste à voir en elle un Botticelli (301). La manière de s'habiller de Mme Swann (302).

Il me coûte de moins en moins de ne plus voir Gilberte (306). Projet de réconciliation. Je vends une potiche de tante Léonie pour pouvoir combler Gilberte de présents mais au moment d'arriver près de chez elle je l'aperçois avec un jeune homme (307).

Scène à la maison parce que je n'accompagne pas mon père à un dîner où il devait y avoir Albertine, nièce des Bontemps (312).

Périodes « où, tout en s'affaiblissant, persiste le chagrin » (313). Un rêve dans lequel un de mes amis agit avec fausseté et croit à la mienne (315). J'identifie cet ami à Gilberte (316). Je suis encore assez jeune pour avoir le courage de tuer un amour (319).

A l'approche du printemps je rends des visites à Mme Swann, vêtue de blanc et entourée de « boules de neige » (321). Je la guette le dimanche, lorsqu'elle sort avenue du Bois avant son déjeuner et elle fait son apparition, « tardive, alentie et luxuriante comme la plus belle fleur » (323). Mme Swann fait partie d'une classe intermédiaire qui semble plus éblouissante à l'imagination du peuple que les grandes dames à l'allure simple (327). Les jeunes gens obscurs, comme les princes, se courbent sur son passage (327). Les chagrins endurés à cause de Gilberte ont disparu mais le souvenir de mes causeries avec Mme Swann, « sous son ombrelle, comme sous le reflet d'un berceau de glycines », continue à me procurer du plaisir (329).

TABLE

A L'OMBRE DES JEUNES FILLES EN FLEURS

DERNIÈRES PARUTIONS

ARISTOTE
Petits Traités d'histoire naturelle (979)
Physique (887)

AVERROÈS
L'Intelligence et la pensée (974)

BALZAC
La Peau de chagrin (899)

BAUDELAIRE
Au-delà du romantisme. Écrits sur l'art (1010)

BERKELEY
Trois Dialogues entre Hylas et Philonous (990)

BOÈCE
Traités de théologie (876)

LE BOUDDHA
Dhammapada (849)

CHRÉTIEN DE TROYES
Perceval ou le Conte du graal (bilingue) (814)

COMTE
Discours sur l'ensemble du positivisme (991)

DESCARTES
Le Discours de la méthode (1091)

DUMAS
Le Comte de Monte-Cristo (1004-1009)

ÉPICTÈTE
Manuel (797)

EURIPIDE
Théâtre complet I (856)

FABLIAUX DU MOYEN ÂGE (bilingue) (972)

FÉVAL
Le Bossu (997)

GALIEN
Traités philosophiques et logiques (876)

HEGEL
Principes de la philosophie du droit (664)

HIPPOCRATE
L'Art de la médecine (838)

HISTOIRES EXTRAORDINAIRES ET RÉCITS FANTASTIQUES DE LA CHINE ANCIENNE (1014)

IDRÎSÎ
La Première Géographie de l'Occident (1069)

JAMES
L'Espèce particulière et autres nouvelles (996)

KÂMA SÛTRA (1000)

KANT
Critique de la faculté de juger (1088)

LAFORGUE
Les Complaintes (897)

LORRIS
Le Roman de la Rose (bilingue) (1003)

LUCRÈCE
De la nature (bilingue) (993)

MALLARMÉ
Écrits sur l'art (1029)

MARLOWE
Le Docteur Faust (bilingue) (875)

MARX & ENGELS
Manifeste du parti communiste (1002)

MONTAIGNE
Apologie de Raymond Sebond (1054)

MUSSET
Premières Poésies (998)
Poésies nouvelles (1067)

NIETZSCHE
Ainsi parlait Zarathoustra (881)
Le Gai Savoir (718)
Par-delà bien et mal (1057)

PLATON
Alcibiade (987)
Apologie de Socrate. Criton (848)
Banquet (988)
Cratyle (954)
Protagoras (761)

PONGE
Comment une figue de paroles et pourquoi (901)

POUCHKINE
Boris Godounov. Théâtre complet (1055)

PROUST
Écrits sur l'art (1053)

RODENBACH
Bruges-la-Morte (1011)

ROUSSEAU
Dialogues. Le Lévite d'Éphraïm (1021)

SHAKESPEARE
Antoine et Cléopâtre (bilingue) (895)

MME DE STAËL
Delphine (1099-1100)

STENDHAL
Le Rose et le Vert (901)

STRINDBERG
Mademoiselle Julie. Le Pélican (970)

TITE-LIVE
Histoire romaine. Les Progrès de l'hégémonie romaine (1005-1035)

THOMAS D'AQUIN
Contre Averroès (713)
Somme contre les Gentils (1045-1048, 4 vol. sous coffret 1049)

MIGUEL TORGA
La Création du monde (1042)

WILDE
Le Portrait de Mr. W.H. (1007)

GF-CORPUS

L'Illusion (3035)
La Justice (3050)
La Société (3041)
La Violence (3042)

GF-DOSSIER

BEAUMARCHAIS
Le Mariage de Figaro (977)

CHATEAUBRIAND
Mémoires d'outre-tombe, livres I à V (906)

CORNEILLE
L'Illusion comique (951)
Trois Discours sur le poème dramatique (1025)

DIDEROT
Jacques le fataliste (904)

ESCHYLE
L'Orestie (1125)
Les Perses (1127)

FLAUBERT
Bouvard et Pécuchet (1063)

FONTENELLE
Entretiens sur la pluralité des mondes (1024)

GOGOL
Nouvelles de Pétersbourg (1018)

HOMÈRE
Iliade (1124)

HUGO
Les Châtiments (1017)
Hernani (968)
Ruy Blas (908)

JAMES
Le Tour d'écrou (bilingue) (1034)

LESAGE
Turcaret (982)

MARIVAUX
La Double Inconstance (952)
Les Fausses Confidences (1065)
L'Île des esclaves (1064)
Le Jeu de l'amour et du hasard (976)

MAUPASSANT
Bel-Ami (1071)

MOLIÈRE
Dom Juan (903)
Le Misanthrope (981)
Tartuffe (995)

MONTAIGNE
Sans commencement et sans fin. Extraits des *Essais* (980)

MUSSET
Les Caprices de Marianne (971)
Lorenzaccio (1026)
On ne badine pas avec l'amour (907)

LE MYTHE DE TRISTAN ET ISEUT (1133)

PLAUTE
Amphitryon (bilingue) (1015)

RACINE
Bérénice (902)
Iphigénie (1022)
Phèdre (1027)
Les Plaideurs (999)

ROTROU
Le Véritable Saint Genest (1052)

ROUSSEAU
Les Rêveries du promeneur solitaire (905)

SÉNÈQUE
Médée (992)

SHAKESPEARE
Henry V (bilingue) (1120)

SOPHOCLE
Antigone (1023)

STENDHAL
La Chartreuse de Parme (1119)

ZOLA
L'Assommoir (1085)
Au Bonheur des Dames (1086)
Germinal (1072)
Nana (1106)

GF Flammarion

00/01/81537-VIII-2000 – Impr. MAURY Eurolivres, 45300 Manchecourt.
N° d'édition FG046816. – Octobre 1987. – Printed in France.